Karin Kratt

Seday Academy

Verborgen in der Nacht

DARK DIAMONDS

© privat

Karin Kratt ist eine lesesüchtige Mathematikerin, die sich nach ihrem Studium in der Bankenbranche Frankfurts wiederfand. Doch so sehr sie ihre Zahlen auch zu schätzen weiß, die Macht der Buchstaben begeistert sie noch weitaus mehr. Sie nutzt jede freie Minute, um ihre Träume auf Papier zu bannen. Träume, die bei ihren Streifzügen durch die endlosen Felder des hessischen Rieds entstehen oder auch mal ganz simpel auf der Liege im heimischen Garten.

Prolog

Cey rannte und rannte. Seit Minuten, Stunden oder Tagen, sie wusste es nicht mehr. Das Dickicht des Waldes zerkratzte ihr die nackte Haut und ihr letzter Sturz hatte ihr zahlreiche blutige Abschürfungen beschert. Trotzdem verspürte Cey keinen Schmerz. Jeden Funken Energie, jeden einzelnen Gedanken richtete sie auf ein einziges Ziel: Flucht. Flucht vor *ihm*. Vergeblich.

»Ah, da bist du ja.« Mit einem kalten Lächeln trat ihr dunkler Schöpfer Astan hinter einem Baum hervor und bevor sie sich in eine andere Richtung wenden konnte, hatte er sie bereits gepackt und an sich gezogen. »Ich habe dich vermisst, meine Süße!«

Cey konnte ein ersticktes Schluchzen nicht unterdrücken, als Astans Finger ihr scheinbar zärtlich eine lange Haarsträhne aus dem Gesicht strichen.

»An deiner Geschwindigkeit müssen wir unbedingt noch arbeiten. Ein Krieger lässt sich nicht erwischen. Niemals.« Eine Hand packte sie unerbittlich im Nacken und zwang sie dazu in die tiefschwarzen Augen ihres Gegenübers zu blicken. Eine Narbe zog sich von Astans Stirn bis zu seiner Wange, ansonsten sah der riesige Mann auffallend gut aus. Sein inneres Wesen hingegen war um ein Vielfaches gnadenloser als das des obersten Höllenherrns, nachdem Astan sich benannt hatte. *Denn Satan hätte gewiss nicht …*

»Ich glaube, ich kann dir einen Anreiz bieten, damit du dich beim nächsten Mal ein wenig mehr anstrengst.« Astan beugte sich vor und seine Lippen streiften ihr Ohr. »Du darfst dir jemanden aussuchen, der die Strafe für dein Versagen auf sich nimmt.« Die Hand aus Ceys

Nacken löste sich und glitt langsam ihren Rücken hinab. »Gleich, nachdem wir hiermit fertig sind …«

Cey schrie auf und schnellte auf ihrem Sitz herum. Erst im allerletzten Moment realisierte sie, dass es ein harmloser Mensch war, der da neben ihr saß, und ihre Finger krallten sich tief in den Stoff seiner Kopfstütze, statt um den Hals des übergewichtigen, jungen Kerls.

»Ähm …« Irritiert und vielleicht sogar schockiert rückte ihr Sitznachbar von ihr ab.

Cey zog ihre Hand hastig zurück.

»Sorry«, murmelte sie. »Schlecht geträumt …«

Am liebsten hätte Cey sich selbst eine gescheuert. Das sanfte und stundenlange Geruckel des Flugzeugs hatte sie schläfrig gemacht, dennoch war es unverantwortlich von ihr gewesen einzunicken. Ein übernatürliches Wesen, wie sie es nun einmal war, durfte in der Anwesenheit von Menschen niemals die Kontrolle verlieren. Gegen die Stärke, Ausdauer und Schnelligkeit eines J'ajals hatten diese schließlich kaum eine Chance und da rechnete sie all die anderen Fähigkeiten – zum Beispiel das langsame Altern, ihre beschleunigte Wundheilung und ihre mentalen Kommunikationsmöglichkeiten – gar nicht erst mit ein.

»Ach so.« Der Mann neben ihr streifte seine neongrünen Kopfhörer ab und hielt ihr freundlich ein Tüte Chips entgegen. »Essen hilft bei Flugangst«, behauptete er.

Cey lächelte schwach und griff in die Tüte. Wie wenig ihre Albträume mit der Höhe zu tun hatten, in der sie sich derzeit befanden, verriet sie ihrem Sitznachbarn lieber nicht. Dafür warf sie einen Blick auf den Monitor, der an der Decke im Gang angebracht war – noch zwanzig Minuten, bis sie endlich auf dem Flughafen von West Whiard landen würden.

Eine dichte Wolkendecke verhinderte die Sicht auf die unter ihnen liegende Landschaft, trotzdem starrte Cey für die nächste Viertelstunde aus dem kleinen Fenster an ihrer Seite.

Nathan, wo steckst du nur? Warum musste es ausgerechnet dieser immer gut gelaunte und unglaublich charismatische J'ajal sein, der seit einigen Tagen spurlos verschwunden war? Cey seufzte leise auf, als das Bild des übermütigen kalifornischen Surfer-Boys in ihrem Verstand aufblitzte. So sehr ihr die Auszeit von ihrem risikobehafteten Dasein auch widerstrebte, zu der ihr väterlicher Freund Jisuho sie nach einem besonders waghalsigen Kampf verdonnert hatte, die Möglichkeit Nathan niemals wiederzusehen versetzte Cey in eine unerwartet düstere Stimmung. Und in eine aggressive.

Im Spiegelbild der Fensterscheibe färbten sich ihre schokoladenbraunen Augen für einen Sekundenbruchteil bedrohlich rot. Während die meisten J'ajal einen solchen Wechsel für schlichtweg zu anstrengend befanden, musste Cey sich stets daran erinnern, wie allergisch die Menschen in ihrer Umgebung reagierten, wenn sich ihre Augen an ihre aktuelle Stimmung anpassten.

Mit einem heftigen Ruck ließ Cey das Schloss ihres Gurtes einschnappen, als das entsprechende Lämpchen über ihrem Sitz aufleuchtete. Wer auch immer die glorreiche Idee gehabt hatte sich Nathan zu schnappen, er hatte einen gewaltigen Fehler begangen. Und wie mit solchen Fehlern umzugehen war – das hatte sie in den grausamen Jahren ihrer Kindheit nur zu genau gelernt. *West Whiard, mach dich auf etwas gefasst!*

Kapitel 1

Xyen brüllte in sein Handy und pfefferte es schließlich wutschnaubend gegen die Wohnzimmerwand seines Anwesens in der 17th Street von West Whiard. Wahrscheinlich sollte er als langjähriger Anführer eines vierzehnköpfigen United-Secret-Forces–Teams und der damit einhergehenden Verantwortung für diverse Verbrechensaufklärungen über eine weitaus höhere Frustrationsschwelle verfügen. Es war allerdings ein himmelweiter Unterschied in Kooperation mit dem menschlichen FBI oder anderen Behörden nach Mördern zu fahnden oder eine Suchaktion für sein eigenes, zweitjüngstes Teammitglied leiten zu müssen.

Leider hatten die Techniker seiner J'ajal-Organisation ihre technischen Gerätschaften für extreme Belastungen wie einen Seday'schen Tobsuchtsanfall konzipiert und von daher dachte das Smartphone überhaupt nicht daran in tausend Teile zu zerspringen. Im Gegenteil, für eine einzelne Sekunde schien ihn das Telefon sogar höhnisch anzugrinsen, erfreut darüber, dass er keinen einzigen Schritt vorankam.

Xyen schüttelte den absurden Gedanken ab und wandte sich zu seiner dunkelhaarigen Schülerin um. In der zusätzlichen Mentoren-Rolle, die er innehatte, war es Xyens Aufgabe gerade erwachten J'ajal dabei zu helfen ihr altes, menschliches Leben abzustreifen und sich mit ihren neu entwickelten Fähigkeiten auseinanderzusetzen. Und, als wichtigsten Punkt, er musste die jungen Erwachsenen mit ihren Pflichten vertraut machen, zum Beispiel mit der Notwendigkeit ihre Existenz vor der Öffentlichkeit geheim zu halten. So unterschiedlich das moralische Grundverständnis in den diversen J'ajal-Vereinigungen auch war – viele

Organisationen empfanden es etwa als schlichtweg lächerlich, dass die Seday die Menschen mit ihrer USF-Militäreinheit unterstützten und keinerlei Machtbestrebungen aufwiesen – jeder der begehrten Neulinge musste sich einer Zwangsausbildung unterziehen, die dieses und andere grundlegende J'ajal-Themen behandelte, bevor er in die Freiheit zurückkehren durfte. Nun ja, fast *jeder* ...

»Cey.« Obwohl Xyen sich bemühte, klang seine Stimme immer noch gereizt und nicht so besonnen wie sonst. »Ich habe momentan leider keine Zeit für dich.«

Vor ein paar Tagen wäre er wahrscheinlich überglücklich gewesen, die ungewöhnliche, junge J'ajal zu sehen, aber derzeit verdrängten andere Sorgen diese Gefühle.

Nach Ceys spektakulärem Auftritt und ihrer Flucht vor den Jägern der Hayran – demjenigen J'ajal-Syndikat, das weltweit die größten Schmugglerrouten unterhielt hatte es nur wenige Sekunden gedauert, bis sein Sicherheitschef Jay und seine restlichen Männer bei ihm eingetroffen waren. Natürlich hatten sie genau wie in der Vergangenheit keinen einzigen Hinweis auf Ceys Verbleib gefunden und selbst von der einstigen Anwesenheit der Hayran hatte nur ein verlassener Transporter gezeugt. Alle zusammen waren sie wie vom Erdboden verschluckt gewesen, dabei hätte man meinen sollen, eine Gruppe kämpfender J'ajals hätte durchaus auffallen müssen.

Erst am übernächsten Morgen wurden Xyens schlimmste Befürchtungen durch eine knappe SMS gemildert.

Bin okay. C.

Okay konnte bei Cey allerdings so ziemlich alles bedeuten und entsprach gewiss nicht seiner Definition.

Damit war nur einer übrig geblieben, der ihm möglicherweise helfen konnte. Jisuho, der einzige Mann, auf den Cey zumindest ab und an zu hören pflegte. Das Gespräch mit dem grauhaarigen alten Seday, der abgeschieden in einem kleinen Ort namens Venmore Hills lebte, war jedoch vollkommen anders verlaufen, als Xyen es erwartet hatte ...

***

»Eine zeitlich perfekt abgepasste, herabstürzende Mikrowelle als Mordinstrument? Ja, das klingt definitiv nach Cey.« Jisuho grinste unverfroren und Xyen bedachte seinen ehemaligen Mentor mit einem bösen Blick.

Voller Sorge hatte er die Geschichte über Anamolu, den Hayran-Spion in ihren eigenen Reihen, und das Aufeinandertreffen mit dessen Auftraggebern erzählt und er hatte auch nicht seinen Anfall von Furcht verschwiegen, der von Ceys skrupellosem und absolut tödlichem Kampfstil hervorgerufen worden war und Xyen im Nachhinein selbst unglaublich lächerlich erschien. Wie sehr musste er Cey mit seiner Reaktion verletzt haben. Kein Wunder, wenn die nach außen hin so toughe und in Wirklichkeit so unsichere junge J'ajal lieber von ihm fernblieb.

»Jetzt setz dich endlich hin, Xyen.« Jisuho wies mit dem Kopf auf einen der Stühle an dem großen eichenen Küchentisch. »Du ruinierst mir noch den Fußboden.«

Xyen gehorchte und unterbrach seine rastlose Wanderung. Er konnte allerdings nicht verstehen, warum sich sein Freund so gelassen zeigte, schließlich hatte er seinen Job gründlich vermasselt. Nur aufgrund von Jisuhos Geheiß war Cey zu seiner Schülerin geworden, dabei hatte die junge Frau sich viel früher zu einem J'ajal gewandelt, als es überhaupt möglich sein sollte, und ihre letzten Jahre hatte sie von allen J'ajal-Organisationen frei und unentdeckt damit verbracht – *ja, mit was eigentlich?*

Xyen hatte nicht die geringste Ahnung. Da er jedoch über die J'ajal-Fähigkeit Emotionen spüren zu können verfügte, wusste er, wie wütend Jisuho am Tag seiner Ausbildungs-Anordnung auf Cey gewesen war und den Grund dafür kannte er ebenfalls – Angst. Angst, diejenige zu verlieren, die Jisuho wie seine eigene Tochter liebte und für die er sogar gegen eines der grundlegendsten Gesetze der Seday verstoßen hatte, indem er Ceys Existenz vor allen anderen Mitgliedern verschwieg.

Die Gefühle, die Xyen innerhalb kürzester Zeit für seine Schülerin entwickelt hatte, brachten ihn nun selbst immer näher in eine Zone hinein, die man kaum noch *grau* nennen konnte. Tiefstes Schwarz war die treffendere Bezeichnung, ließ er Cey doch ohne ein Wort der Nachfrage gehen, wenn sie das von ihm verlangte, ganz so, wie er es Jisuho versprochen hatte.

Und ob die J'ajal tatsächlich wie vereinbart zu ihm zurückkehren würde, daran hegte Xyen dieses Mal starke Zweifel. Bedenken, die Jisuho nicht mit ihm zu teilen schien.

»Du musst geduldig mit Cey bleiben.« Jisuho musterte ihn nachsichtig aus silber-blauen Augen. »Und vor allem – sei nicht so streng mit dir selbst, Xyen. Du musst nicht perfekt sein und immer alles richtigmachen.«

Tja, wäre es nicht besser, wenn Jisuho selbst die Rolle als Ceys Mentor übernehmen würde? Schließlich war er der Einzige, der die J'ajal wirklich zu kennen schien, und überaus praktische Tipps hatte er auch parat.

Jisuho quittierte diese Feststellung mit einem tadelnden Kopfschütteln. »Zum Schmollen bist du entschieden zu alt! Und ich weiß, Cey braucht dich, auch wenn sie es nicht zugeben kann. Noch nicht.«

Es war Xyen schleierhaft, woher sein Freund diese Überzeugung nahm. Ihre Vergangenheit, von der er ebenfalls kaum etwas wusste, hatte Cey unglaublich misstrauisch gegenüber jedem anderen Lebewesen gemacht und Xyen war sich nicht sicher, ob sie ihre Vorbehalte jemals überwinden konnte.

Natürlich würde er alles in seiner Macht Stehende versuchen, um endlich Ceys Vertrauen zu erlangen, ein wenig mehr Unterstützung von seinem ehemaligen Mentor hatte er sich allerdings schon erhofft.

Sonderlich lange hatte Xyen sich nicht über Jisuhos störrische Weigerung Fragen über Cey zu beantworten aufregen können, denn Jays besorgtem Telefonanruf war er umgehend gefolgt ...

***

Xyen löste sich aus seiner Versenkung und konzentrierte sich wieder auf Ceys Anwesenheit.

»Ich habe gehört, Nathan ist verschwunden ...« Der Blick der jungen J'ajal glitt zu dem überdimensionalen Fernseher in der Ecke des Zimmers, wo sie Stunden um Stunden mit dem Siebenundzwanzigjährigen gezockt und herumgealbert hatte. Ceys sonst so strahlende Aura verdunkelte sich zusehends, doch dann straffte sich seine Schülerin. Das verheißungsvolle Braun ihrer Augen wechselte zu einem kompromisslosen, stählernen Grau und Xyen stellte überrascht fest, wie sehr er sich bereits an die andauernden Farbveränderungen gewöhnt hatte. »Was genau ist passiert? Wie kann ich helfen?«

Xyen schüttelte ablehnend den Kopf. »Cey, ich danke dir, aber das ist definitiv der falsche Zeitpunkt. Ich kann mich jetzt nicht auch noch um dich kümmern.«

»Das brauchst du gar nicht! Ich werde brav sein, versprochen. Erzähl mir nur, was geschehen ist. Ich kenne die Namen einiger Leute, denen vielleicht etwas dazu einfällt.«

Klingt nicht nach einem besonders wünschenswerten Umgang für eine junge Frau ...

»Bitte.« Cey trat auf ihn zu und sah ihm flehentlich ins Gesicht. »Ich glaube ...« Seine Schülerin stockte und holte tief Luft. »Ich glaube, ich fand es doch nicht so schlecht mit euch.«

Dieses Zugeständnis an ihn und sein Team waren Worte, an die Xyen beinahe nicht mehr geglaubt hatte ...

***

Für einige Augenblicke starrte ihr dunkelhäutiger und – wie es allen J'ajals zu eigen war – ausgesprochen attraktiver Mentor sie einfach nur an. Nicht weiter verwunderlich, wenn man ihre bisherige Ablehnung zu einem Dasein als Seday-Schülerin bedachte. Cey war jedoch klargeworden, dass keiner von Xyens Leuten für ihre verkorkste Existenz verantwortlich war. Und ihr Mentor selbst ebenfalls nicht. Etwas mehr Zeit, ein wenig mehr Vertrauen – vielleicht hätte es dann funktioniert. *Vielleicht kann es noch funktionieren …*

Die Erinnerung an Xyens letzte Empfindung, die er ihr entgegengebracht hatte, an seinen letzten Blick, so voller Furcht, zerstörte allerdings die Hoffnung, die Cey sich auf ihrem Flug nach West Whiard gemacht hatte.

»Du hast Angst vor mir«, stellte sie verzagt fest und wandte sich schnell ab, damit Xyen nicht sehen konnte, wie ihre Augen feucht wurden. Wie anmaßend von ihr zu glauben, sie könnte so mir nichts dir nichts wieder hier aufkreuzen und ihren Mentor bitten auch weiterhin für sie da zu sein, jetzt, nachdem er den ersten Hauch einer Ahnung verspürt hatte, was für ein Monster sich hinter all ihren Mauern verbarg.

»Nein.« Die Stimme ihres Gegenübers klang überaus energisch und er stoppte ihren Fluchtversuch, indem er sie an der Schulter festhielt. »Cey, sieh mich an.«

Sanft zwang Xyen ihr Kinn in die Höhe und Cey spürte die bunte Vielfalt seiner Emotionen am Rande ihres Bewusstseins. *Hat wohl immer noch nichts über die mentalen Gefahren seines Handelns gelernt, dieser seltsame Seday.* Ihr einen so offenen Zugang zu gewähren, nur damit sie Xyens Gefühlsleserei-Fähigkeit gegenüber nicht benachteiligt war, das war bodenlos leichtsinnig und … überwältigend schön.

»Ich habe keine Angst vor dir! Es tut mir leid, ich war verwirrt über das, was passiert ist. Aber ich weiß genau, wer du in deinem Innersten bist. Und du bedeutest mir sehr viel.«

Xyens Gefühle verrieten nicht die geringste Spur eines Zweifels und behutsam strich er ihr eine Träne aus dem Gesicht. Trotzdem war Cey unschlüssig, ob ihr Mentor sich nicht selbst etwas vormachte. Wenn sie sich doch selbst so sehr hasste, wie konnte er es dann nicht tun?

Xyen unterbrach ihre Grübeleien und bugsierte sie zum Sofa. »Pass auf, ich erzähle dir, was ich über Nathans Verschwinden weiß, und danach sehen wir weiter. Wirklich viel haben wir bisher allerdings nicht erfahren ...«

Viel war es tatsächlich nicht, aber immerhin gab es einige Anhaltspunkte. Seit einiger Zeit verkehrte Nathan regelmäßig in den oberen Kreisen der hiesigen Gesellschaft, um sich ein genaueres Bild von den erdrosselten Politikern der letzten Wochen – Gouvernor Brown, Familienminister Doika und sechs weiteren – machen zu können und um mögliche Parallelen zu finden. Xyen war von Tajyno, dem Anführer seiner J'ajal-Organisation, angewiesen worden, das FBI zusammen mit seinem Team bei der Suche nach dem Schlingen-Mörder, wie die menschliche Presse den Serienkiller nannte, zu unterstützen und zu überprüfen, ob womöglich ein J'ajal hinter alldem steckte.

Da Nathan in einem wohlhabenden, oder besser gesagt in einem stinkreichen Elternhaus aufgewachsen war, fiel es ihm ausgesprochen leicht sich sicher durch die Mischung aus Schein, Glanz, Korruption und Intrigen zu bewegen. Seine J'ajal-Fähigkeit, andere Leute für sich zu gewinnen, tat ihr Übriges und so hatte Nathan bald Zugang zu den prominenten Veranstaltungen aller Art gehabt, ohne dass er dafür mit einer Dienstmarke herumwedeln musste. Im Gegenteil, alle hielten Nathan für einen der Ihren und überschlugen sich fast darin ihn ihren Gast nennen zu dürfen.

Nathans Beliebtheit rief allerdings auch den einen oder anderen Neider auf den Plan. Weil diese Menschen aber deutlich in der Minderheit waren, übten sie sich in einer heuchlerischen Zurückhaltung und lauerten stattdessen auf den Tag, an dem sie Nathan unter irgendeinem fadenscheinigen Vorwand aus ihrer Mitte jagen konnten. Jedenfalls war das bisher so gewesen. Doch jetzt – jetzt war Nathan verschwunden.

»Und sein Tanoud hat nicht weitergeholfen, oder?« Cey fixierte nachdenklich das Tribalmuster, das Xyen in seine kurzen Haare einrasiert über dem rechten Ohr trug. Gleichzeitig versuchte sie die Informationen aus seiner Schilderung auszuwerten.

»Sein was?«

»Keine Ahnung, wie ihr das nennt.« Cey zuckte die Schultern. »Ich meine diese winzig kleinen Chips, die unaufspürbar ins Handgelenk implantiert werden und bei Aktivierung vierundzwanzig Stunden lang ein einfaches Signal ausstoßen.« Cey sah ihren Mentor abwartend an und gab sich dann seufzend selbst die Antwort. »Ihr habt so etwas gar nicht ...«

»Tja, für eine Ortung benutzen wir ja normalerweise die Ayaros«, bestätigte Xyen ihre Feststellung. »Allerdings machen die sich in Kombination mit einem Smoking nicht ganz so gut, also hat Nathan darauf verzichtet.«

»Wo genau wollte er denn hin?« Cey strich sich gedankenverloren über ihr linkes Handgelenk, dass bis vor kurzem ebenfalls von einem metallenen Armband geziert worden war. Der integrierte Peilsender bildete nur eine der zahlreichen Funktionen des Ayaros. Zusätzlich überwachte der Armreif kontinuierlich die Vitalfunktionen seines Trägers und er regelte verschiedene Zugriffs- und Zugangsrechte in Area XV4, demjenigen Stützpunkt der Seday, an dem gewöhnliche neu erwachte J'ajal ihrer Aus- und erfahrenere Mitglieder ihrer Weiterbildung nachgingen. Ein eingelassener Stein verdeutlichte den Wissensstand des Schülers. Schwarz für einen Neuling, verschiedene Grautöne für die älteren Trimestler und schließlich, bei einem erfolgreichen Abschluss, gab es einen weißen Stein.

»Nathan war unterwegs zu einer Champagner-Schlacht im Westend.«

Xyen nannte ihr die Details und Cey konnte nur den Kopf darüber schütteln, mit was sich die sogenannte Elite die Zeit vertrieb. Dieses Mal hätte es sie jedoch gefreut, wenn Nathan an seinem Bestimmungsort angekommen wäre und zusammen mit irgendwelchen arroganten Schnöseln seinem Favoriten-Bunny einige exklusive Flaschen Alkohol im Krieg gegen ihre Rivalinnen spendiert hätte.

Stattdessen war Nathan mitsamt seinem Auto verschwunden und offenbar befand er sich außerhalb der Reichweite mentaler Übertragungen. Die Alternative, warum keine Antwort von ihm kam, wollte Cey lieber nicht in Betracht ziehen.

»Ich höre mich mal in der Stadt um«, meinte sie schließlich. »Und wenn es geht – alleine. Ein Schatten wirkt nicht gerade vertrauenserweckend ...« So zurückhaltend sich Jays Männer bei der ihr zugedachten Bewachung auch zeigten, an manchen Orten war selbst das zu viel.

Xyen bedachte sie mit einem finsteren Blick aus seinen gold-braunen Augen, vermutlich, weil er genau wusste, wie wenig sie sich an die geltenden Seday-Richtlinien hielt, wenn sie nicht fortlaufend daran erinnert wurde. Ohne ein Wort zu verlieren, verließ ihr Mentor das Zimmer. Er kehrte allerdings nach wenigen Sekunden zurück und warf ihr ein Smartphone zu.

»Das ist eine absolute Ausnahme!«, erklärte er. »Du meldest dich jede halbe Stunde. Und du hörst dich nur um, du unternimmst nichts. Wenn du etwas erfährst, dann gibst du uns sofort Bescheid. Keine Schlägereien oder Schießereien oder Messerstechereien oder –«

»Ich hab's kapiert.«

Cey verzichtete vorsichtshalber auf jegliches Gemecker, aber Xyen war trotzdem noch nicht zufrieden. »Wiederhole es«, forderte er.

»Ich werde mich in der Stadt umhören und versuchen, jedem Ärger aus dem Weg zu gehen.«

Das war natürlich eine sehr aufgeweichte Variante von Xyens Worten, doch zu einem anderen Zugeständnis war Cey nicht bereit. Ihr Mentor akzeptierte es stillschweigend.

»Es gibt eine weitere Bedingung.« Xyen zog ein Ayaro aus der Tasche seiner Hose. Der kleine weiße Stein in der Mitte des Bandes wurde von zwei schwarzen Ringen umrahmt, eine Konstruktion, die sofort Ceys Argwohn weckte.

»So ein Ayaro habe ich ja noch nie gesehen.«

»Das ist auch eine spezielle Anfertigung, nur für dich.«

Wie nett ...

»Wirst du es tragen und zwar freiwillig und nicht nur, weil ich dich dazu verpflichte?«

Nun, um die Frage ihres Mentors zu beantworten, musste Cey erst einmal wissen, ob sich ihr neues Identifikationsarmband nach wie vor von denen aller anderen Seday-Schüler unterschied. »Kann ich es ohne fremde Hilfe öffnen?«

»Da bin ich mir ganz sicher.« Xyen wirkte eindeutig amüsiert und zugegeben, es war vielleicht nicht die beste Formulierung gewesen. Schließlich hatte sie bereits einmal eines der als absolut sicher geltenden Ayaros geknackt, es hatte sie allerdings enorm viel Zeit gekostet. Zeit, die sie vielleicht nicht immer besitzen würde.

»Ich meinte, ob ich es ohne ... *größere* Anstrengungen öffnen kann?«

Der Seday musterte sie eindringlich. »Ja. Aber, Cey, ich möchte immer von dir informiert werden, bevor du dein Armband ablegst.«

Xyens Tonfall verriet, dass sie sich besser an seine Vorgabe hielt, und in Anbetracht der Bestimmungen, die für alle nicht ausgebildeten J'ajal galten, war sein Angebot mehr als nur fair. Also nickte Cey.

»Ich werde dir Bescheid geben, außer wenn mir eine Situation keine Möglichkeit lässt.« Mehr konnte sie nicht versprechen.

Xyen zeigte sich einverstanden und gab ihr das Ayaro. Cey schob es unter den Ärmel ihrer Sweatjacke und wandte sich der Tür zu. Auf halben Weg rief Xyen ihr noch etwas hinterher.

»Cey? Ich wäre dir übrigens auch sehr dankbar für eine Info, *bevor* du Jay das nächste Mal dazu aufforderst jemandem mit deinem Armreif zu grillen.«

Cey grinste. Der elektrische Impuls, den ein Ayaro seinem Besitzer im Notfall versetzen konnte, war ihrer Meinung nach das beste Feature, besonders, wenn sich das Armband gerade am Handgelenk eines mordlüsternen Hayrans befand ... Sie murmelte ein "Ich werde mich bemühen", dann war sie draußen und schlängelte sich durch die zwielichtigen Pfade der Stadt. Dunkle Gassen, finstere Gestalten, drohendes Gewisper – das war ihr Metier.

***

Am späten Abend trafen sie im vorderen Wohnzimmer des Seday'schen-Anwesens wieder aufeinander. Xyen diskutierte mit Lee, dem chinesischen Arzt seiner Truppe, während Jay durch eine Liste von Personendaten flippte.

»Und?« Mit gerunzelter Stirn musterte Xyen Cey von oben bis unten. Vielleicht hätte sie nicht mit High Heels, tiefsitzender Hose und irgendeinem Fetzen, den man nur mit zwei zugekniffenen Augen als Shirt bezeichnen konnte, bei den Seday aufkreuzen sollen, doch Cey hatte keine Zeit mit Umziehen vergeuden wollen.

»Ja, lässt sich hier wirklich ganz gut shoppen«, meinte sie biestig. Sie hasste es, wenn Xyen sie kritisierte, und dass sie ihr knappes Outfit selbst nicht ausstehen konnte, machte es nur noch schlimmer. Aber schließlich ging es hier nicht darum, was ihr gefiel, sondern was gewisse Männer gerne an ihr sahen. Und das waren eindeutig nicht die schlabbrigen, Figur umspielenden Klamotten, die sie für gewöhnlich trug.

Xyen war allerdings nicht im Geringsten an ihrem Aufzug interessiert, wie er ihr durch einen stummen Hinweis mitteilte, und Cey musste ihm Recht geben – diese Hautpartie sah wirklich etwas zu nackt aus. Also bückte sie sich und beförderte das an ihrem Fußknöchel versteckte Ayaro zurück an ihr Handgelenk. Ihr Mentor kommentierte es zum Glück nicht weiter.

»Und?«, fragte er stattdessen. »Was hast du erfahren?«

»Tja, keine Ahnung, ist anscheinend eine Menge los momentan.« Cey seufzte und setzte sich zu den anderen an den Tisch. »Aber nichts, was mit Nathans Verschwinden in Verbindung zu stehen scheint.«

»Erzähle uns trotzdem alles, was du gehört hast«, bat Xyen. »Wir haben gerade zum fünften Mal die Hintergründe von Nathans Widersachern überprüft. Zwar scheint jeder ein Alibi zu haben, aber vielleicht passt ja irgendetwas zu dem, was du gehört hast. Wenn nicht, müssen wir unsere früheren Fälle checken, vielleicht hat Nathans Verschwinden überhaupt nichts mit seinen derzeitigen Recherchen zu tun. Oder es treiben sich wieder feindselige J'ajal in der Stadt herum, obwohl wir das prinzipiell beobachten und bisher niemanden entdecken konnten.«

Ein gehässiges Lächeln huschte über Ceys Gesicht. »Nun, zumindest die Hayran sind immer noch mit etwas anderem beschäftigt«, stellte sie klar.

Drei Augenpaare schenkten ihr einen intensiven Blick.

»Mit was denn?«, erkundigte Lee sich interessiert und Cey fiel auf, dass sie wohl besser die Klappe gehalten hätte.

»Ist nicht so wichtig.« Hastig begann sie mit ihrer Aufzählung. »Also, in ein paar Tagen wird ein mexikanischer Drogenbaron erwartet und einige fleißige Helferlein erproben rund um die Uhr eine neue Mixtur. Eine Menge Schmiergeld ist von einem Konzern an einen lokalen Politiker geflossen, damit ein Gesetzesentwurf mit verschärften Vorgaben für die Müllentsorgung gekippt wird. Dann gibt es einen riesigen Aufstand um wechselseitig geklaute Karossen, weil ja heute Nacht das Straßenrennen um die *Blaue Stahlfelge* stattfindet. Ich habe eine schier endlose Liste, wer es mit wem so getrieben hat, der Bürgermeister scheint da sehr emsig zu Werke zu gehen ...«

Cey stoppte, weil die Seday sich einen fragenden Blick zuwarfen und nahezu gleichzeitig in ein gefluchtes »Shit« ausbrachen. *Das klingt vielversprechend.*

»Nathans Auto ...«, begann Jay gedehnt.

»Was ist damit?«

Jay schnitt eine Grimasse. »Nathan fand unsere Wagen nicht gerade standesgemäß für seine Party«, erklärte er. »Deswegen hat er sich einen aufgemotzten Mitsubishi Lancer ausgeborgt ...«

Cey starrte entgeistert in die Runde. »Das ist nicht euer Ernst! Nathan hat sich einen Wagen von der Straße geklaut?«

Xyen sah sie mahnend an. »Cey, ausgeborgt ist nicht gleichbedeutend mit Stehlen.« Doch dann bekannte ihr Mentor kleinlaut: »Es war ein von der Polizei konfisziertes Fahrzeug, das in zwei Wochen an seinen rechtmäßigen Besitzer zurückgeschippert werden sollte. Die Cops haben sich schon gewundert, warum der Wagen ausgerechnet hier am anderen Ende der Welt aufgetaucht ist.«

Und weil Autos immer völlig grundlos von einem Kontinent zum anderen wandern, hatten die Seday nichts Besseres zu tun, als mit so einer Karre eine Spritztour zu unternehmen. Cey stöhnte laut auf. »Warum habt ihr keinen passenden Wagen gekauft?«, empörte sie sich. »So arm seid ihr ja nicht.«

Lee unternahm einen Verteidigungsversuch. »Das lag weniger am mangelnden Geld als an der Zeit für das Ausfüllen von ungefähr dreißig Formularen.«

»Ist doch eure eigene bescheuerte Bürokratie dran schuld!«

»Es reicht jetzt«, bestimmte Xyen. »Wir haben momentan andere Probleme. Cey, weißt du, wo dieses illegale Straßenrennen stattfinden soll?«

»Ja, das weiß ich.« Dann dämmerte Cey etwas. »Hat einer von euch überhaupt eine Ahnung, um was es bei der *Blauen Stahlfelge* geht?«

»Tja ...«, brummte Lee.

»Also ...«, murmelte Jay.

Nur Xyen war so ehrlich sofort zu verneinen. »Normalerweise ist Nathan für diese Spielereien zuständig.«

»Ihr werdet euch keinen einzigen Meter auf dem Austragungsgelände bewegen können, wenn ihr absolut nichts über dieses Rennen wisst«, bemerkte Cey abschätzig. »Und wie viele konfiszierte Fahrzeuge hat die Polizei denn noch für euch im Angebot? Der Start erfolgt übrigens«, sie warf einen prüfenden Blick auf ihre Uhr, »in genau einer Stunde.«

»Wir werden an keinem Autorennen teilnehmen!«, hielt Xyen energisch fest.

So süß, diese Seday. Die würden glatt eine Heerschar von Polizisten an die Startlinie schicken und sich dort höflich nach Nathans Verbleib erkundigen. Taktvoll wies Cey ihren Mentor auf die Erfolgschancen einer solchen Aktion hin, so irgendetwas zwischen »Ihr würdet rein gar nichts erfahren« und »Ihr dürftet anschließend noch mehr Teammitglieder suchen gehen«.

Xyen schwieg kurz, wahrscheinlich war er schockiert über ihre absolut abwegige Unterstellung. Dann bemerkte der Seday grimmig: »Ich bin mir sicher, dass ich es bereuen werde.«

»Was denn?« Cey klimperte unschuldig mit den Wimpern und Xyens Missmut vertiefte sich.

Trotzdem sprach er seine Frage aus. »Cey, wie sieht dein Plan aus?«

Fünf Minuten später hatte Cey alle Anweisungen verteilt und griff nun selbst zum Handy – zu ihrem eigenen wohlgemerkt, nicht dem verdrahteten Seday Smartphone. Sie tippte eine Nummer ein und brüllte bereits los, kaum dass sich der angewählte Teilnehmer meldete. »Hey Alter, wie läuft's?«

»Cey, bist du's?«, donnerte es genauso laut zurück. »Hast ja ewig nichts mehr von dir hören lassen.«

»Sorry, du kennst mich, bin ziemlich beschäftigt. Aber lass mich raten, ich glaube, wir halten uns gerade rein zufällig in der gleichen Stadt auf …«

Der folgende Aufschrei war selbst für Cey zu schrill. Hastig riss sie das Telefon von ihrem Ohr weg, doch selbst mit einem Meter Abstand konnte man die Worte noch gut verstehen.

»Nein, wie geil ist das denn? Du bist wieder dabei. Haben dich beim letzten Mal schon schmerzlich vermisst …«

Für das restliche Gespräch flüchtete Cey sich vor Xyens vernichtenden Blicken und dem *Wir-sollten-uns-dringend-mal-unterhalten-*Gesicht in den Garten.

Als sie den Deal unter Dach und Fach gebracht hatte, waren auch die anderen so weit.

»Diese beiden wissen angeblich, was die *Blaue Stahlfelge* tatsächlich ist und was für einen zusätzlichen Preis es gibt«, erklärte Jay verstimmt und deutete auf zwei seiner Männer. »Fragt sich nur, woher …«

Three und Ten, wie die beiden Seday heute hießen, sahen sich betont interessiert um und musterten so ziemlich alles, nur nicht ihren Chef. Der hünenhafte J'ajal mit den jadegrünen Augen wies den zehn Männern, die ihm unterstanden, immer wieder neue Namen zu, je nachdem, für welche Aufgabe er sie einteilte. Xyen, Lee und Nathan ließen sich jeden Morgen eine mentale Zahlen-Liste schicken, um die allgemeine Verwirrung zu minieren, dank ihrer J'ajal-Fähigkeit die Namen ihrer Gegenüber aus deren Bewusstsein ablesen zu können hatte Cey das allerdings nicht nötig.

»Mir ist egal, woher Ten und Three vom Rennen wissen.« Cey grinste und freute sich, dass es einige Dinge gab, die selbst Jay, der Schattenmeister schlechthin, nicht wusste. »Also, was ist die *Blaue Stahlfelge*?«

Ten fing an. »Das ist eine total schäbige, blau angemalte Stahlfelge.«

»Und was gibt es sonst zu gewinnen?«

»Nichts«, erwiderte Three lapidar. »Kein Preisgeld, keine Autos, keine ... ähm, Frauen. Es gibt rein gar nichts. Außer der Felge.«

»Perfekt.« Cey nickte zufrieden und wandte sich zu Jay um. »Die beiden nehme ich mit.«

Für einen Moment sah Jay aus, als ob er ihnen allen zusammen den Kopf abreißen wollte, doch dann tauschte er nur einen düsteren Blick mit Xyen und begab sich auf dessen Zeichen hin zu seiner vorgegebenen Position.

»Hier ist die Liste der Cops, die du haben wolltest.« Lee reichte ihr ein Tablet.

Cey scrollte durch die Angaben, die der Chinese ihr zusammengestellt hatte, und schränkte die Auswahl auf drei Kandidaten ein. Die Namen sandte sie an eine Adresse in ihrem Handy und nur wenige Augenblicke später verriet ihr ein Piepsen, dass sie sich nicht geirrt hatte.

»Den«, bestimmte sie und gab Lee das Tablet zurück. »Kriegst du ihn dazu?«

»Wird sich ja zeigen«, brummte Lee und machte sich auf den Weg.

Jetzt war der ideale Zeitpunkt, um aufzubrechen, Xyen verharrte allerdings bewegungslos an der Tür. »Cey, ich glaube nicht, dass ich deinen Plan komplett verstanden habe.«

»Na ja.« Cey zuckte nachgiebig mit den Schultern. »An einigen Stellen werde ich einfach improvisieren müssen.«

Das war gewiss nicht die Antwort, die ihr Mentor sich erhofft hatte, trotzdem spürte sie einen Anflug von Belustigung in Xyens Gefühlen.

»Improvisieren, hm? Soll ich die Mikrowelle aus unserer Küche einpacken?«

»Ach, lass nur.« Cey winkte großzügig ab. »Falls nötig, finde ich auch vor Ort etwas.«

Vorerst unterdrückte Xyen seine weiteren Bedenken und fuhr sie, Three und Ten in die Stadt. Die Besorgung der Outfits stand noch aus. Natürlich hatten die Läden längst geschlossen, aber das hatte Cey schließlich noch nie aufgehalten. Um die Alarmanlage am Eingang zu deaktivieren, brauchte sie keine halbe Minute und weil Three und Ten zielstrebig auf die richtigen Klamottenberge zusteuerten, konnte sie sich getrost ihrer eigenen Aufmachung widmen.

»Hast du schon mal was während der Öffnungszeiten eingekauft?« Xyen folgte ihr kopfschüttelnd und sah ihr aufmerksam zu, wie sie in die passende Unterwäsche schlüpfte.

Ceys Finger verharrten auf dem Verschluss ihres BHs, als sie den Blick ihres Mentors gewahrte und etwas darin zu lesen glaubte, das weit über ein Interesse an der bloßen Beantwortung seiner Frage hinausging.

Schweigend trat Xyen an sie heran. Er hob die Hand und befreite vorsichtig eine ihrer langen Haarsträhnen aus dem Träger des BHs, dann wich er wieder zurück. Ein Schauer rann durch Ceys Körper und mit einem unterdrückten Seufzer schloss sie die Augen. Warum mussten die Seday nur einen Verhaltenscodex befolgen, der eine allumfassende Bewusstseins-Verschmelzung bei einer sexuellen Beziehung zwischen Schüler und Mentor forderte? Was machte diese Regel für einen Sinn, wenn es ihr aufgrund der Pflichten, die sie ihrer dunklen Vergangenheit zu verdanken hatte, unmöglich war Xyen jemals ein solches Vertrauen zu gewähren?

Missmutig inspizierte Cey den nächsten Kleiderständer. Ein hautenges Minikleidchen kam für ihre Zwecke in Frage und tatsächlich konnte sie darin sogar einigermaßen atmen – bestimmt ein Produktionsfehler – dennoch entschied sie sich dagegen. Etwas mehr Bewegungsfreiheit würde in dieser Nacht bestimmt nicht schaden.

Three und Ten hatten es da bedeutend einfacher – coole Jeans, schlichtes Shirt, lässige Lederjacke und die selbst bei Nacht obligatorische schwarze Sonnenbrille, schon war das Thema gegessen. Aber nach zwei weiteren Versuchen wurde Cey ebenfalls fündig: Overknee-Stiefel, super kurze Shorts und ein Top, das eine Unmenge an verschiedenen Bändern aufwies. Den BH darunter konnte Cey sich getrost sparen und sie überlegte, ob es sinnvoll wäre ausgerechnet Xyen zu bitten die Verschnürungen in ihrem Rücken zu knoten. Ihr Mentor musterte ihre Verrenkungen allerdings nur kurz, bevor er eigenmächtig nach den Bändern griff und sie geschickt miteinander verwob.

Wo er das wohl gelernt hat?

Cey verstaute die durchgefallenen Kleidungsstücke wieder ordentlich in den Regalen. Anschließend musterte sie Three und Ten, nickte anerkennend und kritzelte die entsprechenden Rechnungsbeträge auf einen Block, den sie in der Nähe der Kasse gefunden hatte.

Ten und Three verließen den Laden, während Xyen unruhig auf und ab ging. »Mir gefällt das immer weniger«, schimpfte er schließlich.

»Tatsächlich? Hätte ich fast nicht bemerkt.« Cey schnappte sich eine helle Jacke und addierte den Preis zu den anderen Positionen.

»Das ist nicht witzig.« Xyen warf ihr einen gereizten Blick zu.

»Hm …« *Ganz schön teuer, so ein dreifacher Klamotten-Einkauf.* Cey legte die aufgerundete Summe in Scheinen neben die Kasse und versenkte zusätzlich etwas Kleingeld in einer aufgestellten Spendenbüchse. Anschließend drückte sie ihrem Mentor die selbstverfasste Quittung in die Hand. »Hier, könnt ihr bestimmt von der Steuer absetzen. Berufsbekleidung oder so.«

Xyen nahm den Zettel zwar entgegen, nutzte die Gelegenheit aber auch, um ihre Hand festzuhalten, und damit blieb Cey nichts anderes übrig, als ihrem Mentor seufzend in die Augen zu sehen.

»Es sind nur Menschen, keine J'ajal«, versuchte sie Xyen zu beschwichtigen. »Und es ist nur ein bescheuertes Autorennen.«

»Ein Rennen, bei dem es nicht erlaubt ist sein eigenes Handy mitzubringen, deutet auf äußerst paranoide Veranstalter hin!«

Und angesichts der Seday'schen Spionagetechnologie ist diese Paranoia natürlich völlig unbegründet.

»Ihr werdet noch nicht einmal eure Ayaros tragen«, ergänzte Xyen verärgert.

»Weil wir komplett gefilzt werden, bevor wir die Koordinaten der Strecke erhalten, habe ich doch bereits erklärt. Und ganz so unwissend, wie ihr sie gerne hättet, sind einige Menschen eben auch nicht.«

So langsam wurde Cey echt ungeduldig. Es war ja nicht so, als wenn sie zum ersten Mal an so einem Rennen teilnehmen würde. Gerade wollte sie eine dementsprechende Bemerkung vom Stapel lassen, aber Xyens offene Gefühle bremsten sie aus. Er machte sich einfach nur Sorgen. Sorgen um sie.

»Hey«, sagte sie versöhnlich und für einen Augenblick schmiegte sie sich eng an Xyens Brust. »Das wird schon alles klappen. Wir kriegen doch ein Ersatz-Handy. Und außerdem werden du, Lee, Jay und seine restlichen Männer ganz in der Nähe sein. Kein Grund zur Panik.«

Restlos überzeugt war Xyen wohl immer noch nicht. Trotzdem wies er mit dem Kopf in Richtung Tür. »Dann los ...«

Beim Sichern des Einganges kam ihr der USF-Teamanführer zuvor und als er ihre betont ausdruckslose Miene bemerkte, stellte Xyen mit hochgezogener Augenbraue klar: »Cey, es ist etwas vollkommen anderes, ob ein speziell trainierter Seday über solche Kenntnisse verfügt oder eine junge Schülerin.«

»Wie du meinst ...« Cey entschied ihrem Mentor die Illusion über seine heile Welt zu lassen, kichern musste sie allerdings trotzdem.

Um bei den üblichen Wetteinsätzen mithalten zu können, stattete Xyen sie, Three und Ten noch mit einem ordentlichen Batzen Geldscheine aus. Einen richtigen Preis hatte das Straßenrennen deshalb nicht nötig, weil die Fahrer die Prämien unter sich ausmachten. Natürlich mit einer angemessenen Provision für den Veranstalter.

Einige Minuten nach Mitternacht erreichten Cey und ihre beiden Begleiter den vorgeschlagenen Treffpunkt ihres Kumpels und wie versprochen warteten dort die bestellten Fahrzeuge auf sie. Cey nahm dankend die Autoschlüssel entgegen und prägte sich die Liste der getunten Bauteile ein. Immerhin, die Karosserie entsprach noch exakt dem Original.

Beinahe zu spät trafen Three, Ten und sie auf dem Austragungsgelände ein und eilig brachten sie die nötigen Formalitäten hinter sich – horrende Gebühren für die Teilnahme begleichen, profimäßige Wageninspektion genießen, Durchsuchung ihrer Klamotten erdulden und zum Schluss: Abchecken der anderen Renn-Teilnehmer.

Noch bevor das Startsignal ertönte, waren die Seday und Cey auf der richtigen After-Race-Party eingeladen und als die Fahrer angewiesen wurden ihre zuvor ausgelosten Markierungen einzunehmen, gewährte Cey ihrem neuen Bekannten Kyle ein aufreizendes letztes Lächeln.

Dann fiel die Flagge und das Rennen begann.

***

»Cey, pass auf!«

Threes mental übermittelte Warnung lenkte Ceys Blick in den Rückspiegel und richtig – der grüne Toyota Supra, der ihr seit der letzten Viertelmeile am Auspuff klebte, scherte nach rechts aus. Blöd nur, dass die Straße, die sich vor ihnen den Hang hinabschlängelte, keinen Platz für zwei nebeneinander herjagende Fahrzeuge bot. Bei ihrer drastisch überhöhten Geschwindigkeit musste jede einzelne der zahlreichen Kurven geschnitten werden oder man war raus – und das nicht aus dem Rennen.

Was für ein Idiot! Cey verfluchte den waghalsigen Supra-Fahrer, der sich wohl nach einem Krankenhausaufenthalt sehnte. Vielleicht sogar nach einem Grabstein, denn die nächste Kurve rückte unerbittlich näher und der Kerl machte keinerlei Anstalten seinen aufgemotzten grünen Wagen wieder hinter den ihrigen, nicht weniger getunten roten Honda S2000 zu lenken.

»Bremsen! Du musst bremsen!« Ten, der ein gutes Stück zurücklag und deshalb von seiner erhöhten Position einen ausgezeichneten Blick auf die Geschehnisse am unteren Ende des Hangs besaß, wiederholte seinen lautlosen Befehl mindestens ein Dutzend Mal. Cey dachte allerdings überhaupt nicht daran ihrem Schatten Folge zu leisten. Wenn sich der Supra-Mistkerl mit seinem Überholmanöver nicht bis zur geraden Strecke kurz vor der Ziellinie gedulden konnte, sein Problem.

»Cey, er wird dich von der Straße drängen ...«

Nur wenn sie ihm die Chance dazu gab. Cey sandte ein stummes *»Achtung!«* an Three, der mit seinem gelben Nissan Skyline GTR nur knapp hinter ihr über den Asphalt bretterte, dann riss sie ihr Lenkrad mit brutaler Gewalt nach rechts. Wie ihr Auto nach dem Rennen aussah, war ihr schließlich total egal. Funken sprühten, als rotes auf grünes Metall traf. Der Supra-Fahrer versuchte hastig gegenzulenken, aber Cey kannte sich mit diesem Spielchen zu gut aus, um nicht passend zu reagieren. Netterweise passte sie den flachsten Teil des Hanges vor der 180°-Kurve ab, bevor sie ihren Fuß auf das Bremspedal rammte. Der fehlende Widerstand rächte sich sofort und obwohl der Mensch nun ebenfalls in die Eisen stieg, schoss sein Supra seitlich über die Straße hinaus. Mindestens ein Reifen fiel dem steinigen Untergrund zum Opfer, soweit Cey das erkennen konnte, und aus dem Motorraum des grünen Wagens stieg eine dunkle Rauchwolke auf. Das war allerdings alles, kein doppelter oder dreifacher Überschlag, der unweigerlich durch ein Abkommen an einer anderen Stelle der Strecke erfolgt wäre.

»Cey!«

»Was denn?« Cey schenkte Three, der seinen Skyline GTR rechtzeitig hinter ihr zum Stillstand gebracht hatte, einen unschuldigen Blick durch den Rückspiegel. *»Ich sollte doch bremsen, oder?«*

Three sparte sich eine mentale Erwiderung, wahrscheinlich deshalb, weil Ten ihnen lautlos verkündete, sie würden in den nächsten Sekunden Besuch von drei weiteren Rennteilnehmern erhalten.

Cey grinste, legte den Gang ein und raste ihrem Ziel entgegen, das keineswegs darin bestand Erste zu werden. Nein, diese Position hatte sie für einen gewissen weiß-schwarzen Mitsubishi Lancer vorgesehen, der einzig und alleine wegen dieses Rennens seinem rechtmäßigen Besitzer in Australien geklaut und nach West Whiard importiert worden war. Ein solcher Aufwand, vor allem nach dem zusätzlichen Ärger mit den hiesigen Cops und einem blonden neureichen Jüngling, der meinte, er dürfte den Lancer für seine privaten Spritztouren ausborgen, musste doch einfach belohnt werden ...

***

»Ich kenne einen Seday, den es wahnsinnig interessieren würde, *wie* gut du fahren kannst«, raunte Ten in Ceys Ohr und besitzergreifend legte er seinen Arm um ihre Schultern. Zugegeben, Kyle das Rennen gewinnen zu lassen war schwieriger geworden als gedacht, aber Cey hatte nicht als Einzige dazu beigetragen. Threes absichtlich herbeigeführtes Querstellen seines Skyline GTR in der letzten Kurve des Hangs hatte ihr schließlich einen gehörigen Abstand zu den anderen Fahrern eingebracht und den Trick, wie Ten den Halter eines Nissans 370Z mit seinem grellen Scheinwerferlicht aus dem Konzept gebracht hatte, hatte Cey augenblicklich für ihr eigenes Repertoire abgespeichert.

Die Andeutung auf Ärger konnte sie also getrost zurückgeben.

»Nun, eure Fahrkünste wären bestimmt auch das eine oder andere Sondertraining wert, nicht wahr?«

Ihr Gegenüber gab umgehend nach und antwortete mental. *»Einigen wir uns darauf diesen Part Xyen und Jay vielleicht nicht ganz so detailliert zu berichten?«*

Und weil Frauen nun mal viel interessanter wirkten, wenn sie vergeben waren, kam Ten seiner Rolle gewissenhaft nach und küsste sie lange und intensiv.

»Abgemacht«, stimmte Cey lautlos zu. Sie rieb ihre Wange an den kurzen Stoppeln in Tens Gesicht und kuschelte sich so eng an ihn, dass sie schlussendlich beinahe auf seinem Schoss saß. Mit echtem Interesse fuhr sie die zahlreichen Tattoos auf Tens Oberarmen nach und ihr Schatten revanchierte sich mit einem weiteren langen Kuss.

Vorerst wurde ihr Geturtel allerdings vom Barkeeper unterbrochen, der kommentarlos ihre Drinks auf die Theke knallte.

War echt lecker, was Ten da bestellt hatte, trotzdem musste Cey sich auf die Lippe beißen, um nicht laut loszuprusten. Die Seday hatten echt die Ruhe weg, wenn sie selbst in dieser Situation an ihren erzieherischen Konzepten zu einem verantwortungsbewussten Dasein festhalten konnten – ihr Getränk wies einen Alkoholgehalt von Null Komma Null auf.

Three sandte ihnen einen mentalen Ping und Ten stand umgehend auf. Er ließ seine Finger über ihre Schulter in Richtung Brust gleiten und mahnte sie streng: »Nicht weglaufen, ja?«

Cey schnaubte auf. *»Wie ausgesprochen witzig …«*, beschwerte sie sich lautlos.

»Wusste, der Spruch gefällt dir!« Ten zwinkerte ihr zu und schlängelte sich an den Billardtischen vorbei, um auf der Toilette zu verschwinden.

Sofort beschlagnahmte Kyle den frei gewordenen Platz und eröffnete das Gespräch mit einem Kompliment. »Wow, du hast es echt drauf. Keiner hätte dir so ein klasse Rennen zugetraut.«

»Danke«, gab Cey abweisend zurück. »Ich habe es allerdings nur als Zweite über die Ziellinie geschafft. Und Zweiter ist nicht Erster.«

Ungeduldig wandte sie sich um, vielleicht war Ten bereits auf dem Rückweg zu ihr. *Natürlich nicht.* Kyle folgte ihrem suchenden Blick. »Dein Freund, richtig? Kennst du ihn schon länger?«

»Noch nicht so lange«, gestand Cey freimütig. »Aber er ist viel cooler, als ich gedacht habe.«

»Tja ...« Kyle drehte betont gelangweilt das Glas in seinen Händen. »Wenn du ein paar Minuten Zeit hast, kann ich dir etwas zeigen.«

Ceys Augen streiften die schlaksige Gestalt ihres Gegenübers, dann zuckte sie unschlüssig mit den Schultern. »Ich weiß nicht ... Was könntest du mir schon zeigen?«

Sofort verfinsterte sich Kyles Gesicht, die männliche Eitelkeit kannte eben keine Grenzen. »Dein Lover mag ja einige beeindruckende Muskeln aufweisen, aber wievielter war er beim Rennen? Fünfter ...?«

»Sechster«, korrigierte Cey den Menschen gleichgültig. Sie ließ ihre Augen zurück an die imaginäre Stelle wandern, an der Ten aus ihrem Blickfeld verschwunden war.

»Tja, dann besitze ich wohl etwas, das einem *sechsten* Sieger keinesfalls gebührt.«

Jetzt horchte Cey interessiert auf. »Du würdest ...?«

Mit einem triumphierenden Grinsen ergriff Kyle ihre Hand und zog sie hinter sich her. Cey wurde unsanft angerempelt und Three entschuldigte sich mit einem kurzen »Sorry«, bevor er wieder in der Menge verschwand.

»Penner!«, rief Kyle ihm hinterher.

Er führte sie ins obere Stockwerk des Gebäudes. Stolz zeigte Kyle auf eine mit schwarzem Samt ausgekleidete Truhe. Da lag sie – eine alte, verrostete und ursprünglich mal blau lackierte Stahlfelge.

»Was zum Trinken?«, erkundigte Kyle sich charmant und zeigte auf eine gut bestückte Minibar.

Cey nickte eifrig. »Gerne.«

»Cey!« Die Mahnung brauste gleich zweifach durch ihr Bewusstsein. *Echt ätzend, akustisch und visuell so eng mit Ten und Three verbunden zu sein.* Cey sandte den beiden Seday einen genervten Impuls zurück.

»Doch nur ein Wasser«, verbesserte sie sich laut. »Ich muss wohl noch fahren.«

Langsam näherte Cey sich der Truhe, die eines der wertvollsten Güter barg, die es in dieser Szene überhaupt gab. »Darf ich …?«

Auf Kyles Bestätigung hin strich sie ehrfurchtsvoll über die Felge.

»Und?«, wollte der junge Mann von ihr wissen. »Da kann dein Freund nicht mithalten, was?«

Nö, muss er auch nicht. Cey klaubte ein Stückchen Rost von dem Samtbezug der Truhe und legte es auf dem Tisch ab. Mit einer routinierten Handbewegung rutschte die Phiole, die Three ihr zugesteckt hatte, aus dem Ärmel ihrer Jacke und Cey goss einen einzelnen Tropfen auf den verwitterten Stahl. Der Effekt war wirklich beeindruckend, etwas Zischen hier, etwas Nebel dort und schwups war der Tisch wieder leer.

Klirrend zerbrach die Flasche, die Kyle gerade noch in den Händen gehalten hatte. Er starrte sie entgeistert an. »Was machst du denn da? Wie bist du damit durch die Kontrollen gekommen?«

Jetzt hätte Cey ihrem Gegenüber natürlich lang und breit erklären können, dass die Security größtenteils mit einem dämlichen Polizisten beschäftigt gewesen war, der dank Lees Einflüsterungen gedacht hatte, er könnte im Alleingang einen illegalen Ring an Autoschiebern sprengen. Oder sie konnte Kyle darauf hinweisen, dass die tatschenden Leibesvisitationen bei Männern im Allgemeinen und durchtrainierten Typen wie Three im Besonderen deutlich ungenauer ausfielen als die bei den weiblichen Gästen.

Stattdessen entschied Cey sich für eine rein rhetorische Gegenfrage.

»Kyle, was passiert wohl, wenn du die Blaue Stahlfelge nicht an den nächsten Sieger aushändigen kannst, weil sie sich urplötzlich in Luft aufgelöst hat?«

Natürlich wussten sie beide, Kyle würde in diesem Fall niemals wieder auch nur in die Nähe einer Rennveranstaltung gelangen. Die schlimmste Strafe, die man einem chronisch süchtigen Speed-Junkie antun konnte.

»Was willst du von mir?« Kyle verschränkte verärgert die Arme vor der Brust.

»Ich nehme dir jemanden ab, mit dem du sowieso nichts anfangen kannst.«

Die Augen des Mittzwanzigers verengten sich, aber offenbar wusste er genau, von wem sie sprach. »Was, wenn der Typ gar nicht mehr lebt?«

»Pech für dich.« Cey hob die Phiole über die Stahlfelge und neigte sie bedrohlich nach unten. Ein erster Tropfen löste sich, brannte jedoch auf Kyles Ruf hin nur ein harmloses Loch in den schwarzen Samt.

»Warte! Ich sage dir, wo er steckt.«

Cey atmete erleichtert auf. Das waren genau die Worte, auf die sie gesetzt hatte. Kyle war nur ein verrückter Autofreak und kein skrupelloser Mörder. Sie wählte Jays Nummer an und warf Kyle das Handy zu. Dieser bemühte sich aufrichtig um eine detaillierte Wegbeschreibung und gegen Ende wurde Kyle ihr sogar richtig sympathisch. Er setzte sich besorgt für seine Leute ein, während er für sich selbst nichts erbat.

»Und jetzt?«, wollte Kyle von ihr wissen, nachdem er den Anruf beendet hatte.

»Jetzt warten wir ab, bis Jay sich wieder meldet.«

Eine Minute lang schwieg Kyle, dann schenkte er sich aus einer neuen Flasche einen doppelten Schnaps ein. »Für dich immer noch ein Wasser?«

»Ja, bitte.«

Kyle überreichte ihr das Glas und wandte sich in Richtung des großformatigen Fernsehbildschirms, der an der Wand hinter der Theke angebracht war. Er zappte durch die verschiedenen Kanäle und stoppte schließlich bei einer Nachrichtensendung. »Der schon wieder ...«

Ja, von dem ermordeten Familienminister Doika hatte Cey in letzter Zeit ebenfalls jede Menge Berichte gesehen. Und heute wäre der sechsundsechzigste Geburtstag des Politikers gewesen, wie die Schlagzeile auf dem Bildschirm verkündete. Gute Gelegenheit für die Produzenten das Drama mitsamt unzähligen archivierten Minister-Reden erneut aufzurollen.

»... im Prinzip bin ich ein egoistischer Mensch«, quakte es aus dem Fernseher und anscheinend den Tränen nahe presste Doika einen Orden an seine Brust. »Mein soziales Engagement für Kinder bedeutet gleichzeitig, dass ich mich um meine eigene Zukunft sorge. Denn nichts anderes sind diese Kinder doch: unsere Zukunft ...«

Kyle schnaubte auf und schaltete den Fernseher wieder ab. »Der hätte sich besser um sein eigenes Kind gekümmert«, bemerkte er missmutig.

»Wieso?«, erkundigte Cey sich und stellte ihr geleertes Wasserglas zurück auf die Theke.

»Doika hat einen neunzehnjährigen Sohn«, erklärte Kyle ihr nun schulterzuckend. »Brian. Der Kerl fährt ebenfalls gerne Rennen, ist aber ein richtiger Arsch. Bin froh, dass er heute Abend nicht hier aufgetaucht ist.«

Kyle musterte sie mit gerunzelter Stirn, es verblüffte ihn wohl, dass sie sich nach allem, was geschehen war, immer noch mit ihm unterhalten wollte. Cey musste jedoch unbedingt ein wichtiges Thema klären. »Du, Kyle, sag mal, in der dritten Kurve nach dem Start, wie hast du es geschafft den blauen Camaro abzuhängen?«

Jetzt grinste Kyle und die nächste halbe Stunde verbrachten sie damit ihre gegenseitigen Fahrkenntnisse aufzupolieren. Großzügigerweise gab Cey auch die eine oder andere mentale Frage von Three und Ten weiter, die hingebungsvoll ihrer Unterhaltung lauschten. Dann klingelte das Handy und Jay bestätigte ihr, dass sie Nathan gefunden hatten und es ihm gut ging. Cey fühlte sich so glücklich wie seit langem nicht mehr.

»Gehen wir zurück auf die Party?« Galant bot Kyle ihr seinen Arm an und Cey nahm dankend an.

Eine Minute später hatten sie sich wieder unter die anderen Gäste gemischt.

»Mann, Kyle«, beschwerte sich einer der Rennfahrer, Nummer Siebzehn, wenn sie es richtig mitbekommen hatte. »Du kriegst echt alles, was du willst, was?« Nummer Siebzehn musterte Cey begierig und sein Blick blieb ganz sicher nicht an ihren Augen hängen.

Weil Kyle sich vorsichtshalber jeglicher Antwort enthielt, übernahm sie das selbst. »Och«, meinte sie lapidar und musste sich kein bisschen anstrengen, um ein befriedigendes Lächeln in ihr Gesicht zu zaubern. »Ich habe auch bekommen, was ich wollte.«

Ihre Bemerkung veranlasste Kyle den Druck seiner Hand um eine Winzigkeit zu erhöhen und andächtig flüsterte er ihr zu: »Cey, warum genau sollte ich *dich* wieder gehen lassen? Wir könnten doch auch …?«

Ten brüllte auf, zerbrach den Billard Queue in seiner Hand und schickte eine der Kugeln so zielgerichtet über die Bartheke, dass wirklich jedes darauf stehende Glas getroffen wurde. Cey beobachtete interessiert, ob der Schwung dafür ausreichen würde einem sturzbetrunkenen Typen den Kiefer zu brechen, weil der die Theke wohl mit seinem Kopfkissen verwechselt hatte und nun nicht die geringsten Anstalten unternahm dem rollenden Geschoss auszuweichen. Three erkannte die Gefahr aber ebenfalls und stoppte die Kugel rechtzeitig mit seinen Fingern. Schade, auf den Erklärungsversuch gegenüber Jay oder Xyen wäre sie echt gespannt gewesen.

»Sorry«, murmelte Ten. Er ließ eine Handvoll Geldscheine auf die Theke regnen, genug um eine kleine Gaststätte zu eröffnen. »Bin nicht so gut gelaunt.«

Der Barkeeper strich die Scheine betont gleichgültig ein und winkte die heraneilende Security zurück, dann offerierte er den geschädigten Kunden eine Runde auf Kosten des Hauses. *Wie großzügig.*

Three wog abschätzend die Billardkugel in seiner Hand und wandte sich feixend an seinen Sitznachbarn. »Ich will diesem Typen ja nicht begegnen, wenn er mal *richtig* schlecht drauf ist«, erklärte er laut.

Auch ohne gebrochenen Kiefer hatte die Vorstellung Kyle restlos überzeugt und hastig wich er zwei Schritte von ihr zurück. »Wünsch dir ein schönes Leben mit deinem Freund.«

Cey wollte es jedoch nicht so enden lassen. Trotz aller Umstände war der junge adrenalinsüchtige Mann … nett. Eine kurze Musterung von Kyles Bewusstsein, das bei einem Menschen weniger stark ausgeprägt war als das eines J'ajals und dennoch existierte, hatte es ihr verraten. Also lieh Cey sich an der Theke einen Zettel und einen Stift aus und kritzelte eilig einige Worte nieder, wohlweislich so, dass weder Ten noch Three die Nachricht lesen konnten.

»Setzt es auf die Ausspar-Liste«, übermittelte sie den beiden Seday stumm und der aufbrandende Protest ging in einen zweifachen resignierten Seufzer über. Cey drückte Kyle das Blatt in die Hand und das Misstrauen in seiner Miene wich einem spöttischen Grinsen. Kein Wunder, jetzt da er die Kontaktdaten und ein Empfehlungsschreiben für einen der mächtigsten Pistenkönige aller Zeiten in den Händen hielt.

Kyle notierte seine Handynummer auf der Ecke seines Zettels, riss sie ab und reichte ihr den Fetzten Papier. »Falls du mal wieder Lust haben solltest eine Runde mit mir zu drehen …«

Cey steckte die Nummer lächelnd ein. »Irgendwann ergibt sich bestimmt die Gelegenheit.« Ein letztes verschwörerisches Augenzwinkern, dann machte sie sich auf den Weg in Richtung Ausgang.

***

Cey durchquerte ihr Zimmer im obersten Stockwerk des Seday'schen Anwesens und öffnete ihren Kleiderschrank. Sie wählte ein kuscheliges Schlafshirt aus, doch statt es sich im untersten Regalfach bequem zu machen – der vermeintlichen Sicherheit eines Bettes würde sie sich schließlich niemals anvertrauen –, setzte sie sich auf die steinerne Fensterbank hinter ihrem Schreibtisch und ließ den Blick durch den Garten schweifen.

Eine meterhohe Hecke schirmte das parkähnliche Grundstück, das Xyen vor noch nicht allzu langer Zeit erworben hatte, von allen neugierigen Blicken ab und das kleine Wäldchen im hinteren Teil des Anwesens barg Ceys absoluten Lieblingsplatz – einen fürstlichen Springbrunnen.

Five, One und Eight eilten mit bedrohlich schwankenden Bergen von aufeinandergestapelten Pizzakartons auf die rückwärts gerichteten Räume des Hauses zu, in denen sie mit Jay und den restlichen Schatten untergebracht waren. Cey musste grinsen, als ein lautstarkes Gefluche verkündete, dass zumindest einer der Seday seine Ladung nicht sicher ans Ziel gebracht hatte.

»Hey.« Xyen gesellte sich zu ihr ans Fenster und reichte ihr ein Glas. Auf einen harmlosen Tee brauchte sie wohl nicht zu hoffen, weil Cey allerdings keinen weiteren Vortrag von Lee zu ihrer unausgewogenen Ernährung über sich ergehen lassen wollte, nahm sie den verordneten Gesundheits-Shake trotz seines unfassbar grauenhaften Geschmacks entgegen.

»Wie geht's Nathan?«, erkundigte sie sich bei ihrem Mentor. Sachte schwenkte Cey das Glas hin und her, in der Hoffnung, es könnte etwas am Rand haften und ihr somit ein winziger Schluck erspart bleiben.

»Nathan ist okay«, beruhigte Xyen sie. »Lee möchte ihn noch für einen halben Tag zur Beobachtung im Krankenzimmer behalten, aber bis auf seine Gehirnerschütterung und diverse kleinere Blessuren ist er wieder ganz der Alte. Three und Ten mussten ihm bereits drei Mal die Geschichte über das Rennen erzählen und Nathan hat sich ausgiebig darüber beklagt, dass er nicht mitfahren durfte.«

Das konnte Cey verstehen, sie wäre auch sauer gewesen, wenn die anderen sich ohne sie auf der Rennstrecke amüsiert hätten.

»Beim nächsten Rennen können wir ja zusammen teilnehmen«, meinte sie nachdenklich. »Ich habe gehört, es geht bereits morgen was in –«

»Cey, es wird kein nächstes Rennen geben, verstanden?« Xyen verengte die Augen und musterte sie streng.

»Spielverderber.« Cey zog einen Schmollmund. »Dann musst du eben mit Nathans Gemecker leben.«

Xyen nickte. »Damit komme ich schon klar ...«

Die Emotionen ihres Mentors verrieten seine Freude darüber, dass sie Nathan so schnell und nahezu unverletzt gefunden hatten, und weil Cey das Gleiche empfand, verzichtete sie auf eine weitere Diskussion ihrer Freizeitgestaltung. Sie nippte vorsichtig an Lees Gesundheitstrank und fast hätte sie alles wieder ausgespukt.

»Lecker?«, wollte der Seday scheinheilig von ihr wissen.

»Himbeere.« Fassungslos starrte Cey das Glas an. »Es schmeckt nach Himbeere.«

»Hättest du lieber wieder den alten Geschmack?« Xyen grinste. »Ich kann Lee Bescheid geben, du magst es so nicht.«

Cey schnaubte verächtlich auf und leerte den Shake bis zum letzten Tropfen. *So kann man das Zeug tatsächlich trinken, nur ...*

»Was ist?« Xyen studierte sie eingehend und Cey verzog das Gesicht. An dieses Ausspionieren musste sie sich erst wieder gewöhnen.

»Nichts.«

»Cey, es ist nur eine Geschmacksrichtung, nicht mehr und nicht weniger. Warum musst du denn immer überall so viel hineininterpretieren?«

»Ich habe es doch getrunken«, erwiderte Cey schnippisch und drehte das Glas demonstrativ auf den Kopf.

»Ja, aber nicht ohne in einem Strudel aus Misstrauen und Argwohn zu versinken.«

Na super. Kaum waren sie fünf Minuten zusammen und nicht gezwungen an einem Strang zu ziehen, schon ging der Seday ihr wieder auf die Nerven. Cey öffnete den Mund, um Xyen anzufauchen, doch der kam ihr zuvor.

»Ich werde mich nicht mit dir streiten«, hielt ihr Mentor mit ruhiger Stimme fest und nahm ihr das Glas aus der Hand. »Cey, mein Vertrauen in dich ist an keine Bedingungen geknüpft und ich kann verstehen, wenn du nicht über alles reden möchtest oder kannst. Ehrlicherweise muss ich dir aber auch gestehen, wie sehr ich es mir wünsche, wenigstens ein paar Antworten auf meine tausend Fragen zu bekommen. Schlaf gut.«

Xyen lächelte ihr kurz zu und verschwand durch die hölzerne Verbindungstür zurück in sein eigenes Reich. Eine Weile brauste der Wasserhahn in seinem Badezimmer, dann hörte Cey, wie der Seday in sein Bett kletterte und die Decke zurechtzupfte. Anschließend – Stille. Jetzt war sie zwar wieder alleine, nur ... – sie wollte es gar nicht sein.

Schlagartig verebbte Ceys Wut. Sie stand langsam auf. In der Tür zwischen ihren Räumen hielt sie erst einmal inne.

»Tausend Fragen, sagst du?«

»Mindestens«, gab Xyen mit geschlossenen Augen zurück.

Cey traute sich bis zu seinem Schreibtischstuhl vor, setzte sich und drehte sich gedankenverloren im Kreis. »Probiere doch mal ein paar Fragen aus«, erklärte sie schließlich. »Wenn es wirklich so viele sind, gibt es ja möglicherweise welche, die ich beantworten kann. Oder auch nur ... schieben.«

»Schieben?« Xyen richtete sich auf und sah fragend zu ihr hinüber.

»Ich meine solche Themen, die wir nicht heute, aber vielleicht irgendwann in der Zukunft besprechen können. Ganz im Gegensatz zu einigen Dingen, die ich dir niemals erklären werde.« Cey verschränkte demonstrativ die Arme vor der Brust.

»Hört sich fair an«, meinte Xyen schlicht. Kurz überlegte er, dann erkundigte er sich: »Cey, was schuldest du deinem Kumpel, der uns die Autos für das Rennen besorgt hat?«

Mit einer unkomplizierten Frage hält er sich also nicht auf. Cey zuckte die Schultern. »Keine Ahnung.«

»Ist das eine Schieben-Frage?«

»Nein, ich habe keine Ahnung. Er wird es mich irgendwann wissen lassen, was er dafür haben möchte. Bei seinem Lebensstil vermute ich, es läuft auf eine *Du-kommst-aus-dem-Gefängnis-frei*-Karte hinaus.«

Jetzt musste Xyen schmunzeln. »Da ist es ja äußerst praktisch, dass du gute Beziehungen zu allen möglichen Polizisten zu haben scheinst. Jedenfalls zu denen, die du nicht gerade an die Wölfe verfütterst.«

Cey grinste. »Ja, äußerst praktisch. Und der Cop von heute Nacht hatte es nicht besser verdient.«

Wahrscheinlich glich ihre Definition von *Verdienthaben* nicht der Seday'schen Variante, aber Xyen interessierte sich bereits für etwas anderes.

»Ich würde gerne wissen, wann du zum J'ajal erwacht bist.«

»Das ist eindeutig das falsche Thema«, bemerkte Cey finster.

Fand ihr Mentor offenbar nicht, denn er probierte es auf einem anderen Weg. »Wie lange kennst du Jisuho schon?«

»Ein paar Jahre.«

»Und woher?«

»Das kann ich dir nicht sagen.«

»Es hat etwas mit seiner verstorbenen Stieftochter Alyssa zu tun, oder?«

Immerhin war sich Cey nun beinahe sicher, weder ein Ausfall ihres durch die Wandlung ramponierten Gehirns noch der Kampf mit einem Menschen, J'ajal oder sonst einem Wesen würde schlussendlich für ihre Vernichtung verantwortlich sein. Nein, viel wahrscheinlicher war, dass Xyen sie in den Wahnsinn treiben und sie sich aus Verzweiflung selbst die Kante geben würde. Das hatte Jisuho in seinem tollen Master-Plan, ihr Dasein zu verlängern, wohl nicht berücksichtigt.

»Xyen, so klappt das nicht. Ich kann dir nichts sagen, wenn es die Privatsphäre von anderen verletzt und diese nicht wollen, dass du etwas über ihre Geheimnisse erfährst.«

»Okay, reden wir über die Hayran«, schlug ihr Mentor als Alternative vor.

Tolle Idee, die haben natürlich rein gar nichts zu verbergen.

»Du kanntest diesen Gruppen-Anführer Okadias.«

Anscheinend wollte Xyen sogar diese Feststellung bestätigt wissen, also nickte Cey und ergänzte umgehend: »Du brauchst gar nicht erst zu fragen, woher.«

»Wie bist du den Hayran entkommen?«

»Schieben.« *Um fünf Jahre oder so.*

»Zu wem wollte Okadias dich bringen?«

Cey runzelte die Stirn. »Da kommen mehrere Personen in Betracht.« *Wahrscheinlich hunderte Menschen und weit, weit mehr J'ajals ...*

Offensichtlich war ihre Antwort nicht diejenige, auf die Xyen gehofft hatte. »Cey, du findest nicht, ich sollte es etwas genauer wissen, wenn jemand hinter dir her ist?«

»Habt ihr euch denn bei euren Aktionen immer nur Freunde gemacht?«

»Das ist etwas ganz anderes!«

»Es ist ausreichend vergleichbar.«

Einen Moment lang herrschte Stille, dann gab Xyen nach, nur um mit noch komplizierteren Themen fortzufahren. »Hast du gewusst, dass Anamolu mit den Hayran in Verbindung stand?«

»Nein.«

»Es wäre wichtig für uns zu wissen, welche Informationen Anamolu weitergegeben hat.«

»Ich habe keine Ahnung, was er den Hayran erzählt hat.«

»Überhaupt keine?«, hakte Xyen nach. »Du wusstest doch auch von Anamolus Wohnung, von dieser jungen Frau ...«

Jennys Gesicht blitzte in Ceys Gedanken auf, die Abschürfungen auf ihrer Haut, die zerrissenen Kleider und dieses unbeschreibliche Entsetzen in ihren Augen. Cey verdrängte die Bilder wieder, konnte allerdings nicht verhindern, dass sie sich schuldig an Jennys Schicksal fühlte. Eine weitere Schuld auf ihrer endlosen Liste.

»Hey.« Xyen legte behutsam seine Hand auf ihren Arm. Cey hatte nicht einmal bemerkt, wie der Seday aufgestanden war. »Es tut mir leid.«

»Was denn?« Reflexartig versuchte Cey mit dem Stuhl zurück- und damit aus Xyens Reichweite zu rollen, doch ihr Mentor stoppte den Fluchtversuch mit seinem Fuß.

»Cey, ich wollte dich nicht bedrängen«, erklärte er. »Es war nicht als Vorwurf gemeint. Ich hatte nur gehofft, du könntest vielleicht etwas Licht in diese Angelegenheit bringen. Aber wenn du nichts weißt, dann glaube ich dir.«

Für einen Moment bereute Cey es, dass sie Xyen ihre Emotionen so offen präsentierte. Früher hatte sie sich mit ihren mentalen Barrikaden immerhin ab und an vor ihm verstecken können. Jetzt zog Xyen sie kurzerhand aus dem Schreibtischstuhl empor und dirigierte sie zu seinem Bett.

»Reden wir später weiter. Es war eine lange Nacht, du solltest dich ausruhen.« Er umging ihren Protest gegen die ungewohnte Schlafstätte mit einem: »Ich werde aufpassen, versprochen!« Xyen rutschte neben sie, legte beschützend einen Arm um ihre Schultern und bedeutete ihr die Augen zu schließen.

Super. Jetzt, wo immer und immer wieder die gleiche Frage in ihr kreiste und sie garantiert keine Ruhe finden würde.

»Soll ich rübergehen?«, wollte Xyen nach einigen Minuten von ihr wissen.

»Nein, warum? Ist doch dein Zimmer.«

»Das ist egal ...«

Xyen machte Anstalten aufzustehen, aber Cey griff nach seiner Hand. »Bitte bleib.«

Ihr Mentor fixierte ihr Gesicht. »Bist du dir sicher? Es stört mich nicht woanders zu schlafen. Du bist so ... nervös.«

Cey grinste schief. »Liegt ausnahmsweise nicht an dir.«

Vielleicht glaubte der Seday ihr, vielleicht auch nicht, auf jeden Fall ließ er sich wieder neben sie sinken. Eine Zeit lang lauschte Cey auf Xyens leisen, gleichmäßigen Herzschlag, dann hielt sie es nicht mehr aus.

»Xyen?«

»Ja?«

»Darf ich dich auch etwas fragen?«

»Natürlich.«

Cey hatte lange über die Formulierung nachgedacht, trotzdem fiel es ihr so schwer ihre Bedenken auszusprechen, dass sie sofort ins Stocken geriet.

»Als du mich gefragt hast, ob ich Anamolu nicht leiden kann – wenn ich damals etwas anderes gesagt und du ihn nicht weggeschickt hättest ... wenn er hier auf dem Anwesen geblieben und nicht in den Norden von West Whiard gezogen wäre ... dann hätte er Jenny vielleicht gar nicht getroffen und ...«

»Cey, diese Grübeleien bringen doch nichts.« Xyen strich ihr liebevoll eine Haarsträhne aus dem Gesicht, damit er ihr direkt in die Augen blicken konnte. »Ich hätte Anamolu sowieso rausgeworfen, alleine wegen dem, was er über dich gesagt hat. Trotzdem wollte ich deine Meinung über ihn wissen. Und wenn Anamolu nicht die Gelegenheit gehabt hätte Jenny zu treffen, dann wäre er früher oder später auf eine andere Frau gestoßen. Du hast keine Schuld an dem, was passiert ist. Siehst du das etwa anders?«

Es war Cey unmöglich diese Frage zu verneinen und Xyens Augen wurden schmal.

»Cey, das ist lächerlich.«

»Ich weiß.«

Vorsichtshalber verbarg Cey ihr Gesicht wieder hinter ihren Haaren, aber Xyen spürte natürlich, was sie empfand. Er richtete sich energisch auf und seine Stimme klang richtig bedrohlich.

»Cey, ich möchte nicht, dass du es überhaupt in Betracht ziehst mir nicht die Wahrheit zu sagen, nur weil du Angst hast an irgendwelchen Konsequenzen schuld zu sein. Die Verantwortung, was hier passiert, trage immer noch ich. Ich habe bestimmt, dass Anamolu gehen muss, und damit basta! Da gibt es nichts zu diskutieren. Hast du das verstanden?«

»Hm …« Cey knabberte an ihrer Unterlippe und spielte für eine weitere Minute *Was-wäre-wenn,* dann kapitulierte sie und blickte ihren Mentor wieder an.

»Was ist aus Jenny geworden?«, erkundigte sie sich vorsichtig.

»Einer unserer Männer hat sie von der Straße aufgelesen und in ein Krankenhaus gebracht«, berichtete Xyen. »Die Ärzte dort haben sich um sie gekümmert und ihre Angehörigen informiert. Soweit ich weiß, wollte Jennys Schwester sie eine Zeit lang bei sich aufnehmen, bis es ihr wieder besser geht.«

Damit war Jenny wenigstens nicht alleine. Die Auskunft beruhigte Cey etwas. Sie ließ es zu, dass Xyen sie wieder enger an sich zog.

»Ich habe mich noch gar nicht richtig bei dir bedankt«, stellte der Seday nachdenklich fest.

»Wofür denn?«

»Für deine Hilfe Nathan zu finden.«

Cey schüttelte den Kopf. »Dafür brauchst du dich doch nicht zu bedanken.«

»Nun, auf jeden Fall werde ich dich jetzt öfter um Hilfe bitten.« Xyen stupste sie sachte an. »Hast du jetzt davon …«

Und anscheinend wollte der Seday auch gleich mit seiner Ankündigung beginnen. »Cey, diese Tanoud Dinger, die du erwähnt hast – du weißt nicht zufällig, wo wir die herkriegen können?«

Ein Lächeln huschte über Ceys Lippen. »Doch«, erklärte sie. »Mein Bruder hat jede Menge davon auf Lager, weil die ja immer nur einmal funktionieren.«

»Du hast einen Bruder?« Xyen schien ernsthaft überrascht zu sein.

»Sogar mehr als einen.« Cey lachte. »Und jeder von ihnen ist mindestens genauso anstrengend wie du.«

KAPITEL 2

Es war offensichtlich, dass Sahim und Cey nicht die gleichen Eltern besaßen. Arabische Abstammung, würde Xyen sagen, wenn er raten müsste. Sahim hatte dunkle Haare und sein Gesicht wurde von einem lässigen Drei-Tage-Bart geschmückt. Das schwarze Shirt mit dem metallischen Totenkopf passte zu ihm und die zerfledderte Jeans und die Turnschuhe mit neongelben und pinken Schnürsenkeln vervollständigten diesen Eindruck. Er schien ein wenig älter zu sein als Cey, vielleicht einundzwanzig oder zweiundzwanzig.

Der junge J'ajal musterte die Ankömmlinge mit hochgezogener Augenbraue und begrüßte Cey in einer seltsamen Sprache. Gleichzeitig deutete er eine Verbeugung an. Seine Schülerin erwiderte etwas und neigte nun ihrerseits den Kopf.

Dass Xyen die Worte, die die beiden austauschten, nicht verstand, war nicht das, was ihn so sehr verwirrte. Besondere Fähigkeiten hin oder her, er wusste, dass er nicht alle Sprachen dieser Welt beherrschte. Dennoch war es ihm bisher nie schwergefallen, das passende Land oder zumindest den richtigen Kontinent zu bestimmen. Bei der Begrüßung zwischen Cey und Sahim musste er allerdings passen, noch nie hatte er etwas Ähnliches gehört. Es klang so fremd und irgendwie auch falsch, Xyen konnte aber nicht näher beschreiben, was genau ihn daran störte.

Nathan unterbrach seine Grübeleien. »Du sprichst kein Englisch?«, fragte er Sahim übertrieben laut. Der blonde Seday war seit Xyens Ankündigung, sie würden im kompletten Team bei Ceys Bruder einmarschieren, vollkommen durch den Wind und während der gesamten

Fahrt nach Garth City hatte Nathan Cey zu ihrer Familie gelöchert. Natürlich hatte seine Schülerin nichts verraten und je wilder Nathans Spekulationen wurden, desto erfreuter zeigte sie sich. Xyen hatte Cey seit längerem nicht mehr so unbeschwert lachen gehört und es stimmte ihn glücklich ihre ausgelassenen Emotionen zu spüren. Es bewies ihm nur einmal mehr, wie sehr Nathans kindsköpfige, offene Art der misstrauischen jungen Frau guttat.

»Wenn ich nett darum gebeten werde, spreche ich tatsächlich Englisch. Und ich bin kein bisschen schwerhörig.« Mit einem breiten Grinsen beäugte Sahim ihre Truppe erneut, zu welchem Ergebnis er kam, verschwieg er ihnen allerdings.

Zumindest eine Gemeinsamkeit mit Cey konnte Xyen nun doch feststellen – vor einigen Sekunden waren Sahims Augen noch dunkelbraun gewesen, jetzt aber leuchteten sie in einem hypnotischen Orange.

»Und du bist also der berühmte Xyen«, sprach Sahim ihn an. Er fixierte ihn mit einem besonders intensiven Blick, der sich geradewegs in Xyens Kopf zu bohren schien. Was auch immer der junge Mann damit beabsichtigte, Cey schien nicht einverstanden zu sein.

»Lass es«, meinte sie streng.

»War klar«, beschwerte Sahim sich bei Cey. »Zum Arbeiten bin ich gut genug, aber wenn es um ein wenig Spaß geht ...«

»Das wird ein langer Tag werden.« Cey verdrehte seufzend die Augen, Xyen konnte jedoch in ihren Gefühlen lesen, dass seine Schülerin nicht wirklich wütend war, allenfalls ein wenig genervt.

»Na gut, fangen wir eben an.« Auffallend langsam setzte sich Sahim in Bewegung.

Cey ignorierte ihn und beschlagnahmte einen klapprigen Stuhl in der Mitte der Halle. Auf dem Tisch daneben tummelte sich ein wildes Sammelsurium an chirurgischen Werkzeugen und modernen Hightech-Geräten.

Ceys sogenannter Bruder zählte eine Reihe von Funktionen und Eigenschaften des Tanouds auf. Xyen konzentrierte sich nicht besonders darauf, weil er wusste, Nathan würde jedes kleine Detail im Gedächtnis behalten.

»Und weil ein Arzt anwesend ist, sollte ich es wohl nicht versäumen die ganzen Nebenwirkungen aufzuzählen.«

Sahim wandte sich an Lee und arbeitete sich über Taubheitsgefühle und Entzündungen bis hin zu Blutvergiftungen und Absterben des gesamten Armes vor.

»Ähm, kommt das oft vor?«, hakte Nathan bei dem letzten Punkt nach und dafür, dass er so begeistert von der Tanoud-Idee gewesen war, wirkte er nun äußerst nervös.

»Ach was, Nathan«, beruhigte Sahim ihn umgehend. »Viel wahrscheinlicher ist, ich schlitze dir die Pulsadern auf und lasse dich elendig verbluten ...«

Cey knallte stöhnend ihren Kopf auf die Tischplatte und schloss die Augen. »Sagt mir Bescheid, wenn ihr fertig seid.«

Nathan ergab sich tapfer in sein Schicksal und löste sich aus seiner Erstarrung, benötigte aber eine schier endlose Zeit, um sich auf einen Stuhl zu setzen und sein Handgelenk freizulegen.

»Cey, nur noch so aus Interesse ... Wie viele J'ajal hat dein Bruder denn bereits abgemurkst?« Nathan deutete argwöhnisch auf Sahim, der mit einem sadistischen Lächeln und einem Skalpell in der Hand neben ihm auf und ab ging.

»Nun ja ...« Cey stockte und warf einen hilfesuchenden Blich in Xyens Richtung, während Sahims Grinsen immer breiter wurde. Anscheinend hatte Nathan die falsche Frage gestellt.

Um seine Schülerin zu unterstützen, schlug Xyen vor: »Schränken wir es ein auf J'ajal, denen die Pulsadern aufgeschlitzt wurden mit dem Vorwand ein Tanoud einzupflanzen.«

»Nicht viel besser«, murmelte Cey.

Nathan reichte diese Information jedoch vollkommen aus. Er brauchte keine Sekunde, um aufzuspringen und sich vorsichtshalber bis ans andere Ende der Halle zurückzuziehen. Den Ärmel seines

Pullovers rollte er demonstrativ nach unten und zusätzlich verschränkte er die Hände hinter dem Rücken. »Ich glaube, ich verzichte lieber.«

»Das wird ja noch lustiger, als ich gedacht habe«, begeisterte sich Sahim.

Ceys Augen blitzten gefährlich auf und sie setzte dazu an etwas zu sagen, schloss den Mund aber wieder. Stattdessen warf die kampferprobte J'ajal mit einer plötzlichen Bewegung des Handgelenkes einen ihrer silbernen Sterne. Im Bruchteil einer Sekunde verwandelte sich das Stückchen Metall in ein tödliches Geschoss mit einer solchen Geschwindigkeit, dass es für Xyen unmöglich war dessen Bahn zu verfolgen. Sahim stoppte den Wurfstern jedoch gelangweilt einen Zentimeter vor seinem Gesicht und schnippte ihn auf den Tisch.

»Schwesterchen, hättest mir ja gleich sagen können, ich soll den nehmen und kein Skalpell. Wird zwar ein ziemliches Gemetzel geben, wenn dir allerdings so viel daran liegt ...«

Mit einem Wutschrei ging Cey nun persönlich auf den arabischen jungen Mann los.

»Gemetzel? Du willst unbedingt ein Gemetzel? Vielleicht kriegst du ja gleich eines, mit dir als Hauptteilnehmer!«

»Das kannst du doch gar nicht.« Lachend ließ Sahim sich durch die gesamte Halle jagen. »Du liebst mich viel zu sehr.«

Xyen war sich dessen nicht ganz so sicher. Fassungslos beobachtete er das seltsame Spiel der beiden und Nathan, Lee, Jay und die anderen wirkten mindestens genauso überrascht wie er selbst. Das war kein freundschaftlicher Übungskampf. Es gab keine Zurückhaltung, keine Andeutungen, keine Pause. Attacke folgte auf Attacke und Cey und Sahim bewegten sich so schnell, dass Xyen ihre Gestalten nur verschwommen wahrnehmen konnte. Überall zugleich schien eine Handfläche oder ein Fuß auf der Suche nach einem Ziel zu sein, welches sich schon längst wieder außerhalb jeglicher Reichweite befand. Trotzdem glich es einem Wunder, dass noch keiner der beiden verletzt am Boden lag und wahrscheinlich dürfte das nicht mehr lange so bleiben. Höchste Zeit sich einzumischen.

»Hört sofort auf damit!«, donnerte Xyens Stimme durch die Halle.

Tatsächlich stoppten Cey und Sahim augenblicklich, aber nur, um zu wüsten Schuldzuweisungen überzugehen.

»Du hast angefangen!«

»Hä? Wer hat denn hier einen Stern durch die Gegend geworfen?«

»Nur weil du es darauf angelegt hast Nathan verrückt zu machen.«

»Ist doch sein gutes Recht Angst vor mir zu haben ...«

Xyen hatte sich geirrt, die beiden waren eindeutig Geschwister. Hoffentlich hatte er seinen Tonfall so weit unter Kontrolle, um zumindest ansatzweise autoritär zu klingen. »Wenn ihr nicht sofort damit aufhört, dann beende ich es«, sagte er laut.

Zwei tiefschwarze Augenpaare wandten sich ihm wie auf Kommando zu und der Streit kam abrupt zum Erliegen. In aller Seelenruhe ordnete Cey ihre Haare erneut zu einem Pferdeschwanz zusammen und Sahim spazierte gemütlich an seinen Tisch zurück.

»Du hattest Recht«, bestätigte Sahim seiner Schwester im Vorbeigehen. »Dieser Seday ist echt streng.«

»Ich habe gesagt manchmal.« Seine Schülerin sah ihn entschuldigend an.

»Schon gut.« Xyen winkte ab und musterte Cey ausgiebig, konnte jedoch keinen einzigen Kratzer an ihr erkennen. Er schaffte es trotzdem nicht seine mentale Frage an sie zu unterdrücken.

»Cey, bist du okay?«

»Ja«, erhielt er die lautlose Bestätigung. *»Sahim und ich streiten uns öfter so. Normalerweise sieht's viel schlimmer aus, aber wir haben uns heute extra beherrscht.«*

Seine Skepsis überging seine Schülerin gekonnt. Stattdessen trat sie auf Nathan zu. »Nathan, ich weiß, Sahim kommt manchmal wie ein echtes Arschloch rüber ...«

»Das habe ich gehört«, brüllte eine Stimme aus dem Hintergrund.

»... aber ich vertraue ihm. Vollkommen. Du kannst dir den Tanoud einsetzen lassen, er wird dir nichts tun.«

Ausnahmsweise verzichtete Sahim auf eine weitere Bemerkung und vier Stunden später verfügten alle Teammitglieder von Xyen inklusive ihm selbst über einen winzigen Chip im linken Handgelenk.

Sahim gab sich viel Mühe Nathan das Programm zur Aktivierung und Ortung der Tanouds auf einem Laptop zu erklären und fast schien Nathan während der Fachsimpelei sogar zu vergessen, wie sehr er sich vor kurzem noch davor gefürchtet hatte von Sahim ermordet zu werden.

Bei der Verabschiedung legte Nathan allerdings wieder Wert darauf eine gewisse Distanz zu Sahim zu wahren, besonders nachdem dieser feststellte: »Hat Spaß gemacht, oder Nathan? Vielleicht dann beim nächsten Mal, ich weiß ja jetzt, wie ich dich finden kann.«

Und mit einem letzten Augenzwinkern war der junge Mann verschwunden.

Zurück in seinem Schlafzimmer sank Xyen erschöpft auf sein Bett. Der Tag war anstrengender geworden, als gedacht.

»Komm her«, sagte er mit halb geschlossenen Augen und rollte sich zur Seite, damit Cey sich neben ihn setzten konnte.

»War es arg furchtbar?«, fragte die J'ajal ihn besorgt.

»Quatsch.« Xyen schenkte seiner Schülerin ein beruhigendes Lächeln. »Aber für deine nächste Familienfeier lass ich mir lieber eine Ausrede einfallen. Ein Bruder von dir reicht mir erst einmal.«

Cey fing an zu lachen und er musste ebenfalls schmunzeln.

»Sahim ist übrigens mit Abstand der Harmloseste von uns«, gab Cey zu bedenken, bevor sie sich in seine Bettdecke und an seine Schulter kuschelte.

Na, wenn sie das sagt ...

***

Den nächsten Nachmittag verbrachte Cey in unauffälliger Begleitung ihres Schatten Seven an der Universität von West Whiard. Von Andy, ihrem neunzehnjährigen menschlichen Freund, musste sie sich mehr als nur einen blöden Spruch über ihre kürzliche Abwesenheit anhören, und als es Cey schließlich zu bunt wurde, konterte sie damit, dass sie wohl seine Gesellschaft einfach nicht mehr ertragen hätte.

Daraufhin zeigte sich Andy reichlich zerknirscht und gab ihr als Entschuldigung einen großen Eisbecher aus. Das gefiel Cey schon besser, also verzieh sie dem Medienwissenschafts-Studenten mit der kleinen Narbe an der Augenbraue großmütig und sie verabredeten sich für den nächsten Tag. Das schöne Wetter musste schließlich zum Skateboarden, ihrer gemeinsamen Leidenschaft, ausgenutzt werden.

Cey machte sich auf den Rückweg zum Anwesen der Seday in der 17th Street und beobachtete, wie in den Bürogebäuden nach und nach die Lampen verloschen und die Menschen mehr oder weniger eilig nach Hause hasteten. Hinter einem der Gebäude sah Cey ein Gesicht aufblitzen, ein Gesicht, das ihr bekannt vorkam. *Kein gutes Zeichen.*

Sie sprang auf die Ecke zu, doch die angrenzende Straße schien verwaist zu sein. Trotzdem war Cey sich sicher, dass sie ihn gesehen hatte. Die bunte Punkfrisur war nicht so leicht zu verwechseln.

»Nikara!«, rief sie leise, aber befehlend.

Zuerst passierte nichts, dann trat er mit einem schiefen Grinsen hinter einem Pfosten hervor. »Mist«, gab der J'ajal offen zu. »Ich hatte gehofft, du bemerkst mich nicht.«

»Sag mir, dass du hier nur Urlaub machst.« Alles andere würde ihr nämlich kaum gefallen.

»Nun ja …«, druckste Nikara herum und nahm Sevens Ankunft zum willkommenen Anlass nicht weitersprechen zu müssen. »Seday«, zischte er nach einer kurzen Überprüfung von Sevens Bewusstsein. Eingeprägt in seinen Geist trug Ceys Schatten ein stilisiertes S innerhalb eines Halbkreises wie jedes andere ausgebildete Mitglied seiner J'ajal-Organisation. Die allseits bekannten Zugehörigkeits-Merkmale der verschiedenen J'ajal-Vereinigungen waren im Gegensatz zu Ceys persönlichem Zeichen – ein silbernes Schwert mit schwarzem Griff, umzüngelt von hellblauen Flammen – nicht besonders schwer zu entdecken.

Seven spannte sich unter Nikaras Blick merklich an und sandte ihr eine lautlose Frage, doch Cey verneinte. Nikara stellte keine Gefahr dar. Jedenfalls nicht für sie. Vorsichtshalber bat Cey ihren Schatten dennoch den fremden J'ajal komplett zu ignorieren, was Seven mit einem missmutigen Schnauben und dem Hinweis, er müsste Jay und Xyen trotzdem verständigen, quittierte. Immerhin hielt Seven sich zurück und ließ sich auch nicht durch Nikaras provozierende Gestik aus der Ruhe bringen.

»Nikara, was machst du hier?«, fragte Cey scharf und augenblicklich erlosch Nikaras Interesse an ihrem Schatten. Die Hand mit dem Mittelfinger sank nach unten.

»Ach, weißt du, so dies und das. Ich muss dann auch mal wieder. Hab es heute etwas eilig. Cey, man sieht sich.« Der junge Mann mit der gepiercten Unterlippe tippte sich an die Stirn und wandte sich rasch von ihr ab.

»Du gehst nicht, bevor du mir nicht verraten hast, was du schon wieder angestellt hast!«

»Immer denkst du so schlecht von mir, das ist voll gemein.« Nikara gab sich ernsthaft gekränkt. »Bei allen anderen hättest du dich gefreut sie zu sehen, aber bei mir fängst du sofort an zu meckern. Das ist so unfair ...«

»Wenn du irgendwo auftauchst, gibt es auch jedes Mal Stress«, hielt Cey vorwurfsvoll fest. »Also beichte es lieber gleich.«

»Okay, ich erzähle es schon. Aber können wir dabei vielleicht ein wenig spazieren gehen, ja? Ist so trostlos in dieser Gegend.«

Ohne ihre Zustimmung abzuwarten, setzte Nikara sich in Bewegung und zwar alles andere als gemächlich. Fast hatte Cey den Eindruck, er würde vor etwas fliehen, und der nervöse Blick, den Nikara über seine Schulter warf, sprach ebenfalls dafür. Dabei existierte hinter ihnen nichts Besonderes, da waren nur Büros und noch mehr Büros und ...

Cey stoppte abrupt und packte Nikara am Arm. »Du warst doch nicht in den Räumen des FBI, oder?«

»Ähm …«, erwiderte ihr Gegenüber gedehnt und versuchte sich zu befreien. »Wenn du so fragst …«

Bevor Nikara seinen Satz beenden konnte, ertönte die Sirene eines Polizeifahrzeugs in ihrem Rücken und Nikara zuckte heftig zusammen. »Wir sollten jetzt wirklich besser verschwinden.«

Cey rührte sich nicht von der Stelle und endlich gab Nikara sich geschlagen. Und er hielt sich nicht damit auf ihr lang und breit zu erläutern, was er getan hatte, sondern er übermittelte ihr die Informationen mental. Sparte eine Menge Zeit und trotzdem wusste sie jetzt, dass sie nicht nur ein kleines Problem hatten.

»Das ist so typisch! Wie kann man sich nur einen dermaßen bescheuerten Plan ausdenken?« Cey spurtete verärgert los.

»Der Graf war's«, versuchte Nikara die Schuld von sich auf den bleichen und rotäugigen Albtraum der Nacht zu weisen, der ebenfalls zu Ceys Brüdern zählte. Cey wusste allerdings genau, wie der Graf sich verhielt, schließlich kannten sie sich seit ihrer jüngsten Kindheit.

»Er hat bestimmt nicht zu dir gesagt, du sollst …« Cey unterbrach sich, weil Seven ihnen mit nur wenigen Metern Abstand folgte. Der Gesichtsausdruck des Seday war eh schon vernichtend genug, also verschob sie die Streitfrage lieber auf ein anderes Mal, wenn kein Schatten in ihrer Nähe war. Die Polizeisirene heulte erneut auf und klang bereits deutlich näher, denn so schnell wie ein Auto waren selbst sie nicht.

»Bitte«, flehte Nikara sie an und deutete auf eine Kreuzung. »Du darfst mich auch für das nächste Bootcamp einschreiben.«

»Da würdest du doch nur rausfliegen«, antwortete Cey gereizt. Trotzdem überprüfte sie gewissenhaft die Straßen. Für eine einzelne Sekunde verfärbten sich ihre Augen weiß und ihr Geist entstreifte in eine Welt, die Cey für gewöhnlich vermied, um keinen Aussetzer ihres kranken Gehirns zu riskieren. Lee konnte diese mentalen Ausfälle zwar dank einer neu entwickelten Lortisol-Injektion verkürzen, sie jemals wieder vollständig zu heilen vermochte der Seday-Arzt allerdings nicht. Das Abdriften ihrer Gedanken zu dem Chinesen rief einen gellenden Schrei in Ceys Bewusstsein hervor, grüne Lichter, wo keine sein sollten, Schmerz, der nicht der ihrige war und dann – nichts mehr.

Hastig konzentrierte Cey sich wieder auf ihr ursprüngliches Ziel und als sie es ohne die gefürchteten Qualen erreichte, atmete sie erleichtert auf. Sie hob die Hand und dirigierte Nikara nach links.

»Wir sprechen uns noch«, drohte sie dem J'ajal an, aber Nikara warf ihr nur eine Kusshand zu und bog ab.

Cey selbst kam noch genau hundert Meter weit, bevor ihr ein entgegenkommender Wagen den Weg abschnitt. Ein kahlköpfiger FBI-Agent riss die Tür des Fahrzeuges auf und gab einige bellende Kommandos von sich. Fast zeitgleich stoppte auch das Polizeiauto hinter ihr, dessen Fahrer sich dafür entschieden hatte sie und nicht Nikara zu verfolgen. Cey huschte an den Straßenrand und nahm gerade Anlauf, um die drei Meter hohe Betonmauer zu überwinden, als Seven sie rüde unterbrach.

»Es reicht. Du bleibst gefälligst hier.«

»Also bitte«, wandte Cey amüsiert ein. *»Ich lasse mich doch nicht verhaften.«*

»Cey, du wirst dich an unser Seday-Gesetz halten, dass wir unsere Fähigkeiten vor nicht eingeweihten Menschen geheim halten.«

Cey schüttelte den Kopf. *Das kann nur ein schlechter Scherz sein!* Sevens Miene verriet ihr allerdings, wie überaus ernst ihr Schatten seine Anweisung meinte.

Gleich drei Cops und der wutschnaubende FBI-Agent stürmten auf sie zu und es würde nur noch Sekunden dauern, bis die Männer sie erreicht hatten. Und zu allem Überfluss leuchtete für Cey ein bekannter Name im Bewusstsein des Agents auf – Ferreira. Es war ausgerechnet der Mann, mit dem Xyen zusammen in der Politiker-Mordserie ermittelte. Das würde eine gehörige Standpauke von ihrem Mentor geben ...

»Seven, es gibt doch auch Menschen, die gut klettern können«, unternahm Cey einen trotzigen, letzten Versuch.

»Nein! Und jetzt Ende der Diskussion.«

Keine fünf Minuten später saß Cey auf der Rückbank des Polizeifahrzeugs und versuchte vergeblich die Handschellen in eine halbwegs bequeme Position zu bringen. Warum hatten die Seday nur ein solches Talent dafür aus ganz harmlosen Situationen eine heillose Katastrophe zu zaubern?

Durch die Windschutzscheibe konnte Cey erkennen, wie Seven auf den tobenden Ferreira einsprach, mit wohl eher mäßigem Erfolg. Ihr Chauffeur startete den Motor und rollte gemächlich an, so dass Ferreira über ausreichend Zeit verfügte sie mit seinen Blicken zu erdolchen.

Immerhin verfügte die Niederlassung des FBI in dieser Stadt ausschließlich über vollgestopfte Büroräume, eine karge Gefängniszelle blieb ihr also erspart. Trotzdem war das Gefühl des Eingesperrt-Seins fast unerträglich für Cey und es kostete sie eine enorme Überwindung sich an Sevens mentalen Befehl zu halten. Sie gab Xyen genau eine Stunde, um sie mit einer zur ihrer Seday-Politik konformen Lösung zu befreien, ansonsten würde sie selbst dafür sorgen. *Eine Stunde ist fair genug.*

Ferreira betrat den Raum und auf seinen Wink hin entfernte sich der Agent, der sie bisher bewacht hatte.

»Wo ist er?« Die Stimme ihres Gegenübers überschlug sich beinahe und er schien die letzten Minuten dafür genutzt zu haben, um seinen Zorn noch weiter zu steigern.

»Wo ist wer?«, erkundigte Cey sich betont unschuldig und Ferreira schlug mit der flachen Hand so heftig auf den Tisch, dass das dort abgestellte Wasserglas einen schlingernden Hüpfer zur Seite machte.

»Dein Freund mit der lustigen Frisur!«

»Eine lustige Frisur? Lassen Sie mich mal überlegen ...« Cey runzelte die Stirn. »Ich glaube, zwei Korridore weiter habe ich jemanden gesehen, dessen Haare wirklich lächerlich aussahen. Meinen Sie den?«

Die Hand des Agents knallte erneut auf den Tisch und Cey überlegte, ob sie Ferreira wohl dazu bringen konnte, solange auf die Platte einzuprügeln, bis das Glas auf dem Boden zerschellen würde.

»Ich meine den Punk, mit dem du zusammen geflohen bist.«

»Sie haben doch bestimmt ein Foto aus einer Ihrer Überwachungskameras«, flötete Cey, wohl wissend, dass dem natürlich nicht so war. »Nur um ganz sicherzugehen. Ich kenne nämlich ausgesprochen viele Punks und wir treffen uns häufiger beim Joggen …«

Ferreira musterte sie aus zusammengekniffenen, giftgrünen Augen. »Dir wird deine Überheblichkeit schon noch vergehen«, drohte er. »Bald wirst du mir alles über eure Machenschaften erzählen und darüber, was ihr mit den entwendeten Daten der letzten Wochen angestellt habt.«

Oha, da hat wohl jemand ein kleines Sicherheitsleck. Ferreira erhob sich und warf die Tür so heftig ins Schloss, dass sie sofort wieder aufsprang. Leider nicht heftig genug für das Wasserglas – es fehlten knappe zehn Zentimeter. *Schade.*

Ein grimmig dreinblickender und grobschlächtiger Agent betrat das Zimmer, *T. Mires* wie sein Namensschild verriet. Er schloss behutsam die Tür hinter sich. Sehr behutsam.

Das war jetzt etwas beängstigend.

»Cey?«, zupfte eine lautlose Stimme an ihr. *»Bist du okay?«*

So etwas Dämliches konnte auch nur Xyen fragen.

»Ach, weißt du, die Wände hier drinnen gehören mal wieder gestrichen und es hat eindeutig jemand geraucht, der Gestank verpestet die gesamte Luft. Aber ansonsten …«

Ihr Mentor schwieg für einen Moment, dann bat er sie ungehalten: *»Versuch einfach ein paar Minuten nicht noch mehr Ärger zu produzieren, als du es bereits getan hast.«*

Hallo? Wer hatte denn beschlossen, dass sie freiwillig den Agents folgen sollte, sie ja wohl nicht. Bevor sie Xyen eine schnippische Antwort geben konnte, wurde Ceys Aufmerksamkeit wieder von T. Mires in Anspruch genommen. Die Miene des Agents wurde nun von einem hinterhältigen Lächeln verzerrt, ein Lächeln, das Cey schon viel zu oft gesehen hatte.

Mires verschränkte die Finger ineinander und ließ seine Knöchel knacken, dann trat er hinter ihren Stuhl und strich ihr scheinbar wohlwollend über die Haare.

»Du wolltest uns etwas erzählen, junge Dame?«

»Nö, hatte ich nicht vor.«

Mit brutaler Gewalt knallte der FBI-Agent ihren Kopf auf die Tischplatte und obwohl Cey damit gerechnet hatte, musste sie sich mit aller Macht zusammenreißen, um dem Kerl hinter ihr nicht zu zeigen, was sie von seinen Verhörmethoden hielt.

»Neuer Versuch«, bestimmte T. Mires. Er tätschelte liebevoll ihre Schulter und wiederholte seine Frage. Ein überdeutlich geäußertes »Arschloch« war aber offenbar nicht das, was der Angesprochene hatte hören wollen, und nach dem nächsten Schlag spürte Cey, wie es mit ihrer Geduld zu Ende ging.

»Xyen?«

»Was?«

»Fällt ein toter FBI Agent in die Kategorie Ärger machen?«

Verblüffend, wie schnell der Seday reagieren konnte. Es dauerte nur wenige Sekunden, bis er ins Zimmer stürzte, einen lautstark fluchenden Ferreira hinter sich herschleppend. Augenblicklich rückte T. Mires von ihr ab und hob beschwichtigend die Hände. »Ein Unfall«, versicherte er seinem Vorgesetzten. »Das war ein blöder Unfall.«

T. Mires hoffte wohl auf eine zustimmende Äußerung oder zumindest auf ein beipflichtendes Gemurmel von Ferreira, doch dieser war vollkommen verstummt.

Xyen löste seinen Blick von ihrer blutigen Stirn. Er trat energisch auf Agent T. Mires zu und seine Haltung machte unmissverständlich klar, wer hier gleich einen blöden Unfall haben würde. Einen Unfall mit seiner geballten Faust.

Wenn ihre bohrenden Kopfschmerzen nicht gewesen wären, dann hätte Cey vielleicht eine Tüte Popcorn geordert und gespannt abgewartet, ob ihr Mentor tatsächlich zuschlagen würde. So aber wollte sie nur eins. *»Darf ich endlich gehen?«*

Xyen erlaubte es ihr mit einem knappen Nicken und Cey erhob sich erleichtert. Im Vorbeigehen reichte sie dem verblüfften T. Mires die geöffneten Handschellen.

»Das ist wirklich nett von Ihnen, dass Sie mir die abgenommen haben«, säuselte sie mit zuckersüßer Stimme. »Ich dachte ja, Agent Ferreira hätte es ausdrücklich verboten, so ist es jedoch in der Tat viel, viel besser. Bestimmt kann ich mich eines Tages bei Ihnen für Ihre Herzlichkeit revanchieren.«

Cey stürmte auf den Gang hinaus. An der Tür des Gebäudes nahm Jay sie in Empfang und dirigierte sie zu seinem Wagen. Ihr äußeres Erscheinungsbild kommentierte der braunhaarige Seday nicht weiter, als sie zum Anwesen zurückgekehrt waren, scheuchte Jay sie allerdings umgehend zu Lee.

Der kümmerte sich vorbildlich um ihre aufgeplatzte Stirn, doch gegen die nervigen Kopfschmerzen konnte der Seday-Arzt nicht viel unternehmen.

»Du kannst mich nicht zufällig für ein paar Tage krankschreiben, oder?«, erkundigte Cey sich hoffnungsvoll, schließlich wusste sie genau, wer in ihrem Zimmer auf sie wartete.

Leider wusste Lee es auch und hielt daher ungerührt fest: »Kann ich durchaus machen, aber du tust dir damit keinen Gefallen, glaube mir.«

Wahrscheinlich würde es wirklich nur noch schlimmer werden, also schlich Cey sich seufzend nach oben.

Xyen sah ihr bereits ungeduldig entgegen, trotzdem musste sie ihrem Mentor zugutehalten, dass er sich vor allen anderen Dingen nach ihrer Gesundheit erkundigte.

»Geht schon«, murmelte Cey, weil sie sich einfach zu mies gefühlt hätte Xyens Besorgnis auszunutzen. Sie plumpste auf ihr Bett und Xyen setzte sich neben sie. Sanft fuhr sein Finger oberhalb der Naht über ihr Gesicht.

»Cey, wenn ich von dir verlange keinen Ärger zu machen, dann bedeutet das nicht, dass du dich nicht verteidigen darfst.«

»Ja, ich weiß. Ich bin allerdings nicht sonderlich gut darin mich nur … ein *bisschen* zu verteidigen.«

Xyen runzelte nachdenklich die Stirn. »Okay, das klären wir später«, entschied er. Cey hatte so etwas befürchtet und für ihre eh schon katastrophale Laune war die Aussicht über ihren mörderischen Kampfstil sprechen zu müssen nicht gerade förderlich. Zunächst wählte Xyen jedoch ein naheliegenderes Thema aus.

»Cey, was für ein J'ajal ist dieser Nikara?«

»Einer, der dringend ein Seminar über Taktik und Strategie besuchen sollte?« Es war ein denkbar ungünstiger Zeitpunkt, wenn ihr Mentor auf ihre Kooperation hoffte …

»Und wo steckt dein Freund jetzt?«

Cey zuckte die Schultern. »Keine Ahnung.«

»Was hat Nikara in dem FBI Gebäude getrieben?«

»Warum? Vermisst Agent Ferreira einige Daten? Vielleicht sollte er mal aufräumen, sah ziemlich chaotisch aus. Dann kannst du ihm auch gleich den Vorschlag mit der Renovierung machen.« Cey grinste, aber Xyen fand es anscheinend nicht so witzig.

Seine Stimme kühlte merklich ab. »Das ist kein Spaß, Cey! Ferreira ist unser Kollege und wenn du mir nicht erzählst, was Nikara gemacht hat, ist unsere Zusammenarbeit ernsthaft gefährdet.«

»Du findest bestimmt jemand anderen zum Spielen.« Cey sandte ihrem Gegenüber ein aufmunterndes Lächeln.

Bevor Xyen darauf reagieren konnte, klingelte sein Handy und dem Blick nach, mit dem der Seday das Display streifte, war es kein Anruf, auf den er sich gefreut hatte. Xyen schickte ein knappes »Ich ruf zurück« in den Hörer, dann schaltete er das Telefon aus und wandte sich wieder ihr zu.

»Deine Loyalität in allen Ehren, aber das ist wirklich wichtig. Wenn Nikara sich freiwillig stellt, können wir sicherlich etwas für ihn tun. Ein Einbruch in eine Bundesbehörde ist kein Kavaliersdelikt, du schadest ihm mit deinem Schweigen mehr, als das es ihm nützt.«

Damit lag Xyen so was von falsch, dass Cey einfach lachen musste. Sie hätte es wohl besser gelassen, denn augenblicklich flutete ihr eine Woge aus Wut entgegen. Cey zuckte zusammen und ihr Mentor erhob sich abrupt und verließ das Zimmer. Auf der Türschwelle kappte er seine emotionale Verbindung zu ihr und wider Erwarteten versetzte es Cey einen tiefen Stich. Sie hatte sich bereits zu sehr an den offenen Zugang zu ihrem Mentor gewöhnt.

Nach einigen Minuten kehrte Xyen zurück, doch Cey konnte nicht länger erkennen, ob er sich beruhigt hatte oder noch sauer auf sie war. Mit ausdrucksloser Miene hielt der dunkelhäutige Seday fest: »Cey, ich kann das nicht akzeptieren.«

»Was denn?«

»Gut, wenn du es unbedingt so haben möchtest. Bis sich diese Sache geklärt hat, wirst du das Grundstück nicht mehr verlassen.«

»Du kannst mich hier nicht einsperren«, protestierte Cey aufgebracht. »Ich habe mich morgen mit Andy verabredet.«

»Das liegt alleine bei dir.« Xyens Tonfall war unnachgiebig. »Du kannst mir jederzeit erklären, warum du es für gerechtfertigt hältst unerlaubt in die Büros eines menschlichen Geheimdienstes einzudringen, der obendrein einer unserer engsten Verbündeten darstellt. Und jetzt entschuldige mich bitte, ich muss telefonieren.«

Das ist ja wohl das Allerletzte! Das Anwesen der Seday hatte zwar geradezu gigantische Ausmaße, aber nicht, wenn sie hier ihre restliche Existenz verbringen musste. Und genau darauf würde es hinauslaufen, denn Xyens Forderung konnte sie niemals erfüllen. Schließlich interessierte es in ihrer Welt niemanden, wenn sie einen verärgerten Seday ertragen musste. Aber nicht mit ihr. Cey marschierte entschlossen aus dem Haus und geradewegs auf das Tor zu.

»Hey, Cey«, rief Jay ihr zu und wie zufällig trat der hünenhafte und muskelbepackte Mann ihr in den Weg. »Soll ich dich bei deinem Spaziergang in *diesem* Garten ein wenig begleiten?«

»Was wird das?«, fuhr Cey auf. »Eine Verschwörung?«

Sie spürte, wie sich Six hastig verkrümelte, anscheinend wollte Jay seine Männer bei ihrem Wortwechsel nicht in der Nähe haben.

»Du solltest schon aus deinem eigenen Interesse hierbleiben«, empfahl Jay ihr gelassen. »Damit läufst du wenigstens keine Gefahr von Agent Ferreira ganz aus Versehen erschossen zu werden. Du willst gar nicht wissen, was der gerade für einen Aufstand probt.«

Ist das etwa schon wieder ein Vorwurf? So langsam hatte Cey genug davon.

»Vielleicht müsst ihr einfach mal eure idiotischen Seday Grundsätze überarbeiten«, warf sie Jay vor. »Ein paar Sekunden und ein Sprung über eine Mauer und die Sache wäre erledigt gewesen.«

»Muss ich also davon ausgehen, dass du dich nach dem heutigen Tag nicht mehr an unsere Aufforderungen halten wirst?«

Tja, eine berechtigte Frage. Immerhin wäre ihr all das erspart geblieben, wenn sie einfach Sevens Befehl ignoriert hätte. »Ich habe nicht sonderlich viel Lust noch mal Ferreiras Gast zu sein«, meinte Cey schließlich.

»Nettes Ausweichmanöver«, urteilte Jay. »Aber danach habe ich dich nicht gefragt.«

Die nächsten Minuten verbrachten sie schweigend. Jay zeigte sich kein bisschen beeindruckt von ihren flammend roten Augen. Mit verschränkten Armen wartete er ihre Antwort ab. Irgendwann wurde es Cey zu dämlich und sie versuchte ihren Ärger hinunterzuschlucken. Schließlich hielt sich Jay nur an Xyens Vorgaben und sie konnte wohl kaum von dem Sicherheitschef erwarten, dass er seine Befehle missachten würde.

»Ich werde mich an deine Aufforderungen halten«, versprach sie also mürrisch.

»Und an die meiner Männer?«

»An die auch. Aber ich habe eine andere Meinung zu dem Thema.«

Jay schmunzelte. »Das ist in Ordnung. Bringt dich allerdings nicht weiter.«

Danke für den tollen Tipp.

Jetzt verspürte Cey keine Lust mehr über das Anwesen zu streifen und überall die Hecken zu erblicken, die sie in ihrer Freiheit beschnitten. Also kehrte sie in ihr Zimmer zurück und lauschte mit einem halben Ohr Xyens Telefonaten. Anscheinend wollte ihn so ziemlich jeder sprechen, Ferreira, dessen Vorgesetzte, Tajyno, Kibera, der der aktuell Vorsitzende des Committees of Global Security und somit der einzige Mensch war, bei dem sich Xyens Anführer allumfänglich verantworten musste. Und die Stimmen wurden immer lauter, so dass Cey sogar im Nachbarzimmer die Vorwürfe und Drohungen mit anhören konnte. Es war zwar ganz nett einige Flüche zu lernen, die selbst in ihrem erweiterten Wortschatz noch nicht vorkamen, aber jedes erneute Klingeln bedeutete wohl eine Verlängerung ihres Streites mit Xyen.

Dann fiel auf einmal Landons Name, der erbittertste Widersacher ihres Mentors in den eigenen Reihen, und Cey verspürte unweigerlich einen Anflug von Angst. Der Gedanke, sich möglicherweise nicht mehr nur mit den Seday in ihrer unmittelbaren Umgebung herumschlagen zu müssen, sondern auch mit einem Mann, dessen Bewusstsein sie bereits bei ihrem ersten Aufeinandertreffen als düster und bedrohlich empfunden hatte, war ihr bisher gar nicht gekommen. Aber nur, weil Xyen sauer auf sie war, würde er doch nicht …?

Das nächste Klingeln löste einen mittleren Panikanfall in Cey aus und sie bemerkte erst nach einigen Sekunden, dass Xyen den Anruf keineswegs entgegengenommen hatte. Stattdessen lehnte der Seday in ihrem Türrahmen und musterte sie überaus nachdenklich.

Richtig, da war ja was. Nur weil sie Xyens Gefühle nicht mehr spüren konnte, galt das noch lange nicht in umgekehrter Richtung.

»Meine Gespräche gehen dich momentan nichts an«, hielt Xyen sachlich fest und schloss ruhig, aber bestimmt die Verbindungstür zwischen ihren Zimmern. Kurz darauf fiel auch seine Tür auf den Gang hinaus ins Schloss.

Okay, das war ein unmissverständlicher Hinweis. Sorgfältig studierte Cey die hölzerne Trennung zwischen ihrem Mentor und ihr, bisher hatte sie nie die Gelegenheit gehabt einen so genauen Blick darauf zu werfen. Sie kam allerdings zu dem Ergebnis, dass es ihr kein bisschen gefiel. Also erhob Cey sich in der Hoffnung, wenigstens das Wohnzimmer könnte das Gleiche sein wie zuvor.

»Warte«, bat Xyen sie und trat ebenfalls in den Flur. »Cey, eine geschlossene Tür oder dass ich wütend bin, bedeutet nicht, dass ich dich nicht mehr mag, okay?« Er hauchte ihr einen Kuss auf die Schläfe und legte einen Arm um ihre Schultern. »Heute ist eben kein guter Tag.«

Es klingelte schon wieder, doch Xyen kehrte erst an seinen Schreibtisch zurück, als sie sich gefangen und sachte genickt hatte.

Cey warf sich auf das große Sofa im Wohnzimmer und weil sie sonst nichts zu tun hatte, kramte sie ihr Handy hervor und erkundigte sich bei Kyle nach dem Verlauf des gestrigen Rennens.

»Zweiter«, simste der Mittzwanziger ihr augenblicklich zurück. »Und Zweiter ist nicht Erster ..."

Cey musste lachen. »Mein Spruch!«, hielt sie schriftlich fest und die nächsten Minuten versorgte Kyle sie mit sämtlichen wissenswerten und nicht wissenswerten Infos über das Autorennen.

Rate, wer noch teilgenommen hat.

Wer?

Brian. Doikas Arsch von Sohn.

So schlimm?

Schlimmer. War voll besoffen, der Penner. Hat gleich zwei Unfälle verursacht. Und die Kleine, die er mitgeschleppt hatte, sah aus wie sechzehn. Höchstens.

Je jünger, desto besser, oder was? Cey konnte solche Typen überhaupt nicht ausstehen, also schrieb sie Kyle zurück:

Hast Recht. Arsch.

Kyle sandte ihr einen Smiley und ergänzte einige Sprüche, die Brian in seinem Vollrausch von sich gegeben hatte. Unter anderem, wie sehr er bei seinen Freundinnen darauf achten müsste keine abgelegte Ware seines alten Herrn aufzugreifen.

Cey runzelte die Stirn. *Ein fünfundsechzigjähriger Politiker mit einer Sechzehnjährigen?* Die menschlichen Medien hatten Doika immer als überaus aufrichtig dargestellt, das schien jetzt so gar nicht zusammenzupassen. Hatte sich wohl nur wichtigmachen wollen, dieser Brian, Betrunkene erzählten ja so allerhand blödes Zeug. *Oder …?*

Xyen betrat das Wohnzimmer, dicht gefolgt von Nathan und Lee. Hastig tippte Cey einige letzte Nachrichten in ihr Handy – wofür gab es schließlich Freunde und ein Schuldenkonto? –, dann versenkte sie das Telefon in ihrer Hosentasche und schleppte sich an den Tisch zu den anderen.

Die Miene ihres Mentors wirkte immer noch gereizt und so entschied sich Cey dafür, ihr Gegenüber während des gesamten Essens zu ignorieren, was dieser kommentarlos zur Kenntnis nahm. Lee hielt sich ebenfalls zurück, nur Nathan starrte sie geradezu versessen an.

»Was ist?«, erkundigte Cey sich schließlich genervt und legte das Besteck zur Seite.

»Nun, ich hatte gehofft, du gibst mir Nikaras Nummer, ich hätte da echt eine super wichtige Frage an ihn.« Nathan blickte sie treuherzig an. »Aber ist wohl gerade nicht so günstig, oder?«

Cey machte sich noch nicht einmal die Mühe zu antworten.

»Schade«, meinte Nathan niedergeschlagen. Doch bereits wenige Sekunden später hellte sich sein Gesicht wieder auf. »Und wenn ich feierlich erkläre, dass Hausarrest die bescheuertste Strafe überhaupt ist, gibst du mir dann Nikaras Nummer?«

»Nathan«, mahnte Xyen ihn mit einem warnenden Unterton in der Stimme, Ceys Sitznachbar ging allerdings nicht darauf ein und sah sie nur weiterhin flehentlich an.

»Wann wurdest du denn vom FBI rekrutiert?«, erkundigte Cey sich biestig.

»Hä?« Für einen Moment schien Nathan ernsthaft verwirrt zu sein, dann sprang er empört auf. »Das bescheuerte FBI interessiert mich doch gar nicht! Ich will Nikara nach den Schuhen fragen.«

»Bist du übergeschnappt? Was denn für Schuhe?«

»Na die, die er getragen hat. Ich habe mir von Seven ein Bild von deinem Freund schicken lassen.« Nathan ließ sich wieder auf seinen Platz plumpsen und fuhr verträumt fort: »Weiße Sneakers mit blauer Gummisohle und roter Umrandung. Eine Jubiläumsausgabe. Kommen aber erst nächsten Monat auf den Markt. Also noch vier lange Wochen.«

Nathans abwesender Gesichtsausdruck wich einer entschlossenen Miene. »Cey, ich *muss* wissen, wie Nikara an diese Schuhe gekommen ist. Davon hängt quasi mein weiteres Überleben ab. Ich ertrage den Gedanken nicht, dass seine Füße in diesen Luxus-Tretern stecken und meine noch nicht.«

Während Lee nur mit Mühe einen Lachanfall unterdrücken konnte und Xyen mit einem resignierten Kopfschütteln reagierte, flüchtete Cey sich aus dem Irrenhaus zu ihrem Lieblingsplatz im Garten. Ein Eichhörnchen leistete ihr für einige Zeit Gesellschaft, konnte sie aber auch nicht wirklich trösten und schließlich verkündete die aufgehende Sonne, dass es Zeit wurde schlafen zu gehen.

Cey kletterte einen Baum mit einer ausladenden Astkrone hinauf und schmiegte sich eng an den Stamm. Es dauerte nicht lange, bis sie in das Reich der Träume hinweg dämmerte, oder bei ihr wohl eher das Reich der Albträume. Die Bilder, wie Astan sie und Sahim und den Grafen und viele andere für die vermeintlichen und reellen Misserfolge in seinem Krieg bestrafte, waren für Cey schon schwer genug zu ertragen, weitaus schlimmer waren jedoch die Erinnerungen an seine Siege. An all das Blut, das an ihren Fingern klebte ...

Nach nur zwei Stunden gab Cey es auf sich ausruhen zu wollen und das war selbst für einen J'ajal, der deutlich weniger Schlaf benötigte als ein menschliches Wesen, entschieden zu wenig. Trotzdem, so schnell würde sie keiner mehr dazu bewegen die Augen zu schließen.

Der restliche Tag verlief ereignislos. Das Display ihres Handys blieb schwarz, es gab keine Antwort auf ihre Nachfrage. Also musste Cey den geplanten Skateausflug mit Andy verschieben. Das Haus betrat sie nur zu den Mahlzeiten, die sie stillschweigend in sich hineinschaufelte.

Da ihr Sprachlehrer Brnas gerade sonst wo auf der Welt unterwegs war, fiel ihr theoretischer Seday-Unterricht aus und sportliche Betätigungen hatte Lee ihr aufgrund ihres nach wie vor schmerzenden Kopfes untersagt. Jays Versuche über ihre Verteidigungskünste zu sprechen hatte Cey kategorisch abgeblockt, bis der Seday mit den jadegrünen Augen es schließlich seufzend aufgegeben und sie in Ruhe gelassen hatte.

Als es wieder Zeit wurde schlafen zu gehen, konnte Cey sich immer noch nicht überwinden ihr eigenes Zimmer zu betreten, zu abweisend wirkte die geschlossene Verbindungstür auf sie. Stattdessen ging sie langsam im Flur auf und ab und obwohl sie sicher war keinerlei Geräusche verursacht zu haben, brummte Nathan irgendwann ein *»Jetzt komm endlich rein«* in ihr Bewusstsein. Cey gehorchte und Nathan rutschte in seinem Bett ein Stück zur Seite und dirigierte sie neben sich.

»Noch ein paar Minuten länger und du hättest einen Graben in den Fußboden gelaufen«, beschwerte er sich. »Und ich wäre dann auf dem Weg zum Frühstück reingefallen und hätte nie wieder rausgefunden.«

»Nathan, du hast echt einen an der Waffel.«

Trotz dieser Feststellung schmiegte Cey sich enger an den kalifornischen Sunny-Boy und bereitwillig nahm sie einen Teil seiner Decke entgegen.

Nathan gähnte lange und ungeniert. »Komm das nächste Mal einfach direkt rein. Ich sage dir schon Bescheid, wenn du mich störst.«

»Wäre ja möglich gewesen, dass du ein hübsches Mädel mit in dein Zimmer geschmuggelt hast.«

»Hab's versucht.« Nathan grinste. »Leider hat Jay meinen Kofferraum gefilzt und sie rausgeworfen.«

Bei dieser Vorstellung musste Cey kichern. »Was für ein Pech.«

Nathan legte seinen Arm um sie und Cey war bereits zur Hälfte eingeschlafen, als der Seday in ihre Haare murmelte: »Du kannst Xyen nicht ewig aus dem Weg gehen ...«

»Warum nicht? Klappt doch bisher ganz gut.«

»Finde ich überhaupt nicht.«

»Hm«, nuschelte Cey und hoffte, das Thema wäre damit erledigt.

So schnell ließ Nathan jedoch nicht locker. Mit einer für ihn untypisch ernsten Stimme sagte er: »Cey, auch wenn Xyen mein Freund ist, du bist ebenfalls meine Freundin, und wenn es da ein Problem zwischen euch gibt, kannst du jederzeit mit mir darüber reden und ich werde versuchen dir zu helfen. Okay?«

»Ist schon gut«, wehrte Cey das Angebot ab. Wenn selbst der locker flapsige Nathan anfing sich Sorgen zu machen, stand normalerweise mindestens ein mittlerer Weltuntergang bevor. »Es ist nicht so schlimm. Wir spielen nur unser Lieblings-Spiel: *Wer gibt als Erster nach?*«

Nathan lächelte wehmütig. »Ah ja, das kenne ich aus meiner Ausbildungszeit. Ist nur irgendwann langweilig geworden.«

»Warum denn?«

»Na weil Xyen immer gewonnen hat.«

»Das werden wir ja noch sehen«, wandte Cey angriffslustig ein.

Für einen kurzen Moment herrschte Stille, doch dann fing Nathan wieder von vorne an. »Dir ist hoffentlich klar, dass er Recht hat, oder?«

Cey drosch mit einem Kissen auf Nathan ein, bis der sich lachend ergab und um Gnade bat. Ausnahmsweise verschonte sie den Seday, aber nur, weil er ihr so bereitwillig Zuflucht gewährt hatte.

***

Cey wurde durch die auffliegende Tür geweckt.

»Lange genug geschlafen.« Xyen wies vorwurfsvoll aus dem Fenster und auf die hoch stehende Sonne. »Es ist allerhöchste Zeit fürs Frühstück.«

»Nur noch fünf Minuten«, versuchte Nathan schlaftrunken zu verhandeln.

»In fünf Minuten seid ihr angezogen unten.« Xyen wandte sich zum Gehen. »Sonst werfe ich euch persönlich aus den Federn.«

Kein Risiko, das sie eingehen wollten, also verschwand Cey in ihr eigenes Zimmer und brauchte sogar nur drei Minuten, um sich eine Handvoll Wasser ins Gesicht zu spritzen und sich Jeans und Sweatshirt überzustreifen.

Nathan wurde beinahe zeitgleich mit ihr fertig und zusammen erschienen sie am großen Esstisch im Wohnzimmer.

»Morgen«, gähnte Nathan und ließ sich auf seinen Stuhl fallen.

Cey selbst verzichtete auf eine Begrüßung und huschte stumm auf ihren Platz neben Nathan und gegenüber ihrem Mentor. Xyens kritischen Blick überging sie gekonnt – noch war das Spiel nicht entschieden und so einfach würde sie nicht aufgeben.

Lee betrat das Zimmer und Cey musste unweigerlich das Pflaster an seinem rechten Zeigefinger anstarren.

»Ich habe mich geschnitten«, erklärte Lee, dem ihre aufdringliche Musterung wohl nicht entgangen war.

»Oh, wer hat dir erlaubt ein Messer in die Hand zu nehmen?«, flachste Nathan. »Das ist doch viel zu gefährlich. Komm das nächste Mal lieber gleich zu mir, ich helfe dir dann.«

Cey nahm weder Nathans Frotzeleien noch Lees Erwiderungen bewusst zur Kenntnis. Stattdessen versuchte sie ihren Herzschlag wieder in einen einigermaßen normalen Rhythmus zu lenken.

Es ist weiß. Kein Grund zur Panik. Nachdem Cey das ungefähr ein Dutzend Mal in ihrem Geist aufgesagt hatte, konnte sie ihre Aufmerksamkeit tatsächlich wieder ihrem Frühstück widmen.

Für einen Sekundenbruchteil kreuzte ihr Blick den ihres Mentors und er reichte aus, um zu erkennen, dass Xyen ihre seltsame Reaktion sehr wohl bemerkt hatte. Schnell wandte Cey sich ab, verschlang ihr restliches Brötchen und flüchtete sich in den Garten.

Als sie sich nach einer Weile halbwegs beruhigt hatte, entschied sie sich dafür ihr Zimmer aufzuräumen. Es gab zwar einige Angestellte, die regelmäßig dafür sorgten, dass das Haus nicht komplett im Chaos versank, aber Cey hasste es, wenn jemand hinter ihr herräumen musste. Schließlich war sie es gewöhnt selbst für eine gewisse Grundordnung zu sorgen, und je sauberer es bei ihr war, desto weniger hatte es jemand nötig in ihren Sachen herumzuwühlen.

Mit einer Ladung dreckiger Wäsche betrat Cey den Haushaltsraum. Schnell sortierte sie die Kleidungsstücke und stopfte sie in die Maschine. Sie war noch nicht ganz fertig, als Nathan, ebenfalls mit einem Wäschekorb bewaffnet, im Raum erschien.

»Immer machst du mir ein schlechtes Gewissen«, maulte der Seday. »Dabei könnte ich jetzt so schön faul auf dem Sofa liegen.«

»Ich habe gar nichts zu dir gesagt«, verteidigte Cey sich. »Und du bist ja nur hier, weil du noch weniger Lust auf deine Akten hast, die Xyen dir zum Abarbeiten gegeben hat, als aufs Aufräumen.«

Nathan grummelte eine Zustimmung und starrte dann unbeholfen auf sein Sammelsurium an Klamotten. Bevor er auf die Idee kam seine schwarze Jeans mit den hellen Oberteilen in der Maschine zu mischen, nahm Cey dem Seday den Korb aus der Hand und kümmerte sich selbst darum.

»Erinnere mich daran dir endlich einen Haushaltskurs zu schenken«, sagte sie.

Nathan grinste. »Ganz bestimmt nicht. Aber immerhin kann ich mit einem Messer umgehen und ich habe mir keinen Kaffee übergekippt, das ist doch schon etwas. Macht ein Shirt weniger.«

Um ein Haar hätte Cey den leeren Wäschekorb fallen gelassen. »Was hast du gesagt?«

Nathan sah sie verwundert an. »Überrascht dich das jetzt so, wenn ich keine große Lust auf einen Haushaltskurs verspüre?«, fragte er.

»Nein.« Cey fühlte sich irgendwie schwindelig. »Ich meine, wer hat sich Kaffee übergeschüttet?«

Bitte sag's nicht, bitte sag's nicht, betete sie im Stillen.

»Na Lee. So furchtbar war es jetzt allerdings auch wieder nicht. Der Kaffee war nicht mehr heiß und –«

»Was hat er angezogen?«, unterbrach Cey den Seday entsetzt. Ihre Panik vergrößerte sich von Augenblick zu Augenblick.

»Was?« Nathan hielt sie wohl für nicht mehr ganz zurechnungsfähig, jedenfalls war es das, was sein Blick ihr verriet.

Cey schloss kurz die Augen und zählte lautlos bis drei, dann wiederholte sie langsam und deutlich ihre Frage. »Was hat Lee angezogen? Welche Farbe hatte sein neues Shirt?«

Bitte sag's nicht, bitte sag's nicht, versuchte sie es erneut. Nicht in Kombination mit dem bereits vorhandenen Pflaster ...

»Gelb«, meinte Nathan. »Ich glaube, es war gelb. Cey, ist mit dir alles in Ordnung?«

Cey ließ ihn einfach stehen und rannte nach draußen. Erst als sie am Tor des Anwesens angekommen war, stoppte sie und wandte sich hastig an Nine.

»Ist Lee mit dem Auto in die Stadt gefahren?«

»Ja«, bestätigte Nine ihr. »Vor etwa fünf Minuten.«

Cey starrte die 17th Street hinunter, als wenn sie immer noch die roten Rücklichter von Lees Wagen erkennen könnte. Sie wusste nicht, was sie tun sollte. Ob sie etwas tun sollte. Ihre Gefühle drohten sie zu zerreißen und Cey war klar, egal welche Wahl sie traf – etwas Schlimmes würde passieren. Ein gellender Schrei erklang, den nur sie zu hören vermochte, ein Schmerz erwachte, der nicht der ihrige war und dann – nichts mehr.

Kapitel 3

»Störe ich dich?« Nathan klopfte an den Türrahmen, wartete jedoch keine Antwort ab, sondern betrat bereits das Zimmer.

»Komm rein«, meinte Xyen trocken. »Tajyno wollte in ein paar Minuten anrufen, aber bis dahin habe ich Zeit.«

Sein ehemaliger Schüler machte allerdings keine Anstalten zu sprechen, sondern lungerte gedankenverloren vor seinem Schreibtisch herum.

»Was ist passiert?«, erkundigte Xyen sich schließlich, nachdem er den jüngeren Seday eingehend gemustert hatte. Irgendetwas schien Nathan zu beunruhigen.

»Cey.« Nathan schnitt eine Grimasse und ließ sich in einen der Sessel plumpsen.

»Und was ist mit ihr?«

»Weiß ich auch nicht so genau.« Unschlüssig sah Nathan ihn an. »Sie ist irgendwie komisch. Also, ich meine, noch mehr als sonst ...«

»Geht das vielleicht ein bisschen genauer?«, versuchte Xyen seinen Freund zum Weitersprechen zu ermutigen.

»Tja, anscheinend gefällt Cey die Farbe von Lees Shirt nicht. Von dem, das er jetzt trägt. Das vorherige war wohl okay. Oder vielleicht auch nicht, aber dazu hat sie jedenfalls nichts gesagt ...« Nathan verhaspelte sich und brach ab. »Klingt verwirrend, oder?«

»Ziemlich«, bestätigte Xyen. Er stand trotzdem auf. »Ich sehe mal nach ihr.«

»Und Tajyno?«

Xyen zwinkerte und warf Nathan sein Handy zu. »Viel Spaß beim Telefonat. Du musst nur sagen, dass es nichts Neues über den Serienkiller gibt und dir dafür den entsprechenden Rüffel abholen.«

»Na toll ...«, meckerte Nathan, fing das Telefon aber gehorsam auf.

Xyen fand seine Schülerin an ihrer Lieblingsstelle am Brunnen. Als Cey ihn bemerkte, bedachte sie ihn mit einem düsteren Blick und wollte sich erheben.

»Bleib«, forderte Xyen die junge J'ajal auf. Zuerst sah es so aus, als wenn Cey seine Anordnung einfach übergehen würde, doch dann sank sie tatsächlich zurück ins Gras.

»Was denn?«, erkundigte sie sich mürrisch.

Das waren immerhin zwei Worte mehr, als Cey den ganzen letzten Tag über mit ihm gewechselt hatte. *Ein guter Anfang*, entschied Xyen für sich selbst.

»Cey, ich möchte mich mit dir unterhalten. Ganz normal.« Er setzte sich neben sie, achtete allerding sorgfältig darauf einen gewissen Mindestabstand einzuhalten, um seine Schülerin nicht unnötig zu provozieren.

»Wie schön für dich.« Cey sah ihn trotzig an. »Ich möchte aber nicht über Nikara sprechen.«

»Das passt mir gut«, hielt Xyen andächtig fest. »Ich möchte nämlich ebenfalls nicht über ihn sprechen.«

Cey schien überrascht zu sein, aber er glaubte nun mal nicht an Zufälle.

»Sondern?«, erkundigte sich die junge Frau misstrauisch. Jetzt griff Xyen doch nach ihrem Handgelenk, man wusste schließlich nie.

»Über Lee. Ich möchte mit dir über Lee sprechen.«

Wahrscheinlich wäre Cey tatsächlich aufgesprungen, wenn er sie nicht an ihrem Platz festgehalten hätte. Cey öffnete den Mund und schloss ihn wieder, ohne etwas zu sagen. Stattdessen schüttelte sie ablehnend den Kopf.

»Was ist denn los?«, hakte Xyen behutsam nach. »Und ich verrate dir gleich, ich akzeptiere kein *Nichts* als Antwort.«

Cey befreite ihre Hand mit einem harten Ruck, versuchte aber nicht mehr zu fliehen. Einen Moment zögerte seine Schülerin, dann fragte sie ihn leise: »Lee ist zum Bundesgerichtshof gefahren, oder?«

»Ja.« Xyen wunderte sich gar nicht erst, woher Cey von Lees Zielort wusste. Das hatte er schon lange aufgegeben.

Die dunkelhaarige J'ajal knabberte an ihrer Unterlippe, was sie immer dann tat, wenn sie sich nicht recht entscheiden konnte. »Kannst du …«, fing sie an, brach aber sofort wieder ab und starrte unglücklich auf ihre Fußspitzen.

»Hey.« Xyen stupste sein Gegenüber liebevoll an. »So schlimm?«

Cey schwieg eine weitere Minute, bevor sie sich überwand und ihm direkt ins Gesicht sah. »Xyen, kannst du Lee anrufen und ihm sagen, er soll sofort wieder herkommen?«

»Sicher. Und was soll er machen, wenn er wieder hier ist?«

Cey zuckte die Schultern. »Ist mir völlig egal.«

Und ehe Xyen eine weitere Frage stellen konnte, hatte sich seine Schülerin bereits erhoben und mehrere Schritte von ihm entfernt. Er überlegte, ob er sie zurückrufen sollte, entschied sich jedoch dagegen. Stattdessen ging er ins Haus, stieg die Treppen hinauf und betrat sein Zimmer.

Nathan wirkte seltsam erleichtert, als er das Handy wieder abgeben durfte.

»Es stehen noch mehr Telefonanrufe aus«, gab Xyen zu bedenken, aber Nathan schüttelte energisch den Kopf.

»Mein Bedarf ist mehr als gedeckt«, sagte er. »Keine Ahnung, wie du das aushältst. Ein paar Minuten länger und ich wäre ausgerastet.«

***

Einige Stunden später war Xyen sich nicht mehr so sicher, ob Nathan seine Geduld nicht überschätzt hatte. Er merkte selbst, wie sich seine

Stimme mehr und mehr hob und sich sein Ärger zusehends vergrößerte. Bevor er noch etwas sagen konnte, was er anschließend vielleicht bereuen würde, legte er auf und aktivierte die Mailbox des Handys. Es war sowieso Zeit zum Essen.

Lee und Cey saßen bereits am Tisch, während Nathan noch stand und wie gebannt auf den Fernseher starrte, der hinter seinem Platz an der Wand angebracht war.

»Hey, habt ihr das gehört? In der Stadt gab es heute eine riesige Massenkarambolage. Mehr als vierzig Autos sind ineinander gerast und -«

»Mach aus und setz dich hin«, unterbrach Xyen den Seday. Nathan gehorchte, war in Gedanken jedoch offensichtlich immer noch mit dem Thema beschäftigt. Er angelte nach seiner Gabel und murmelte: »Fünf Tote, darunter ein Kind, echt unglaublich. Ich meine, hätte uns ja auch erwischen können ...«

Ein Stuhl knallte und es war klar, welcher es war. »Ich habe keinen Hunger«, gab Cey an und flüchtete aus dem Zimmer.

»Habe ich etwas Falsches gesagt?«, fragte Nathan erschrocken.

»Nein.« Xyen seufzte und stand ebenfalls auf. Nathan konnte es ja nicht wissen. »Fangt einfach schon mal ohne uns an zu essen.«

Xyen folgte seiner Schülerin in ihr Zimmer. Cey hatte sich auf ihr Bett gesetzt und ein Computerspiel gestartet.

»Cey«, sagte er und nahm neben ihr Platz. Die J'ajal reagierte nicht auf seine Anwesenheit, sondern hieb weiter stoisch auf den Controller ein.

»Das ist nicht deine Schuld!«

»Nein, warum denn auch?«, stimmte Cey ihm zu. Ihre Miene wirkte seltsam leer. »Ich kann schließlich nichts dafür, dass die Ampel defekt war.«

Xyen hatte nichts von der kaputten Ampel gewusst, der Grund für den Unfall war momentan allerdings mehr als nur nebensächlich.

»Es ist nicht deine Schuld«, wiederholte er schlicht.

»Ich war auch gar nicht dort.« Cey fixierte den gegenüberhängenden Bildschirm so intensiv, als wenn sie dort eine geheime Botschaft entziffern müsste.

Vorsichtig nahm Xyen seiner Schülerin die Steuerung aus der Hand und schaltete das Spiel ab.

»Was soll das?« Cey funkelte ihn wütend an. »Ich war gerade dabei zu gewinnen.«

»Cey, es ist nicht deine Schuld. Egal wie du dich entschieden hast, du kannst nichts dafür.«

»Ja«, fauchte sie. »Ich habe es schon die ersten beiden Male verstanden.«

»Und warum weinst du dann?«, fragte er die J'ajal so behutsam wie nur irgendwie möglich.

Cey strich sich mit der Hand über die Wangen und als nasse Spuren darauf zurückblieben, schien sie selbst überrascht zu sein. »Keine Ahnung«, murmelte sie. »Ich habe vielleicht etwas ins Auge bekommen ...«

»Cey ...« Xyen konnte nicht mehr verhindern, dass sich sein eigener Schmerz mit in seine Stimme schlich.

Verzweifelt sah die junge Frau zu ihm auf. »Ich habe nicht ...«, begann sie und unterbrach sich gleich wieder selbst. »Ich wollte nicht ...«

Xyen wartete nicht mehr länger ab. Er zog Cey in seine Arme. »Ich weiß«, flüsterte er und verstärkte seinen Druck so lange, bis Ceys Widerstand schließlich verebbte und sie ihr Gesicht an seine Brust sinken ließ.

Die Tränen quollen nun unaufhörlich, durchtränkten sein Shirt und Xyen wusste immer weniger, was er tun oder sagen sollte. Also hielt er seine Schülerin einfach nur fest.

Irgendwann hörte das Schluchzen wieder auf, aber was Cey dann sagte, machte ihm beinahe noch mehr Angst. »Ich kann das nicht mehr.«

»Wir finden eine Lösung.« Xyen strich der J'ajal besänftigend durch die Haare. »Versprochen.«

Lee sandte ihm eine besorgte Frage, die Werte, die Ceys Ayaro-Reif an den Computer des Arztes übermittelte, wurden zunehmend schlechter. Xyen antwortete seinem Freund mit einem knappen: *»Ich weiß.«*

Es war schon erstaunlich, wie nahezu ungerührt Cey äußerliche Verletzungen wegstecken konnte, doch wenn ihre Gefühle in Aufruhr gerieten, fing ihr Körper ebenfalls an zu versagen. Diese Erkenntnis brachte ihn jetzt allerdings kein bisschen weiter und somit blieb ihm nichts anderes übrig, als mit Cey darüber zu reden.

Um es ihr möglichst einfach zu machen, entschied Xyen sich dafür es nur mental auszusprechen. Damit konnte Cey immerhin so tun, als wenn sie ihn nicht verstanden hätte.

»Cey«, sandte er seiner Schülerin lautlos zu und tröstend umschloss er ihr Bewusstsein. *»Du versuchst es die ganze Zeit zu verstecken, doch ich weiß längst, dass du weitaus mehr siehst und ahnst als andere J'ajal. Ich kann dir diese Visionen nicht abnehmen und ich kann mir nicht einmal vorstellen, wie furchtbar das sein muss. Aber du brauchst keine Entscheidungen mehr zu treffen. Wann immer du kannst, gib mir diese Verantwortung. Bitte, lass mich dir helfen. Du bist nicht alleine, ich bin für dich da. Egal, was auch passiert.«*

Natürlich antwortete Cey nicht, genau wie er es angenommen hatte. Xyen hoffte jedoch inständig, dass seine Schülerin ihm zugehört hatte und es ihm gelungen war die richtigen Worte zu finden. Ob das so war oder auch nicht, auf jeden Fall beruhigten sich Ceys Atmung und ihr Herzschlag irgendwann und als Lee ihm eine lautlose Entwarnung sandte, war die J'ajal in seinen Armen bereits eingeschlafen.

Jetzt hatte Xyen genügend Zeit darüber nachzudenken, wie er seiner möglichen neuen Verantwortung überhaupt gerecht werden konnte. Und wie er verhindern sollte, dass Cey nicht doch noch in einer der ihr so verhassten Laborzellen landen würde.

***

Das Erste, worauf Ceys Blick nach dem Erwachen fiel, war eine geöffnete Zimmertür. Aber nicht die Tür, die auf den Gang hinausführte, sondern die Verbindungstür, die Xyen und ihr Reich in der letzten Zeit so unnachgiebig voneinander getrennt hatte.

Der Wasserhahn in Xyens Badezimmer rauschte und gleichzeitig hörte sie, wie ihr Mentor schon wieder mit seinem Handy diskutierte. *Er nimmt das Telefon tatsächlich mit aufs Klo …?* Das war irgendwie so lächerlich, dass Cey grinsen musste.

Mit einem Bleistift schraffierte sie einige Skizzen von dem Terror, den ihr letzter mentaler Aussetzer ihr beschert hatte. Der Klang von Xyens Stimme in ihrer unmittelbaren Nähe beruhigte sie, auch wenn sein Gefluche allen anderen Wesen dieser Welt wohl eine ganz andere Reaktion entlockt hätte.

Als ihr Mentor zurück in sein Zimmer trat, fielen ihm die Zeichnungen auf seinem Schreibtisch sofort auf. Kommentarlos blätterte er sie durch, während Cey selbst ja schon wusste, was dort abgebildet war.

Eine Skizze zeigte die weltbekannte Skyline von New York. Die nächste stellte ein großes Einkaufszentrum dar und auf der dritten folgte das Gesicht eines jungen Mannes. Das letzte Blatt enthüllte einen Sprengsatz mit einem durchsichtigen Zylinder, der mit irgendeiner Flüssigkeit gefüllt war. Auch eine Uhrzeit hatte Cey in einer Ecke vermerkt, beim Tag konnte sie allerdings nur ein Fragezeichen angeben.

Xyen sah zu ihr auf und bedachte sie mit einem sanften Blick.

»Das ist alles, was ich weiß«, merkte Cey möglichst unverfänglich an. »Mehr kann ich nicht bieten. Es kann etwas bedeuten oder auch nicht. Möglicherweise kann irgendjemandem geholfen werden oder eben nicht. Am wahrscheinlichsten ist es immer, dass alles nur noch schlimmer wird. Halte jemanden davon ab einen einfachen Segelflieger zu entführen und er wird eine vollbesetzte Passagiermaschine kapern. Nimm jemandem eine Waffe ab und er wird mit einem Raketenwerfer zurückkehren. Verhindere einen Krieg, indem du einen Machthaber erschießt, und riskiere damit eine Revolution im gesamten Land. Rette eine einzelne Person vor einem tödlichen Autounfall … na ja, wie auch immer. Falls irgendjemand fragen sollte, dann sind diese Skizzen nicht von mir und egal, was du damit machst, ich will es überhaupt nicht wissen.«

Cey wandte sich ab und wollte gehen, aber ihr Mentor hielt sie noch für einen Moment zurück.

»Danke«, sagte er mit fester Stimme. »Danke für dein Vertrauen.«

»Ich hoffe, du kannst damit mehr anfangen als ich.« Cey verzog das Gesicht zu einem schiefen Lächeln, drehte sich um und ließ Xyen mit den Bildern aus ihrem Kopf zurück.

Beim anschließenden Frühstück war es endlich so weit. Ihr privates Handy gab eine kurze Abfolge an Pieptönen von sich und leuchtete blau auf. Cey klickte sich zu einigen zusammenfassenden Sätzen hindurch, sandte die Mitteilung weiter und ließ das Smartphone nachdenklich in ihre Tasche zurückgleiten. Gerade wollte sie sich einen weiteren Löffel Müsli in den Mund schieben, als ihr die bohrenden Blicke der anderen auffielen.

»Ist was?«, fragte sie irritiert.

»Nein«, meinte Xyen und biss wieder in sein belegtes Brötchen.

»Nur, dass wir jedes Mal einen Herzinfarkt bekommen, wenn dein bescheuertes Handy klingelt – du könntest ja wieder auf die dämliche Idee kommen, ganz plötzlich nach Nirgendwo verschwinden zu wollen.« Nathans blaue Augen blitzten übermütig auf und Xyen griff seufzend zu seiner Kaffeetasse.

»Stimmt doch«, schmollte Nathan, »oder etwa nicht?«

»Das war nur eine normale Nachricht«, erklärte Cey schnell, bevor die Seday sich noch ihretwegen streiten würden.

Prompt sprach Nathan wieder aus, was wohl alle über sie dachten. »Cey, bei dir ist nichts normal.«

Zum Glück musste sie nicht weiter darauf eingehen, denn Jay betrat das Wohnzimmer und schwenkte einen Karton in der Hand. »Cey, für dich wurde ein Päckchen abgegeben.«

Jays Tonfall verriet seinen Argwohn, es war schließlich das erste Mal, dass sie von jemandem Post erhielt.

»Was erwartest du denn?« Jay verharrte unschlüssig neben ihrem Stuhl und konnte sich offenbar nicht dazu durchringen ihr das Paket zu überlassen. Und weil es nun einmal sein Job war auf die Sicherheit des Teams zu achten, übermittelte Cey dem Seday lautlos die erbetene Information und gestattete ihm die vorgeschriebene Überprüfung.

Jay kam dieser gewissenhaft nach, aber immerhin lag jetzt so etwas wie Belustigung in seinem Blick. Der Seday klappte den Karton wieder zu und drückte ihn Nathan in die Hand.

»Ich habe mich geirrt, ist für dich. Bitte erst aufmachen, wenn ich wieder draußen bin.«

»Ist da was Gefährliches drin?«, erkundigte Nathan sich misstrauisch.

Ja, weil Jay das Paket in einem solchen Fall bestimmt abgegeben hätte ... Cey verdrehte die Augen, was für eine sinnvolle Frage. Da Nathan anscheinend nicht von alleine zu dieser Feststellung gelangte, antwortete sie ihm seufzend: »Kommt darauf an, für wen. Für dich ist es nichts Gefährliches.«

Xyen sah sie stirnrunzelnd an, also formte Cey ein einziges Wort mit den Lippen. Ihr Mentor versuchte hastig seine Ohren zu schützen, doch es war bereits zu spät.

»SCHUHE!« Nathan brüllte, wie nur ein durchgeknallter J'ajal brüllen konnte. »S-C-H-U-H-E!« Überglücklich hopste er durch das Wohnzimmer und vollführte einige passable Saltos, seine Trophäe eng an sich gepresst. Weiße Sneakers. Mit blauer Gummisohle und roter Umrandung. Jubiläumsausgabe und noch gar nicht auf dem Markt.

»Ich habe Nathan schon mal gesagt, dass er sich wegen seiner Störung an dich wenden soll«, sagte Cey über Nathans Geschrei hinweg zu Lee.

»Hoffnungslos«, gab dieser zurück. »Ist unheilbar.«

Xyen beobachtete Nathans Ambitionen das Wohnzimmer in ein Trümmerfeld zu verwandeln für einige Sekunden, dann ermahnte er ihn streng. »Nathan, jetzt komm mal wieder runter.«

Das hätte ihr Mentor wohl besser gelassen, denn jetzt baute sich der empörte Nathan direkt vor ihm auf. »Xyen, du hast halt keine Ahnung von Mode. Diese Schuhe sind etwas ganz Besonderes.« Dann entdeckte Nathan einen Zettel am Boden des Päckchens und rastete wieder vollkommen aus. »Da, lies«, sagte er und hielt Xyen triumphierend das Blatt unter die Nase.

Xyen tat ihm den Gefallen: »Weil du für einen Seday einen außergewöhnlich guten Geschmack hast. N.«

»Genau.« Nathan nickte zufrieden. »Weil ich für einen Seday einen außergewöhnlich guten Geschmack habe, so!«

Ihr Mentor sah sie fragend an und erkundigte sich leise: »Cey, ist das jetzt ein Kompliment?«

Cey grinste und zuckte mit den Schultern.

Schließlich hatte Lee die rettende Idee: »Nathan, Jays Männer haben die Schuhe ja noch gar nicht gesehen, willst du sie ihnen denn vorenthalten?«

Das konnte Nathan natürlich nicht auf sich sitzen lassen und er stürmte nach draußen. Nicht einmal zwei Sekunden später war der Siebenundzwanzigjährige allerdings schon wieder zurück und drückte Cey einen fetten Schmatzer auf die Wange.

»Danke.« Nathan strahlte sie selig an und verschwand wieder aus der Tür.

Cey sah ihm für einen Augenblick gedankenverloren hinterher. »Wenn doch nur alles so einfach wäre ...«, murmelte sie.

***

Xyen musste seiner Schülerin vorbehaltlos zustimmen – *Wenn doch nur alles so einfach wäre.*

»Triffst du dich heute mit deinem Freund Ferreira?«, fragte Cey ihn da völlig überraschend.

»Hatte ich nicht vor.« Xyen widerstand der Versuchung die J'ajal darauf hinzuweisen, dass Agent Ferreira spätestens seit ihrem Besuch in seinen Räumen ganz bestimmt nicht mehr sein Freund war. Es hatte ihn viel Mühe und jede Menge Anrufe gekostet Cey gegen Ferreiras Willen aus den Klauen des FBI zu befreien. Dafür musste er sich jetzt mit jeder Menge unangenehmer Fragen und wahrscheinlich auch bald mit noch unangenehmeren Konsequenzen herumschlagen. Trotzdem bereute er höchstens Cey nicht früher aus dem Gebäude geholt zu haben. Agent Mires war zwar vorübergehend suspendiert worden und musste sich einem Untersuchungsausschuss stellen, das lag vor allem daran, dass Ferreira glaubte, sein ausdrücklicher Befehl Cey die Handschellen nicht abzunehmen wäre von dem Agent missachtet worden. *Als wenn Cey sich durch einfache Handschellen aufhalten lassen würde.*

Xyen sah die junge J'ajal liebevoll an und sie erwiderte sein Lächeln.

»Schade«, meinte sie und zwinkerte ihm zu. »Könnte heute ganz spannend bei deinem Agent werden.«

Zuerst wollte Xyen nachfragen, doch dann sparte er sich die Mühe. Cey würde es ihm sowieso nicht erklären.

Stattdessen schnappte er sich einen Autoschlüssel und machte sich auf den Weg zu Ferreiras Büro.

Der FBI-Agent begrüßte ihn mehr als nur eisig. »Xyen. Du bist hoffentlich nur vorbeigekommen, um mir ein Geständnis und den Namen unseres Maulwurfs vorzulegen.« Zum Glück konnten Blicke nicht töten, andernfalls wäre er unter Ferreiras wütendem Augenfunkeln wohl schon längst zusammengebrochen. Und Xyen konnte es dem Agent nicht einmal richtig verübeln.

»Es tut mir leid, wenn ich Ihre Besprechung unterbrechen muss«, sagte da eine tiefe Stimme und Ferreira sprang hastig auf. Durch die Tür schritt Jason Sanigton, der Leiter des FBI höchstpersönlich.

»Sir«, stammelte Ferreira verwirrt. »Ich hatte nicht mit einem Besuch von Ihnen gerechnet. Ich –«

»Machen Sie sich meinetwegen keine Umstände«, winkte Sanigton ab. »Das war ein kurzfristiger Entschluss.« Freundlich lächelnd wandte sich der hochgewachsene Mann mit den ergrauten Schläfen an Xyen.

»Xyen, vielleicht haben Sie Zeit im Projektionsraum auf mich zu warten? Ich müsste mich noch ein paar Minuten mit Agent Ferreira unterhalten, aber ich bin mir sicher Ihre Geduld wird sich lohnen.«

Nun, das war keine sonderlich schwere Entscheidung. Das Gespräch zwischen Ferreira und dessen ranghöchsten Vorgesetzten dauerte für Xyen eine gefühlte Ewigkeit. Die Uhr an der Wand bewies allerdings, dass keine fünf Minuten vergangen waren, bis Sanigton den Raum betrat und sorgfältig die Tür hinter sich verriegelte.

»Ich glaube, wir haben eine gemeinsame Freundin«, meinte Sanigton verschmitzt und lockerte die Maske der Autorität, die ihn bisher umgeben hatte.

»Cey«, bestätigte Xyen und seufzte innerlich auf. Dieses Mal hatte sich seine Schülerin also nicht mit einem einfachen Polizisten aufgehalten.

»Agent Ferreira hat mir glaubhaft versichert, dass es zukünftig keine Schwierigkeiten mehr bei der Zusammenarbeit zwischen dem FBI und der USF geben wird. Falls doch, können Sie sich jederzeit gerne an mich wenden.«

»Und was für einen Gefallen schuldet Cey Ihnen dafür?«

Sanigton lachte leise. »Wie ich sehe, sprechen wir tatsächlich von derselben jungen Frau.« Er beugte sich vor und zwinkerte Xyen verschwörerisch zu. »Ich verrate Ihnen mal eines unserer Geheimnisse: Cey und ich sind über die Stufe des Gefallens längst hinaus – wir helfen uns gegenseitig.«

Xyen zog eine Augenbraue in die Höhe. »Also halten Sie Agent Ferreira davon ab weitere Nachforschungen über Nikara oder sie selbst anzustellen, weil sie so gut miteinander befreundet sind?«

»Ich weiß gar nicht, wer dieser Nikara ist.« Sanigton zuckte gleichgültig mit den Schultern. »Aber um Ihre eigentliche Frage zu beantworten: Ja, ich bin einfach nur deshalb hier, weil Cey mich darum gebeten hat. Außerdem hat sie mir vor einer knappen Stunde eine Internet-Adresse geschickt, mit dem Hinweis, ich müsse mir unbedingt etwas ansehen.«

Sanigton klappte einen Laptop auf. »Ich habe mir gedacht, dass Sie beim Austesten des Links vielleicht gerne dabei wären, denn, wenn ich mich nicht sehr irre, funktioniert der nur ein einziges Mal.«

Xyen beugte sich gespannt nach vorne und Sanigton betätigte die Eingabe-Taste. Für einen kurzen Augenblick blieb der Bildschirm schwarz, dann erschien ein großformatiges Porträtfoto. Ein Foto, das Xyen sehr bekannt vorkam, schließlich zierte es auch ihre Akten: Familienminister Doika, ihrem Ermessen nach Leiche Nummer Acht und zusammen mit dem ermordeten Gouverneur Brown auch das prominenteste Opfer.

Ein japanischer Zeitungsartikel wurde eingeblendet und zeigte einen lächelnden Doika, der die Hand eines zufrieden wirkenden Mannes schüttelte. Xyen überflog den Text, er handelte von einem Abkommen zwischen Doika und einem Provinzbürgermeister zur Gründung einer sozialen Einrichtung vor etwas mehr als zehn Jahren.

Sanigton sah ihn fragend an, anscheinend verstand er die Sprache nicht. Also fasste Xyen die Zeilen schnell zusammen und noch bevor er geendet hatte, tauchte ein weiterer Zeitungsbericht auf dem Monitor auf.

Doika hatte das gleiche professionelle Lächeln im Gesicht wie auf dem ersten Bild, war dieses Mal jedoch zusammen mit einer Reihe von einfach gekleideten Kindern abgelichtet worden und durchschnitt gerade eine große Schleife, die einen Türpfosten umspann.

»Eröffnung eines Waisenhauses für die Ärmsten unter uns«, übersetzte er für Sanigton. »Dank einer großzügigen finanziellen Spende haben diese Kinder wieder eine Perspektive in ihrem bisher glücklosen Leben.«

Es folgten eine ganze Reihe ähnlicher Artikel, die voll des Lobes und der Dankbarkeit über Doikas Engagement und dessen Hilfsbereitschaft waren. Doch dann tauchte eine Meldung auf, die auf einmal ganz anders klang. Der Text war sehr kurz gefasst, nur wenige Sätze und beinahe verdeckt durch die seitenfüllende Reklame eines

Hotelbesitzers. Eine junge Krankenschwester hatte das Verhältnis von Doika zu einigen Waisenkindern als unangemessen bezeichnet und war kurz darauf verschwunden. Der Name der Frau wurde nicht erwähnt.

Xyen tauschte einen Blick mit Sanigton, aber anscheinend hatte der FBI-Chef ebenfalls noch nie etwas von derartigen Vorwürfen gegen den Familienminister gehört.

Ein Ausschnitt einer Patientenkartei wurde vorgeführt und dann noch einer und noch einer. Der Tenor war immer derselbe: Schürfwunden, Würgemale am Hals, Verletzungen im Intimbereich. Die Personendaten waren allerdings geschwärzt.

Eine Polizeiakte klappte auf und enthüllte eine Anzeige gegen Unbekannt, war aber mit einem roten *Geschlossen* abgestempelt worden. *Mangels eindeutiger Beweise,* wie Xyen entziffern konnte.

Eindeutig waren jedoch die Fotos, die nun dicht hintereinander auf dem Bildschirm aufleuchteten und wieder verschwanden. Dutzende von Fotos, die Doika mit vielen verschiedenen Kindern zeigten, Jungen, Mädchen, alle schätzungsweise im Alter zwischen sechs und zwölf Jahren. Die Bilder waren nicht sehr scharf, trotzdem ließen sie keinen Zweifel daran, dass Doikas Verhältnis zu den Kindern mehr als nur unangemessen gewesen war.

Ein Video spielte sich automatisch ab und Xyen erkannte die Szene. Es war die wenige Wochen alte Übertragung einer Ordens-Verleihung an Familienminister Doika, der die Auszeichnung offensichtlich gerührt entgegennahm und mit belegter Stimme in die Kamera hauchte: »... im Prinzip bin ich ein egoistischer Mensch. Mein soziales Engagement für Kinder bedeutet gleichzeitig, dass ich mich um meine eigene Zukunft sorge. Denn nichts anderes sind diese Kinder doch: unsere Zukunft ...«

Xyen zuckte zusammen, als der Laptop ein warnendes Piepsen von sich gab und eine Fehlermeldung auf dem Monitor erschien: *Connection Lost.* Die gesehenen Bilder hatten ihm allerdings mehr als ausgereicht.

Für einige Sekunden herrschte Stille, dann ergriff Sanigton das Wort. »Hätte ich echt nicht gedacht«, bemerkte er und seine Stimme klang genauso schockiert, wie Xyen sich selbst fühlte.

Er wurde von dem FBI-Chef gebeten ihn über den Mordfall auf dem Laufenden zu halten und bevor sie sich mit einem langen Händeschütteln voneinander verabschiedeten, steckte Sanigton ihm noch eine Visitenkarte mit seinen offiziellen und privaten Kontaktdaten zu.

Xyen verließ den Projektionsraum und machte sich auf den Weg in Richtung Ausgang. Er wurde allerdings von Agent Ferreira abgefangen. »Ich möchte mich in aller Form für mein kürzliches Verhalten und die mangelnde Kooperation bei dir entschuldigen«, meinte dieser. »Mir war nicht klar ... Es tut mir leid. Und danke übrigens.«

Xyen hätte nur zu gerne gewusst, worauf Ferreira sich bezog, hütete sich aber vor einer derartigen Nachfrage, um ihre labile Beziehung nicht gleich wieder zum Einsturz zu bringen. »Das ist schon in Ordnung«, erwiderte er also schlicht. »Sicherlich wird es uns gelingen zukünftig besser miteinander auszukommen.«

Xyen machte auch gleich den ersten Schritt und erzählte Ferreira von dem Hinweis zu Doikas Vergangenheit. Den Namen seiner Quelle nannte er natürlich nicht, sondern nur, dass es sich dabei um eine vertrauenswürdige Person handelte. Der kahlköpfige FBI-Agent zeigte sich überrascht, versprach aber sich gewissenhaft darum zu kümmern und Xyen glaubte ihm sofort. Denn auch wenn Ferreira nicht der netteste Mensch war, so erledigte er seinen Job trotzdem mit Hingabe und aus Überzeugung.

Ferreira überließ ihm noch eine Akte über eine ermordete Journalistin, die Parallelen zu ihren bisherigen Opfern aufwies und wenige Stunden zuvor beim FBI eingereicht worden war. Xyen erkannte am Wohnort der Frau, dass es an der Zeit war nach Area XV4 und zur Seday Academy zurückzukehren. Sein Kollege akzeptierte diese Aufgabenverteilung, ohne den geringsten Protest zu erheben. *Wie gewöhnungsbedürftig ...*

***

Xyen hatte die Autotür noch nicht richtig abgeschlossen, da trat Nathan ihm bereits entgegen. »Hey«, grüßte er den jüngeren Seday. »Alles in Ordnung?«

»Jep. Jedenfalls, wenn man davon absieht, dass niemand hier Ahnung von Schuhen hat.« Nathan schüttelte resigniert den Kopf. »Und? Wie war es bei dir so ...?«

Die Frage kam bewusst unschuldig, das neugierige Blitzen in Nathans Augen verriet ihn allerdings.

Xyen musste lachen. »Es hätte dir gefallen. Agent Ferreira hat sich nicht nur bei mir entschuldigt, er hat sich sogar bei mir bedankt.«

»Ferreira hat was?« Nathan sperrte ungläubig den Mund auf. »Erzähl«, verlangte er dann. »Ich muss alles wissen.«

Also fasste Xyen die Ereignisse in den Räumen des FBIs kurz zusammen, sein Gespräch mit Sanigton, Doikas Missbrauch an den Waisenkindern, Ferreiras verändertes Verhalten und das jüngste Opfer ihres Serienkillers.

»Japan also«, meinte Nathan nachdenklich.

»Ja. Wieso, fällt dir dazu noch etwas ein?«

»Erinnerst du dich an das Black & White Galadinner im Westend, auf dem ich vor zwei Wochen war?«

Xyen nickte. *Natürlich.* Schließlich hatte er Nathan ja darum gebeten, sich auf diesen ganzen Veranstaltungen der oberen Gesellschaft zu zeigen, um sich genauer über die ermordeten Politiker informieren zu können.

»Ich habe mich da eine ganze Zeit lang mit einer engen Freundin von Gouverneur Brown unterhalten«, erklärte Nathan. »Sie war immer noch total verstört über seine Ermordung und meinte, am meisten würden ihr die unterhaltsamen Reiseberichte von Browns Auslandsaufenthalten fehlen. Ich wollte von ihr wissen, welche ihre Lieblingsgeschichte wäre, und da hat sie mir etwas über eine japanische Geisha und eine sehr seltene Vase erzählt.«

»Lass mich raten«, sagte Xyen. »Das ist etwas mehr als zehn Jahre her?«

Nathan bestätigte es. Somit lag der Verdacht nahe, dass Doikas Verfehlungen nicht die einzigen gewesen waren. Höchste Zeit für ein klärendes Gespräch mit seiner Schülerin. Vielleicht würde Cey ja den beendeten Hausarrest zum Anlass nehmen einige seiner Fragen zu beantworten. Die Aussicht auf die Rückkehr zur Seday Academy würde es jedenfalls ganz sicher nicht tun.

***

Cey döste im Schatten eines Baumes und lauschte dem Geplätscher des Springbrunnens.

»Darf ich mich zu dir setzen?«

Sie nickte und rutschte zur Seite, so dass Xyen sich ebenfalls an den Stamm lehnen konnte. Cey spürte eine sachte Berührung am Rande ihres Bewusstseins und die bunte Vielfalt von Xyens Emotionen entfaltete sich vor ihr.

»Bedeutet das, du bist nicht mehr sauer auf mich?«, erkundigte sie sich vorsichtig bei ihrem Mentor.

»Das bedeutet, ich habe mich wieder so weit beruhigt, um dich nicht mehr mit meinen Gefühlen in den Wahnsinn zu treiben«, korrigierte Xyen sie mit einem sanften Lächeln. »Wütend auf dich bin ich schon lange nicht mehr, nur ... erstaunt.«

»Damit kann ich leben.« Cey atmete befreit auf. »Es tut mir leid, dass du meinetwegen in der letzten Zeit so einen Stress hattest.«

»Na, das meiste dürfte sich ja jetzt erledigt haben – dank Sanigton. Wirklich sehr, sehr praktisch, diese polizeilichen und geheimdienstlichen Kontakte, die du da hast ...«

»Ja, nicht wahr?« Cey zwinkerte ihrem Mentor zu und dieser schüttelte gespielt verzweifelt den Kopf. »Und, macht Tajyno dir immer noch Ärger wegen Nikara?«

»Cey, du sollst meine Gespräche nicht belauschen!«

Xyen warf ihr einen strengen Blick zu, doch Cey grinste nur kurz und wurde dann wieder ernst.

»Ich kann dir immer noch nichts über Nikara erzählen«, erklärte sie. »Außer dass er ein guter Freund von mir ist, garantiert keine Daten von Ferreira geklaut hat und keinen Wert auf eine nähere Bekanntschaft mit den Seday legt.«

»Ich werde es verkraften.« Xyens Stimme klang gelassen, das wertete sie als gutes Zeichen. »Cey?«

»Ja?«

»Ich nehme an, du wirst mir nicht verraten, wie du an die Informationen über Doika gelangt bist?«

»Richtig«, stimmte Cey ihrem Mentor mit einem schiefen Lächeln zu.

»Auch nicht, wenn es uns möglicherweise helfen würde, den Serienkiller zu fassen?«

Cey verneinte. »Sorry, mein Mitgefühl für einen ermordeten Perversling hält sich doch stark in Grenzen.« Erst vor wenigen Minuten hatte sie sich die Fotos von Doika mit den Kindern angesehen und es schüttelte sie noch jetzt. Eine Sechzehnjährige, wie Brian in seinem Vollsuff Kyle gegenüber angedeutet hatte, wäre schlimm genug gewesen, aber das ...? Wahrscheinlich hatte Brian selbst nicht genau gewusst, was für Vorlieben sein Vater tatsächlich gehegt hatte. »Ich denke nicht, dass ich den Preis für einen Hinweis auf euren Täter bezahlen möchte.«

Ihre Schulden waren durch die Nachforschungen zu der Vergangenheit des Familienministers sowieso schon drastisch angestiegen.

»Doika war nicht das einzige Opfer«, gab Xyen zu bedenken.

»Kannst du denn dieses perverse Verhalten bei allen anderen ausschließen?«

»Nein, das kann ich nicht.« Cey überlegte und schlug dem Seday vor: »Betrachten wir es als Schiebe-Frage und wenn es tatsächlich einen Unschuldigen getroffen hat, dann verhandeln wir neu, okay?«

Xyen zeigte sich einverstanden. »Da ist noch etwas«, sagte er. »Es gab einen weiteren Mord. Dieses Mal in Fallton, also ganz in der Nähe der

Seday-Academy. Ich werde mich für einige Zeit dort aufhalten müssen und mir wäre es lieber, wenn du mitkommen würdest. Wenn du aber denkst, dass das überhaupt nicht funktioniert, kann ich dich mit Nathan oder Lee hierlassen. Es wird allerdings eine Weile dauern, bis ich wieder nach West Whiard zurückkehren kann ...«

Cey biss sich unschlüssig auf die Unterlippe. Prinzipiell war ihr Bedarf am Zusammenleben mit so vielen anderen J'ajal auf engstem Raum für die nächsten Jahre mehr als gedeckt. Andererseits konnte sie es wohl kaum für immer vermeiden, wenn sie wirklich an der Seday-Ausbildung teilnehmen und damit in Xyens Nähe bleiben wollte. »Ich kann dir nicht versprechen, dass ich nicht plötzlich ... weg muss.«

»Solange du mich vor deinem Verschwinden informierst, ist das in Ordnung«, versicherte Xyen ihr.

Damit stand Ceys Entscheidung fest. »Dann komme ich mit.«

Xyen lächelte und Cey spürte, wie sehr er sich über ihren Entschluss freute. *Möglicherweise zu früh.*

KAPITEL 4

Ihre ersten freien Stunden, die zugleich ihre vorübergehend letzten in West Whiard waren, nutzte Cey, um den verschobenen Skateboard-Ausflug mit Andy nachzuholen.

»Was hattest du denn angestellt? Den Müll nicht runtergebracht?«, witzelte Andy nach ihrer Begrüßung und spielte damit auf ihren vergangenen Hausarrest an.

»Ich habe zu viele fragwürdige Gestalten unter meinen Freunden«, erwiderte Cey ausdruckslos.

Andy lachte und hielt dann abrupt inne. »Moment, mich zählst du aber nicht zu den fragwürdigen, oder?«

Cey gab ihrem Gegenüber keine Antwort, sondern grinste nur und rollte die Rampe hinunter.

Als es Zeit zum Aufbruch wurde, wies sie Andy vorsorglich darauf hin, dass sie für eine Weile unterwegs sein würde, und Andy rang ihr das Versprechen ab sich zu melden, sobald sie wieder in der Gegend wäre. Der Neunzehnjährige zog sie in eine kurze Umarmung und Cey machte sich auf den Rückweg.

Am frühen Nachmittag des nächsten Tages zeigte ihr der Ausblick aus dem Helikopter das vertraute Bild von Area XV4.

Umgeben von dichten Wäldern und mehreren Flüssen lag das Gelände versteckt an einem Bergrücken. Ein meterhoher Zaun und jede Menge patrouillierende Seday sicherten das Gebiet und es gab nur einen einzigen schwer bewachten Zufahrtsweg.

Die Basis teilte sich auf in zahlreiche Übungsplätze für Kampftraining und andere Sportarten, eine gigantische Turnhalle, den Bereich für die dauerhaft unter den Seday lebenden Menschen und den der steinernen Academy selbst.

Cey hatte sich mit Xyen darauf geeinigt, dass sie vorerst die gleichen Kurse besuchen sollte wie bei ihrem letzten Aufenthalt in Area XV4. Das bedeutete allerdings, sie würde auch die gleichen Mitschüler haben wie vor ihrer Flucht. Auf ein Wiedersehen mit Jari, dem unsportlichen Wissenschaftsgenie, freute Cey sich zwar, aber sobald sie an den zwanzigjährigen Dragon dachte, fing ihr ganzer Körper an zu kribbeln.

Um die Konfrontation nicht unnötig hinauszuzögern, ging Cey auf direktem Weg in die Gemeinschaftskantine, wo sich gerade die meisten Lehrer und Schüler zum Essen versammelt hatten. Zunächst begegnete sie der rothaarigen Mel, was Ceys Laune erheblich steigerte. Die zierliche junge Menschenfrau juchzte freudig auf und drückte Cey eng an sich, bevor ihr Blick auf Ceys Schatten Ten fiel und sie hastig einen Schritt zurückwich.

»Mel, hey, schön dich zu sehen.« Cey signalisierte ihrer Freundin, sie müsste sich keine Gedanken um Ten machen und sie verabredeten sich für ein späteres Schwätzchen. Mels Aushilfsjob in der Kantine tat sich nicht von alleine und es schlenderten bereits einige der Seday-Schüler auf Cey zu.

Jari war unter den Ersten und strahlte sie glücklich an. »Ich finde es super, dass du wieder da bist! Du glaubst ja gar nicht, was in den letzten Wochen alles passiert ist. Die gesamte Academy hat nur noch über dich geredet und wie du es geschafft hast hier rauszukommen. Wie konntest du denn die ganzen Sicherheitstechniken überwinden? Und dein Kampf mit Dragon, hast du ihm wirklich ein Messer an den Hals gehalten? Auf jeden Fall habe ich gehört, es gab jede Menge Ärger wegen seines Angriffs auf dich. Dragon hat fast alle Privilegien verloren und darf für ein Jahr den Stützpunkt nicht mehr verlassen und es wären bestimmt zwei oder drei Jahre geworden, wenn sich sein Mentor Landon nicht so vehement für ihn eingesetzt hätte, und ...«

Die Worte sprudelten und sprudelten aus Jari hervor und Cey schwirrte bald der Kopf von dem ganzen Geplapper.

»Hey, Jari, ganz ruhig, ich habe nicht vor gleich heute wieder zu verschwinden. Du kannst dir also ruhig ein paar Sätze aufheben«, unterbrach Cey ihren Freund. »Ich freue mich ja auch dich wiederzusehen.«

Jari strahlte sie gleich noch ein bisschen mehr an, jedenfalls so lange, bis sich Dragon und seine blonde Freundin Sky mit ihren jeweiligen Cliquen zu Wort meldeten.

»Seht mal, wer wieder da ist«, bemerkte Dragon spöttisch. »Dass du dich überhaupt noch hierher traust ...«

Cey entschied sich dafür den Schüler mit der stachligen Igelfrisur einfach zu ignorieren. Weil sie bereits während des Fluges gegessen hatte und Jari ebenfalls fertig mit seiner Mahlzeit war, schlug sie einen Spaziergang außerhalb der Academy vor. Jari stimmte zu und gerade wollte Cey mit ihm aus der Kantine verschwinden, als sie etwas vernahm, was sie instinktiv aufhorchen ließ.

»... genau wie ihr Mentor, war ja nicht anders zu erwarten ...«

Cey stoppte und Dragons Augen leuchteten triumphierend auf. Hatte er doch endlich etwas gefunden, mit dem er sie provozieren konnte.

»Soll echt eine schlimme Sache gewesen sein«, fuhr Dragon Mitleid heuchelnd fort. »Armer Schützling von Xyen, er war angeblich ein so talentierter junger Mann. Und auf diese Weise zu sterben ... grausam! Aber bei dem Mentor ...«

Jari sperrte entsetzt den Mund auf. »Ein Schützling von Xyen ist gestorben? Wie denn?«

»Lass ihn einfach reden. Er will sich nur wichtigmachen«, erinnerte Cey ihren Freund an Dragons Absichten. »Komm jetzt, wir gehen.«

»Aber wenn da wirklich jemand gestorben ist ...«, widersprach Jari halbherzig, folgte ihr dann allerdings aus dem Saal.

»Deswegen passt das ja auch so gut«, klang es höhnisch hinter ihnen her. »Ein mörderischer Mentor, eine mörderische Schülerin ...«

Cey zog Jari weiter, der schon wieder stehen bleiben wollte. Ihr Blick streifte die Tablettabgabe und das schmutzige Geschirr. Für einen Moment geriet sie in Versuchung eines der Messer zu ergreifen und es dieses Mal tatsächlich in Dragons Hals zu versenken.

»Denk nicht mal daran ...«, erreichte Tens mentale Mahnung ihr Bewusstsein.

Cey seufzte leise auf, ihr Schatten war entschieden zu aufmerksam. Sie gab sich einen Ruck und ließ das Messer da, wo es war. Vorerst jedenfalls.

***

Den ersten Tag an der Academy hatte Cey recht gut überstanden. Zwar warteten unzählige versäumte Hausaufgaben darauf von ihr abgearbeitet zu werden, es war jedoch kein Thema dabei, das ihr wirklich Sorgen bereitete. Außerdem hatte Jari ihr bereits seine Hilfe angeboten und Xyen hatte für sie eine akzeptable Bearbeitungszeit ausgehandelt.

Der erste Schlaf in ihrem Kleiderschrank war ebenfalls okay gewesen, also ohne Ausfall ihres kranken Hirns und mit nur mittelschlimmen Albträumen.

Und eine ausgedehnte Wanderung außerhalb von Area XV4 hatte Cey bewiesen, dass der Wald und der See mit seinem kleinen Wasserfall genauso schön waren, wie sie das in Erinnerung behalten hatte.

So weit also alles in bester Ordnung.

Am Nachmittag des zweiten Tages wartete Jari allerdings noch vor Unterrichtsbeginn mit schlechten Neuigkeiten auf sie. Mit wirklich schlechten. Delam, ihr Sporttrainer, war kurzfristig zu einem USF-Einsatz gerufen worden und wurde deswegen für einige Zeit durch einen anderen Coach vertreten. Und zwar durch keinen x-beliebigen, sondern durch Landon höchstpersönlich.

Als sich die Schüler schließlich auf ihre Plätze im Klassenzimmer begaben, hatte Ceys Stimmung einen neuen Rekordtiefpunkt erreicht.

Dragon dagegen war hocherfreut und stellte lautstark fest, dank Landons militärischem Drill würde es jetzt endlich mal ein richtiges Sportprogramm und kein bescheuertes Training für Mädchen und Weicheier geben.

Die neunzehnjährige Sky wandte sich verletzt von ihrem Freund ab, Dragon war allerdings viel zu beschäftigt, um es überhaupt zu bemerken. Gerade erklärte er Jari großspurig, dieser sollte sich doch am besten krankmelden, um der anstehenden Blamage zu entgehen. Jari rutschte immer tiefer in seinen Stuhl hinein und versuchte sich ganz klein zu machen – was bei einer Körpergröße von knapp eins neunzig auch super funktionierte.

Glücklicherweise erschien nun Ceros, der Sprachlehrer, in der Tür und Dragon musste auf weitere dämliche Sprüche verzichten.

Die Pause vor Mihais Mathematikstunde nutzte Cey für einen raschen Gang an die frische Luft. Doch auch der gesteigerte Sauerstoffgehalt in ihrem Blut half ihr nicht dabei eine gute Ausrede zu finden, wie sie sich vor Landons Training drücken konnte. Sie kehrte ins Klassenzimmer zurück und die unheilvolle Ruhe verkündete ihr, dass ihre Mitschüler wohl wieder mal etwas gegen sie ausgeheckt hatten.

Cey brauchte nur wenige Sekunden, um die knallrote Schrift auf ihrer Tischplatte zu entdecken. Jemand hatte sich im Formelschreiben geübt und sich dabei wohl für sehr kreativ gehalten. *MordsMentor – 25 Jahre = MordsSchülerin* leuchtete ihr in fetten Buchstaben entgegen.

Jari starrte sie unglücklich an, traute sich aber nicht etwas zu sagen. Dragon war es anscheinend irgendwie gelungen den jungen Mann total einzuschüchtern. Dass Igelfrisur für diese Schmiererei verantwortlich war, stand für Cey außer Frage, schon bevor seine scheinheilige Stimme ihn verriet. »Hübscher Tisch, den du da hast«, feixte Dragon.

Cey schüttelte den Kopf über sein kindisches Gehabe. Sachen vollgekritzelt hatte sie im Alter von ... Na ja, sie hatte überhaupt nie etwas vollgekritzelt. *Wann denn auch?* Wenn sie jedoch die Gelegenheit gehabt hätte, dann hätte sie sicherlich mit vier Jahren wieder damit aufgehört. *Oder vielleicht erst mit fünf …?*

Cey gab es auf darüber nachzugrübeln, was gewesen wäre, wenn, und schnappte sich den wasserfesten Marker, der immer noch demonstrativ auf der Tischplatte lag. Sie löschte die Formel sorgsam mit einem flächendeckenden Viereck aus und beendete ihr Werk just in dem Moment, in dem sie einen kritischen Blick auf sich spürte.

»Schade, wie wenig du unsere Möblierung zu schätzen weißt«, bemerkte ihr Mathematiklehrer enttäuscht. »Hoffentlich behandelst du unser Eigentum nach einem gründlichen Putzdienst zukünftig besser.«

Cey setzte dazu an etwas zu sagen, entschied sich dann aber dafür, dass Mihais schlechtere Meinung über sie es allemal wert war zu schweigen.

Jari hingegen protestierte offen. »Das ist unfair«, empörte er sich und sprang auf. »Cey hat nicht –« Als Jari ihren flehenden Blick und ihr Kopfschütteln bemerkte, setzte er sich verwirrt wieder hin.

»Ja?«, hakte Mihai nach. »Was wolltest du sagen?«

»Gar nichts?«, probierte es Jari und sah sie stirnrunzelnd an. Als Cey heftig nickte, bekräftigte er noch einmal: »Nein, ich wollte nichts sagen.«

»Gut, dann können wir ja endlich anfangen.«

Mihai sah skeptisch in ihre Richtung und Cey stellte umgehend ihre gestenreiche Kommunikation mit Jari ein. Sie bemühte sich um einen unschuldigen Gesichtsausdruck und als der Seday tatsächlich mit dem Unterricht startete, atmete sie erleichtert auf. Das war einer der Gründe, warum sie Jari so mochte, er verstand kein bisschen, worum es ging, und trotzdem konnte sie sich auf ihn verlassen.

Nach der Stunde besorgte Cey sich Putzzeug und fing an jeden Zentimeter des Zimmers zu säubern. Nach einer Weile öffnete sich die Tür und Mel gesellte sich zu ihr.

»Ich habe gehört, du hast eine Strafarbeit bekommen?«

»Jep«, stimmte Cey zu und ausgiebig polierte sie eine Tischplatte.

»Soll ich dir helfen?«, bot Mel ihr nach einigen Minuten an. »Zusammen sind wir viel schneller. Sonst brauchst du bestimmt noch bis morgen.«

»Bloß nicht«, wehrte Cey ihre Freundin ab. »Ich gebe mir solche Mühe ...«

Zuerst sah Mel verwundert aus, es dämmerte ihr allerdings schnell und sie prustete laut los. »Cey, du putzt ja gar nicht. Du schwänzt dein Training.«

»Na ja, putzen tue ich doch auch ...« Cey musste nun ebenfalls lachen.

»Du kannst die J'ajal wohl echt nicht ausstehen, oder?« Mel warf einen vorsichtigen Blick auf Eight, der gerade aufs Höchste interessiert das elektronische Board an der Wand musterte.

»Nur manche nicht«, korrigierte Cey. Sie nahm sich den nächsten Tisch vor.

Mel und sie quatschten eine Weile über alles Mögliche, bevor sich die Tür erneut öffnete und ein stirnrunzelnder Xyen eintrat.

»Ähm, ich geh dann mal wieder.« Mel erhob sich hastig und schlängelte sich an Xyen vorbei nach draußen. Dabei brabbelte sie etwas, das so ähnlich klang wie: »... total ätzend, das dauert immer sooo ewig, bis man diese Tische sauber hat ...«

Cey wandte ihrem Mentor rasch den Rücken zu, damit er ihr Grinsen nicht bemerkte. Gleichzeitig versuchte Eight sich von einem verdächtig anmutenden Hustenanfall zu erholen.

»Cey, was treibst du denn da?« Xyen trat wieder vor sie und beobachtete, wie sie mit dem Lappen einige imaginäre Staubpartikel entfernte.

»Ich putze.« Angestrengt rubbelte Cey über eine Ecke des Tisches.

»Nun, das sehe ich.« Die Hand ihres Mentors stoppte jeden weiteren Putzversuch. »Ich würde allerdings gerne wissen, warum du deinen Tisch angemalt hast.«

»Vielleicht wollte ich etwas mehr Farbe in den tristen schwarz-weißen Academy-Alltag bringen?«, spielte Cey auf Klamottenvorschriften an, die für sämtliche Schüler galten. Skys Miniröckchen und Bandeautops waren genauso erlaubt wie Ceys aus der zehnfachen Menge an Stoff bestehende Garderobe, bunt durfte jedoch keines der Kleidungsstücke sein.

Statt auf ihre Bemerkung einzugehen, streifte Xyens Blick Eight, der sich mit einem gemurmelten »Ich warte draußen« verdrückte. Cey sah ihrem Schatten sehnsuchtsvoll hinterher, sie wäre ebenfalls gerne geflüchtet.

»Cey, sieh mich an.« Xyen geduldete sich, bis sie der Aufforderung widerstrebend nachkam. »Also, was stand auf dem Tisch?«

Das hatte sein Spion ihm wohl nicht verraten oder Ten hatte es gar nicht erst gesehen.

»Ist doch egal«, murmelte Cey.

»Vielleicht«, stimmte Xyen ihr zu. »Es ist allerdings nicht egal, dass du genauso lange zum Putzen brauchen wirst, wie dein Sporttraining andauern wird.«

War so klar gewesen, dass Xyen nicht auf ihre vorgeschobene Strafarbeit hereinfiel.

»Ich dachte, du wolltest mit zurück an die Academy?«

Ihr Gegenüber musterte sie eindringlich und Cey verzog das Gesicht. »Wollte ich ja auch ...«

»Aber ...?«

Aber war eindeutig das Lieblingswort ihres Mentors. Sie sollte dem Seday unbedingt einen Duden schenken, damit er sein beschränktes Vokabular erweitern konnte ...

»Was stört dich denn an dem Training?«, probierte Xyen es weiter.

»Der Trainer!« Cey ließ missmutig den Lappen auf den Tisch fallen.

»Delam?«

»Nein, Landon.«

Xyens Überraschung war echt und das beruhigte Cey. Schließlich hatte Xyen ihr bei ihrem letzten Aufenthalt an der Academy versprochen, sie müsste Landons Kurse nicht besuchen, wenn sie das nicht wollte. Der Funken Misstrauen, der sich in ihr eingenistet hatte, verflog wieder. Allerdings gefielen ihr die nächsten Worte ihres Mentors trotzdem nicht.

»Also leitet Landon den Unterricht«, bemerkte er nachdenklich. »Er ist ein ausgezeichneter Trainer. Cey, was hast du eigentlich gegen ihn?«

»Du verstehst dich ja auch nicht sonderlich gut mit Landon«, wich Cey der Frage aus.

»Es geht hier nicht um mich. Hat Landon irgendetwas zu dir gesagt oder etwas getan?«

Cey hasste es, doch sie musste verneinen.

»Aber ...?«

»Aber ich kann Landon nicht leiden.« So, jetzt hatte sie es endlich ausgesprochen.

Xyens Augen verengten sich. Anscheinend hatte er nicht vergessen, was beim letzten Mal passiert war, als sie jemanden nicht leiden konnte. »Ist es wie bei Anamolu?«, wollte Xyen da bereits von ihr wissen.

Cey rang mit sich und gab dann ehrlich zu: »Das kann man so nicht vergleichen. Trotzdem kann ich Landon nicht leiden.«

»Dir war bei deiner Entscheidung für die Academy aber klar, dass du ihm früher oder später über den Weg laufen würdest?«

»Ich nehme lieber später.«

Xyens Blicke wurden immer intensiver und so langsam fühlte Cey sich wirklich unbehaglich.

»Ich werde dich nicht dazu zwingen zum Training zu gehen«, sagte ihr Mentor schließlich. »Du solltest nur bedenken, ob das wirklich die richtige Strategie ist. So wie ich Landon kenne, wird er durch dein Fehlen umso aufmerksamer auf dich werden und er hat sowieso schon ein großes Interesse an dir.«

Wie überaus beruhigend ... Allerdings musste Cey zugeben, dass Xyens Argument etwas für sich hatte. Unglücklich starrte sie aus dem Fenster und wog die Vor- und Nachteile gegeneinander ab.

Natürlich bemerkte Xyen, wie es ihr ging, und sanft berührte er ihren Arm. »Lass dir Zeit beim Überlegen«, meinte er. »Oder probiere es einfach aus und sage Bescheid, wenn es nicht funktioniert, wir finden bestimmt einen Ausweg.«

Cey war immer noch alles andere als begeistert, aber der Vorschlag ihres Mentors klang gar nicht mal sooo schlecht. »Dann werde ich es eben mal austesten«, seufzte sie.

Das restliche Klassenzimmer hatte Cey in fünf Minuten gereinigt und ein Blick auf die Uhr verriet ihr, dass das Training gerade erst zur Hälfte vorüber war.

»Noch eine Sache«, riss Xyen sie aus ihren trübseligen Gedanken. »Tajyno hat um ein Gespräch mit dir gebeten. Wäre das okay für dich? Ich bleibe natürlich dabei.«

Der Anführer der Seday wollte sie also persönlich kennen lernen. *Na, wenn das mal keine Ehre ist.* Immerhin konnte es kaum schlimmer werden als der Unterricht bei Landon. »Wenn es denn unbedingt sein muss ...«, stimmte Cey von daher zu.

»In ein paar Tagen bin ich mit dem Gröbsten durch«, versuchte Xyen sie zu trösten. »Wenn du es dann nicht mehr aushältst, können wir vorerst wieder nach West Whiard verschwinden.«

Cey nickte tapfer und machte sich auf zum Trainingsplatz und auf zu Landon. Sie hatte Glück, es stand ein ausdauernder Geländelauf auf dem Plan, was bedeutete, sie konnte das restliche Training nahezu unbeobachtet im Wald verbringen.

Abgesehen natürlich von Jay, der ihren Schattendienst übernommen hatte, und von dem maulenden Jari, dem bereits nach einigen Kilometern die Puste ausging. Cey blieb trotzdem an der Seite ihres Freundes und gewann dadurch immer mehr Abstand zu den anderen Schülern. Das war ihr nur umso willkommener, weil Landon sich ausschließlich auf die schnellsten Läufer konzentrierte.

Die Entschuldigung für ihr spätes Erscheinen hatte der Seday mit den aristokratischen Gesichtszügen und den dunkelblonden Stoppeln auf dem Kopf unkommentiert zur Kenntnis genommen. Wahrscheinlich war er darüber bereits mental informiert worden. Danach war Landon zu beschäftigt gewesen die Schüler auf ihre Startpositionen zu scheuchen, so dass sie seiner Aufmerksamkeit wieder hatte entschlüpfen können. Vielleicht hatte sie sich tatsächlich unnötige Sorgen gemacht.

Ein Drittel des Weges hatten sie bereits hinter sich gebracht, als Cey auf einmal ein Geräusch hörte. Irritiert hielt sie inne und versuchte sich zu orientieren.

»Was ist?«, fragte Jari, der ebenfalls angehalten hatte und sie nun keuchend dabei beobachtete, wie sie einige Meter von dem markierten Pfad abwich.

»Lauf schon mal weiter, ich hole dich gleich wieder ein.«

»Cey, dir ist aber klar, dass wir den Weg nicht verlassen dürfen?«, bohrte Jari nach. »Sonst könnten wir ja auch eine Abkürzung querfeldein nehmen.«

»Mache ich nicht«, meinte Cey und lauschte weiter in den Wald hinein. »Ich komme nach, so schnell es geht, okay?«

Jari setzte sich achselzuckend wieder in Bewegung, während sie sich selbst immer weiter durch das Gebüsch schlängelte und somit dem rufenden Ton folgte. Jay setzte ihr mit einigem Abstand nach, unternahm jedoch keinerlei Anstalten sie aufzuhalten.

Unter einer großen Buche hielt Cey schließlich an und spähte aufmerksam in die Zweige. In der Krone des Baumes hatte sich ein Stück eines Netzes verfangen, das vermutlich der Wind hierher getragen hatte. Und mit den Maschen jenes Netzes kämpfte eine junge Schleiereule, die sich mehr als nur hoffnungslos verheddert hatte. Wieder ertönte ihr markanter Schrei und wütend hieb der Vogel auf einen Faden ein, ohne diesen durchtrennen zu können.

Cey überlegte nicht lange und kletterte den Stamm hinauf. Es dauerte einige Minuten, bis sie die Eule so weit beruhigt hatte, um sie befreien zu können. Vorsichtig setzte Cey den Vogel auf einen höher liegenden Ast. Damit sollte es der Eulendame recht einfach fallen wieder loszufliegen. Zuerst säuberte diese allerdings gewissenhaft ihr Gefieder und pickte freundschaftlich nach Ceys Hand.

»Los jetzt.« Sie gab der Schleiereule einen sachten Schubs. Empört schrie ihre neue Freundin auf, breitete die Flügel aus und segelte tatsächlich davon.

Cey rutschte den Baumstamm wieder hinunter und wollte sich gerade auf den Weg zurück zu ihrer Trainingsstrecke machen, als der Hauch einer anderen J'ajal-Präsenz sie innehalten ließ. Sie sah genauer hin und für einen flüchtigen Moment kreuzte sich ihr Blick mit dem eines schwarzhaarigen Seday. Tajyno. *Gar nicht mal so schlecht,* stellte Cey überrascht fest, *nicht perfekt getarnt, aber sehr nahe dran.*

Kurz überlegte sie, wo Tajyno wohl gelernt hatte sich so zu verbergen und vor allem, wozu. Doch dann zuckte sie nur die Schultern und spurtete zurück zur Trainingsstrecke. Sie musste schließlich die verlorene Zeit wieder wettmachen und Landon bereitete ihr definitiv mehr Sorgen als ein umherschleichender Seday-Anführer.

***

Xyen betrachte seinen schnaufenden Freund und konnte ein belustigtes Grinsen nicht unterdrücken. »Hast du Cey getragen?«, erkundigte er sich bei Jay.

»Sehr witzig«, knurrte dieser zurück und versuchte immer noch seine Atmung wieder unter Kontrolle zu bekommen. »Es hätte nicht mehr viel gefehlt und ich hätte Cey gebeten mich zu tragen.«

»Das hätte ich nur zu gerne gesehen.« Xyen lachte und dehnte die Vorstellung genüsslich in die Länge.

»Schön, wenn du dich auf meine Kosten so gut amüsieren kannst.« Sein Sicherheitschef sah ihn vorwurfsvoll an und Xyen wollte gerade zu einer neckenden Bemerkung ansetzen, als Landons Stimme zu ihnen hinüberschallte.

»Und jetzt kommen wir zu den absoluten Nieten dieses Rennens«, sagte er. »Macht nur so weiter und ihr dürft bereits im ersten Trimester an der Academy eine Ehrenrunde drehen.« Landon las mehrere Namen vor, darunter auch den von Cey. Cey schien das jedoch kein bisschen zu interessieren oder gar zu beunruhigen und das fiel selbst Landon auf.

»Du solltest dich schon mehr anstrengen, Cey«, hielt Dragons Mentor ihr vor. »Vielleicht schaffst du es ja dann dein Schneckentempo etwas zu steigern.«

»Ich werde mich bemühen«, erwiderte die junge J'ajal ausdruckslos.

»Das nächste Mal nehme ich mir ein Mountain Bike mit«, zischte Jay.

Xyen grinste und zusammen folgten sie dem Pulk aus Schülern zurück auf das Gelände von Area XV4. Jari eilte an Ceys Seite und schien unbedingt etwas in Erfahrung bringen zu wollen, doch Cey schüttelte nur den Kopf. Selbst auf diese Entfernung hin konnte Xyen Jaris Enttäuschung spüren, aber sie verflog genauso schnell, wie sie gekommen war.

»Was habt ihr denn im Wald getrieben?« Neugierig musterte Xyen seinen Freund. Er wusste zwar, dass Cey seine Spionier-Versuche nicht mochte – sie erinnerte ihn ja nahezu täglich daran! –, wenn allerdings etwas so offensichtlich vonstattenging, war es besser sich darüber informieren zu lassen.

»So ganz sicher bin ich mir da auch nicht«, brummte Jay. »Man könnte es so zusammenfassen: Cey hat angehalten, um sich um einen Vogel zu kümmern. Aber es war viel mehr als nur das.« Und mit einem hilflosen Schulterzucken ergänzte der hünenhafte Seday: »Ist irgendwie kompliziert ...«

»Ich hatte mit nichts anderem gerechnet«, erwiderte Xyen trocken und beobachtete, wie seine Schülerin in Begleitung von Two die Academy betrat. Er wandte sich wieder an Jay, doch bevor er sein Gespräch mit diesem fortsetzen konnte, tauchte ein anderer J'ajal in ihrer Nähe auf.

Tajyno begrüßte sie mit einem Nicken und bedachte ihn anschließend mit einem mehr als nur kritischen Blick. Xyen wusste nicht genau, was er davon halten sollte, ihr Anführer legte allerdings öfter ein geheimnisvolles Betragen an den Tag. Jay verabschiedete sich von ihnen und nachdem er verschwunden war, ergriff Tajyno das Wort.

»Es bleibt bei unserer Verabredung für das Gespräch mit deinem neuen Schützling?«, fragte er.

Xyen bejahte und wartete weiter ab, denn diese Frage war bestimmt nicht der Grund gewesen, warum Tajyno trotz seiner knapp bemessenen Zeit bei ihm angehalten hatte.

»Ich nehme nicht an, dass Cey mittlerweile mehr von ihrer Vergangenheit preisgegeben hat oder dass du die Gelegenheit hattest eine mentale Vereinigung mit ihrem Bewusstsein einzugehen?«, wollte Tajyno von ihm wissen.

Xyen überlegte, ob das in irgendeiner Weise einen Vorwurf darstellen sollte, bevor er jedoch etwas sagen konnte, beantwortete Tajyno bereits seine eigene Frage. »Wäre auch zu schön gewesen«, erklärte er lächelnd.

So langsam nimmt die Unterhaltung seltsame Formen an ...

»Xyen, bei dem, was du in Cey siehst, hast du da jemals den Eindruck gehabt, sie könnte eine dunkle Seele besitzen?«

Okay, es ist ganz eindeutig seltsam. »Mir ist nicht klar, auf was du hinauswillst«, gestand Xyen mit hochgezogener Augenbraue.

»Versuche einfach meine Frage zu beantworten.«

Das Gespräch erinnerte Xyen mehr und mehr an die Diskussionen, die er jeden Tag mit Cey führte, und in denen er sie häufig um genau das Gleiche gebeten hatte. Also versuchte er die beste Antwort zu geben, die er geben konnte.

»Nein«, erklärte er, ohne zu zögern. »Wenn du wissen willst, ob Cey eine dunkle Seite hat, ja, die hat sie ganz bestimmt. Vielleicht sogar mehr als nur eine, was mich bei dem Leben, das sie bisher führen musste, keineswegs verwundern würde. Und Fehler und Schwächen hat diese junge Frau natürlich ebenfalls, aber meine Gabe ist gar nicht nötig, um zu erkennen, wie viele Dinge sie trotzdem richtigmacht und das, ohne überhaupt darüber nachzudenken. Eine dunkle Seele? Sofern ich es beurteilen kann, besitzt Cey eine ausgesprochen helle, selbst wenn sie sich alle Mühe gibt, das zu verstecken.«

»Interessant«, bemerkte Tajyno. Er ließ allerdings offen, was er damit meinte. »Dann sehen wir uns später.« Sein Gegenüber wandte sich ab und betrat nun ebenfalls die Academy.

Falls Tajyno in der gleichen Art und Weise mit Cey sprechen sollte, konnte Xyen sich ihre Reaktion lebhaft vorstellen. Vielleicht sollte er seiner Schülerin vorsichtshalber noch einmal die Position dieses Mannes erklären, bevor sie beide auf eine einsame Insel verbannt wurden, weil Cey versucht hatte den Anführer der Seday mit einem ihrer Wurfsterne zu killen.

***

Cey hatte sich umgezogen und wollte sich nur schnell etwas zu essen aus der Kantine besorgen. Vielleicht hatte Robert, Mels Vater, der bei den Seday als Koch angestellt war, Dienst und sie konnte sich einen seiner leckeren Kuchen stibitzen. Das war Cey sogar das Risiko wert über die anderen Schüler zu stolpern, auch wenn sie natürlich hoffte, es würde um diese Uhrzeit nicht mehr allzu viel Betrieb herrschen.

Das Schicksal war allerdings gegen sie. Bereits auf dem Weg in die Kantine kam ihr Dragon entgegen und sein Gesicht verwandelte sich augenblicklich in eine höhnische Maske.

»Da ist ja die lahme Ente«, verspottete er sie und ignorierte wie immer ihren Schatten Two. »Ich könnte dir durchaus etwas Nachhilfe geben, aber du müsstest mir schon eine passende Belohnung anbieten.«

Dragons Blick glitt aufreizend langsam über ihren Körper und blieb schlussendlich an ihrer Brust hängen. *Sieht nicht so aus, als wenn Igelfrisur das Anbagger-Thema endlich abgeschrieben hätte …*

»Ich verzichte«, beschied Cey ihrem Mitschüler knapp. Sie wollte sich an ihm vorbeidrängen, Dragon trat ihr jedoch erneut in den Weg. »Wie erstaunlich, dass du überhaupt noch am Leben bist«, meinte er mit einem provokanten Tonfall in der Stimme.

»Pass lieber auf, was du sagst.«

»Warum?« Dragons Grinsen wurde noch eine Spur überheblicher. »Denkst du etwa, ich habe Angst vor dir und deinem mörderischen Mentor? Möchtest du bei ihm petzen gehen?«

Wieder versuchte Cey ihr Gegenüber zu unterbrechen, aber der sprach einfach weiter.

»Hast du denn gar keine Angst nachts, so ganz alleine mit ihm?«, fragte er. »Oder hast du eine schöne Methode gefunden dir deinen Mentor hörig zu machen, damit er dich verschont und am Leben lässt? Jetzt sag schon, Cey, was treibst du so mit dem todbringenden Xyen?«

Zweifellos hätte Dragon noch weitere Beleidigungen von sich gegeben, jetzt bog allerdings Landon um die Ecke und der Schüler fuhr überrascht herum. Anscheinend hatte er gar nicht bemerkt, wie sein eigener Mentor sich näherte.

»Nur ein Witz ...«, versuchte Dragon hastig zu erklären, doch Landon hielt sich nicht damit auf ihm zuzuhören. Ohne ein einziges Wort der Vorwarnung schlug der Seday ihm so hart ins Gesicht, dass jeder einzelne seiner Finger einen roten Abdruck auf Dragons Wange hinterließ.

Cey zuckte unweigerlich zusammen und wollte automatisch auf das ungleiche Gespann zugehen. Sie wurde jedoch von einer Hand auf ihrer Schulter gestoppt.

»Nicht«, übermittelte Two ihr lautlos.

Ungläubig starrte Cey ihren Schatten an. *»Es ist ja wohl nicht erlaubt ...?«*

Eine Antwort erübrigte sich dank Twos unnachgiebiger Miene, anscheinend waren körperliche Bestrafungen an der Academy sehr wohl gestattet. Voller Verachtung schüttelte Cey die Hand ihres Schattens ab, bewegte sich aber nicht weiter auf Dragon und Landon zu.

Die beiden hatten von ihrer Meinungsverschiedenheit mit Two nichts mitbekommen. Dragon sah fassungslos zu seinem Mentor auf und berührte vorsichtig sein geschwollenes Gesicht.

»Du wirst nie wieder schlecht über Xyen oder einen anderen Vorgesetzten reden«, befahl Landon kalt. »Hast du das verstanden?«

»Ja, Sir.« Dragons Stimme erklang ganz leise und den Kopf hielt er unterwürfig gesenkt.

»Melde dich in der Kantine und verschwinde erst dann wieder, wenn jeder einzelne Teller und jeder Topf blitzblank gespült sind. Von Hand!«

Landon wandte sich wieder seinem Handy zu und ging an ihr vorüber, ohne sie eines Blickes zu würdigen. Dafür starrte Dragon sie voller Hass an und Cey war klar, dass seine dunklen Augen nicht aufgrund des Schmerzes so feucht schimmerten, sondern wegen der tiefen Erniedrigung, die sein eigener Mentor ihm zugefügt hatte und die sie nun zu allem Überfluss bezeugen konnte. Um das herrschende Chaos zu vervollständigen, bog eine Gruppe von Schülern um die Ecke, darunter auch einige von Dragons Kumpeln.

»Was ist denn hier los?«, wollte einer von ihnen wissen und ausgiebig begutachtete der junge Mann Dragons Gesicht.

Cey wusste, sie würde es wahrscheinlich bereuen, trotzdem konnte sie nicht anders. »Echt klasse, Dragon«, sagte sie und musste sich keinerlei Mühe geben, damit ihr Zorn echt wirkte. »Nur weil du immer Streit anfangen musst. Ich hätte Besseres zu tun gehabt, als meine Freizeit beim Spülen zu verbringen.«

Für einen Moment schien Dragon verwirrt zu sein, doch dann ergriff er den Ausweg, den sie ihm anbot. »Ist alles nur deine Schuld, Cey«, fauchte er. »Und schließlich ist mein Gesicht jetzt wegen dir so ramponiert. Deine blauen Flecken sieht man wenigstens nicht.«

Was für ein unerwarteter Kommentar …

Cey presste die Lippen aufeinander, während Dragon sich in einem gespielten Triumph den anderen Schülern zuwandte. »Wir hatten da noch was zu klären«, meinte er großspurig. »Und jetzt entschuldigt uns bitte, wir werden in der Kantine gebraucht.« Und scheinbar geknickt fügte Dragon hinzu: »Landon hat uns erwischt ...«

Es dauerte nur Sekunden, bis die johlende Meute davonstob, um den neusten Tratsch in der gesamten Academy zu verbreiten.

Cey seufzte innerlich auf und begleitete Dragon zu ihrem zweiten erfundenen Strafdienst an ein und demselben Tag. *Na, wenn das mal kein neuer Rekord ist ...*

***

»Ihr habt euch geprügelt, direkt unter den Augen eines Mentors. Weil der aber so beeindruckt von euren Kampfkünsten war, gab es nur die milde Auflage eines einmaligen Spüldienstes.« Das war bereits die dritte Fassung, die Mel zum Besten gab. »Dragon hat ein verletztes Auge und eine gebrochene Nase und du hast drei geborstene Rippen und dein Kniegelenk musste wieder eingerenkt werden.«

Cey verdrehte die Augen und griff nach dem letzten Teller, während Mel leise kicherte und Dragon einfach nur schwieg. Überhaupt hatte ihr Mitschüler kein einziges Wort verloren, seit sich seine sogenannten Freunde verstreut und sie die Kantine betreten hatten. Allerdings hatte Dragon auch keinen Protest erhoben, als Cey das Geschirr fair in der Mitte geteilt und ihm seinen Berg zugeschoben hatte.

»Beim letzten Mal war's doch nur eine Rippe«, meinte sie zu Mel.

»Och«, erwiderte diese gedehnt. »Drei Rippen klingen aber viel dramatischer.«

Cey war sich nicht sicher, ob ihre Freundin der Gerüchteküche nicht noch weiter auf die Sprünge geholfen hatte, ein Blick auf die Uhr verriet ihr allerdings, dass sie sowieso schon spät dran war.

»Ich muss jetzt los«, stellte sie fest und legte das Küchenhandtuch beiseite. Dragon war nicht ganz so schnell gewesen und es türmte sich immer noch ein ordentlicher Stapel Geschirr vor ihm auf, das meiste hatte er jedoch ebenfalls geschafft.

»Warum bist du überhaupt noch hier?«, wollte Cey von dem rothaarigen Lockenkopf wissen. »Du solltest längst zu Hause und im Bett sein. In zwei Stunden geht die Sonne wieder auf.«

»Morgen ist keine Schule«, winkte die Achtzehnjährige ab, deren Unterricht für gewöhnlich tagsüber und nicht wie bei Cey nachmittags und nachts stattfand. »Es ist ein Lerntag und meine Bücher kann ich durchkauen, sobald ich ausgeschlafen bin. Außerdem kann ich einfach nicht genug davon bekommen dir beim Putzen zuzusehen.«

Ein verschlagenes Grinsen spiegelte sich in Mels Miene wieder und Cey schüttelte hilflos den Kopf, bevor sie in Begleitung ihrer Freundin die Kantine verließ. Sie verabschiedeten sich voneinander und mit einem erneuten Blick auf die Uhr rannte Cey los.

Fast wäre sie in Xyen und Tajyno hineingestolpert, als sie mit etwas mehr Schwung als beabsichtigt um die Ecke flitzte. Die beiden Seday warteten bereits vor der Tür zu ihrem Gemeinschaftsraum auf sie.

»Für ein gebrochenes Bein rennt sie ganz gut«, meinte Tajyno und aufmerksam musterte er ihre letzten Schritte.

»Bei mir war es immerhin nur ein verstauchter Fußknöchel«, hielt Xyen dagegen und seine Blicke durchbohrten sie nahezu. Ihre erste Wut hatte sich zwar wieder etwas gelegt, trotzdem war Cey noch sauer. Also machte sie sich nicht die Mühe ihrem Mentor irgendetwas zu erklären, sondern durchschritt hoheitsvoll die Türe.

Xyen setzte sich neben sie auf die Couch und Tajyno nahm in einem Sessel ihr gegenüber Platz.

Der Seday-Anführer lächelte sie freundlich an. »Ich finde es sehr schön, dass wir uns einmal persönlich unterhalten können«, sagte er. »So muss ich mich nicht nur auf das verlassen, was sich herumspricht. Wie man sieht, ist einiges davon falsch.«

»Wie erstaunlich, dass der Anführer der Seday die Zeit dafür findet sich mit irgendwelchen Gerüchten zu beschäftigen ...«

Cey bemühte sich um ihren provozierendsten Tonfall, aber Tajyno blieb gelassen.

»Das gehört tatsächlich zu einer meiner wichtigsten Aufgaben«, entgegnete er ihr. »Denn jedes Gerücht enthält doch auch ein Körnchen Wahrheit.«

Cey schnaubte auf. *Gleich packt er die Glückskekse aus und liest den Spruch des Tages vor.* Sie wusste wirklich nicht, wie sie dieses Gespräch überstehen sollte.

»Wie gefällt dir deine Ausbildung zum Seday?«, wechselte Tajyno das Thema.

»Ich versuche noch mich daran zu gewöhnen.«

»In einigen Wochen stehen deine ersten Prüfungen an. Hast du dich schon für einige der zur Auswahl stehenden Themen entschieden?«

»Nein.« Ihr Gegenüber strich sich eine kinnlange Strähne aus dem Gesicht und offenbarte eine eintätowierte, dunkelblaue Rune auf seiner Schläfe, passend zu dem Farbton seiner Augen. Cey fragte sich flüchtig, was das Symbol für eine Bedeutung haben mochte, ihr Interesse erlosch allerdings genauso schnell, wie es aufgeflackert war.

»Wann immer es mir möglich ist, versuche ich mir die Prüfungstage freizuhalten und den Schülern bei ihren Leistungen zuzusehen. Ich bin mir sicher, dieses Mal würde es sich besonders lohnen. Wenn man deinen ersten Aufenthalt an der Academy bedenkt, scheinst du über einige unkonventionelle Lösungsideen zu verfügen.«

Wahrscheinlich wollte Tajyno ihr damit ein Kompliment machen, aber Cey legte keinen Wert auf seine Meinung. Also zuckte sie nur gleichgültig mit den Schultern. »Wenn du das sagst.«

Tajyno neigte den Kopf und entschied sich wohl dafür, den harmlosen Teil ihrer Unterhaltung zu beenden.

»Ich soll dich übrigens schön von Jisuho grüßen«, sagte er. »Ich habe ihn zufällig getroffen.«

Zeitgleich zu seinen Worten sandte Tajyno seinen Geist gegen sie aus und durchschnitt ihre schützende Nebelwand wie Butter. Doch sobald er auf die erste wirkliche Festungsmauer ihres Bewusstseins traf, stoppte er und verharrte regungslos. Cey sparte sich den Aufwand Tajyno zu vertreiben, schließlich würde er es sowieso nie in ihr Innerstes schaffen. *Soll er die Barrikaden betrachten, die er nicht überwinden kann!*

Besonders charmant fand sie Tajynos geistige Berührung allerdings nicht. Cey schielte auf eine leere Kaffeetasse auf dem Tisch und überlegte, wie sich diese wohl als Wurfgeschoss machen würde. Anscheinend hatte Xyen den gleichen Gedanken, denn er entfernte die Tasse hastig aus ihrer Reichweite. Cey seufzte, dann musste sie sich also weiterhin mit zynischen Worten begnügen.

»Was es nicht alles für Zufälle gibt, nicht wahr?« Ihre Augen verfinsterten sich zu einer bedrohlichen Schwärze. »Und, hast du erfahren, was du wissen wolltest?«

»Nein, nicht wirklich.« Tajyno betrachtete sie nachdenklich. »Aber du scheinst einige erstaunliche Fürsprecher zu haben.«

»Es gibt viel mehr Stimmen, die gegen mich sind«, erwiderte Cey stur.

»Ja.« Der Seday-Anführer lächelte und zog sich vom Rande ihres Bewusstseins zurück. »Die Anzahl alleine ist aber nicht das, was entscheidet.«

Glückskeks-Spruch Nummer zwei ...

Tajyno erhob sich. »Leider muss ich jetzt wieder los, ich bin mir jedoch sicher, dass wir uns zukünftig noch öfter sehen werden.«

Auf einen Schubser von Xyen hin stand Cey ebenfalls auf. »Wird sich wohl nicht vermeiden lassen«, meinte sie mürrisch.

Tajyno lachte leise und wandte sich Xyen zu. »Landon hat heute die Genehmigung für einen neuen Pflichtkurs erhalten«, berichtete er. »Solltest du dir mal ansehen, könnte vielleicht problematisch werden.«

Ihr Mentor erwiderte irgendetwas, Cey hörte jedoch nicht weiter zu. Sie verließ den Gemeinschaftsraum, huschte diagonal über den Gang und betrat ihr eigenes Zimmer. Genau wie in West Whiard war dieses mit Xyens Reich über eine Schiebetür verbunden, die Ausstattung hingegen war für Ceys Geschmack übertrieben kostspielig. Statt eines Fernsehers hingen gleich vier an der Wand gegenüber des Bettes und außer einem im Schreibtisch integrierten Terminal stand jedem Schüler ein eigenes Tablet zur Verfügung, zusätzlich zum verwanzten Seday-Smartphone, versteht sich. Außerdem waren die Ausmaße des Raumes so großzügig berechnet, dass sogar eine kleine Sitzgruppe darin Platz fand und ein separates Badezimmer gab es natürlich ebenfalls für sie. Cey hatte eine Weile gebraucht, um sich an den Luxus zu gewöhnen, der ihr für mindestens drei Trimester zur Verfügung stand, denn erst dann war es Schülern erlaubt sich aus der unmittelbaren Überwachung ihrer Mentoren zurückzuziehen und ein Zimmer mit Klassenkameraden der gleichen Ausbildungsstufe zu beziehen.

Cey griff nach der Fernbedienung, wählte drei Nachrichtensender und ihren Lieblingscartoon mit der hinterlistigen grauen Katze und der kleinen Maus aus und setzte sich an das Kopfende ihres Bettes. Leider blieben ihr gerade einmal zwei Minuten, bevor sich ihre Zimmertür wieder öffnete.

»Wir müssen uns dringend unterhalten«, stellte Xyen fest. Er nahm seinen angestammten Platz am ihr gegenüberliegenden Ende des Bettes ein.

»Ach, weißt du, ich habe heute schon so viel geredet, ich hole mir lieber ein Glas Wasser.« Cey wollte aufstehen, aber ihr Mentor hielt sie zurück.

»Cey, bleib hier.« Xyens Stimme war ruhig, seine Miene verdeutlichte jedoch, dass dies keine Bitte war.

»Was denn?« Sie funkelte den Seday zornig an. »Darf ich mir nicht einmal mehr was zum Trinken holen?«

»Bitte, Cey. Ich will wissen, was da heute zwischen dir und Dragon abgelaufen ist.«

Cey sank zwar widerstrebend auf ihr Bett zurück, bereit aufzugeben war sie deswegen allerdings nicht. »Du weißt es doch eh schon«, merkte sie schnippisch an. »Warum soll ich dir immer alles noch mal erzählen?«

»Du bist sauer, weil Landon Dragon geschlagen hat«, hielt Xyen dann auch korrekterweise fest.

»Na, damit ist ja alles geklärt.«

»Nein. Zuerst musst du mir noch verraten, warum du auf mich ebenfalls so wütend bist.«

Ceys Verachtung kehrte in vollem Ausmaß zurück. »Vielleicht, weil mir etwas über die hier herrschenden Erziehungsmethoden entgangen ist?«

Xyen wich ihren Blicken nicht aus. »Landons Methoden sind ganz sicher nicht die meinen«, erwiderte er.

»Ja, aber du scheinst auch nicht viel dagegen zu haben.«

Für einen Moment schwieg Xyen, dann unternahm er einen Erklärungsversuch. »Cey, ein Mentor kann nicht alles machen, was er möchte. Aber grundsätzlich hat er einige Freiheiten die Ausbildung seines Schützlings so zu gestalten, wie er das für richtig hält. Landon ist auch nicht damit einverstanden, wie ich dich behandle, also werde ich wohl kaum ihn kritisieren können.«

»Bescheuertes Argument.« Cey verschränkte trotzig die Arme vor der Brust. »Kein Wunder, das Dragon so ein Arschloch ist, wenn es niemand für nötig empfindet sich für ihn einzusetzen.«

»Was hat er denn gesagt?«

»Hä?« Jetzt fühlte Cey sich aus dem Konzept gebracht, dabei war sie gerade so schön in Fahrt gewesen. »Was hat wer gesagt?«

»Dragon«, meinte Xyen. »Was hat er gesagt? Landon mag vielleicht fragwürdige Bestrafungsmethoden haben, er wendet sie allerdings nicht ohne Grund an.«

»Ist doch völlig egal.« Cey ließ sich erschöpft an die Wand sinken. Irgendwie war ihr Zorn verflogen und sie fühlte sich jetzt nur noch leer.

»Du bist enttäuscht, weil ich nicht Dragons Partei ergreife«, erkannte ihr Mentor. Ob mit Gefühlsleserei oder ohne, es war ihr nicht mehr wichtig. »Ich kann aber nichts für Dragon tun, wenn du mir nicht wenigstens sagst, worum es in euren andauernden Streitereien geht.«

»Tja, wenn du es weißt, dann scheuerst du Dragon vielleicht selbst eine«, bemerkte Cey lakonisch.

»Glaubst du das?« Xyen musterte sie eindringlich, sie wich seinen Blicken jedoch aus und zog es vor zu schweigen. Nicht dass sie davon ausging, ihr Mentor würde dieses Thema einfach so fallenlassen.

»Cey, sieh mich an«, forderte Xyen sie da auch schon auf. »Sieh mich an und sage mir, ob du das wirklich glaubst.«

In Xyens Emotionen breitete sich eine tiefe Betroffenheit aus und Cey wurde bewusst, was für einen furchtbaren Fehler sie gemacht hatte. *Enttäuscht zu sein ist das eine, aber das ...*

»Nein«, sagte sie laut und sah ihrem Mentor direkt in die gold-braunen Augen. »Ich glaube nicht, dass du das tun würdest. Tut mir leid, das war sehr unfair von mir.«

Xyen erwiderte nichts, nickte jedoch und signalisierte ihr damit, dass er die Entschuldigung akzeptierte.

»Hat Two dir nicht verraten, worum es ging?«, erkundigte Cey sich zaghaft, unschlüssig ob sie jetzt weitersprechen sollte oder nicht.

»Two war vor allem darauf fixiert mir zu erklären, warum Teller polieren etwas unglaublich Tolles ist.«

Okay, das ist eindeutig ein Punkt für Xyen. Er hätte ihre kleine Inszenierung ja auch auseinandernehmen und sie aus der Küche beordern können. Cey gab sich einen Ruck und berichtete ihrem Mentor das Gewünschte.

»Dragon hat wohl irgendwo aufgeschnappt, dass einer deiner ehemaligen Schüler seine Ausbildung nicht ganz so gut überstanden hat.«

Xyens Pupillen verengten sich. »Was genau hat Dragon gesagt?«, erkundigte er sich mit einem gefährlichen Unterton in der Stimme. »Ich will alles wissen.«

Xyens angespannte Haltung war kein gutes Zeichen, also beeilte Cey sich mit ihrer Zusammenfassung. »Dragon hat nur erwähnt, es wäre irgendjemand gestorben. Und daraus hat er dann seinen neuen Lieblings-Slogan entwickelt, mörderischer Mentor unterrichtet mörderische Schülerin.«

»Und du bist nicht auf die Idee gekommen mir etwas darüber zu erzählen?«

»Ich kann ja nicht jeden Blödsinn wiederholen, den ich den ganzen Tag über höre«, wehrte Cey den Vorwurf ab. Allerdings spürte sie genau, wie Xyen sich gerade fühlte, und zwar alles andere als gut. »Jetzt rege dich wieder ab«, versuchte sie den Seday zu beruhigen. »Jeder weiß, was für einen Müll Dragon die ganze Zeit redet, und niemand denkt schlecht von dir, nicht einmal Dragon selbst. Im Gegenteil, die meisten Schüler beneiden mich darum, dass ich dich als Mentor habe.«

»Und was denkst du?«

Cey wusste, dass sie mit keinem flapsigen Spruch, sondern nur mit der Wahrheit antworten durfte, auch wenn es ihr schwerfiel. »Xyen, ich kenne dich und es ist mir völlig egal, was andere über dich erzählen.« Für einen Moment stockte sie, doch dann fügte sie den restlichen Teil ebenfalls hinzu. »Ich mag dich. Und ich vertraue dir.« Cey stand auf und holte sich endlich ihr Glas Wasser. Zum einen, um ihrem Mentor eine Minute Zeit zu geben sich wieder zu fangen, zum anderen für sich selbst. Schließlich war es das erste Mal, dass sie ihre Gefühle für Xyen offen eingestanden hatte, und ob das im Hinblick auf ihr kompliziertes Dasein wirklich sinnvoll gewesen war, würde sich erst noch zeigen müssen.

»Danke«, sagte Xyen, nachdem sie sich wieder auf ihr Bett gesetzt hatte. »Dragon hat allerdings Recht – einer meiner Schüler ist tatsächlich gestorben.«

»Das ist egal.« Cey ließ sich auf den Rücken sinken, den Blick nach wie vor auf das Gesicht des Seday gerichtet.

»Warum ist es dir nicht wichtig zu wissen, was passiert ist?« Xyens Verwunderung war ihm deutlich anzumerken, sie musste dafür noch nicht einmal seine Emotionen betrachten.

»Wenn es wirklich wichtig wäre, hättest du es mir schon längst gesagt«, erklärte Cey. »Du bist mir keine Rechenschaft schuldig. Und ich erzähle dir ja auch nicht alles.«

Xyen musterte sie nachdenklich, dann legte er sich neben sie und zog sie in seinen Arm. »Vielleicht sollten wir endlich dazu übergehen uns alles zu erzählen.«

Cey kuschelte sich enger an den Seday, musste aber trotzdem widersprechen. »Ich denke, es ist besser nicht alles zu wissen.«

»Glaubst du denn, wir würden es nicht ertragen alles über den anderen zu wissen?«

»Tja, ich würde es lieber nicht riskieren.« Cey wusste, ihr Mentor vertrat eine andere Meinung zu diesem Thema, doch für heute beließ er es dabei.

***

»Cey, was machst du denn hier?« Nathan kam mit schnellen Schritten auf sie zu und plumpste neben ihr auf den Fußboden.

»Mich verstecken«, erwiderte Cey mürrisch. Sie wandte den Blick nicht von den grotesken Formen, die in rasender Geschwindigkeit auf dem Fernseher aufblitzten und wieder verschwanden.

Bis auf die endlosen Aufforderungen Details zu ihrem Kampf mit Dragon preiszugeben, war der Tag so weit ganz okay gewesen. Als vor Militärgeschichte wieder ein nerviger Spruch über ihren *Mordsmentor* die Runde gemacht hatte, hatte Dragon sich kurzerhand vor der gesamten Klasse aufgebaut und verkündet, das Thema wäre jetzt erledigt und jeder, der noch einmal irgendetwas in dieser Richtung äußern würde, müsste mit mehr als nur ein paar Verletzungen rechnen. Dabei hatte er Cey auffällig gemustert, ohne ihr jedoch eine Reaktion entlocken zu können. Dragons Rede an die Nation zeigte eine umgehende Wirkung, bisher war kein einziges Wort mehr über Xyen gefallen.

So weit, so gut. Jetzt stand allerdings die Nacht bevor und Cey befürchtete, dass die alles andere als gut werden würde.

»Der Gemeinschaftsraum ist kein besonders gutes Versteck«, stellte Nathan kritisch fest und überging wie immer ihre miese Laune. »Selbst dann nicht, wenn du das Licht auslässt.«

Cey zuckte gleichgültig die Schultern. »Mit eurem tollen Ayaro am Handgelenk ist dieser Ort genauso gut geeignet wie jeder andere in der Academy.«

»Das stimmt natürlich«, gestand Nathan ihr zu. »Aber du könntest wenigstens etwas Sinnvolles spielen und dir nicht so einen Schrott ansehen.« Der Seday fixierte den Bildschirm, musste blinzeln und wandte sich wieder ab. »Da wird man ja kirre«, behauptete er.

»Na, ich hoffe doch.« Wenn überhaupt möglich, klang Ceys Stimme jetzt noch gereizter als zuvor.

»Hä?« Nathan runzelte die Stirn. »Versuchst du einen epileptischen Anfall zu provozieren oder so?«

»Ich kann es zumindest probieren.«

Hätte sie vielleicht besser nicht gesagt, denn nun erhob sich Nathan wieder und schaltete den Fernseher einfach ab. Dafür flammten einige Sekunden später die Deckenlampen auf. Cey riss ihren Arm nach oben, um sich gegen die plötzliche Helligkeit zu schützen, und knurrte den dreisten Seday wütend an.

Nathan nahm ihre Reaktion allerdings gar nicht erst zur Kenntnis. »Schlechte Idee deine Gesundheit zu ruinieren!«, meinte er überaus energisch. »Und das nur, weil du keinen Bock auf Landon hast.«

Ja und? Nathan musste schließlich nicht zu dem bescheuerten Training gehen, da war es leicht so etwas zu behaupten.

»Was willst du überhaupt hier?«, fragte Cey. »Ich meine, außer dich an meinem Elend zu weiden?«

»Oh, wie melodramatisch.« Nathan grinste sie an. »Ich bin dein aktueller Schatten. Xyen und Lee sind nach Fallton geflogen und Jay schwirrt mit seinen Leuten sonst wo herum.«

»Dann solltest du deiner Rolle etwas gewissenhafter nachkommen und die Klappe halten«, erwiderte Cey biestig.

»Könnte ich natürlich machen, dadurch würde dir allerdings mein äußerst genialer Vorschlag entgehen.«

Es gelang Cey ganze zehn Sekunden zu schweigen, bevor ihre Neugier siegte. »Was denn für ein Vorschlag?«

Nathan zwinkerte ihr verschwörerisch zu. »Du lässt das Training ausfallen und wir gehen stattdessen schwimmen. Ist auch gut für die Kondition.«

»Das erlaubt Xyen nie.«

»Er ist aber nicht da.«

»Er wird es aber erfahren.«

»Ich überlege mir schon was«, versprach Nathan. »Wenn du allerdings unbedingt zu Landon willst ...«

Cey sprang umgehend auf. »Ich hole nur noch meine Sachen«, murmelte sie und verschwand durch die Tür. Wenn es nach ihr gegangen wäre, hätten Nathan und sie sofort aufbrechen können, doch bei den Seday existierte selbst fürs Planschen im Wasser eine Kleidervorschrift – Bikini oder Badehose. Als Xyen ihr das vor einigen Wochen erklärt hatte, hatte Cey zuerst gedacht, ihr Mentor würde scherzen, vertrat sie selbst doch die Meinung, dass es nur zwei Varianten gab – entweder man hatte die Zeit sich vor dem Schwimmen auszuziehen, dann tat man das auch. Oder man hatte diese Zeit eben nicht und musste in voller Montur ins Wasser springen. Letzteres war bei ihr übrigens weitaus häufiger der Fall gewesen, ein rachsüchtiger und tödlicher Gegner nahm schließlich auf nichts und niemanden Rücksicht.

Xyen hatte stirnrunzelnd angemerkt für menschliche Schwimmbäder würde die gleiche Vorschrift gelten, aber Cey hatte nur die Schultern gezuckt. Unter Schwimmen verstand sie definitiv etwas anderes, als sich mit Dutzenden anderen um einen Stehplatz in einem wenige Quadratmeter großen Becken zu zanken. Und den Geruch von Chlorwasser fand sie furchtbar.

Ein natürlicher, abgelegener See hingegen ... Bereits der Weg durch den Wald außerhalb von Area XV4 reichte aus, um Ceys Stimmung von abgrundtief düster in nahezu euphorisch zu wandeln.

Nathan fiel das ebenfalls auf, auch ohne die Möglichkeit Gefühle zu lesen. »Also gefällt dir meine Idee«, stellte er selbstzufrieden fest und knuffte sie freundschaftlich in die Seite.

»Du wirst ja so was von Ärger kriegen«, unkte Cey. Trotzdem bedachte sie Nathan mit einem dankbaren Lächeln, weil er sie zumindest in dieser Nacht vor dem verhassten Training gerettet hatte.

Bald schon tobte eine gigantische Wasserschlacht zwischen ihnen, bis Nathan erschöpft um eine Pause bat. Cey entschied sich dafür noch einige Bahnen zu schwimmen. Sie tauchte ab, um die Wunder der Unterwasserwelt zu bestaunen, und anscheinend verlor sie völlig die Zeit aus den Augen, denn irgendwann erreichte sie ein besorgter Ruf.

»Cey?«

Widerstrebend machte sie sich auf den Rückweg und durchbrach nur wenige Meter von Nathan entfernt die Wasseroberfläche. »Was ist?« Sie stützte die Arme auf denjenigen Felsen, auf dem Nathan sich ausgestreckt hatte.

»Tja, wenn du nicht willst, dass ich einen Panikanfall bekomme und ein ganzes Rudel von Rettungskräften herbestelle, dann wäre ich dir sehr dankbar, wenn du nicht minutenlang verschwinden würdest.«

Hm, da ist wohl was Wahres dran. »Sorry«, entschuldigte sie sich. Zum Glück war Nathan ihr nie lange böse.

»Du kannst nicht zufällig unter Wasser atmen oder hast dort unten ein paar Sauerstoffflaschen entdeckt?«, erkundigte er sich neugierig.

Cey lachte. »Viel besser. Komm mit, ich zeig's dir.«

Sie schwamm mit Nathan bis zur Mitte des Sees und tauchte in die Dunkelheit hinab. Ein Schwarm Fische kreuzte ihren Weg und einige Wasserpflanzen streiften Ceys nackte Arme und Beine. Nathan folgte ihr mit geringem Abstand, schien sich jedoch unsicherer zu werden, je weiter sie sich von der Oberfläche entfernten.

»Cey, ich glaube nicht -«

»Wir sind gleich da.« Um Nathan zu beruhigen, schickte sie ihm das Abbild einer Karte. Für ihn musste hier unten die absolute Finsternis herrschen und Cey wollte nicht, dass der Seday sich alleine auf ihre Präsenz verlassen musste. Die richtige Route hatte sie in einer grell leuchtenden Farbe markiert und somit konnte Nathan das Ziel überhaupt

nicht verfehlen. Wenige Sekunden später hatten sie die kleine Höhle erreicht und Nathan atmete erleichtert auf.

»Du hast doch keine Angst gehabt, ich würde dich ertränken wollen, oder?«, fragte Cey, halb gespielt, halb im Ernst.

»Nein.« Nathan schüttelte entschieden den Kopf. »Ich glaube allerdings nicht, dass ich mich im Wasser so gut bewegen kann wie du, und offenbar siehst du auch deutlich besser.«

Cey spürte, wie ihr schlechtes Gewissen erwachte. »Die Strecke war nicht sonderlich weit und ich dachte ...«

»Schon gut.« Nathan winkte ab und schenkte ihr ein entwaffnendes Lächeln. »Es war wirklich nicht so schwer hierherzukommen. Aber das nächste Mal lass ich mir gleich eine Karte geben, das schont meine Nerven.« Nathan musterte interessiert ihre Umgebung. »Wo sind wir hier überhaupt?«

»Ich glaube hinter dem Wasserfall. Der unterirdische Zugang scheint der einzige zu sein, ich habe jedenfalls bisher keinen anderen Weg hierher gefunden.«

»Und warum ist es hier nicht komplett dunkel?«, erkundigte Nathan sich und spähte verwundert durch das Zwielicht.

Cey hievte sich aus dem Wasser und hielt dem Seday eine Hand hin. »Da vorne«, sagte sie und deutete auf die Decke. Es ließ sich unschwer erkennen, dass das Gestein sie nicht völlig von der Außenwelt abschottete. Es gab mehrere kleine Lücken, durch die der Mondschein und das Sternenlicht in die Höhle eindringen konnten. Ein Mensch hätte wohl immer noch nichts gesehen, für einen J'ajal war es allerdings mehr als genug.

»Ist echt beeindruckend.« Nathan machte einige Schritte in jede Richtung.

»Schau mal da.« Cey zeigte in eine Ecke und gab dem Seday einen leichten Schubs. Nathan stolperte in das Becken und kam prustend wieder an die Oberfläche.

»Hey, das ist ja ganz warm«, meinte er überrascht und prüfend legte er seine Hand an einen der Felsen.

Cey nickte. »Anscheinend wird die Hitze der Sonnenstrahlen in den Steinen gespeichert und an das Wasser weitergegeben. Und weil das Becken vom restlichen See abgeschnitten ist, hat es genügend Zeit sich aufzuwärmen.« Mit einem eleganten Sprung gesellte sie sich zu Nathan. »Ist quasi wie in der Badewanne.«

»Ja.« Genießerisch schloss der blonde Seday die Augen. »Eine äußerst luxuriöse Badewanne. Das ist totaler Wahnsinn hier. Die Mühe hat sich auf jeden Fall gelohnt, danke.«

Eine Weile schwiegen sie beide und Cey beobachtete, wie die Wellen das wenige Licht reflektierten und über Nathans nackten Oberkörper funkeln ließen. Für gewöhnlich fiel es ihr leicht, der Anziehungskraft eines anderen J'ajals zu widerstehen, nur jetzt gerade ... Cey unterdrückte einen Seufzer und überlegte, ob ihre Sehnsucht wohl durch Nathans besondere Fähigkeit, andere Wesen für sich einzunehmen, hervorgerufen wurde. Seine überdrehte und aufrichtige Art mochte sie allerdings genauso gern wie den kalifornischen Surfer-Boy-Charme, also konnte sie ihr derzeitiges Begehren nicht ausschließlich darauf abschieben.

Egal. Cey schüttelte über sich selbst den Kopf. Da sie mit den seltsamen Seday-Beziehungsregeln sowieso nie klarkommen würde, musste sie sich halt mal wieder mit einem Menschen treffen oder mit einem solchen J'ajal, der Sex nicht sofort mit einem allumfassenden Vertrauen gleichsetzte. *Trotzdem, schauen kostet ja nichts ...*

»Du starrst mich an«, stellte Nathan irgendwann fest, ohne überhaupt die Augen geöffnet zu haben.

»Ach was.« Cey richtete ihren Blick hastig auf die gegenüberliegende Wand.

Nathan blinzelte, schwamm auf sie zu und klammerte sich an den Felsen direkt neben ihr. »Dann hast du eben gestarrt«, meinte er grinsend.

»Ja und?« Cey sah den Seday gereizt an und Nathans Grinsen wurde noch breiter.

»Gar nichts«, sagte er. »Ich wollte nur sichergehen.« Dann wurde er schlagartig ernst. »Cey, du weißt, welche Regeln für die Beziehungen unter den Seday gelten?« Es war eher eine Feststellung als eine Frage und Cey verdrehte innerlich die Augen, hatte sie sich doch eben erst über dieses Thema aufgeregt ...

»Ja«, murmelte sie. »Bescheuerte Regeln.«

»Warum denn?«

»Tja, man könnte zum Beispiel einfach glauben, dass es die Wahrheit ist, wenn man ja sagt. Ohne Bewusstseinsverbindung.«

»Aber manchmal sagt man ja und meint doch etwas ganz anderes«, gab Nathan zu bedenken.

Leider wusste Cey genau, wovon der Seday sprach, sie konnte ihm also nicht widersprechen.

»Was ist denn so verkehrt daran offen in seinem Bewusstsein zu zeigen, was man möchte?«, hakte Nathan weiter nach.

»Vielleicht, weil man damit weitaus mehr erfahren könnte als beabsichtigt?« Ceys Stimme triefte vor Sarkasmus. *Die Seday haben es anscheinend alle nicht so mit mentalen Gefahren ...*

»Du hast also Angst, jemand würde sich nicht darauf beschränken, das zu sehen, was er sehen darf, richtig?«

Cey versuchte die Frage abzuwiegeln. »Ist doch auch egal.« Sie schwamm auf den Rand des Beckens zu und wollte gerade an Land klettern, als Nathans Hand sie sanft zurückhielt.

»Geh nicht«, bat er sie leise. Sein Daumen strich sachte über ihren Arm. »Ich würde gerne weiter über dieses Thema reden, aber wenn du das lieber nicht möchtest ...«

»Was denn noch?« Angestrengt musterte Cey die Wasseroberfläche, der Anblick einer braun gebrannten und muskulösen Männerbrust hätte ihre Gedanken nur erneut in die falschen Bahnen gelenkt.

»Na, zum einen möchte ich gerne festhalten, dass ich es ebenfalls unbehaglich finde, wenn jemand in meinen Gedanken herumschleicht.« Nathans Finger legten sich an ihr Kinn und vorsichtig drehte er ihren Kopf in seine Richtung. »Ich brauche aber gar nicht alles zu teilen. Nur für Mentoren ist eine komplette Verschmelzung vorgeschrieben. Stattdessen kann ich so etwas wie eine abgeschottete Insel in meinem Bewusstsein erschaffen und alles, was ich nicht zeigen will, verschwindet von dort. Verstehst du, was ich meine?«

»Ja, schon …« Es kostete Cey eine enorme Mühe, nicht in Nathans blauen Augen zu versinken. »Trotzdem ist es mit diesem Zugang einfacher in jede beliebige Ecke deines Seins zu gelangen, als wenn man von außerhalb angreifen müsste.«

Nathan nickte. »Das ist wahr. Ich glaube zwar, es ist äußerst schwierig, aber unmöglich bestimmt nicht.«

Viel einfacher, als du denkst, Nathan. Sie sprach es lieber nicht laut aus.

»Ein bisschen Vertrauen gehört also durchaus dazu, aber das soll ja auch so sein.« Nathans Finger glitten von ihrem Kinn in ihren Nacken und Ceys Herzschlag beschleunigte sich.

»Hm …« *Das kann jetzt so oder so interpretiert werden.*

Nathan entschied sich wohl für seine ganz eigene Deutung. Er beugte sich vor, berührte mit seinen Lippen ihre Stirn und zeigte ihr seine Insel. Sekundenlang verharrte Cey, zu keiner vernünftigen Reaktion mehr fähig, dann begann das Bild wieder zu verblassen.

Nathan wich ein Stück zurück und zwinkerte ihr verschmitzt zu. »Ich konnte es ja mal probieren.«

Er wollte sie loslassen, doch Cey griff nun ihrerseits nach dem Handgelenk des Seday. »Warte!«

Nathans Augen weiteten sich, einen Moment später schüttelte er allerdings entschieden den Kopf. »Cey, du bist meine Freundin und ich habe dich sehr gern. Nichts ist es mir wert, das kaputtzumachen. Du musst überhaupt nichts tun.«

»Ich weiß. Aber ich möchte es.«

Nathan hielt sie dennoch auf Abstand. »Nur wenn du mir versprichst, dass wir hinterher immer noch Freunde sind.«

»Ich verspreche es.« Cey holte tief Luft und zeigte ihm, an was sie gerade dachte.

Nathan hob die Hand und seine Finger streiften über ihr Gesicht, um schließlich die Konturen ihres Mundes nachzuzeichnen. Mit einem leisen Seufzen schloss Cey die Augen. Ein Arm legte sich um ihre Schultern und sie spürte die zarte Berührung von Nathans Lippen an ihren eigenen. Dem ersten flüchtigen Kuss folgten weitere, weitaus intensivere, und instinktiv drängte Cey sich enger an den Körper des Seday.

Nathans Geist glitt sanft über den ihrigen hinweg, nur um immer wieder in denjenigen schmalen Bereich ihres Bewusstseins vorzustoßen, den sie ihm zu betreten gestattet hatte. Ein kurzer Ruck in ihrem Nacken und das obere Band ihres Bikini-Oberteils löste sich endlich. Der verdammte Rückenverschluss hielt den nassen Stoff trotzdem an Ort und Stelle fest und Cey musste einen Fluch unterdrücken. *Diese idiotischen Kleidervorschriften …* Warum war sie denen nur gefolgt? Sie könnte längst nackt sein!

Nathan lachte, als er ihren Gedanken aufschnappte. »Du bist eben eine brave, kleine Schülerin«, neckte er sie und Cey öffnete die Augen, um den Seday wütend anzufunkeln. Ihr Wunsch, mit einer fiesen Gegenbemerkung zu kontern, verebbte jedoch sofort wieder. Sein Bewusstsein verriet ihr nur zu deutlich, dass es Nathan nicht gefallen würde, wenn sämtliche J'ajals dieser Basis sie nackt zu sehen bekämen. Und das aus einem ganz einfachen Grund.

Eifersüchtig …?! Wie ungewöhnlich, schließlich bevorzugten die Seday wie alle anderen J'ajal-Organisationen offene Beziehungen und keine monogamen. Cey wurde unsicher. Hatte sie tatsächlich die richtige Entscheidung getroffen? Nathan würde doch nach ihrem Zusammensein nicht darauf beharren, dass sie –

»Nein. Ich würde dir niemals verbieten dich mit jemand anderem zu treffen. Mit welchem Recht denn?« Nathan stupste sie sachte mit seiner Fingerspitze an und die Aufrichtigkeit hinter seinen Worten löschte jeden Zweifel in Ceys Innerstem aus.

»Wenn das so ist …«, murmelte sie. »Warum habe ich dann immer noch etwas an?«

***

Ceys Kopf lehnte an der Schulter des jungen J'ajals und mit einem zufriedenen Lächeln lauschte sie den Wellen, die leise an ihre Hüften schwappten.

»Wenn wir noch länger im Wasser bleiben, bekomme ich Schwimmhäute zwischen den Zehen«, behauptete Nathan. Er kletterte aus dem Becken und zog Cey zu sich hinauf. Sie schmiegte sich eng an ihn und begutachtete gewissenhaft seine Füße.

»Kann gar nichts erkennen.«

»Dann waren wir wohl schnell genug draußen.«

Nathan knabberte spielerisch an ihrem Ohr und seine Blicke streiften keineswegs ihre Zehen. Eine erneute Hitzewelle durchschoss Ceys Adern.

»Wie lange sind denn Xyen und Lee in der Stadt?« Sie bemühte sich möglichst unverfänglich zu klingen, was ziemlich dämlich war, weil Nathan ja immer noch einen Zugang zu ihrem Bewusstsein besaß.

Der versuchte auch gar nicht erst zu verstecken, dass es ihm gefiel, was er da sah. *Runde zwei …* »Ach«, murmelte er und sein Mund hinterließ eine feurige Spur auf ihrer Haut. »Das kann noch eine ganze Weile dauern.«

»Oh, so lange?«, japste Cey.

»Ja, und für alle Fälle habe ich eine Nachricht hinterlassen.«

Für einen Moment drohte sie schon wieder abzudriften, dann schaffte sie es Nathans tastende Finger zu umschließen. »Beherrsch dich mal kurz.«

»Du verlangst aber viel von mir.« Ihr Gegenüber grinste, gab sie auf ihre Bitte hin jedoch gehorsam frei.

»Was ist mit dem Ayaro?« Cey zeigte auf Nathans metallenes Identifikationsarmband, das Einzige, was er noch am Körper trug. »Blinkt jetzt eine ganze Reihe von Warnsignalen auf Lees Computer auf?«

»Ich will es doch schwer hoffen!« Die Augen des Seday blitzten amüsiert auf. »Vor ein paar Minuten hast du dir keine Gedanken darüber gemacht.«

»Da war ich abgelenkt«, gab Cey freimütig zu. Jetzt wusste sie allerdings nicht, was Lee davon halten würde, wenn gleich zwei Ayaros unter seiner Obhut eindeutige Signale aussandten.

Nathan strich ihr liebevoll eine dunkle Haarsträhne aus dem Gesicht. »Ich habe kein einziges Mal erlebt, dass das in irgendeiner Weise kommentiert wurde. Machst du dir Sorgen deswegen?«

Cey überlegte kurz und schüttelte anschließend den Kopf. Auf Lees Verschwiegenheit konnte sie sich verlassen. Etwas an Nathans Aussage hatte allerdings ihr Interesse geweckt. »Wie ausgiebig ist denn die Testreihe, auf die du dich berufst?«

»Oh, da muss ich nachrechnen.« Nathan runzelte angestrengt die Stirn. »Kann ein paar Stunden dauern ...«

Cey schnaubte verächtlich auf und stemmte die Hände in die Hüften. »Du glaubst doch jetzt selbst nicht, sooo gut zu sein, oder?«

Anscheinend war das genau die Aufforderung, auf die Nathan gewartet hatte. »Werden wir ja noch sehen, ob ich dich nicht vom Gegenteil überzeugen kann ...«

Der Seday trat an sie heran, legte seine Hände auf ihren Rücken und ihren Po und presste sie eng an sich. Die Höhle verschwamm vor Ceys Augen und sie wollte nichts anderes mehr als die Wärme von Nathans Körper spüren. Trotzdem flackerte für den Bruchteil einer Sekunde eine Erinnerung in ihrem Verstand auf und brachte ihre Welt ins Wanken. Sofort hatte sie es wieder unter Kontrolle, aber Nathan zog sich bereits zurück. *War ja klar, dass dieses Seday'sche-Gedanken-Teilen einen ziemlichen Haken aufweist.*

»Hey, alles okay?« Ihr Gegenüber musterte sie besorgt.

»Ja.« Cey sah den Seday direkt an. »Hör nicht auf. Bitte.«

»Bist du dir wirklich sicher?« Nathan fragte nach, obwohl sie es ihm bereits offen in ihrem Bewusstsein zeigte. »Cey, wir müssen nicht ...«

Sie unterbrach Nathan, indem sie selbst die Initiative ergriff. Ein schneller Schritt und schon berührten ihre Handflächen die durchtrainierte Brust des Seday. Sie streckte sich und ihre Wange rieb über Nathans Kinn, bevor er seine Zurückhaltung endlich aufgab und den Kopf senkte, um ihr einen heißen Kuss zu gewähren.

Ungestüm ließ Nathan sich auf den Boden fallen und zog sie auf sich. Ceys Beine schmiegten sich an die Hüften des Seday, während dieser mit äußerster Präzision die Rundungen ihres Körpers erkundete. Und sie musste Nathan zugestehen – er war tatsächlich so gut, wie er es zuvor behauptet hatte …

***

Dieses Mal gab es kein Wasser, das versuchen konnte, ihn in eine Amphibie zu verwandeln, also hatte Nathan nichts dagegen, dass sie mit dem Kopf auf seiner Brust eindöste. Seine Finger wanderten langsam über ihren Rücken und es hätte nicht viel gefehlt und Cey hätte angefangen zu schnurren.

»Ist dir mal aufgefallen, wie sehr die anderen Schüler der Academy hinter dir her sind?«, wollte Nathan von ihr wissen. Da sich junge Männer deutlich öfter zum J'ajal wandelten als Frauen, war es kaum verwunderlich, wenn jede Schülerin über ein Dutzend Verehrer gleichzeitig verfügte. Eine Tatsache, auf die Cey gerne verzichtet hätte.

»Mir ist vor allem aufgefallen, was für Arschlöcher die meisten Schüler der Academy sind«, murmelte sie träge. *Dragon zum Beispiel …*

Nathan lachte. »Das auch. Das gibt sich aber mit der Zeit.«

»Dann sollte ich vielleicht für ein Jahr verreisen.«

»Bringt nichts«, hielt Nathan grinsend fest. »Es kommen ja immer wieder neue Schüler nach. Du musst schon lernen es mit uns auszuhalten.«

Cey richtete sich gähnend auf. »Ich hatte es befürchtet.« Ihr Blick fiel auf die lange Narbe, die sich quer über Nathans Brust zog.

»Ein Andenken an ein russisches Gefängnis«, erklärte der Seday, obwohl sie überhaupt nichts gesagt hatte.

»Ein anderer Insasse?«

»Nein, ein Wärter.« Nathans Augen verdunkelten sich, er gewann seinen unbekümmerten Gesichtsausdruck allerdings schnell wieder zurück. »Ich hatte Glück, dass ich genau in diesem Zeitraum zum J'ajal erwacht bin und Xyen mich gefunden hat. Aber trotz aller Heilkräfte und Lees Bemühungen ist die Narbe geblieben.«

Ein wenig schien Nathan das zu bedauern, also versuchte Cey ihn aufzumuntern. »Das macht doch nichts«, sagte sie. »Du siehst trotzdem ganz passabel aus.«

»Ja, allerdings lange nicht so perfekt wie du«, entgegnete Nathan mit ehrlicher Bewunderung in der Stimme.

Cey brauchte nur Sekunden, um zurück in ihren Bikini zu schlüpfen und ins Wasser zu springen. Gleichzeitig löschte sie die Insel in ihrem Verstand und verbarrikadierte ihr Bewusstsein doppelt und dreifach.

Aber egal, wie schnell sie war, Nathan war schneller. Er hatte einfach darauf verzichtet seine Badeshorts überzustreifen und versperrte ihr nun den Ausgang.

»Lass mich vorbei«, erklärte Cey wütend. Ihr gesamter Körper verspannte sich. »Sofort.«

»Ganz sicher nicht.« Nathan zeigte nicht den geringsten Anflug von Angst. »Cey, was ist los? Was habe ich falsch gemacht?«

Cey reagierte nicht auf die Frage, sondern versuchte den Seday aus dem Weg zu stoßen. Damit hatte Nathan jedoch gerechnet und er nutzte die Gelegenheit, um ihren Arm festzuhalten. Das Adrenalin in Ceys Adern verstärkte sich um ein Vielfaches und sie musste sich mit aller Macht beherrschen, um nicht etwas zu tun, was sie später womöglich bereuen würde.

»Lass. Mich. Los.«

Nathan schüttelte den Kopf. »Cey«, sagte er erstaunlich ruhig. »Du hast versprochen, dass wir Freunde bleiben.«

Stimmt, da war ja was. Cey schloss die Augen und wartete, bis das kühle Wasser ihre Wut wieder einigermaßen besänftigt hatte und sie

Nathans Berührung nicht mehr als puren Angriff empfand. Erst dann sah sie wieder in das Gesicht ihres Gegenübers und las ein einziges, tief empfundenes Gefühl ab: Reue. Nathan bereute es, mit ihr zusammen gewesen zu sein. Sie musste heftig schlucken.

»Tut mir leid. Nathan, es hat nichts mit dir zu tun, okay? Ich habe einfach nur überreagiert.«

Nathan ließ sie endlich los, bewegte sich allerdings nicht vom Fleck. »Ja, vielleicht, aber auf was hast du reagiert?«

»Ist nicht so wichtig ...« Cey versuchte fieberhaft seinem Blick auszuweichen.

»Blödsinn«, stellte Nathan klar. »Freunde, schon wieder vergessen? Also sage mir, was los ist, damit ich die Chance erhalte den gleichen Fehler nicht noch einmal zu begehen.«

Es war eine gerechtfertigte Forderung, trotzdem fiel es Cey unglaublich schwer es zu sagen. Nathan wartete schweigend ab, drängte sie nicht und beschwerte sich auch nicht darüber, dass ihm Flossen wachsen würden. Vielleicht gab das am Ende den Ausschlag.

»Kannst du einfach ...« Cey stockte. »Kannst du einfach nie wieder sagen, ich würde perfekt aussehen?«

Nathan nickte voller Ernst. »Ich verspreche es dir.«

Und obwohl sie genau sah, wie bestimmt tausend Fragezeichen hinter seinen Augen aufblitzten, so hakte Nathan doch nicht weiter nach, sondern trat ein Stück zur Seite und gab ihr den Weg frei. Aber Cey wollte nicht, dass es so zwischen ihnen endete.

»Ich brauche einfach nur einen Moment für mich, ja?« Sie strich flüchtig über die Hand des Seday. »Schwimmen wir noch zusammen zurück?«

Ein schwaches Grinsen huschte über Nathans Gesicht. »Was denn, hast du etwa Angst, ich könnte doch noch ertrinken?«

Cey zuckte lächelnd die Schultern. »Wer weiß, vielleicht hat uns ja eine süße Meerjungfrau belauscht und jetzt will sie dich in ihren unterirdischen Palast entführen.«

Nathan kletterte an Land, schlüpfte in seine Shorts und war mit einem Sprung wieder bei Cey im Wasser. »Eine süße Meerjungfrau?«, bemerkte er nachdenklich. »Tja, dann sollte ich mich lieber alleine auf den Rückweg machen ...«

***

Xyen fand seinen ehemaligen Schützling auf den Zinnen des Westturmes und mit einem knappen »Hey« ließ er sich an dessen Seite nieder. Nathan lächelte ihm flüchtig zu, blieb aber ungewöhnlich still. Gedankenverloren spähte der junge Seday durch die steinerne Brüstung, deswegen ergriff Xyen schließlich selbst das Wort. »Du hast Cey von Landons Training freigestellt?«

»Ja.« Nathan schnitt eine Grimasse. »Erschien mir besser als ein epileptischer Anfall.«

»Ein epileptischer ...?« Zuerst wollte Xyen der Sache nachgehen, in diesem Fall war es aber vermutlich besser nicht alle Details zu kennen. »Und?«, fragte er stattdessen. »Ist nicht so gelaufen, wie du es dir gedacht hattest?«

»Nun ja«, erwiderte Nathan gedehnt. »Anfangs lief es sogar viel, viel besser ...« Für einen Moment zögerte er, dann berichtete er in einigen knappen Sätzen von seinen Stunden mit Cey.

Xyen unterdrückte den Anflug von Neid, der sich in seine Gefühle schleichen wollte, und überlegte. Nathan war wohl kaum in dieser düsteren Stimmung, weil er Angst vor der Reaktion seines Teamanführers auf sein Verhalten hatte. So etwas hatte schließlich noch nie zwischen ihnen gestanden. Folglich musste es etwas anderes geben.

»Klingt doch ganz gut«, erklärte Xyen also schlicht. »Und was ist dann passiert?«

Nathan seufzte tief auf, ein deutliches Zeichen dafür, wie richtig Xyen mit seiner Vermutung gelegen hatte.

»Ich habe Cey ein Kompliment gemacht ...«, murmelte der Siebenundzwanzigjährige.

»Und welches?«

»Ich habe ihr gesagt, sie sieht perfekt aus.«

Jetzt war Xyen klar, um was es hier ging. »Lass mich raten: Cey war alles andere als begeistert.«

»Tja, ich glaube, ich hatte Glück, dass sie keine Möglichkeit hatte einen ihrer Sterne aus ihren Klamotten hervorzuzaubern … ich meine …« Nathan brach ab und bekam rote Ohren.

»Ich habe es schon kapiert«, bemerkte Xyen trocken und rettete Nathan so aus seiner Verlegenheit.

»Ich weiß einfach manchmal nicht, wie ich mich verhalten soll«, gestand Nathan ihm, nachdem er sich wieder gefangen hatte. »Cey hat offensichtlich ein scheiß Leben hinter sich und ich mache die ganze Zeit so dumme Witze und dann erinnere ich sie auch noch an jemanden aus ihrer Vergangenheit und … ach, keine Ahnung. Irgendwie habe ich das Gefühl alles falsch zu machen.«

»Ich glaube nicht, dass Cey sich an deiner Art stört.« Xyen legte seine Hand beschwichtigend auf den Arm des Seday. »Im Gegenteil. Ich denke, dein sonniges und ehrliches Wesen ist genau das, was ihr momentan dabei hilft sich bei uns zurechtzufinden.«

»Meinst du?« Nathan sah nicht wirklich überzeugt aus.

»Lass Cey einfach die Zeit, die sie braucht«, riet Xyen seinem Freund. »Das dauert eben. Es wird immer wieder passieren, dass sie sich an etwas Schlimmes erinnert.«

Nathan seufzte erneut und wandte den Blick zurück auf das Gelände unter ihnen. »Was glaubst du, wie viele Jahre es gewesen sind, die Cey so leiden musste?«

»Ich weiß es nicht.« Xyen versuchte sich den Schmerz in seiner Seele nicht anmerken zu lassen, als er weitersprach. »Auf jeden Fall war jeder einzelne Tag ein Tag zu viel.«

»Ich frage mich, warum ihr nie jemand geholfen hat …«

»Das wissen wir doch gar nicht«, widersprach Xyen ihm. »Irgendwie muss sie da ja auch wieder rausgekommen sein.«

»Dann eben, warum es so lange gedauert hat.«

Darauf konnte Xyen keine Antwort geben und nach einer Weile stand er wieder auf. »Kommst du mit runter?«, wollte er von Nathan wissen.

»Geh schon mal vor«, erwiderte dieser. »Ich komme gleich nach.«

Xyen nickte und stieg die Stufen hinab. Auf dem Weg zu seinem Zimmer grübelte er weiter über Ceys Vergangenheit nach. Er fragte sich, ob er wohl jemals erfahren würde, wer ihr das angetan hatte.

Sobald sich die Tür hinter Xyen geschlossen und er sich an seinen Schreibtisch gesetzt hatte, sah er Ceys Gestalt im Türrahmen aufblitzen. Sie wirkte seltsam nervös.

»Hallo«, grüßte er die J'ajal bedächtig.

»Xyen, warst du bei Nathan?«

Aha, deswegen der Aufstand in Ceys Emotionen. Er bejahte die Frage und seine Schülerin ließ sich kleinlaut in einen der Sessel vor seinem Schreibtisch plumpsen. Genau den gleichen Gesichtsausdruck hatte Xyen bereits vor einigen Minuten gesehen und so wartete er geduldig ab.

»Nathan ist sauer auf mich«, stellte Cey schließlich fest.

»Nathan ist überhaupt nicht sauer auf dich«, korrigierte Xyen die junge J'ajal. »Er macht sich nur Sorgen.«

»Was hat er denn gesagt?«

Xyen musterte sein Gegenüber eindringlich. »Cey, wäre es nicht sinnvoller ihr würdet direkt miteinander sprechen, anstatt dass ich euren Übermittler spiele?«

»Weiß nicht.« Cey verzog unschlüssig das Gesicht. »Irgendwie klingt es immer besser, wenn du etwas sagst, und ich finde nie die richtigen Worte.«

»Dann lern es gefälligst. Nathan sitzt oben auf dem Westturm und versteinert wahrscheinlich bald zu einem gruseligen Wasserspeier. Also geh hin und sprich mit ihm.«

Demonstrativ klappte Xyen einen Bericht auf, aber Cey machte keinerlei Anstalten sich zu erheben. Nachdem er einen Blick auf ihre Gefühle geworfen hatte, wusste er auch, warum.

»Das ist jetzt nicht dein Ernst!« Energisch schlug er die Akte wieder zu und sah, wie die J'ajal leicht zusammenzuckte.

»Ich habe doch überhaupt nichts gesagt«, verteidigte sie sich.

»Das war auch gar nicht notwendig. Cey, dort oben wartet kein gefräßiges Raubtier auf dich, sondern Nathan. Also gehst du jetzt entweder freiwillig oder ich trage dich die Stufen hinauf. Könnte aber passieren, dass ich dich unterwegs ein paar Mal fallen lasse, ganz aus Versehen, versteht sich.«

Obwohl sich die Angst immer noch in ihrer Aura spiegelte, stand Cey auf und bewegte sich in Richtung Tür. »Ist ja gut«, murrte sie. »Bin schon weg. Wenn du mich dermaßen wundervoll ermutigst ...«

Xyen sah seiner Schülerin kopfschüttelnd nach. Sie hatte kein Problem damit sich mit einer Horde blutrünstiger Hayran anzulegen, aber für ein simples Gespräch fühlte sie sich nicht stark genug. *Das ist eindeutig Cey.*

***

Cey schleppte sich nahezu quälend langsam die Stufen hinauf und wahrscheinlich wäre sie sogar zwischendrin ein paar Mal stehen geblieben, wenn sie nicht die Anwesenheit ihres Schattens in ihrem Rücken gespürt hätte. So kam sie aber unweigerlich auf den Zinnen des Turmes an und als sie Nathans Gestalt erblickte, kam sie sich auf einmal dumm vor. Schließlich war sie es gewesen, die fast alles kaputtgemacht hatte, und nicht Nathan. Also straffte sie die Schultern und ging im normalen Tempo auf den Seday zu.

»Hey, Nathan, störe ich dich?«

Nathans Gesicht erhellte sich und er rutschte bereitwillig ein Stück zur Seite. »Nein, überhaupt nicht. Wie war dein Waldlauf?«

Nachdem sie mit Nathan ans Ufer des Sees zurückgeschwommen war, hatte dieser zusammen mit ihr auf die Ankunft von Five gewartet. Danach war Cey zwischen den Bäumen verschwunden, um wieder etwas mehr Klarheit in ihre verworrenen Gedanken zu bekommen. Es hatte immerhin teilweise funktioniert.

»Gut«, erwiderte sie also.

Eine Weile beobachteten sie schweigend das geschäftige Treiben am Boden von Area XV4. Cey streifte den Seday mit einem vorsichtigen Blick. Wie ein gefräßiges Raubtier sah er tatsächlich nicht aus und außerdem wäre sie mit einem solchen vermutlich gut zurechtgekommen. Sie schluckte ein letztes Mal und überwand sich dann.

»Ich wollte mich noch mal bei dir für mein seltsames Verhalten in der Höhle entschuldigen«, sagte sie. »Es ist nur so, dieser Satz hat mich an jemanden erinnert, der nicht gerade ... sehr nett war.« Das war schlichtweg die Untertreibung des Jahrtausends, sie wollte es jedoch nicht weiter ausschmücken. »Können wir diesen letzten Teil bitte vergessen?«

Nathan runzelte die Stirn. »Ich möchte dir aber nicht das Gefühl vermitteln, du könntest mit mir über keine schwierigen Themen sprechen, sondern dass ich nur für die unkomplizierten Dinge brauchbar bin.«

»Das denke ich keineswegs«, protestierte Cey. »Ich bin aber ganz froh, wenn ich mal mit jemanden nicht andauernd über alles reden muss. Nathan, ich mag dich so, wie du bist.«

Ihr Geständnis schien Nathan zu überraschen, doch es freute ihn wohl auch. »Also vergessen, ja?«, sagte er.

Cey nickte und rutschte dichter an Nathans Seite. »Gibst du mir Bescheid, wenn Lee und Xyen wieder mal in der Stadt sind? Oder auch sonst?«

»Wenn du mir das nächste Mal gleich sagst, wenn dich etwas stört?« Liebevoll lächelte Nathan sie an.

»Ich werde es versuchen.«

Das war das Beste, was sie dem Seday anbieten konnte, und anscheinend sah er das genauso.

Nathan zog sie in seinen Arm, hauchte ihr einen Kuss auf die Wange und stellte mit einem breiten Grinsen fest: »Xyen hat dich raufgeschickt, oder?«

»Jep.« Cey kuschelte sich enger an Nathans Schulter. »Xyen hatte Angst, es gäbe hier bald einen gruseligen Wasserspeier.«

»Gruselig?«, entrüstete Nathan sich. »Wenn schon, dann wäre ich ja wohl der bestaussehendste Wasserspeier aller Zeiten.«

Cey schüttelte kichernd den Kopf und fragte sich, wo der Seday wohl seine überdrehte Selbsteinschätzung gefunden hatte. Dabei wusste sie ja, dass das meiste lediglich gespielt und Nathan genauso verletzlich war, wie alle anderen auch. *Vielleicht sogar noch mehr.*

Kapitel 5

Landon hatte sich für das heutige Training etwas ganz Besonderes einfallen lassen und dieses Mal gab es keinen Nathan und keinen Putzdienst, der Cey rettete.

Zwischen zwei Klippen spann sich ein langes Drahtseil, an dem alle möglichen hinderlichen Gegenstände befestigt waren – eine Rolle Stacheldraht, ein süßer Mini-Elektroschocker, irgendetwas, das aussah wie ein halber Dornenbusch, seltsam verdrehte Blechscherben und noch einiges mehr. Außerdem verrieten einige schwarz glänzende Stellen, wie ölig und schmierig die Angelegenheit werden würde. Auch das große Fangnetz, das einige Meter unter dem Seil aufgespannt war, konnte keine Erleichterung in die Gesichter der Schüler zaubern. Der Einzige, der prächtige Laune zu haben schien, war Landon selbst.

»So. Das ist also die Hauptattraktion unseres heutigen Parcours.« Landon wandte sich stolz den Klippen zu und Cey musste einen genervten Stöhner unterdrücken. »Wer es schafft, das Seil zu benutzen, der spart sich massig Zeit ein. Das Fangnetz führt zwar auch zu einem Weg, von dem aus die restlichen Hindernisse erreicht werden können, das dauert aber erheblich länger. Wer Angst um seine hübsch manikürten Fingernägel hat, kann sich ein paar Handschuhe mitnehmen. Ich sehe euch dann im Ziel. Und vergesst eure Rucksäcke nicht, die sollten schon mit euch über die Ziellinie finden.«

Landon lachte gehässig auf und verschwand im angrenzenden Wald. Die Schüler schleppten sich missmutig zurück zum Start und diskutierten untereinander, was wohl die beste Strategie war, um am heutigen Tag möglichst viele wertvolle Punkte für die anstehenden Trimester-Prüfungen zu sammeln, denn Landon hatte das Training gleichzeitig als Test festgelegt.

Cey hielt sich wie immer zurück und überließ ihrem Freund Jari die Entscheidung. Als sie nach einer halben Stunde wieder an den Klippen standen, atmete Jari bereits heftig, was daran liegen konnte, dass ihre Rucksäcke mit zusätzlichen Gewichten versehen waren.

»Und?«, fragte sie den Zwanzigjährigen. »Oben lang oder unten?«

Jari betrachtete hilflos das abartig geschmückte Seil. »Die Zeitersparnis könnte ich gut gebrauchen«, meinte er. »Ich bin sowieso schon immer der Letzte und wenn ich die Trimester-Prüfung nicht mit kompletten null Punkten beginnen muss ...«

»Ja, dann los.« Cey reichte ihrem Freund ein paar Handschuhe und deutete auf die Klippen.

Jari wich hastig einen Schritt zurück. »Ähm, du zuerst«, überließ er ihr den Vortritt.

»Okay.« Statt sich mühevoll am Seil entlangzuhangeln, zog Cey sich einfach daran in die Höhe und balancierte geschickt auf die andere Seite. Drüben angekommen setzte sie ihren Rucksack ab, ließ sich auf einen großen Stein plumpsen und wartete.

Jari versuchte gar nicht erst ihre Taktik zu kopieren, sondern zog sich an seinen Armen hängend handbreit für handbreit nach vorne. »Kann nicht mehr«, jammerte er, noch bevor er die Hälfte des Seils erreicht hatte.

Cey hüpfte zu dem Schüler zurück und nahm ihm seinen Rucksack ab. »Los, los, los!«, feuerte sie ihn von oben an. »Mit zwanzig Kilo weniger geht's fast wie von alleine.«

»Ich muss den Rucksack doch selbst tragen«, keuchte Jari, arbeitete sich aber dankbar einige Meter weiter in Richtung Klippe.

»Du musst den Rucksack nur über die Ziellinie bringen«, korrigierte Cey ihn. »War ja nie die Rede davon, dass du ihn unterwegs nicht abgeben darfst.«

Jari sparte sich den Atem für einen Widerspruch und konzentrierte sich darauf nicht abzustürzen. Sie hatten das Ende des Seils beinahe erreicht, als Ceys Handy piepste. Dreimal kurz und einmal lang. Sie runzelte die Stirn und angelte das Telefon aus ihrer Jackentasche. Gleichzeitig bemühte sie sich Jari das Dornengestrüpp aus dem Gesicht zu halten und endlich das unnötige Gewicht von ihrem Rücken zu bekommen.

Dass sie sich damit vielleicht eine Sache zu viel vorgenommen hatte, wurde Cey klar, als Jari sich auf die Klippe hievte, einen Blick hinter sie warf und »Oh, oh« murmelte. Noch bevor Cey sich ganz umdrehen konnte, schnappte ihr jemand das Telefon aus der Hand.

»Interessant, interessant«, stellte Landon fest. »Ich muss euch wohl nicht mitteilen, dass ihr disqualifiziert seid und euch sämtliche Punkte gestrichen werden.«

Cey war das ja völlig schnuppe, aber Jari stürzte diese Ankündigung sofort in ein tiefes Loch. »Das ist unfair«, beschwerte er sich. »Ich brauche diese Punkte.«

»Nicht mein Problem«, erwiderte Landon gleichgültig.

Cey versuchte ruhig zu bleiben, mit eher mittelmäßigem Erfolg. »Wir haben uns an deine Vorgaben gehalten und das Seil benutzt, um über den Abgrund zu kommen«, sagte sie zu Landon. »Also haben wir keine Regel verletzt. Und wenn überhaupt, dann war es meine Schuld und nicht die von Jari.«

»Ich bin auch nicht davon ausgegangen, dass es Jaris Idee war. Du scheinst ja einen tollen Einfluss auf die anderen Schüler zu haben.«

»Ja, sieht so aus.« Cey streckte ungeduldig die Hand aus. »Kann ich jetzt bitte mein Handy zurückhaben?« Es machte sie total nervös das Telefon nicht in ihren Fingern zu spüren.

Landon grinste sie hinterhältig an. »Weißt du was? Vielleicht überlege ich mir das mit der Disqualifizierung noch mal.«

Jari atmete erleichtert auf, aber Cey selbst glaubte nicht eine Sekunde lang, es würde keinen Haken geben.

»Du kannst die Punkte von deinem Freund und dir retten, wenn du es schaffst innerhalb einer Minute am Seil auf die andere Seite und wieder hierherzugelangen«, erklärte Landon. »Dann kriegst du auch dein kleines Spielzeug wieder zurück.«

Nun, diese Vorgabe zu erfüllen war nicht sonderlich schwer. Trotzdem überlegte Cey, ob sie es tun sollte oder nicht. Jaris verzweifelter Gesichtsausdruck gab schließlich den Ausschlag. Sie kletterte auf die Klippe.

»Ach, Cey, falls ich vergessen hatte zu erwähnen: Entlanghangeln, nicht darüber laufen. Und vergiss die beiden Rucksäcke nicht.«

»Sie hat nicht einmal Handschuhe an«, protestierte Jari. »Und warum soll sie das doppelte Gewicht tragen?«

»Einfach so«, meinte Landon. »Weil ich es sage. Die Zeit läuft.«

»Lass es«, beschwor Jari sie. »Das ist es nicht wert.«

Das war es tatsächlich nicht. Cey wollte Landon allerdings nicht die Genugtuung eines vermeintlichen Sieges gönnen. Genau dreiundfünfzig Sekunden später war sie wieder zurück, mit blutigen Händen und beinahe ausgerenkten Armen, aber rechtzeitig.

Während Jari nichts als Bewunderung für sie übrighatte, sah Landon ihr mit kalter Berechnung entgegen.

»Mein Handy«, verlangte Cey und streckte die Hand aus. Nur mit Mühe konnte sie ihren aufflammenden Hass unterdrücken.

Nachdenklich wiegte Landon das Telefon auf und ab. »Es hat ununterbrochen geklingelt«, bemerkte er. »Du hast wohl sehr viele Verehrer.«

Natürlich klingelte das Handy ununterbrochen, schließlich hatte sie noch nicht auf die Nachricht geantwortet. »Mein Handy«, wiederholte Cey ihre Forderung. »Ich habe die Zeit eingehalten.«

»Das stimmt.« Landons Stimme klang eisig, kein gutes Zeichen. »Ich habe mich allerdings umentschieden.« In einem hohen Bogen warf er das Telefon über den Rand der Klippen. »Ich lasse mich nämlich nur sehr ungern verarschen und mit deinen Leistungen in den letzten Tagen hast du das eindeutig getan.«

Cey brauchte nur Sekunden, um am Rande des Abgrundes anzukommen, aber noch bevor sie den ersten Kletterversuch unternehmen konnte, hielt Sevens Hand sie zurück.

»Denk nicht einmal daran!« Ihr Schatten befahl ihr augenblicklich zurückzutreten, doch Cey rührte sich keinen Zentimeter. Ihre Beherrschung war Geschichte.

»Warum soll ich auf dich hören, wenn andere hier tun und lassen können, was immer sie wollen?« Ihre Augen hatten sich in ein unheilvolles Rot verfärbt und jeder Muskel in ihrem Körper war angespannt. Cey bemerkte, dass Landon sie anstarrte, als wenn sie irgendein faszinierendes Insekt wäre.

»Das kannst du mit Xyen besprechen«, erklang Sevens lautlose Stimme in ihrem Kopf. *»Du wirst dort nicht hinuntersteigen.«*

»Ach herrje«, meldete Landon sich zu Wort. »Das Handy hat dir nicht etwa viel bedeutet, oder? Also wenn ich das gewusst hätte ... dann hätte ich es glatt noch etwas weiter weg befördert.«

Cey wusste, es würde ein Unglück geben, wenn sie nicht sofort auf Distanz ging. Also fuhr sie herum und war mit einem Satz im Wald verschwunden. Sie rannte, so schnell sie konnte, und bald schon hatte sie nur noch den einen Gedanken alles hinter sich zu lassen. Sollten die Seday doch machen, was sie wollten. Aber bitte ohne sie.

***

»Was ist los?« Xyen sah Landon stirnrunzelnd an. Einige Schüler hatten sich in ihrer Nähe versammelt und offensichtlich hofften sie auf einen Streit zwischen zwei rivalisierenden Seday.

»Ach, nichts Besonderes.« Landon sprach absichtlich so laut, dass es auch wirklich jeder der jungen Leute hören musste. »Nur hast du deinen Schützling mal wieder nicht im Griff. Du solltest vielleicht darüber nachdenken deinen Mentorenjob aufzugeben, wenn Cey jede Gelegenheit ergreift, um abzuhauen. Viel Spaß beim Suchen.«

Landon trollte sich provozierend langsam von dannen, aber Xyen reagierte nicht darauf. Stattdessen wartete er ab, bis Landon außer Sichtweite war und Jari sich hinter seinem Baum hervortraute.

»Es war ganz anders«, sprudelte es aus dem Schüler hervor.

»Ja?«, fragte Xyen. »Ist Cey nicht weggelaufen?«

»Ähm … doch, das schon. Allerdings nur, weil sie Landon ansonsten umgebracht hätte.« Jari fügte ein genuscheltes »Wäre nicht die schlechteste Idee gewesen, oder?« hinzu und Xyen überhörte es großzügigerweise. Gerade wollte er sich nach dem Grund für Ceys Mordgelüste erkundigen, als Jari es ihm bereits erklärte: »Landon hat Cey angelogen. Und ihr Handy über die Klippen geworfen. *Das* Handy.« Der junge Mann blickte ihn vielsagend an.

Okay, das sind wirklich bescheidene Neuigkeiten.

»Und Cey hat eine Nachricht bekommen«, ergänzte Jari.

Also noch sehr viel schlimmer, als Xyen zunächst befürchtet hatte. »Hat Cey die Nachricht lesen können?«

»Lesen? Nicht so direkt …«

»Ich weiß, dass es nur um das Klingelzeichen und die Farbe des Displays geht«, unterbrach Xyen den Schüler ungeduldig.

»Na, das hat Cey schon mitbekommen.«

Immerhin etwas. »Jari, du weißt nicht zufällig, wo ich kurzfristig ein ähnliches Telefon herbekomme?«

»Ach«, erklärte sein Gegenüber schulterzuckend. »Das kann ein ganz einfaches Schrotteil sein. Hauptsache, das Handy hat einen integrierten Internetanschluss mit ZLU-Verschlüsselung und ähm … nicht diese ganze Seday Überwachungstechnologie.«

»Hast du eins?«

»Also, wenn du so fragst …«

Nachdem Xyen dem Schüler versprochen hatte, er würde keinen Ärger wegen dem unerlaubten Besitz bekommen, eilte Jari los, um das passende Telefon zu besorgen.

Seven meldete sich lautlos. *»Ich habe keine Ahnung, wo Cey steckt«*, gestand er ihm. *»Hab sie aus den Augen verloren, als sie einen Felsen hochgehüpft ist, als wenn es eine Rolltreppe wäre …«*

»Bleib, wo du bist. Ich sage dir gleich, wo du hinmusst«, sandte Xyen dem Seday zurück. *Wobei das mit dem Gleich so eine Sache ist.*

»Cey?«, probierte Xyen sein Glück. *Keine Reaktion.* War ja nicht anders zu erwarten gewesen. Dann also auf die strenge Tour. *»Cey, ich weiß genau, dass du mich hören kannst, so weit weg bist du jetzt auch noch nicht. Ich bin nicht Landon, aber ich bin dein Mentor und du wirst mich nicht ignorieren. Also antworte gefälligst, wenn ich dich rufe.«*

»WAS IST?«

Ceys mentale Erwiderung übermittelte ihm zugleich einen ganz guten Eindruck ihrer aktuellen Gefühlslage. Die J'ajal war nicht einfach nur wütend, sie kochte nahezu. Xyen blinzelte kurz und hoffte, er würde den Schaden irgendwann reparieren können, den Landon mit seinem unbedachten Verhalten angerichtet hatte.

»Cey, wo steckst du?«

»Schau doch auf dein scheiß Ortungsgerät, dann weißt du es.«

Xyen versuchte ruhig zu bleiben und nicht auf Ceys aggressiven Tonfall einzugehen. *»Ich brauche nicht auf das Ortungsgerät zu schauen, weil du jetzt stehen bleiben und mir sagen wirst, wo genau du dich befindest.«*

In Gedanken begann er langsam bis zehn zu zählen. Als er bei neun dreiviertel angelangt war, erhielt er ohne eine weitere Bemerkung die Koordinaten. Xyen hätte es niemals für möglich gehalten, dass sich eine harmlose Zahl derart tief in ein Bewusstsein einbrennen konnte, aber gerade eben musste er schmerzvoll feststellen, wie sehr er sich geirrt hatte.

***

Am liebsten wäre Cey so lange weitergelaufen, bis ihre Beine sie nicht mehr getragen hätten. Aber selbst das durfte sie nicht. Sie durfte überhaupt nichts. Nichts, außer hier zu warten, bis Xyen erscheinen und ihr einen Vortrag darüber halten würde, dass Landon vielleicht nicht ganz so nett war, das jedoch lange kein Grund dafür war … *Bla bla bla.*

Ihre Krallen zerfetzten ein Stück Baumrinde und hinterließen tiefe Riefen auf einem Stein. Warum machte sie dieses ganze Theater nur mit? Sich mit solchen Typen abzugeben, da konnte sie ihre Zeit schließlich wahrlich besser nutzen.

Es begann zu nieseln und ein Blick in den Himmel verriet Cey, es würde bald noch heftiger regnen. Hohe Gewitterwolken türmten sich am Horizont auf und innerhalb weniger Minuten war der letzte Stern unter den dunklen Schlieren verschwunden.

Als Xyen sich irgendwann neben sie setzte, wohlweislich mit einigem Abstand, da war Cey bereits völlig durchweicht und die ersten Blitze zuckten über ihre Köpfe hinweg.

»Ein Geschenk von Jari«, sagte Xyen und warf ihr ein Handy zu.

Cey klappte es hastig auf und tippte den Namen einer Internetseite ein. War schon verwendet worden, also probierte sie die nächste. Fünf Versuche später erhielt sie endlich eine Verbindung und kurz darauf gab das Telefon einen einzelnen Piepton zurück. Rotes Display, immerhin etwas. Cey klappte das Handy wieder zu und ließ es in ihrer Jackentasche verschwinden.

»War es wichtig?«, erkundigte Xyen sich vorsichtig.

»Wie kommst du denn darauf?« Ihre Worte überschlugen sich beinahe vor Ironie. »Schwachsinnige Belanglosigkeiten in sozialen Netzwerken zu posten soll doch der letzte Schrei sein.«

»Ich weiß genau, dass du das nicht gemacht hast.« Xyens Stimme blieb nach wie vor ruhig, klang allerdings auch äußerst hartnäckig. »Ich wollte wissen, ob du sofort wegmusst.«

Cey versuchte mit zwei ihrer Krallen einen Blechsplitter aus ihrer Handfläche zu pulen und reagierte deswegen nicht sofort auf die Frage ihres Mentors.

»Nicht«, meinte Xyen und behutsam hielt er ihre Hand fest, die vor Blut dunkel glänzte. »Du machst es nur noch schlimmer.«

Obwohl Xyens Berührung vorsichtig und sanft war, war es beinahe mehr, als Cey ertragen konnte. Also probierte sie sich mit der Antwort auf seine vorherige Frage abzulenken. »Erst morgen Mittag. Ich muss erst morgen Mittag weg.«

»Dann gehen wir jetzt erst einmal zurück«, entschied ihr Mentor.

»Nein.« Darüber musste Cey keine einzige Sekunde nachdenken.

»Du wirst mit mir kommen.«

Xyen und sie lieferten sich ein stummes Blickduell, aber dieses Mal war Cey nicht bereit nachzugeben. *Nicht, wenn so vieles auf dem Spiel steht.*

»Es hätte auch sofort sein können«, meinte sie kalt. »Oder ich hätte eine Nachricht kriegen können, nachdem Landon mein Handy zerstört hat. Oder sonst etwas. Ich komme nicht mit.«

»Ich werde mir etwas überlegen«, versprach Xyen.

»Das reicht nicht. Landon wird auf dich ebenfalls nicht hören.«

»Cey, ich lasse dich nicht hier draußen«, entgegnete Xyen mit Nachdruck. »Du bist verletzt und wer weiß, wie lange das Gewitter noch andauert. Ich werde etwas finden, an das sich selbst Landon halten muss. Vertraue mir.« Der dunkelhäutige Seday stand auf und streckte ihr die Hand entgegen. »Bitte. Komm.«

Cey spürte die wärmende Berührung von Xyens Geist am Rande ihres Bewusstseins, war jedoch zu aufgewühlt, um das Angebot annehmen zu können. »Ich vertrau dir ja. Aber ihm nicht«, meinte sie verbittert. »Er hatte versprochen, dass er es nicht tut, wenn ich mache, was er sagt. Und dann hat er es trotzdem getan ...«

Dieses Gefühl der Erniedrigung, der Machtlosigkeit, das Wissen vollkommen ausgeliefert zu sein und all diese endlosen Lügen. Ihre Umgebung verschwamm und Cey versuchte sich mit dem Handrücken die Regentropfen aus den Augen zu wischen. Immer wieder hallten die Worte durch ihren Kopf – *Er hatte es versprochen, er hatte es versprochen ...*

»Cey?« Sie hörte Xyens fragende Stimme, aber warum klang es auf einmal so, als wenn ihr Mentor weit von ihr entfernt wäre? Panisch griff Cey nach der Hand des Seday, spürte jedoch nur Luft zwischen ihren Fingern. Verworrene Bilder tauchten in ihrem Verstand auf und verblassten wieder. Ein nagender Schmerz materialisierte sich in ihrem Hinterkopf und alles wurde schwarz.

***

»Es war versprochen!«, schrie jemand immer und immer wieder und erst nach einer geraumen Weile bemerkte Cey, dass sie es selbst war, die da schrie. Als Antwort hörte sie ein grausames Lachen, ein Lachen, das in jeden Winkel ihres Seins kroch und von dem sie gehofft hatte, sie müsste es niemals wieder hören. Astan. Sie kniete sich auf den Boden, krümmte sich zusammen und presste die Hände auf die Ohren, weil sie genau wusste, sie würde aufhören zu existieren, wenn sie diese Stimme nur eine einzige weitere Sekunde ertragen musste.

Als Cey nach einer gefühlten Ewigkeit in die Dunkelheit lauschte, da war das Lachen verstummt und erleichtert atmete sie auf. Ein Licht erschien und verging wieder, sie konnte allerdings nicht genau erkennen, was es war. Es war viel zu weit entfernt. Doch dann war sie plötzlich ganz nah und starrte in das Mündungsfeuer einer Waffe. Eine Messerklinge blitzte auf. Und Blut, so viel Blut. Es floss ihr in die Kehle und drohte sie zu ersticken. Cey bekam keine Luft mehr, egal wie sehr sie sich auch bemühte. Aber warum versuchte sie es überhaupt?

Sie wollte doch nur schlafen, sie war so entsetzlich müde. Erschöpft sank sie zur Seite. Ein verunstalteter Körper tauchte nur wenige Meter von ihr entfernt auf. Der Junge war tot, schon lange. Cey erkannte ihn trotzdem. Ein Mädchen erschien, deutlich näher als der Junge zuvor. Sie war ebenfalls nicht mehr am Leben. Es war eine ihrer Freundinnen gewesen. Ein weiteres Kind gesellte sich zu den anderen und noch eines und noch eines, bis der gesamte Untergrund von Leichen übersät war und jedes einzelne dieser Gesichter erinnerte Cey an ihr klägliches Versagen. Obwohl sich kein einziger Mund bewegte, so hörte sie doch ein ununterbrochenes Raunen in ihren Gedanken. *»Du hast uns nicht gerettet …«*

»Aber *er* hatte es versprochen«, versuchte sie sich zu verteidigen. Niemand hörte auf ihre Worte.

»Du hast uns nicht gerettet …«

Und da wusste Cey, dass es nur fair war, wenn auch sie verging. Und als die Schwärze wieder nach ihr griff, begrüßte sie sie freudig und wehrte sich nicht länger gegen das Unabwendbare, wehrte sich nicht länger gegen *ihn*. Astan hatte gewonnen. Wieder einmal. Sie starb.

***

»Cey?«

Wahrscheinlich war es nicht der erste Versuch ihres Mentors sie zu wecken, trotzdem schüttelte Cey unwillig den Kopf und knurrte leise. Ein paar Minuten konnte Xyen ihr ja wohl noch gönnen, sie würde schon rechtzeitig genug zu ihrem dämlichen Seday-Unterricht erscheinen. Und so müde, wie sie sich fühlte, war sie sicherlich erst vor wenigen Augenblicken eingeschlafen.

»Cey?«

Anscheinend gönnte Xyen es ihr nicht, denn jetzt berührte er ihre Schulter und schüttelte sie beharrlich. Cey versuchte seine Hand abzustreifen und sich tiefer in ihrem Kleiderschrank zu vergraben. Sie griff nach ihrer Decke, doch unter ihren Fingern spürte sie etwas, das sich ganz und gar nicht kuschelig anfühlte. Es fühlte sich viel eher an wie ... wie ... *Erde*?

Mit einem jähen Ruck richtete Cey sich auf und betastete ihren Hals. Der vertraute Hubbel der Lortisol-Injektion lieferte ihr immerhin eine plausible Erklärung für die bohrenden Kopfschmerzen, aber auch mit der Erkenntnis über ihren erneuten mentalen Aussetzer dauerte es eine geraume Weile, bis sich ihre Augen wieder daran gewöhnt hatten in diese Realität zu blicken. Sie sah auf und direkt in das besorgte Gesicht von Xyen.

»Geht es wieder?«, erkundigte er sich leise bei ihr.

Weil Cey nicht wusste, ob sie ihrer Stimme wieder trauen konnte, beschränkte sie sich auf ein einfaches Nicken. Regen prasselte auf sie nieder und ein Blitz zerriss die Dunkelheit der Nacht.

»Nur ein paar Minuten«, sagte Xyen, der ihre Frage wohl gespürt hatte. Cey selbst war es viel länger erschienen, aber das war schließlich immer so.

»Kannst du gehen?« Xyen musterte sie so ausgiebig von oben bis unten, dass Cey sich schleunigst erhob. Anscheinend etwas zu übereifrig, denn wenn ihr Mentor sie nicht gehalten hätte, wäre sie sofort wieder gestürzt.

Vorsichtshalber wartete Cey eine weitere Minute ab, dann befreite sie sich wieder von seiner Hand. »Das klappt schon«, behauptete sie trotz ihrer offensichtlich schlechten Verfassung.

Xyen sah sie zwar zweifelnd an, ging aber tatsächlich los. Allerdings in einem sehr gemächlichen Tempo und ohne ihr von der Seite zu weichen.

Nach einigen Kilometern nervte sie die Seday'sche Fürsorglichkeit gehörig, also erhöhte Cey die Geschwindigkeit von alleine. Genau in diesem Augenblick blitzte eine Erinnerung in ihren Gedanken auf und sie stolperte über einen Stein.

»Cey, wir sollten eine Pause machen.« Xyen löste seine Finger wieder von ihrem Arm. »Es geht dir nicht gut.«

»Ja«, stimmte Cey ihrem Mentor dieses Mal ehrlich zu. »Und trotzdem müssen wir weiter.«

Xyen lehnte das kategorisch ab und da sie hier draußen weder über Papier noch über einen Stift verfügte, blieb ihr nichts anderes übrig, als dem Seday eine lautlose Bitte zu stellen. Xyen gab sofort nach und sie setzten sich wieder in Bewegung. Seven gesellte sich ebenfalls an ihre Seite, statt wie bisher einige Meter Abstand zu bewahren.

Nur fünf Kilometer trennten sie noch von Area XV4, als ein greller Blitz vom Himmel fuhr und in einen Baum ganz in ihrer Nähe einschlug. Der verbrannte Stamm neigte sich bedrohlich zur Seite und kurz darauf krachte eine beeindruckende Anzahl von Ästen auf den Boden.

»Das war aber knapp«, stellte Seven beunruhigt fest. Ihr Schatten hatte sich genau wie Xyen umgewandt, doch Cey selbst drehte noch nicht einmal den Kopf in die entsprechende Richtung. Die Regenwand vor ihren Augen begann wieder zu verschwimmen und wenn es überhaupt möglich war, sich nach den letzten Stunden noch mieser zu fühlen, so war dieser Zeitpunkt jetzt erreicht.

Cey machte einen verzagten Schritt nach vorne und fragte sich, warum der Schlamm ihr nur bis zum Knöchel reichte und sie nicht einfach verschlang. Hier in der Erde zu versinken wäre nicht das schlechteste Schicksal.

Xyens Finger umschlossen behutsam ihre Hand, ohne dabei die Wunde an der Innenseite ihrer Handfläche zu berühren. »Das wird schon wieder«, tröstete der Seday sie und hüllte sie mit der vertrauten Wärme seines Bewusstseins ein. Und auch, wenn Cey den Seday'schen Optimismus nicht zu teilen vermochte, so ging sie dennoch weiter und Xyen ließ ihre Hand nicht mehr los, bis er sie in der Academy und bei seinem chinesischen Freund Lee abgeliefert hatte.

***

Nach einer warmen Dusche und mit trockenen Klamotten am Leib musste Cey zugeben, dass sie sich zumindest wieder ansatzweise besser fühlte. Vorsichtig kontrollierte sie, ob die Verbände um ihre Handflächen noch richtig saßen, denn nachdem Lee eine enorme Anzahl von Splittern aus ihrer Haut entfernt hatte, waren für heute keine seiner Flüche mehr übrig. Sie konnte also nicht erneut bei dem Seday-Arzt erscheinen, nur weil sie eine der Bandagen ruiniert hatte.

Xyen wartete in ihrem Zimmer auf sie. »Du solltest dich noch etwas ausruhen, bevor du dich auf den Weg machen musst«, riet er ihr fürsorglich.

Ausnahmsweise gehorchte Cey der Aufforderung ihres Mentors auf Anhieb. Sie schlüpfte unter die Bettdecke und Xyen ließ sich direkt neben ihrem Kleiderschrank auf dem Boden nieder. Es war nicht sonderlich schwer die Angst in seinen Gefühlen zu erkennen.

»Ist dieses Mal relativ harmlos«, versuchte Cey den Seday zu beruhigen, obwohl er sie überhaupt nicht danach gefragt hatte. »Ist nur so eine Art ... Vollversammlung.«

Die bei diesen Veranstaltungen regelmäßig durch die Luft fliegenden Gegenstände erwähnte sie lieber nicht, ebenso wenig, dass die dort getroffenen Entscheidungen zu ganz und gar nicht harmlosen Aktionen führen dürften.

»Pass trotzdem auf dich auf«, bat Xyen sie eindringlich. »Und komm schnell wieder zurück.«

Cey runzelte nachdenklich die Stirn. »Wenn Landon in der Zwischenzeit auf mysteriöse Weise einen Unfall erleiden würde, wäre das durchaus ein Anreiz für mich *wirklich* schnell zurückzukommen.«

Xyen erwiderte ihren erwartungsvollen Blick mit einem Lächeln, wurde aber schnell wieder ernst. »Cey, solange Landon das Training leitet, brauchst du nicht mehr daran teilzunehmen«, versprach er ihr. »Bis Delam wieder zurück ist, verbringst du die entsprechenden Stunden mit Jay. Jay meinte sowieso, ihr hättet da noch ein aufgeschobenes Thema zu besprechen.«

Cey stöhnte innerlich auf. Bisher hatte sie es ganz gut geschafft sich vor einer Diskussion oder gar einem praktischen Beweis ihrer Verteidigungskünste bei Jay zu drücken, aber das gehörte wohl der Vergangenheit an. Eine sanfte, wohldosierte Verteidigung war einfach nicht so ihr Ding. *Warum einen Arm beiseiteschieben, wenn man ihn doch so leicht brechen kann? Warum jemandem ein Messer aus der Hand schlagen, wenn es sich so ausgezeichnet in seiner Kehle macht?* Irgendwie galt bei ihr das Motto ganz oder gar nicht und da sie viele entsetzliche Jahre lang auf ganz abgerichtet worden war, hielt sie es jetzt lieber mit gar nicht. Bevor sie allerdings eine einzige weitere Minute in Landons Gegenwart verbringen musste, würde sie herzlich gerne jedes kleinste Detail mit Jay besprechen. *Oder vielleicht eher die großen Details. Oder vielleicht …*

»Cey? Hörst du mir überhaupt zu?«

Xyen sah sie fragend an und auf ihre Verneinung hin kassierte Cey ein resigniertes Seufzen von ihrem Mentor. Sie wollte sich gerade die Mühe machen Xyens letzte Worte aus ihrem Unterbewusstsein zu fischen, als der Seday seine Frage bereits wiederholte.

»Ich wollte von dir wissen, was du davon hältst dein Handy an deinen jeweiligen Schatten abzugeben«, erklärte er ihr. »Einem Schüler das Telefon abzunehmen ist die eine Sache, bei einem anderen Seday wird das allerdings kaum passieren.«

Cey überlegte einen Augenblick. Klang vernünftig. Und da ihre Schatten ja immer in ihrer Nähe waren, würde sie es auf jeden Fall mitbekommen, wenn eine Nachricht sie erreichen wollte. Und selbst wenn nicht, Cey zweifelte nicht daran, dass Jays Männer sie umgehend darüber informieren würden. Also nickte sie und schenkte Xyen ein vorsichtiges Lächeln.

»Xyen?«

»Ja?«

»Kannst du noch eine Weile hierbleiben? Nur bis die Sonne aufgegangen ist?«

Der Seday sah sie liebevoll aus seinen gold-braunen Augen an. »Natürlich.«

Und obwohl es schrecklich unbequem für ihn sein musste, rückte Xyen näher an den Schrank heran und legte beschützend einen Arm um sie.

»Du hattest übrigens vollkommen Recht«, meinte er. »Ich kann Landon auch nicht leiden. Kein bisschen.«

»Wow, dann sind wir uns ja direkt mal einig.« Cey konnte es nicht vermeiden, dass ihre Stimme einen triumphierenden Klang annahm.

Xyen lachte. »Ja. Pass bloß auf, damit das nicht zum Dauerzustand wird.«

Nun, bei dem Leben oder viel eher dem Nicht-Leben, das sie führte, dürfte das wohl kaum passieren.

***

Die letzten Minuten vor ihrem Aufbruch verbrachte Cey im Gemeinschaftsraum, zusammen mit Nathan und einem seiner geliebten Computerspiele. Vielleicht hätte sie ihre freie Zeit besser für etwas anderes nutzen sollen, doch als Xyen mit Tajyno im Schlepptau das Zimmer betrat, war es bereits zu spät für eine solche Überlegung. Jay folgte den beiden Seday und Cey konnte den letzten Teil von Jays Satz mitanhören.

»... kann sich auf einmal an nichts mehr erinnern.«

Nathan wollte sich erheben, aber der Anführer der Seday winkte ab und nickte ihm nur flüchtig zu. Anschließend wandte Tajyno sich zurück an Xyen.

»Und du hattest nicht den Eindruck, der Mann würde lügen?«

Xyen verneinte und Jay ließ sich seufzend auf einen Stuhl sinken. »Das war seit langem die erste brauchbare Spur, die wir hatten«, bemerkte er frustriert. »Vorausgesetzt, wir glauben nicht, dass ein Phantom als Täter in Frage kommt.«

Ihr Mentor hielt sich vornehm zurück, Cey spürte allerdings, wie Tajyno auf einmal sie selbst anvisierte.

»Interessanter Gedanke«, stellte der Mann mit der eintätowierten Rune fest.

»Du glaubst an ein Phantom?« Xyens Tonfall klang mehr als skeptisch.

»An ein Phantom sicher nicht«, entgegnete Tajyno. »Aber vielleicht an einen Dämon.«

Cey drückte in schneller Abfolge die Knöpfe ihres Gamepads und brachte Nathan damit arg in Bedrängnis. Ihr blonder Zocker-Partner konzentrierte sich aber gerade sowieso mehr auf die sich ihnen nähernde Gestalt.

»Cey, wie stellst du dir denn einen Dämon vor?«, wollte Tajyno von ihr wissen und wieder schnitt sein Geist durch die schützende Nebelwand ihres Bewusstseins. Ohne den Seday-Chef anzusehen, angelte Cey nach einem der Computerspiele und reichte es ihm.

»Jede Menge teuflische Kreaturen und Zombies zum Abschlachten«, bemerkte sie. »Wirklich sehr empfehlenswert.«

Nathan kicherte leise, während Xyens Gefühle alles andere als Belustigung verrieten.

Tajyno nahm das Spiel ungerührt entgegen. »Und wenn es sich nicht um ein Computerspiel, sondern um die Realität handeln würde?«, erkundigte er sich bei ihr.

Tajyno schien nicht besonders an seinem Leben zu hängen, wenn er keine Angst vor solch einer provokanten Frage verspürte. Da Cey generell keinen Umgang mit Leuten pflegte, die bereits mit einem Bein im Grabe standen, machte sie sich nicht die Mühe auf irgendeine Weise zu reagieren. Xyen vertrat da wohl eine andere Meinung – *Wer hätte das gedacht?* – und es dauerte nur wenige Sekunden, bis sie seine lautlose Mahnung vernahm.

»Cey, du wirst ihn nicht ignorieren.«

Wie schön. Cey knallte ihren Controller auf den Fußboden und erhob sich. Xyen wollte unbedingt, dass sie Tajyno eine Antwort gab? *Gut, die kann er haben.*

»Tajyno, du kannst mich mal!«, sagte sie laut und in aller Deutlichkeit.

Für einen Moment herrschte ein verblüfftes Schweigen im Raum, aber noch bevor Cey durch die Tür schlüpfen konnte, hatte Xyen sich wieder gefangen und hielt sie an ihrem Handgelenk fest. Der ungewohnt scharfe Ton ihres Mentors schmerzte Cey, ihre Worte bereute sie allerdings trotzdem nicht.

»Cey, ich erwarte von dir, dass du unseren Anführer mit dem ihm gebührenden Respekt behandelst.«

»Das mache ich.« Ceys Augen verengten sich. »Und wenn du so viel Wert auf gute Manieren legst, kannst du Tajyno ja gerne beibringen, was Höflichkeit bedeutet.«

Xyen ließ sie überrascht los. »Was meinst du damit?«

»Frag doch deinen Chef!«

Cey nutzte ihre Chance und stürmte aus dem Zimmer. Vielleicht war es ganz gut, dass sie für eine Weile aus der Academy verschwinden konnte. Und Tajyno würde auf jeden Fall einen Punkt auf ihrer Tagesordnung abgeben. Irgendetwas stimmte mit diesem überschlauen Seday ganz und gar nicht.

***

Hätte Tajyno ihn nicht aufgehalten, so wäre er seiner Schülerin sicherlich gefolgt. Ein derartiges Verhalten konnte Xyen nicht tolerieren und außerdem missfiel es ihm, wenn Cey sich im Streit von ihm trennte. Zwar hatte sie ihm versichert, dass es dieses Mal nur um ein eher harmloses Treffen gehen würde – mit wem auch immer – aber trotzdem hatte er gespürt, wie wenig sich die junge J'ajal darauf freute. Es konnte also alles Mögliche passieren.

Tajyno berührte ihn jedoch flüchtig an der Schulter und schüttelte dann nachdrücklich den Kopf. »Lass sie«, meinte er. Und bevor Xyen etwas erwidern konnte, ergänzte sein Anführer bereits: »Ich bin es, der sich entschuldigen muss.«

Mit einer Erklärung hielt sich Tajyno allerdings nicht weiter auf. Er verabschiedete sich mit der Bitte bei Neuigkeiten sofort informiert zu werden.

Nathan sprach als Erster aus, was ihnen wohl allen durch den Kopf ging. »Ich wüsste nur zu gerne, was zwischen den beiden gelaufen ist.«

Xyen warf Jay einen fragenden Blick zu, doch dieser zuckte nur hilflos die Schultern. Sollte anscheinend andeuten, dass weder ihm noch einem seiner Männer etwas aufgefallen war.

Die nächsten Minuten diskutierten sie über die in Fallton ermordete Journalistin und die Tatsache, dass zum ersten Mal ein angeblicher Zeuge von der Polizei aufgegriffen worden war. Als sie den Mann jedoch verhören wollten, konnte er sich an rein gar nichts mehr erinnern und seine früheren Worte tat er achselzuckend als Hirngespinste ab. Xyen hatte nicht den Eindruck gehabt, der Mann würde lügen, und damit standen sie wieder ganz am Anfang.

Oder jedenfalls beinahe. Nach einem ausführlichen Telefonat mit Ferreira, mit dem er sich mittlerweile sogar ausgesprochen gut verstand, wusste Xyen, dass sich fünf ihrer bisherigen Opfer vor etwas mehr als zehn Jahren in Japan aufgehalten hatten. Bei den restlichen vier wurde diese Möglichkeit noch überprüft. Ohne Ceys Hinweis wären weder Ferreira noch Xyen und sein Team jemals auf die Idee gekommen, ausgerechnet den japanischen Reisezielen der Politiker eine solche Aufmerksamkeit zu schenken. Der Washingtoner Kongress, der vor knapp zwei Monaten stattgefunden hatte und an dem nachweislich sieben der Opfer inklusive der ermordeten Journalistin teilgenommen hatten, wäre da viel naheliegender gewesen. Oder die Tagung in Chicago vor einem halben Jahr. Oder … Xyen schüttelte den Kopf. Es spielte keine Rolle mehr, wann und wo sich die Mordopfer getroffen hatten. Außer bei Doika stand bei zwei weiteren Männern sicher fest, dass es in ihrer Vergangenheit Übergriffe auf Kinder gegeben hatte. Somit war das Motiv ihres Serienkillers nahezu eindeutig: Rache. *Aber warum erst nach so vielen Jahren? Warum gerade jetzt?*

Xyen setzte sich seufzend an seinen Schreibtisch und schaltete das Terminal ein. Als Erstes leuchtete ihm Ceys Unterrichts- und Prüfungsplan entgegen, der ebenfalls bearbeitet werden wollte, und Xyens Blick blieb zwangsläufig an einem bestimmten Kurs hängen – Landons neu designtem Pflichtkurs für die Ersttrimestler. Da Zidaz, der Leiter der Academy, den Kurs bereits genehmigt hatte, konnte er als Mentor Cey zwar noch von den jeweiligen Stunden befreien, aber nicht vor der abschließenden Trimester-Prüfung.

Landon hatte seinem Kurs einen hochtrabenden und komplizierten Namen verpasst, im Prinzip bedeutete er jedoch nichts anderes als Lügen. Die Schüler sollten getestet werden, ob sie überzeugend lügen konnten, egal in welcher Situation, egal zu welchem Thema.

Xyen hatte keinen Zweifel daran, dass Cey das sehr wohl konnte, aber er war sich auch vollkommen sicher, dass sie nur aufgrund einer lächerlichen Prüfung bestimmt nicht gegen ihre Prinzipien verstoßen würde. Die Konsequenzen, die seiner Schülerin mit ihrer bevorzugten Schweige-Methode drohten, dürften ihr allerdings kaum gefallen. Und ihm ebenfalls nicht.

Kapitel 6

Der offizielle Part ihres Treffens dehnte sich seit Stunden in die Länge und wie immer konnte man nicht von sachlichen Diskussionen, sondern nur von einem erbitterten Zwei-Fronten-Krieg sprechen. Wächter gegen Dämonen. Dämonen gegen Wächter. Früher vereint unter Astans gnadenloser Herrschaft, verstreuten sich seine Geschöpfe in alle Himmelsrichtungen, als *er* urplötzlich verschwand. Und je länger die ungewohnte Freiheit andauerte, desto stärker setzten sich die Vorstellungen von grenzenloser Macht und Reichtum in ihren Köpfen fest.

Besonders diejenigen Wesen, die unter unvorstellbaren Qualen einen winzigen Teil von Astans Geist in ihr eigenes Bewusstsein aufgenommen hatten und sich deshalb selbst Dämonen nannten, vertraten die Auffassung, sie müssten niemals wieder einem J'ajal – oder gar einem Menschen – gehorchen und dürften sich ungefragt alles nehmen, was die grausame Vergangenheit ihnen verweigert hatte.

Viele Monate lang waren die restlichen, weit in der Minderheit befindlichen Nicht-Dämonen, die sich entschieden hatten lieber tausende Tode zu sterben, anstatt sich mit Astans Geist zu vereinigen, zu sehr mit sich selbst beschäftigt, um zu sehen, welche Geschichte sich überall auf der Welt zu wiederholen drohte. Wie viele neue dunkle Herrscher sich aus dem *einen* erheben wollten, den sie doch alle zu vernichten geschworen hatten ...

Ein entsetzliches Ereignis führte sie schließlich wieder zusammen. Die Überschreitung einer Grenze, vor der selbst jene zurückgeschreckt waren, die sich zum Frühsport gerne mit einer Söldnertruppe anlegten, oder auch mit zweien oder dreien. Kinder. Hunderte, unschuldige Kinder mussten sterben, weil ein schlecht gelaunter Dämon zum ersten Mal mit der Tatsache konfrontiert wurde, dass nicht jeder J'ajal außerhalb der eigenen Reihen automatisch in einem mentalen Bewusstseins-Duell unterlegen sein musste.

Von Jägern, die seine Einflüsterungen ihn laufen zu lassen beharrlich ignorierten, bis an die Hongkonger Stadtgrenze verfolgt, hatte der Dämon diese, wenn schon nicht geistig, so zumindest körperlich vernichtend schlagen wollen. Und der zerstörerischen Kraft einer selbstkonstruierten dämonischen Sprengfalle waren die J'ajal-Jäger dann tatsächlich zum Opfer gefallen. Genau wie die angrenzende Schule und alle darin befindlichen Menschen.

Das entschuldigende »Ups, war wohl ein wenig zu aggressiv berechnet ...« machte die Gedankenlosigkeit des Dämons nicht ungeschehen. Wo also war der Schlussstrich zu ziehen, ab wann galt das Versprechen, die Welt von Astan zu befreien, ebenso für dessen Abkömmlinge?

Die Maßstäbe der Menschen und die der verschiedenen J'ajal-Vereinigungen waren keine sonderlich große Hilfe. Bei der Vielzahl an Morden, die alle Dämonen und Nicht-Dämonen begangen hatten, hätten sie sich sofort selbst vernichten müssen. Was sie brauchten, waren ihre eigenen Gesetze. Und jemand, der für deren Einhaltung sorgte. Wächter ... Eine Aufgabe, die fortan aufgrund ihrer schwächer ausgeprägten, dunklen Instinkte den Nicht-Dämonen zufiel, und bald schon benannten sie sich nach der Pflicht, die sie sich selbst auferlegt hatten.

Wochenlange Diskussionen führten zu der Gründung eines Wächterrats, dessen elf Mitglieder stellvertretend für alle anderen über Begnadigungen, Strafen und Gesetzesänderungen entscheiden sollten. Und was wäre naheliegender gewesen, als den Vorsitz des Rates ausgerechnet derjenigen J'ajal zu übertragen, die Astan höchstpersönlich in das Höllenloch zurückgestopft hatte, aus dem der Mann einst gekrochen war ...?

Leider nichts. Cey verzog das Gesicht bei der Erinnerung an die enthusiastische Rede, die einer der Ihren bei der ersten Dämonen-Wächter-Versammlung gehalten hatte. Wenn es nur nach Cey gegangen wäre, sie hätte sich für ihr restliches Dasein an ein abgelegenes Fleckchen Erde zurückgezogen, weit entfernt von jedem anderen J'ajal oder Menschen. Der kleine Teil ihres Gewissens, den Astan mit all seinen Bemühungen nicht hatte auslöschen können, verbot es ihr jedoch. Schließlich war sie diejenige, die die Dämonen befreit und in die Welt entlassen hatte. Es war ihre Verantwortung.

Bereits bei dem zweiten Treffen war von der Eintracht, den Gelöbnissen und den Schwüren zur Besserung, die mit toten Hongkonger Kindern einhergegangen waren, nicht mehr viel zu spüren gewesen und mittlerweile musste Cey ihre gesamte Macht einsetzen, damit wenigstens der Ansatz einer Ordnung erhalten blieb und sich die beiden verfeindeten Lager nicht einfach gegenseitig auslöschten.

Die Arroganz und Überheblichkeit, die manche Wächter ihren ehemaligen Leidensgenossen gegenüber an den Tag legten, weil diese sich auf die Verschmelzung mit Astans Bewusstsein eingelassen hatten, stand der Finsternis, die in den Dämonen lauerte, in nichts nach und die Trennung in guter J'ajal, schlechter J'ajal verlief so manches Mal anders, als man es vermuten sollte.

Anfänglich meist harmlose Streitereien und Reibereien zwischen Dämonen und Wächtern arteten oft genug in gefährliche Kämpfe aus und die notwendigen Schlichtungen kosteten Cey ungeheuer viel Zeit und jede Menge Nerven.

Und warum, verdammt noch mal, ersuchten einige der Anwesenden den Rat immer und immer wieder um nahezu identische Ausnahmegenehmigungen? Sie sollte sich ein Aufnahmegerät anschaffen und im Fünf-Minuten-Takt »Bewusstseins-Manipulationen sind nicht erlaubt! In keinem einzigen Fall!« abspielen, vielleicht würde das ja helfen. Zumindest bei der einen Hälfte der Beschwerden. Und bei den anderen ... Cey runzelte die Stirn.

Wie genau formulierte man, dass ein fallen gelassenes Kaugummipapier kein Grund dafür war einen Dämon zu vernichten, selbst dann nicht, wenn der ein bekennender Yankee-Fan war?

»Idiot.« Sahim sandte ihr von seinem Platz aus ein aufmunterndes Lächeln zu. *»Einfach nur ‚Idiot' in den Rekorder sprechen und das sekündlich wiederholen! In fünf Minuten kann schließlich eine Menge passieren …«*

Da hatte ihr Bruder durchaus Recht. Cey unterdrückte einen Seufzer und warf einen strengen Blick in Richtung des Grafen, der ebenfalls eine geistige Verbindung mit ihr und Sahim aufrechterhielt und nun seinerseits eifrige Vorschläge äußerte, was man dem Aufnahmeband unbedingt noch hinzufügen müsste. Der weißhaarige J'ajal mit dem dunklen Kapuzenumhang unterbrach schmollend seine Schimpfworttirade. Dafür bedachte er den Red Sox liebenden Wächter, der mit seinen Klagen so gar nicht zu Ende kommen wollte, mit einem gut gezielten Bombardement aus stinkenden, schwefeligen Gesteinsbrocken.

O ja. Der diesmalige Veranstalter hatte sich für urkomisch gehalten, als er einen fast erloschenen Vulkan für ihr Treffen ausgewählt hatte. Für die passend teuflische Atmosphäre. *Echt witzig.*

»Das ist Mobbing!«

Cey zuckte unter dem Aufschrei des Baseball-Fanatikers zusammen und bedeutete Sahim und dem Grafen, den Wächter endlich zum Schweigen zu bringen. Ein Wunsch, dem die beiden jungen Männer, mit denen sie jahrelang eine karge, kleine Zelle geteilt hatte und die ihr somit unweigerlich zur Familie geworden waren, nur zu gerne nachkamen.

Müde lauschte Cey der letzten sinnfreien Bitte einer Gruppe von Dämonen, die in Las Vegas ein weiteres ihrer diffusen Hoheitsgebiete errichten wollten. Sie lehnte das Vorhaben kategorisch ab und der Graf, Sahim und sechs weitere Mitglieder des Rates folgten diesem Entschluss.

Die beiden Wächter, die ein schwarzes, auf Leben und Tod ausgerichtetes Casino befürworteten, kassierten einen lautlosen Tadel von Cey, auch wenn ihr zumindest das Grinsen des einen bewies, dass er nur aus Scherz seine Zustimmung gegeben hatte. Was den anderen betraf –

nun, dessen Widerspruch hatte ausschließlich ihr selbst gegolten, ob Bau des Casinos ja oder nein war völlig egal gewesen.

Viele der Entscheidungen, die Cey im Laufe ihres Daseins als Dämonenwächter getroffen hatte, waren nicht besonders populär gewesen und hatten ihr mehr als nur einen Gegner beschert. Aber wenn sie schon einen Job erfüllen musste, den sie hasste, dann wollte sie es wenigstens richtig tun.

Cey stand gähnend auf und streckte sich. Ihr Kleiderschrank in der Seday Academy erschien ihr auf einmal überaus verlockend und dabei stand der wichtigste Teil der Versammlung noch aus. Mit etwas mehr Distanz zum Rat der Wächter konnte man ungleich besser aufeinander losgehen und so etwas wie Beherrschung wurde eh vollkommen überbewertet.

Wie immer hatten der Graf und Sahim unaufgefordert die Kontrolle über ihre eigene Art übernommen und schlenderten betont auffällig und extrem wachsam umher. Dankbar lächelte Cey den beiden zu und machte sich dann selbst auf den Weg zum Anführer der Dämonen.

Nikara kam ihr ein Stück weit entgegen und verbeugte sich tief. Einige seiner Artgenossen waren offenbar anderer Meinung und ein lautes Knurren entrann Nikaras Kehle. Nun neigten sich auch die übrigen Häupter, bevor sie sich beinahe abrupt abwandten und sich aus ihrer Reichweite verzogen.

Cey nickte dem J'ajal mit den blau-rot-grünen Haarsträhnen und der gepiercten Unterlippe freundlich zu und als ihr Blick auf seine Schuhe fiel, musste sie unweigerlich grinsen.

»Dämon«, grüßte sie ihn dem Protokoll entsprechend.

»Wächter«, gab Nikara lächelnd zurück und verschwörerisch zwinkerte er ihr zu. »Ich hoffe, mein Päckchen ist angekommen?«

Cey lachte. »Danke. Nathan ist total ausgeflippt und hat beinahe meine Trommelfelle zum Platzen gebracht.«

»Das freut mich.« Nikara wirkte einen Moment lang amüsiert, wurde jedoch rasch nachdenklich. »Cey, deine Beziehungen zu den Seday werden nicht von allen toleriert«, warnte er sie. »Einige Stimmen halten das für einen großen Fehler und diese Worte erklingen nicht nur unter den meinigen.«

»Ich bin mit vielen Dingen ebenfalls nicht einverstanden«, erwiderte Cey gelassen. »Und trotzdem passieren sie.«

Nikaras Augen flammten für einen Sekundenbruchteil auf. »Nun, was meine Aktion bei deinen FBI-Agents angeht ...«

Jetzt waren es also schon ihre Agents ... *Na ganz toll.*

»... das war zugegebenermaßen etwas anders geplant gewesen.« Nikara hob entschuldigend die Hände. »Es hat aber so lange gedauert unseren Suchalgorithmus zu verbessern, da wollten der Graf und ich ihn möglichst schnell zum Einsatz bringen.«

»Das habe ich keineswegs kritisiert«, zerpflückte Cey die dämonische Verteidigung. »Und dir eine kleine Nebenstelle auszusuchen statt an die Tür des FBI-Hauptquartiers zu klopfen und die Menschen höflich um ein Upgrade unseres Trojaners zu bitten, finde ich sogar ausgesprochen sinnvoll.«

Insbesondere, weil Nikara genau das schon gebracht hat ... und zwar mehrmals! Hatte sie ein halbes Dutzend ihrer teuren Gefängnis-Frei-Karten gekostet.

Nikara blickte sie treuherzig an. »Ich konnte ja nicht wissen, dass deine Agents gerade mit irgendwelchen verschwundenen Daten kämpfen und daher eine doppelte Sicherung eingebaut hatten.«

»Und wie lange hättest du gebraucht das zu testen? Vier Sekunden?«

»Hm, wahrscheinlich nur drei, ich habe mich etwas verbessert ...« *Wenigstens ist er ehrlich.* »Für meinen nächsten Plan denk ich mir was Besseres aus. Versprochen.« Nikara hob seine Finger zu einem feierlichen Schwur und sofort verdoppelten sich Ceys Sorgen. *Höchste Zeit für einen Themenwechsel ...*

Sie befragte Nikara eingehend zu Tajyno und dessen Fähigkeiten, doch der Dämon hatte ebenfalls noch nie etwas Derartiges von einem gewöhnlichen J'ajal gehört und bot ihr an sich dementsprechend umzuhören. Cey setzte Landon gleich mit auf die Überprüfungs-Liste und kurz dachte sie sogar darüber nach Xyen zu erwähnen. Schließlich verschleierte ihr Mentor seine Präsenz sogar intuitiv und ununterbrochen. Bevor er dazu übergegangen war seine Gefühle an sie auszusenden, hatte Cey sich stark konzentrieren müssen, um herauszufinden, wo genau in ihrer Umgebung sich Xyen gerade aufhielt. Weil sie ihren Mentor aber nur ungern im Fokus ihrer dämonischen Freunde und Feinde wissen wollte, entschied Cey sich gegen eine Nennung seines Namens.

»Noch etwas. Hat unser Verdächtige-Aktivitäten-Algorithmus zufällig einen Treffer für einen Serienkiller geliefert?«

»Ein Serienkiller?« Nikara sah sie verwundert an. »Das passt doch überhaupt nicht.«

Natürlich passte es nicht. Sie sandte dem Dämon trotzdem alles, was sie über den Fall wusste.

Nikara wurde immer skeptischer. »Also keine zerfetzten Leichen oder sabbernde Geistesgestörte?«

Cey bestätigte es und Nikara zuckte fragend die Schultern. »Und wie kommst du darauf, einer meiner Art könnte verantwortlich sein?«

Vorsichtshalber begann Cey mit einem »Werde ja nicht sauer«, dann sagte sie es ihm.

Natürlich wurde Nikara trotzdem wütend. »Super, nur weil sich irgendjemand nicht mehr erinnern kann«, motzte er sie an. »Da kannst du ebenso gut bei deinen eigenen Leuten nachfragen.«

»Das werde ich auch machen«, erklärte Cey so bestimmt, dass Nikara sich glücklicherweise wieder beruhigte. Sie übermittelten sich gegenseitig ihre üblichen Aufgabenlisten, verabschiedeten sich voneinander und Nikara verschwand in der Dunkelheit.

Cey kehrte auf ihre eigene Seite zurück und es vergingen nur wenige Sekunden, bis einer der Ihren sie ansprach.

»Lieber keine Seele als seine Seele …«, erklang das rituelle Gemurmel und ein eitler Wächter namens Resic neigte den Kopf. *Einen ganzen Zentimeter, wow, da hat einer ja echt super Laune.*

»… und lieber tot als keine Seele«, beendete Cey den Gruß. Sie selbst verbeugte sich nicht, denn als Anführerin musste sie das vor niemandem tun und freiwillig wandte sie die Geste nur bei denjenigen an, die sich ihren Respekt verdient hatten. *Und dieser Typ gehört definitiv nicht dazu!*

Resic funkelte sie angriffslustig an. »Hast du dich schön mit *deinem* Freund unterhalten, Cey?«

Zu viele hörten ihnen zu, um diese Bemerkung unkommentiert zu lassen. »*Unser* Freund«, entgegnete Cey scharf. »Du wolltest sicherlich sagen, *unser* Freund.«

Für einen Moment duellierten sie sich mit Blicken, dann senkte Resic unterwürfig die Augen. Dennoch waren seine nächsten Worte keinesfalls ein Friedensangebot.

»Natürlich«, meinte er. »Was würden wir nur ohne die Loyalität unserer *Freunde* anfangen, die uns so selbstlos darin unterstützen die Ihrigen zu stellen und zu vernichten?«

Selbstlos war wohl die allerletzte Eigenschaft, die auf die Beschreibung eines Dämons passte, die Antwort auf Resics Frage war trotzdem nicht schwer.

»Ohne unsere *Freunde*«, Cey betonte es auf die gleiche Weise wie Resic, »wären wir längst verloren.«

Der Vorfall in Hongkong war als ungelöstes Rätsel in die Geschichtsbücher der Menschen eingegangen, aber bei tausend ähnlichen Blutbädern überall auf der Welt? Eine erbarmungslose Hexenjagd wäre die Folge gewesen und egal über welche körperlichen und geistigen Fähigkeiten sie verfügen mochten, sie hätten keine Chance gehabt. Die Ergreifung renitenter Dämonen und Wächter schützte also nicht nur das Leben Unschuldiger, es diente zugleich der Sicherung ihrer eigenen Existenz. Für Cey war das zweitrangig, für andere die weitaus höhere Priorität.

»Wir sollten unseren dämonischen Freunden mal wieder unsere Wertschätzung für ihre Hilfe zeigen. Danke für die Übernahme dieser Aufgabe, Resic.«

Cey schickte dem Wächter den entsprechenden Teil von Nikaras Liste und erntete dafür ein verärgertes Schnauben. Da eine doppelte Ermahnung nicht schaden konnte, ergänzte sie laut: »Und, Resic, denk daran: Wir beurteilen jeden nur nach seinem aktuellen Verhalten, nicht nach der Entscheidung, die er einmal treffen musste. Nicht vergessen – *jeden.*«

Bisher hatte Resic seinen Forderungen, die Gesetze bezüglich Bewusstseinsänderungen zu lockern, keine Taten folgen lassen und die Aussicht auf die drakonische Strafe, die ihn in einem solchen Fall ereilen würde, veranlasste den Wächter hastig zu nicken. Kaum weniger vorwurfsvoll stellte er dann allerdings fest: »Du hast dich den Seday angeschlossen.«

»Vorläufig«, stimmte Cey dem Wächter zu.

»Bist du dir sicher, dass das nicht dein Urteilsvermögen trüben wird?«

Jetzt ging Resic entschieden zu weit. Das war keine einfache Unhöflichkeit oder Kritik mehr, das war bereits eine offene Rebellion.

»Solange unsere Gesetze gewahrt werden, kann jeder seine Freizeit so verbringen, wie er das möchte«, erwiderte Cey kalt. »Da du den Hayran und damit ebenfalls einer J'ajal-Vereinigung angehörst, kannst du dich über mich wohl kaum beschweren. Es steht dir natürlich frei eine offizielle Anklage zu erheben, ansonsten möchte ich von dir nie wieder etwas über meine Beziehungen zu den Seday hören.«

»Ach, gibt's hier keine Meinungsfreiheit mehr?« Resic musterte sie abschätzig und trat einen weiteren Schritt auf sie zu.

Damit verletzte er absichtlich den einzuhaltenden Sicherheitsabstand und gleich mehrere ihrer Art wandten sich zu ihnen um. Erste Laute des Unmuts wurden geäußert und es dauerte nur eine Sekunde, bis der Graf an ihrer Seite erschien und eine kampfbereite Haltung einnahm. Cey hielt ihren Bruder jedoch zurück und forderte Resic auf zu sprechen. Unterdrückte Worte würden hier nur einen noch größeren Schaden anrichten.

»Wegen deiner Seday sind bereits etliche meiner Hayran gestorben!«, fuhr Resic sie an. »Du selbst hast erst kürzlich zwei von ihnen getötet und die restlichen in eine Dämonenzone geführt, aus der sich nur ein Einziger retten konnte.«

Garantiert ihr alter Bekannter Okadias.

»Die Seday und die Hayran kämpfen auch ohne uns gegeneinander«, erinnerte Cey den Wächter. »In dem Fall, den du erwähnst, war es übrigens ein Hayran, der als Erster einen Seday getötet hat. Und wenn du meine Verteidigung missbilligst, bist du offenbar der Meinung, die Waffen der Hayran hätten mich vernichten sollen. Ist das so?«

Das Zischen in ihrer Umgebung wurde lauter und zum ersten Mal fiel das gefürchtete Wort. *Verräter.* Resic wurde blass und konnte nun gar nicht schnell genug zurückweichen. Demütig fiel er auf die Knie und senkte seinen Kopf bis auf die Erde. »Verzeihe mir. Ich habe mich von meinen persönlichen Gefühlen leiten lassen und unbedacht gesprochen. Ich werde keine Anklage gegen dich erheben, weder heute noch in der Zukunft.«

Das war eine viel weitreichendere Entschuldigung, als Cey es erwartet hatte, denn damit verzichtete Resic freiwillig auf eines seiner höchsten Privilegien. Aber der Wächter hatte ja schon immer dazu geneigt überzureagieren. Resic selbst war auch gar nicht das Problem, sondern viel eher das, was er mit seinen unüberlegten Worten bei anderen anrichtete. Die Mienen einiger Anwesender zeigten nur zu deutlich, wie sehr sie Resics Rückzug bedauerten, selbst wenn sich niemand laut dazu äußerte. *Noch nicht.*

»Du kannst gehen«, forderte Cey Resic nach einer ihr angemessen erscheinenden Zeitspanne auf.

Immerhin wurde das als allgemeine Aufforderung verstanden und die Menge verstreute sich, ohne dass es zu weiteren Eskalationen kam. Sahim verabschiedete sich nach einem Kuss auf die Wange ebenfalls zügig von ihr, denn er wollte Nyim nicht unnötig lange der Obhut eines anderen überlassen. *Wobei man sich da eher Sorgen um den Babysitter machen muss* … Cey lächelte wehmütig bei dem Gedanken an den quirligen Fünfjährigen. Sie vermisste ihn, obwohl sie sich regelmäßig sahen.

Zuletzt blieb nur der Graf an ihrer Seite. Er setzte sich auf den staubigen Boden, musterte gewissenhaft ihre Umgebung und verkündete schließlich, sie wären nun wirklich alleine. Cey plumpste neben ihren Bruder, ließ sich erschöpft auf den Rücken sinken und starrte in den Sternenhimmel über ihnen.

»Hey, Schwesterlein.« Der Graf beugte sich über sie und versuchte sie mit einem verdorrten Grashalm im Gesicht zu kitzeln. »Ich sage es ja nur ungern, aber ich glaube, das Seday-Thema wird noch öfter zur Sprache kommen.«

Cey warf ihrem Bruder einen finsteren Blick zu. »Und warum darf jeder das machen, was er will, nur ich nicht?«

»Na, weil du die Wichtigste von uns allen bist.« Zuerst grinste der Graf breit, doch nach einem Moment der Stille meinte er weitaus ernster: »Du magst sie, oder?«

»Ja. Ich glaube irgendwie schon.« Stirnrunzelnd betrachtete Cey das fahle Gesicht ihres Bruders.

»Hänge dein Herz nicht zu sehr an diese Seday«, riet er ihr. »Wenn es dir hilft, bei ihnen zu sein, dann schön. Ich möchte allerdings nicht, dass du daran zerbrichst, wenn einem deiner Seday etwas passiert.«

Cey erwiderte nichts, doch insgeheim befürchtete sie, über diesen Punkt schon lange hinaus zu sein.

***

Sein Blick war aufmerksam und konzentriert, nur leider sah er in die völlig falsche Richtung. Cey konnte einfach nicht widerstehen. Leise schlich sie sich an Nine heran und tippte ihm von hinten auf die Schulter.

»Buh.« Sie duckte sich und wich gerade noch rechtzeitig Nines Schlag aus, denn die Reaktion des Seday war hundertfach geschult worden und erfolgte ohne die geringste Verzögerung. Cey gab sich lachend zu erkennen und fügte auch gleich ein kleines »Sorry« hinzu.

»Cey, du hast mich vielleicht erschreckt!« Nine atmete hörbar auf und übereichte ihr kopfschüttelnd ihren Ayaro-Reif. Immer noch grinsend schloss Cey das Metallband um ihr linkes Handgelenk und gemeinsam mit ihrem Schatten ging sie auf Area XV4 zu.

Als sie ihr Zimmer im ersten Stock der Academy betrat, wartete Xyen bereits auf sie und seine gold-braunen Augen spiegelten seine Besorgnis nur zu deutlich wider.

»Ich bin okay«, versicherte Cey ihrem Mentor hastig.

»Schön, das zu hören.« Xyen kam auf sie zu und zog sie in seinen Arm. »Wir haben dich sehr vermisst.«

»Es waren zwei Tage, keine zwei Monate«, protestierte Cey halbherzig, trotzdem lehnte sie ihren Kopf an Xyens Schulter und genoss die sanfte Berührung seines Bewusstseins. Ein leichter Ruck und sie spürte die Gefühle des Seday, spürte ... seine Irritation. »Ja.« Mit einem schiefen Grinsen löste sie sich aus der Umarmung. »Ich brauche dringend eine Dusche.«

»Ist das Schwefel?« Xyen rümpfte sichtlich verwirrt die Nase.

»Frag lieber nicht«, bat Cey.

Sie schlüpfte aus Pulli, Shirt und Hose und überlegte, ob sich das Waschen lohnen oder sie die Sachen lieber gleich in die Mülltonne befördern sollte. Die tiefe Verärgerung in den Emotionen ihres Mentors ließ Cey aufsehen, es war aber keineswegs der Klamottenstapel, den Xyen fixierte.

»Was denn?« Cey folgte dem kritischen Blick des Seday, der auf ihren nackten Bauch geheftet war. »Das ist doch nur ein winziger Mini-Kratzer«, empörte sie sich, als ihr die schmale, rote Linie wieder in den Sinn geriet. »Der zählt ja wohl kaum als Verletzung.«

Kopfschüttelnd streifte Cey ihren BH ab. Für den Versuch eine Reihe von Schrapnellen abzufangen, die zwischen den Wächtern und den Dämonen hin und her geflogen waren, war diese kleine Schramme ja wohl mehr als tolerabel.

»Selbst ein Kratzer ist ein Kratzer zu viel«, grummelte Xyen. Immerhin bestand er nicht darauf, dass sie sich deswegen bei Lee zeigen musste, trotzdem blieb der Blick ihres Mentors nach wie vor auf ihr haften. Nicht mehr wütend, eher … interessiert?

Mit den Händen auf dem Stoff ihres schwarzen Panty-Slips verharrte Cey. Konnte es tatsächlich sein, dass dieser Seday sie als begehrenswert empfand?

»Darf ich?« Ohne ihre Antwort abzuwarten, strichen Xyens Finger vorsichtig neben der Schramme über ihre nackte Haut.

Cey musste schlucken, bekam aber keine Gelegenheit etwas zu tun oder zu sagen, denn beinahe abrupt zog ihr Mentor sich wieder von ihr zurück.

»Ganz schlechte Idee …«, murmelte er und obwohl Cey dem aufgrund der herrschenden Seday-Regeln zustimmen musste, fühlte sie sich dennoch verletzt. Sie drehte sich mit zusammengepressten Lippen um, schlüpfte aus dem Slip und war bereits mit einem halben Fuß unter der Dusche, als Xyen nach ihrem Handgelenk griff.

»Cey.« Überaus energisch forderte der Seday sie auf, sie solle ihn ansehen, und als sie das widerstrebend tat, erklärte er: »Ich habe das nicht so gemeint, wie du es aufgefasst hast.«

Hatte sie schon einmal erwähnt, wie ausgesprochen nervig sie diese Gefühlsleserei fand?

»Ich glaube nur … es ist nicht der richtige Zeitpunkt. Okay? Du weißt, wie sehr ich dich mag.«

Da er offenbar auf eine Bestätigung von ihr wartete, nickte Cey sachte. Ihr Mentor strich ihr ein letztes Mal über das Handgelenk, dann verließ er ihr Badezimmer und Cey drehte kopfschüttelnd den Wasserhahn auf. Xyen war und blieb einfach seltsam. Wer wusste bei ihrem verkorksten Dasein schließlich, ob es überhaupt ein Morgen für sie gab?

Egal jetzt!, befahl Cey sich selbst und shampoonierte sich gründlich die Haare ein. Drei Mal musste sie diesen Vorgang wiederholen, bis der Kokosnuss-Duft endlich über den des Schwefels siegte und sie die Dusche beenden konnte.

Nachdem Cey sich abgetrocknet, angezogen und Xyen versichert hatte, sie wäre weder ausgesprochen hungrig noch besonders müde, schickte er sie zu Jay. Von der Uhrzeit her fand nämlich gerade ihr praktischer Unterricht statt.

Jay führte sie zu einer kleinen Lichtung im Wald und innerlich wappnete Cey sich bereits auf die anstehende Diskussion über ihre Verteidigungskünste. Der imposante Seday mit den jadegrünen Augen startete allerdings mit etwas ganz anderem.

»Du hast Nine überrascht, als du vorhin zurückgekommen bist«, bemerkte er.

Und obwohl Jays Stimme wertungsfrei klang, bekam Cey prompt ein schlechtes Gewissen. Hoffentlich hatte Nine keinen Ärger wegen ihres kleinen Scherzes bekommen.

Jay erriet ihre Gedanken offenbar, denn er schüttelte sofort den Kopf. »Darum geht es mir gar nicht. Ich mache mir viel eher Sorgen, ob, wenn du so etwas kannst, das einige andere ebenfalls können.«

»Schon möglich …?« So langsam dämmerte Cey die Erkenntnis, dass es wohl besser gewesen wäre ihre Präsenz nicht komplett abzuschalten. Jetzt hatte sie natürlich Jays Sicherheitsinstinkt geweckt.

»Zeig's mir«, forderte ihr Gegenüber sie da auch schon auf.

Cey erhob sich zwar, sah sich aber erst einmal misstrauisch um.

»Außer Four ist niemand hier.« Jay war ihre Musterung natürlich nicht verborgen geblieben. »Und Four ist mehr als zwei Kilometer entfernt.«

Das hatte Cey gerade selbst festgestellt, also fügte sie sich seufzend. »Okay«, meinte sie. »Schließe die Augen und zähle bis zehn.«

Jay kam ihrer Bitte umgehend nach und Cey wich in den Schatten der Bäume zurück und tarnte sich. Der Seday war überraschend schnell bei zehn angelangt und sah sich nun suchend nach ihr um. Da sie bereits viel früher verschwunden war, spielte die verkürzte Zählweise keine große Rolle. Jay unternahm einige Schritte in diese und in jene Richtung, es fiel Cey jedoch ausgesprochen leicht ihm auszuweichen.

Dafür wurde sie bald von jemand anderem entdeckt, jemandem, der sich nur sehr schwer austricksen ließ. Eine Weile probierte Cey es dennoch, schließlich musste sie ihre Bemühungen aber lachend einstellen, weil Jay auf die umherflatternde Schleiereule aufmerksam wurde.

»Das war unfair«, hielt Cey ihrer kleinen Freundin vor. Diese zeigte sich gänzlich unbeeindruckt. Der Vogel landete auf Ceys Schulter und begann ausgiebig sein Gefieder zu bearbeiten.

»'Tschuldigung«, meinte Cey zu Jay. »Sollen wir es wiederholen?«

Jay winkte jedoch ab. »Hat schon gereicht«, sagte er. »Cey, kannst du mir erklären, wie du das gemacht hast?« Er wies mit der Hand auf eine Felsgruppe und sie setzten sich.

»Das ist ziemlich kompliziert ...« Cey verzog unschlüssig das Gesicht.

»Warum kann dich denn ein Vogel finden und ich dich nicht?«

»Tja, im Prinzip liegt es daran, dass du mich gesucht hast.«

»Ich habe dich nicht gefunden, weil ich dich gesucht habe?« Jays Stimme klang eindeutig verwirrt. Die Eule auf Ceys Schulter gab einen erschreckten Schrei von sich, erhob sich und kreiste kurz über einer Baumgruppe, bevor sie im dunklen Nachthimmel verschwand.

»Ich sagte doch, es ist kompliziert.«

Jay musterte sie nachdenklich. »Ist es eine besondere Gabe, seine Präsenz zu verstecken?«

»Man muss tatsächlich eine gewisse Veranlagung besitzen«, erwiderte Cey. »Und wie bei allen mentalen Kräften benötigt man hier ebenfalls ein intensives Training. Also ist man wohl gezwungen seine Gabe fortlaufend anzuwenden. Vielleicht trifft man ja einen guten Freund, mit dem man üben kann. Oder ... einen Feind.«

Jay sah sie so ratlos an, dass Cey zwangsläufig lächeln musste. »Ist nicht so wichtig. Wenn du wissen wolltest, ob du lernen kannst deine Präsenz komplett zu verstecken, ich glaube eher nicht.«

»Okay, lassen wir das Verstecken mal beiseite. Deine Eulen-Freundin hat es vorhin aber trotz deiner Tarnung geschafft dich zu entdecken, richtig?«

Jetzt wurde es allmählich tricky. »Ja …«

»Wenn selbst ein Vogel das kann, dann lässt es sich wahrscheinlich auch ohne eine besondere Veranlagung lernen, oder?«

Cey probierte es mit einem vagen »Möglicherweise«.

So schnell gab Jay allerdings nicht auf. »Wovon machst du das denn abhängig?«, wollte er von ihr wissen.

Sehr, sehr tricky. »Ob man zum Beispiel ein Talent dafür hat«, meinte Cey möglichst unverfänglich.

»Und sonst?«

»Ach, alles Mögliche …«

Jays Blick wurde noch eine Spur intensiver. »Du weichst mir aus«, stellte er schließlich fest.

Cey sparte sich die Mühe für eine entsprechende Erwiderung.

»Okay, mal ganz direkt.« Jays Stimme wurde sehr ernst. »Cey, mir gefällt der Gedanke nicht, dass es J'ajals gibt, die hier herumschleichen können, ohne dass man sie bemerkt. Und wenn es eine Möglichkeit gibt zu lernen, wie man diese entdecken kann, würde ich das gerne tun. Es geht hier um Aspekte der Sicherheit. Das sollte doch in deinem eigenen Interesse liegen.«

»Es sollte sogar in unser *aller* Interesse liegen, nicht wahr?«

Jay sah so aus, als wenn er kurz davorstand Lee zu benachrichtigen oder sie gleich selbst in eine Irrenanstalt einzuweisen. Konnte Cey ihm kaum verübeln und sie verspürte auch keine Lust mehr auf dieses doppelte Spiel.

»Man kann lernen J'ajals zu finden, die ihre Präsenz tarnen«, erklärte sie Jay nun offen. »Insbesondere dann, wenn diese das nicht ganz perfekt beherrschen. Mit etwas Talent und viel Übung ist das gar nicht so schwierig. Leider kann ich es dir nicht beibringen, weil ich dafür die Erlaubnis von jemandem bräuchte.«

»Wessen Erlaubnis?«

War ja klar, dass diese Frage kommen musste. Und Ceys Antwort stand ebenfalls fest. Ihre Prinzipien hätten wohl kaum einen Sinn, wenn sie diese nur dann anwenden würde, wenn es ihr gerade in den Kram passte. »Kann ich dir nicht sagen.«

Jay seufzte. »Okay. Falls du diese Erlaubnis aber irgendwann einmal bekommen solltest, gibst du mir bitte Bescheid.«

»Das mache ich. Versprochen.«

»Danke.« Jay schenkte ihr ein flüchtiges Lächeln. »Kommen wir doch jetzt zu unserem aufgeschobenen Thema zurück: deine Verteidigungskünste ...«

Ein leiser Schrei erklang und eine kleine gefiederte Gestalt kehrte auf Ceys Schulter zurück. Fast hatte Cey nicht mehr damit gerechnet und augenblicklich fiel die Anspannung von ihr ab.

»Du bist äußerst merkwürdig heute.« Jay musterte sie besorgt. »Und ich meine damit nicht, weil du auf einmal einen Vogel hast.«

»Ich weiß«, bedauerte Cey. »Und es tut mir leid. Hat nichts mit dir zu tun.«

»Dann kürzen wir es ab«, schlug Jay ihr vor. »Cey, warum du dich manchmal lieber gar nicht verteidigst oder warum du gerne verschwindest oder warum du kategorisch jeden Kampfunterricht ablehnst, hat doch immer den gleichen Grund: Du hast Angst jemanden zu verletzen. Stimmst du mir zu?«

»Möglich ...«

Jay wertete es wohl als ein Ja, denn er sprach bereits weiter. »Da in der Seday-Ausbildung Prüfungen in diesen Bereichen vorgesehen sind, an denen auch du dich nicht vorbeimogeln kannst, werden wir daran arbeiten müssen. Wie siehst du das?«

Cey bedachte Jay mit einem zynischen Blick. »Das kannst du ja meinen ersten Gegner fragen, den ich nur liebevoll zur Seite schubsen sollte.«

»Trifft sich gut.« Jay grinste breit. »Dein erster Gegner bin ich nämlich selbst.« Der Seday zauberte zwei hölzerne Übungsstäbe hinter einem Felsen hervor und warf ihr einen davon zu.

Cey fing den Stab zwar auf, schüttelte aber entschieden den Kopf. »Nein.«

»O doch.« Jays Stimme nahm nun einen eindeutig befehlenden Klang an. »Du stehst jetzt auf. Und dann wirst du versuchen mich zu entwaffnen.«

»Jay, das ist nicht dein Ernst.« Cey ließ den Stab auf den Boden fallen und verschränkte die Arme vor der Brust. »Ich werde ganz gewiss nicht mit dir kämpfen.«

»Sicher wirst du das.«

Jay sah keineswegs so aus, als wenn er in absehbarer Zeit nachgeben würde. Nur mit Trotz funktionierte es also nicht.

Cey wartete einen Moment und überwand sich schließlich. »Ich kann nicht«, meinte sie leise. »Ich bin grottenschlecht darin jemand zu entwaffnen, ohne ihn dabei zu verletzen. Habe ich nie gelernt.«

»Dann wirst du es eben jetzt lernen.«

Das ist doch nicht zum Aushalten! Warum sind diese Seday nur immer so verdammt stur? Cey blitzte Jay wütend an. »Wozu denn? Wegen einer bescheuerten Prüfung?«

Jay trat auf sie zu und tippte ihre Hand an. Sehr vorsichtig und nur für einen Sekundenbruchteil. Aber er tippte auch wirklich nur, nicht mehr. Keine mentale Vorwarnung, an die sie sich schon so sehr gewöhnt hatte, dass der brennende Schmerz, den Astan ihr jahrelang eingeimpft hatte, beinahe in Vergessenheit geraten war. Für Menschen galt dieser zwanghafte Abwehrreflex nicht, hatten diese doch nie im Fokus von Astans Machbestrebungen gestanden, und bei allen J'ajals, die Cey zu ihrer Familie zählte und die ihr persönliches Flammenschwert-Zeichen im Bewusstsein trugen, fühlte sie sich ebenfalls nicht genötigt zuzuschlagen.

Ihren Mitschülern hingegen wich Cey instinktiv aus und ihre allgegenwärtigen Schatten sorgten ebenfalls für den entsprechend notwendigen Abstand. Und innerhalb von Xyens Team hielten sich alle gewissenhaft an die Vorgabe sie niemals ohne Vorwarnung zu berühren. *Oder vielleicht doch nicht alle.*

»Was soll denn das?« Cey sprang mit einem Satz auf und rieb sich die schmerzende Stelle auf ihrem Handrücken.

»Dafür«, erklärte Jay ihr mit sanfter Stimme. »Dafür sollst du es lernen. Nicht wegen einer Prüfung. Sondern damit du nicht irgendwann einmal etwas tun wirst, was du gar nicht tun willst.«

Cey versuchte ein passendes Gegenargument zu finden, ihr fiel allerdings nichts ein. Also hob sie den Übungsstab wieder auf und hoffte inständig, dass Jays verquere Logik ihn nicht ins Grab bringen würde.

***

Xyens Konzentration wurde durch ein Klopfen gestört. Er stand auf und öffnete die Tür. »Tajyno.« Überrascht musterte er seinen hochgestellten Gast. »Habe ich eine Verabredung vergessen?«

»Nein, hast du nicht.« Der Seday-Anführer trat ein und nahm auf dem angebotenen Sessel Platz. »Tut mir leid, wenn ich dich bei etwas unterbrochen habe. Ich wollte mit dir über deine Schülerin sprechen.«

Sofort breitete sich ein flaues Gefühl in Xyens Magengegend aus. »Gibt es ein Problem?«

»Sogar mehr als nur eins.« Tajyno lächelte flüchtig, doch seine Gefühle drückten eine tiefe Besorgnis aus.

Na, das kann ja heiter werden.

»Hat Cey sich unangemessen verhalten?« Unweigerlich dachte Xyen an das letzte Aufeinandertreffen der beiden. *Bitte lass es keine neue Beleidigung sein. Und keine geworfene Kaffeetasse. Und erst recht keinen Stern!*

»Nun ja …« Tajyno wirkte für einen Moment belustigt. »Eine offene Drohung kann man wohl wirklich nicht als angemessen bezeichnen. Aber darum geht es mir gar nicht.«

Ah ja … Xyen entschied sich vorsichtshalber, lieber stumm abzuwarten, was Tajyno wirklich von ihm wollte.

»Denkst du, Cey würde mir verraten, was sie in Wahrheit ist, wenn ich ihr diese Frage stelle?« Tajyno bedachte ihn mit einem eindringlichen Blick.

»Wie meinst du das?«

»Ja, hatte ich auch nicht erwartet.« Tajyno lächelte schief und Xyen unterdrückte einen Seufzer. Warum konnte er nie auf einen normalen Gesprächsteilnehmer stoßen?

»Cey war die letzten beiden Tage nicht in der Academy«, stellte Tajyno kritisch fest. »Kannst du mir sagen, wo sie gesteckt hat?«

»Nein.« Das flaue Gefühl in Xyens Magengegend wuchs weiter an. Was wollte Tajyno nur mit seinem Besuch bei ihm bezwecken?

Sein Gegenüber wirkte sehr nachdenklich. »Du weißt es nicht, obwohl du die Verantwortung und die Konsequenzen für alle ihre Handlungen trägst?«

»Ich vertraue Cey«, erklärte Xyen mit fester Stimme. »Und ich akzeptiere es, wenn sie mir einige Dinge nicht erzählt.«

»Nun, Ceys Vertrauen in dich scheint eher gering zu sein, wenn sie dir nichts darüber berichtet«, erwiderte Tajyno mit einem äußerst provokanten Tonfall in der Stimme.

Da Xyen genau wusste, dass dem nicht so war, blieb er vollkommen gelassen. Es dauerte nur wenige Sekunden, bis das herausfordernde Funkeln in Tajynos Augen erlosch und der schwarzhaarige Seday zustimmend nickte.

»Danke, das wollte ich nur klären. Du akzeptierst Ceys Schweigen, weil sie dir nie etwas sagen würde, wenn es die Angelegenheiten eines Dritten betrifft. Hat rein gar nichts mit mangelndem Vertrauen zu tun.«

Gut, das reicht jetzt. Irgendwann war auch seine Geduld erschöpft. »Tajyno, was möchtest du von mir? Eine sinnvolle Unterhaltung sieht für mich anders aus.«

Tajyno lachte leise. »Ja, das habe ich wohl verdient.« Er lehnte sich in seinem Sessel zurück. »Ich bin hier, weil ich dir einige Dinge über mich verraten wollte«, erklärte er. »Ich muss dich allerdings bitten diese Dinge für dich oder zumindest innerhalb deines Teams zu bewahren. Ich versichere dir, mir geht es alleine darum die Interessen und die Sicherheit der Seday zu gewährleisten. Außerhalb wie *innerhalb* unserer Organisation.«

Xyen fühlte sich geehrt, trotzdem grübelte er darüber nach, warum der Anführer der Seday gerade ihn ins Vertrauen ziehen wollte. Nach nur wenigen Augenblicken gab er sich selbst die Antwort. »Cey. Sie weiß etwas über dich, oder?«

Tajyno bestätigte es. »Ja. Und sie hat unmissverständlich zu verstehen gegeben, dass sie mein Verhalten nicht gutheißt.«

»Nun, du bist ihr keine Rechenschaft schuldig.«

»Das sicher nicht.« Tajyno lächelte. »Ich möchte jedoch keinesfalls der Grund für einen Bruch zwischen dir und deiner Schülerin sein. Denn obwohl sie mein Tun missbilligt, hat Cey meinem indirekten Wunsch nach Geheimhaltung nachgegeben und damit freiwillig darauf verzichtet selbst ehrlich sein zu können. Was wäre ich für ein Vorbild, wenn ich das dauerhaft von ihr verlangen würde?«

»Kein sehr gutes«, musste Xyen zugeben.

»Genau. Deswegen möchte ich dir Folgendes verraten: Zu meinen Fähigkeiten zählt nicht nur zu erkennen, ob jemand die Wahrheit sagt. Zusätzlich kann ich meine Präsenz verstecken – wenn auch nicht ganz perfekt, wie Cey mir gegenüber ausdrücklich betont hat – und ich kann mentale Gespräche mit anhören. Ich kann mich also sehr frei bewegen, ohne bemerkt zu werden, und obendrein beinahe alles erfahren, was ich wissen möchte.«

Oder um es noch besser zu formulieren, Tajyno ist der perfekte Spion. Kein Wunder, dass Cey so abweisend auf den Seday-Anführer reagiert hatte. Xyen hatte jedoch Verständnis für Tajynos Situation und konnte in etwa erahnen, warum sich dieser so verhalten musste, wie er es eben tat.

»Niemand außerhalb meines Teams wird davon erfahren«, versprach Xyen seinem Anführer. »Danke, dass du es mir anvertraut hast.«

»Machen wir einen kleinen Ausflug«, schlug Tajyno ihm augenzwinkernd vor. »Es gibt da jemanden, bei dem ich mich unbedingt entschuldigen muss.«

Xyen nickte, obwohl er innerlich eher dabei war den Kopf zu schütteln. Hatte es Cey doch tatsächlich geschafft dem ranghöchsten Mann ihrer Organisation ein schlechtes Gewissen einzureden. Diese junge J'ajal war einfach unglaublich.

***

»Wir kriegen Besuch«, verkündete Jay und senkte seinen Stab.

Das war Cey ebenfalls aufgefallen und erschöpft sank sie auf einen der Felsen. *Wie kann es nur dermaßen anstrengend sein, sich so wenig und so langsam zu bewegen?* Sie stand kurz davor umzukippen. Vermutlich waren es die ununterbrochene Konzentration und die notwendige Selbstbeherrschung, die ihr so sehr zusetzten.

Xyen betrat zusammen mit Tajyno die Lichtung und die kleine Schleiereule erhob sich kreischend von ihrem Baum. Jay warf dem Vogel einen irritierten Blick hinterher, beeilte sich dann allerdings den Anführer der Seday respektvoll zu begrüßen. Cey hingegen ignorierte die Ankömmlinge und wischte sich mit einem Tuch über das verschwitzte Gesicht.

»Cey, kommst du bitte her?« Xyens Stimme klang zwar freundlich, aber auch bestimmt.

Also schlang Cey sich seufzend das Handtuch um den Nacken, stand auf und schlenderte auf ihren Mentor zu. »Was gibt's?« Sie richtete ihren Blick ausschließlich auf Xyen, es war jedoch Tajyno, der ihr antwortete. »Mich gibt's.«

Der Seday-Chef schien sich wahnsinnig gut zu amüsieren und Ceys Miene verfinsterte sich.

»Als Erstes möchte ich mich für die Unterbrechung deines Trainings entschuldigen«, erklärte Tajyno ihr und das Glitzern in seinen dunkelblauen Augen verstärkte sich. »Ich meine, für die *erneute* Unterbrechung.«

Hm, könnte unerwartet interessant werden. Cey warf einen fragenden Blick in Xyens Richtung und ihr Mentor nickte ihr auffordernd zu. Also wandte sie ihre Aufmerksamkeit wieder zurück auf Tajyno.

»Ich würde gerne einige deiner Fragen beantworten«, sagte dieser. »Zum Beispiel bin ich keineswegs gezwungen meine Gabe fortlaufend anzuwenden. Und wenn ich die Möglichkeit habe zwischen einem

Freund oder einem Feind zu wählen, dann würde ich gerne auf den Freund treffen.«

Jay wirkte zuerst überrascht, verstand aber schnell, worum es hier ging. »Du warst die ganze Zeit über anwesend ...?!« Er sah Tajyno vorwurfsvoll an und Cey freute sich darüber, dass ihr Trainer dieses Verhalten ebenfalls missbilligte. Das machte sie sogar großzügig genug, um Jays Aussage der Wahrheit entsprechend zu korrigieren.

»Tajyno war nicht die ganze Zeit über da. Vor unserem Stäbchenspiel ist er wieder verschwunden.«

»Das ist richtig.« Tajyno musterte sie eingehend. »Du hast eine beeindruckende Beobachtungsgabe, Cey. Würdest du mir verraten, wie du das gemacht hast?«

Cey schnaubte laut auf. »Garantiert nicht.«

Auf Xyens und Jays Gesichtern breitete sich fast zeitgleich ein breites Grinsen aus – War sie tatsächlich so berechenbar geworden?

»Schade.« Tajyno hob bedauernd die Hände. »Dann möchte ich noch kurz auf deine letzte Frage eingehen.« Er sah zu Xyen hinüber. »Dabei ging es um die Erlaubnis lehren zu dürfen, wie man versteckte J'ajal-Präsenzen erkennen kann – also zum Beispiel mich.«

Die Offenlegung seiner Fähigkeit rief in Cey zum ersten Mal das Gefühl hervor, der Anführer der Seday könnte vielleicht doch sympathischer sein, als sie das bisher immer gedacht hatte.

»Du bekommst die Erlaubnis«, sagte Tajyno an sie gewandt. »Du musst allerdings akzeptieren, dass ich diese Möglichkeit nicht grundlos vor den Seday verberge. Also gilt meine Genehmigung ausschließlich für dieses Team.«

Zwar wusste Cey nicht so recht, was das für Gründe sein sollten, trotzdem störte sie diese Einschränkung nicht weiter. Schließlich waren ihr die anderen Seday-Gruppen viel weniger wichtig. Sie nickte. »Ich werde mich daran halten.«

»Nun, dann hoffe ich, dass wir einen vorläufigen Waffenstillstand vereinbaren können.« Tajyno streckte ihr die Hand entgegen und Cey ging auf das Angebot ein. Bevor sie ihre Finger wieder löste, bemerkte sie jedoch beiläufig: »Wie du gesagt hast: ein *vorläufiger* Waffenstillstand.«

Tajynos Mundwinkel zuckten. Er verabschiedete sich von ihnen und verschwand wieder im Wald.

»Und jetzt?« Xyen sah sie mit hochgezogener Augenbraue an und Cey musste grinsen.

»Jetzt? Jetzt spielen wir Verstecken.«

»Wir verstecken uns und du suchst uns?«

Cey schüttelte den Kopf. »Nö – wir verstecken uns alle drei und schauen, wer am schnellsten gefunden wird.«

Ihr Mentor blickte sich verwirrt auf der Lichtung um. »Und wer soll uns suchen?«

Jay feixte und zeigte auf einen Baum. »Ich wette, das ist der Sucher.«

»Da sitzt nur ein Vogel«, meinte Xyen stirnrunzelnd.

»Jep.« Jays Grinsen vertiefte sich. »Und diese Eulendame ist einfach unschlagbar.«

Da musste Cey ihrem Trainer ausnahmsweise zustimmen. Sie handelte einen kleinen Vorsprung mit der Schleiereule aus, zog sie sich unter die angrenzenden Bäume zurück und das Spiel begann.

***

»Deine kleine Freundin hat mich gekratzt«, beschwerte sich Xyen, als er aus der Dusche kam.

Cey lag bäuchlings auf ihrem Bett und versuchte einen Aufsatz über griechische Mythologie zu schreiben und gleichzeitig ein Szenario für eine Geiselbefreiung zu entwerfen. Jetzt sah sie spöttisch auf.

»Kannst sie ja mal zur Vogel-Maniküre schicken, vielleicht kratzt sich dich dann zukünftig weniger.«

»Ich werde es ihr vorschlagen.« Xyen ließ sich lächelnd auf ihrem Bettrand nieder und musterte aufmerksam die aufgeschlagenen Bücher. »Wie kommst du damit voran die fehlenden Arbeiten nachzuholen?«

»Ganz gut, schätze ich.« Die Hälfte hatte sie in etwa geschafft.

Ihr Mentor nickte. »Während du weg warst, ist der finale Prüfungsplan für dieses Trimester erschienen.«

Cey setzte sich langsam auf. »Lass mich raten – er wird mir nicht gefallen?«

»Da bin ich mir sogar absolut sicher.«

Wie vielversprechend. Xyen reichte ihr ein Tablet. »Die meisten Prüfungen sollten dir keine Schwierigkeiten bereiten«, meinte er. »Fünf mündliche Sprachprüfungen nach Wahl, Mathematik, wahlweise Biologie oder Chemie, Sprengstoffkunde, Taktische Manöver und Waffenlehre. Es gibt allerdings ein weiteres Fach für den theoretischen Unterricht …«

Cey sah, was der Seday meinte, und klickte auf die Beschreibung des Kurses. Der Titel alleine verriet ihr nämlich rein gar nichts.

»Lügen?« Vorsichtshalber las sie den Text ein zweites und ein drittes Mal. »Ich soll eine Prüfung im Lügen ablegen?«

»Ja. Genau das ist es.«

»Abgelehnt!« Sie schüttelte kategorisch den Kopf.

»Darüber reden wir später noch.« Xyen deutete mit dem Kinn auf das Tablet. »Schau dir erst die Prüfungen für den praktischen Unterricht an.«

Cey gehorchte und scrollte durch die Liste. »Zwei Ausdauer- und Konditionsportarten wie Laufen, Radfahren, Schwimmen oder Ähnliches, ein Geschicklichkeitsparcour mit Kletterteil, eine Zielübungsdisziplin mit frei wählbarer Waffe, drei anerkannte Kampfkunstformen, darunter mindestens ein waffenloser Nahkampf …«

Missmutig sah sie auf, doch Xyen wies erneut auf den Plan. »Weiter. Es fehlen noch welche.«

Für ihren Geschmack hatten sie den Punkt des Zumutbaren längst überschritten, trotzdem senkte Cey ihren Blick wieder auf das Tablet. »Ballettunterricht und die erfolgreiche Teilnahme an einem menschlichen Abendball«, las sie laut vor. *Was zur Hölle …?* »Ballettunterricht?«

Cey starrte ihren Mentor vernichtend an. »Sehe ich etwa aus wie eine Prima-Ballerina?«

»Du brauchst mich gar nicht so anzufauchen«, sagte Xyen. »Ich habe den Plan nicht erstellt.«

»Tja, ich glaube allerdings nicht, dass Dragon in einem rosa Tutu durch die Gegend hüpfen muss.« Aufgebracht warf Cey das Tablet neben sich auf das Bett.

»Nein, muss er nicht. Die männlichen Schüler haben dafür eine andere Prüfung.«

Wer hätte das gedacht! »Was muss Dragon denn lernen? Boxkampf? Frauen aufreißen?«

Xyen gab ihr keine Antwort auf die Frage. Stattdessen wies er sie auf die mentalen Prüfungen hin. »Eine simple geistige Konversation aus nächster Nähe und die Errichtung eines einfachen mentalen Schutzes. Das dürfte für dich jedenfalls kein Problem darstellen.«

»Ja, aber kämpfen, Pirouetten drehen und im Abendkleid über eine Tanzfläche schweben.« Cey verzog mürrisch das Gesicht. »Warum meldest du mich nicht einfach als durchgefallen?«

»Weil du die Prüfungen im nächsten Trimester nachholen müsstest«, erklärte Xyen ihr geduldig. »Und im übernächsten und in dem darauf auch – solange, bis du sie bestanden hast.«

»Dann melde mich eben für die restliche Ausbildung als durchgefallen.«

»Schlechte Idee. Schüler ohne Abschluss dürfen die Seday-Stützpunkte nur sehr selten verlassen. Und selbst wenn sie es dürfen, dann nur unter den strengsten Auflagen und unter der Aufsicht eines ausgebildeten Seday. Ich denke, das ist keine Option, die du wählen möchtest.«

Cey konnte es sich einfach nicht verkneifen. »Nun, für mich gilt diese Regel ja keineswegs …«

»Cey«, ermahnte Xyen sie streng. »Du kannst dieses Areal verlassen, wenn du es *musst*, nicht, wenn du es *möchtest*. Das ist dir hoffentlich klar, oder?«

Auch wenn es Cey ungemein reizte eine schnippische Antwort zu geben, sie wusste, wie ernst Xyen dieses Thema nahm. Außerdem hatte sie ja gar nicht vor das Vertrauen ihres Mentors wegen so etwas Lapidarem wie einem Stadtbummel zu missbrauchen.

»Es ist mir klar«, bekannte sie. »Trotzdem möchte ich diese Prüfungen nicht machen.«

»Das habe ich schon verstanden.« Xyens Tonfall wurde wieder sanfter. »Deine Ausbildung wäre allerdings vollkommen sinnlos, wenn du nur Prüfungen in den Bereichen ablegen würdest, die dir leichtfallen. Oder siehst du das anders?«

»Ach, mit sinnlos und leicht kann ich ganz gut leben.« Cey klimperte unschuldig mit den Wimpern und Xyen seufzte leise auf.

»Cey, diese Prüfungen haben durchaus einen berechtigten Hintergrund. Der Lügen-Kurs hat zum Ziel einem möglichen Verhör standzuhalten oder an einer verdeckten Operation teilnehmen zu können. Beim Tanzunterricht und der Abendveranstaltung geht es darum sich sicher in den oberen Gesellschaftskreisen bewegen zu können und den Sinn hinter den Kampfkünsten beziehungsweise dem Nahkampf muss ich dir bestimmt nicht näher erläutern. Findest du diese Prüfungen aus der Sicht der Academy-Leitung wirklich so abwegig?«

Cey knurrte, aber anscheinend interpretierte Xyen es auf seine eigene Weise.

»Dann sind wir uns also einig«, sagte er. »Jetzt sollten wir uns überlegen, wie wir deinen Stundenplan passend umgestalten können, damit du dich entsprechend vorbereiten kannst.«

Ceys Gefühle fuhren mal wieder Achterbahn, was ihrem Mentor natürlich keinesfalls entging. Liebevoll stupste er sie an.

»Was ist los?«

Für einen Moment rang Cey mit sich, doch dann zuckte sie die Schultern. Jetzt konnte sie es sowieso nicht mehr ändern.

»Ich glaube, du musst meinen Stundenplan gar nicht umgestalten«, erklärte sie Xyen. »Die Ballettprüfung und den Abendball kriege ich hin und Landons Lügen-Kurs besuche ich ganz bestimmt nicht. Für seine Prüfung lasse ich mir irgendetwas einfallen, darauf wartet ihr doch eh schon alle sehnsüchtig.«

Xyen bedachte sie zwar mit einem seiner typisch durchdringenden Blicke, aber immerhin hakte er nicht genauer nach. Er bestand allerdings darauf ihr Training bei Jay auszudehnen und setzte zudem ihre eigenen J'ajal-Präsenz-Suchstunden mit auf den Plan. Dafür entfiel für Cey das nächtliche Konditionstraining und damit auch Landons Gegenwart. Eine Lösung, mit der sie außerordentlich zufrieden war.

KAPITEL 7

Cey hatte gerade eine zweistündige Lernphase mit Jari hinter sich gebracht und war auf dem Rückweg in ihr Zimmer, als ihr aus der offenstehenden Tür eines Trainingsraums ein heftiger Streit entgegenschlug.

»... ich habe aber keine Lust. Vor meiner Erwachung zum J'ajal habe ich jahrelang Ballettunterricht gehabt und es hat mir viel Spaß gemacht, das weißt du genau. Ich möchte eine gute Note bei dieser Prüfung bekommen.«

Ist das nicht die Stimme von Sky?

»Ist mir doch egal, was du möchtest.« *Eindeutig Dragon.* »Du bist lange genug herumgehüpft. Sieht zwar ganz nett aus, jetzt wird es allerdings Zeit für deine anderen Verpflichtungen ...«

Cey stieß die Tür gegen die Wand und unterbrach Dragon näher auf Skys sonst wie geartete Verpflichtungen einzugehen.

»Du störst«, blaffte der großmäulige junge Mann sie an.

»Oh, habe ich euch etwa unterbrochen?« Unschuldig trat Cey weiter in den Raum hinein. »Weißt du, Dragon, ich muss auch eine Prüfung im Ballett ablegen und Sky möchte mir einige Schritte zeigen, im Gegenzug für ... für ...«

»... für Nachhilfe in Mathe«, sprang Sky ihr bei. »Ich bin ja sooo schlecht in Mathe.« Blondchen seufzte theatralisch auf und sah Cey vorwurfsvoll an. »Cey, du bist spät dran!«

Dragon warf ihnen einen misstrauischen Blick zu, doch Sky flötete in ihrer süßesten Stimme: »Dragon, willst du etwa, dass ich in Mathe durchfalle? Dann wären wir ja am Ende gar nicht mehr in derselben Klasse.«

Das wollte Dragon anscheinend wirklich nicht riskieren und er trollte sich zähneknirschend.

»Soll ich dir tatsächlich was zeigen?«, wollte Sky wissen, nachdem sie sorgfältig die Tür geschlossen hatte.

»Aber sicher doch.« Cey grinste und setzte sich in eine der Ecken. »Ich mache nebenher ein paar Hausaufgaben. Und vergiss nicht, morgen wegen deiner Mathe-Nachhilfe zu Jari und mir in die Bibliothek zu kommen.«

Chilenische Geschichte, wie überaus ... spannend. Cey unterdrückte ein Stöhnen und sah einige Minuten Sky zu, die wirklich super tanzen konnte, dann konzentrierte sie sich auf ihre Arbeit. Irgendwann gab One eine lautlose Warnung von sich und Cey schaffte es gerade noch rechtzeitig ihre Bücher zuzuklappen, bevor Landon den Raum betrat.

»Sky«, sagte er und schaltete die Musik aus. »Und Cey.« Landons Blick wurde bohrend und Cey spürte bereits jetzt, wie ihre Wut wieder erwachte. »Dich sieht man ja recht selten in letzter Zeit«, kritisierte Landon sie. »Statt zum Training zu erscheinen, treibst du dich mit Jay in den Wäldern umher. Was macht ihr denn dort draußen?«

»Verstecken spielen.«

Vielleicht wäre es besser gewesen Landon nicht zu provozieren, denn der militante Seday schlug umgehend zurück. Und er hatte sich genau gemerkt, womit er sie reizen konnte.

»Sky«, bemerkte er ausdruckslos. »Warum bist du denn noch hier? Verbringst du diese Stunden nicht normalerweise mit Dragon?«

Cey blieb nichts anderes übrig als einzuschreiten. »Sky hat mir einige Ballettübungen vorgeführt«, erklärte sie mühsam beherrscht. »Als Vorbereitung für die Prüfung.«

»Wie nett von Sky.« Landon verzog seine Miene zu einem kalten Lächeln. »Das passt zu ihr, dass sie ausgerechnet *dir* weiterhelfen möchte. Nicht wahr?«

»Ja.« Cey erwiderte den Blick ihres Gegenübers ohne zu blinzeln. »Sky *ist* nett.« Vielleicht nicht gerade zu ihr, aber generell war die Neunzehnjährige wohl ganz in Ordnung. Sonst wäre Jari bestimmt nicht so unsterblich in sie verknallt.

Das Funkeln in Landons dunklen Augen verstärkte sich. Er freute sich wohl ungemein endlich ihren wunden Punkt gefunden zu haben. »Na, dann hast du garantiert nichts dagegen mir etwas von dem zu zeigen, was du in den letzten Stunden gelernt hast.« Landon rieb sich voller Vorfreude die Hände. »Sonst müsste ich ja davon ausgehen, dass Sky die Nachhilfe nur als Ausrede benutzt hat.«

Cey überlegte gerade, wie sich Landon aufgespießt auf der Ballettstange machen würde – in ihrer Vorstellung ganz ausgezeichnet –, da öffnete sich die Tür erneut und Xyen trat ein.

»Was für ein Zufall«, bemerkte Landon süffisant. »Nun, Cey, dann kannst du uns ja jetzt beide von deinen Ballettfähigkeiten überzeugen.«

»Du brauchst überhaupt nichts zu machen.«

Die Berührung von Xyens Geist beruhigte Cey ein wenig, doch Skys unglückliches Gesicht bewies ihr nur allzu deutlich, was passieren würde, wenn sie einfach so aus dem Raum verschwand. Also erhob Cey sich und ging einen Schritt auf Landon zu.

»In Ordnung«, sagte sie. »Schließlich liegt mir nichts ferner, als dir eine Freude zu machen. Und du wirst feststellen, Skys Unterricht ist so wertvoll, dass er bis zur Prüfung notwendig sein wird.«

Das war ihre Herausforderung an Landon, die er nicht mehr ablehnen konnte, ohne sein aristokratisches Gesichtchen zu verlieren.

»Wir werden sehen«, entgegnete Landon schroff und schaltete die Musik ein.

Sky und sie einigten sich auf die Passage, die Sky ganz am Anfang der Stunde trainiert hatte, obwohl Cey die anderen Schritte natürlich auch gekonnt hätte. So hüpfte Sky in grazilen Sprüngen vorneweg und Cey versuchte ihr ganz und gar nicht anmutig zu folgen. Bei einer Drehung ließ sie sich sogar fallen, entschied sich dann aber dafür nicht zu sehr zu übertreiben und tanzte den restlichen Part fehlerfrei.

»Also, ich fand's überzeugend.« Xyens Augen blitzten verdächtig auf. »Landon, was sagst du zu Skys Unterricht?«

Landon musste sich wohl oder übel geschlagen geben. Vorerst. »Wir sehen uns noch, Cey«, drohte er ihr an. »Spätestens bei meiner Prüfung.«

Tja, eine gewonnene Schlacht war eben noch lange kein gewonnener Krieg. Sky warf ihr einen letzten dankbaren Blick zu und verschwand ebenfalls aus dem Zimmer.

Xyen geduldete sich mit seinem Urteil, bis sie wieder in ihrem eigenen Trakt in der Academy waren.

»Cey, ich bin stolz darauf, wie sehr du dich für deine Mitschüler einsetzt.« Der Seday öffnete die Tür zu ihrem Zimmer. »Du hast dir damit jedoch keinen großen Gefallen getan.«

»Kann sein«, stimmte Cey ihrem Mentor zu. Sie ließ sich rücklings auf ihr Bett fallen. »Aber dass ich Landon nicht leiden kann, ist die eine Sache. Als Skys vorübergehender Mentor sollte er sich allerdings etwas mehr dafür interessieren, was sie möchte, und vor allem – mit *wem* sie es möchte!«

»Was willst du damit sagen?« Xyen wirkte merklich angespannt, anscheinend hatte er ihre Anspielung sehr wohl verstanden.

»Nichts, was ich momentan beweisen könnte.« Cey rollte sich frustriert auf die Seite. Xyen rutschte neben sie und legte ihr einen Arm um die Schultern.

»Ich werde darauf achten«, versprach er ihr mit fester Stimme. Der Seday wartete, bis sie sich wieder etwas beruhigt hatte, dann bemerkte er lächelnd: »Dafür, dass du deiner Meinung nach nicht wie eine Prima-Ballerina aussiehst, tanzt du ausgesprochen gut.«

»Hm …« Ceys Blick folgte dem einrasierten Tribal in Xyens kurzen Haaren und sie hoffte inständig ihre Antwort würde ihm genügen. Vergeblich.

»Wie bist du zu deinem Ballettunterricht gekommen?«, erkundigte Xyen sich interessiert.

»Ist doch unwichtig«, versuchte Cey auszuweichen, aber als sie bemerkte, dass ihr Mentor automatisch widersprechen wollte, erklärte sie genervt: »Irgendjemand fand es eben mal ganz toll, wenn sich ein Mädchen auf jede nur erdenkliche Weise bewegen kann. Reicht das jetzt als Auskunft?«

Cey spürte die Wut, die sich in Xyens Emotionen ausbreitete. Es dauerte allerdings nicht lange, bis Xyen sich wieder gefangen hatte und sie enger an sich zog. »Tut mir leid«, entschuldigte er sich bei ihr. »Du hast Recht. Es ist nicht so wichtig.«

»Schon okay«, murmelte Cey. Und an Xyens Brust geschmiegt versuchte sie die Erinnerung an blutende Füße, überdehnte Sehnen, endlose Drehungen und tote Kinder zu verdrängen.

***

»Du musst dich schon etwas mehr anstrengen«, rügte Jay sie.

»Mach ich ja ...« Selbst in Ceys eigenen Ohren klang das nur mäßig überzeugend und ihr Trainer schnaubte laut auf.

»Von wegen. Du greifst mich an, als wenn ich ein alter Tattergreis wäre. Einer, der obendrein im Rollstuhl sitzt!«

Cey wollte protestieren, aber Jay unterbrach sie sofort. »Meckere nicht dauernd herum. Mach einfach das, was ich dir gezeigt habe.«

Gnadenlos forderte der Seday sie dazu auf den Stab wieder gegen ihn zu erheben. Cey seufzte, trotzdem bemühte sie sich Jays Anweisungen zu folgen. Es endete damit, dass sie gerade noch im letzten Moment verhindern konnte, dass Jay tatsächlich einen Rollstuhl benötigen würde.

»Das ist doch Schwachsinn.« Cey pfefferte den Stab frustriert ins nächste Gebüsch und ließ sich auf den Boden plumpsen.

»Warum denn? Im Vergleich zum letzten Mal war das schon sehr viel besser«, versuchte Jay sie aufzumuntern. Er setzte sich zu ihr, allerdings erst, nachdem er über eine schmerzende Stelle an seinem Oberarm gerieben hatte.

»O ja, wenn man so masochistisch veranlagt ist wie du, dann ganz bestimmt.« Cey funkelte ihren Trainer wütend an und beäugte die beachtliche Anzahl an blauen Flecken und Striemen auf seinen Armen. Etwas Schlimmeres war bisher zum Glück nicht passiert, aber Cey verspürte kein sonderliches Verlangen danach das Schicksal weiter so herauszufordern.

»Mit Glück hat das überhaupt nichts zu tun«, widersprach Jay ihr. »Sondern mit einem harten Training.«

Super. Sie war bereits so müde, dass sie nicht einmal mehr merkte, was sie laut aussprach und was nicht.

»Ich werde es schon überleben.« Jay stupste sie liebevoll an. »Jetzt mach mal nicht wegen jedem Kratzer so einen Aufstand.«

Zwar verlangte Cey das auch andauernd von ihrem Mentor, wenn er sie auf neue Verletzungen hin musterte, trotzdem war es etwas vollkommen anderes. Schließlich war sie alleine für die Verunstaltungen auf Jays Körper verantwortlich und niemand sonst.

»Lass uns weitermachen.« Jay erhob sich wieder und deutete auffordernd auf den Stab.

Bevor Cey eine Antwort geben konnte, die ihr Training womöglich verdoppelt hätte – bei einigen Dingen verstand Jay echt keinen Spaß –, erschien Three auf der Lichtung. Kommentarlos warf er ihr ein Handy zu. Ihr Handy. Cey fing es seufzend auf und wartete auf ein ganz charakteristisches Piepsen, welches auch prompt ertönte. *War ja klar.*

»Xyen?«

»Ja?«

»Ich muss weg. Sofort.«

Xyen schwieg für einen Moment und Cey konnte die Anspannung in den Emotionen ihres Mentors spüren. *»Pass auf dich auf«*, bat er sie eindringlich.

»Ich werde es versuchen.«

Anscheinend hatte Xyen sich parallel mit Jay verständigt, denn dieser half ihr nun grimmig auf die Beine und nahm ihr Ayaro in Gewahrsam.

»Für jede Schramme an dir habe ich ebenfalls eine frei«, drohte Jay ihr an.

Cey musste grinsen, das war wirklich mal ein Ansporn. Sie hob die Hand zum Abschied und schlüpfte durch die Bäume des Waldes. Jemand wollte unbedingt ihren Zorn zu spüren bekommen? *Das kann er haben!*

***

»Seit wann bist du denn so gut gelaunt, wenn wir auf Dämonenjagd gehen?«, erkundigte Sahim sich bei ihr und reichte ihr ihren Kapuzenmantel und ihr Schwert.

Cey verzog das Gesicht zu einer kurzen Grimasse. »Ich spiele mit Jay darum, wer mehr Verletzungen kassiert.«

Der Graf, der ebenfalls von ihrem Training bei Jay wusste, runzelte nachdenklich die Stirn. »Ein sinnloses Spiel«, stellte er fest. »Wenn dir gleich der Kopf abgeschlagen wird, bist du wohl kaum noch in der Lage deinen Seday ebenfalls zu töten.«

Cey strafte ihren vorlauten Bruder mit einem vernichtenden Blick. »Ich wäre dir sehr verbunden, wenn du dafür sorgen könntest, dass ich nicht enthauptet werde.«

»Aber sicher doch, Schwesterlein.« Der Graf grinste und entblößte seine spitzen Eckzähne. »Trifft sich recht gut, dass ich heute noch nichts gegessen habe.«

Cey seufzte und verteilte ihre Rollen. Kurz darauf huschten ihre Brüder und sie durch das Dunkel der Nacht und während sie selbst ihren ersten Gegner durchbohrte, gingen Sahim und der Graf ihrem ganz eigenen Spiel nach.

»Ein einfacher«, meinte der Graf enttäuscht.

»Mittel«, freute Sahim sich. *»Gibt die doppelte Punktzahl.«*

Cey blendete die lautlosen Kommentare ihrer Brüder aus und trat ihrem eigentlichen Ziel entgegen. Das Schwert des Dämons erwartete sie bereits und zwang sie zu einem ungelenken Ausfallschritt. Cey atmete tief durch und versuchte all das zu vergessen, was Jay sie über eine maßvolle Zurückhaltung gelehrt hatte.

Dem nächsten Angriff konnte sie schon besser ausweichen und mit einer schnellen Drehung ihres Handgelenks täuschte sie nun ihrerseits einen Schlag an. Der J'ajal fiel allerdings nicht darauf herein und konnte die Klinge mühelos abfangen. Sein Gegenstoß erfolgte rasch und brutal, war aber schlecht gezielt, und so trennten sie sich wieder, ohne den jeweilig anderen verletzt zu haben.

Ein überlegenes Feixen spiegelte sich auf dem Gesicht des Dämons wider, er war sich seiner Sache wohl mehr als nur sicher. Cey hatte jedoch einen entscheidenden Vorteil auf ihrer Seite. Weil Dämonen nun einmal dazu neigten sich selbst zu überschätzen, hatte auch dieser hier sich nicht die Mühe gemacht zu überprüfen, wer sie wirklich war. Nach zwei weiteren Runden und einer klaffenden Wunde am Oberschenkel wurde die Miene ihres Gegners nicht länger durch seine Überheblichkeit, sondern nur noch durch seine Schmerzen verzerrt.

Der Dämon verlagerte sich auf einen mentalen Angriff, musste aber schnell einsehen, dass er dabei eine noch schlechtere Figur abgab. Ceys mentaler Schutz erstrahlte in einem hellen Blau und dem Dämon gelang es nicht weiter als bis zu ihrer zweiten geistigen Barrikade vorzudringen. Damit wusste er nun, wie es um ihre Gefühle stand, und er konnte die stärksten ihrer derzeitigen Gedanken auffangen. *Hat er viel von.* Er bekam ihren Hass zu spüren und ihren Wunsch nach seinem endgültigen Tod.

Cey selbst verzichte darauf in den Verstand des Dämons einzudringen, obwohl sie sämtliche seiner mentalen Sperren außer Kraft gesetzt hatte. Der Kontakt mit einem dämonischen Geist barg immer das Risiko selbst ein wenig verrückt zu werden – oder bedeutend mehr als nur ein wenig. Da fokussierte sie ihre Aufmerksamkeit lieber auf den Schwertkampf.

Der Dämon setzte zu seinem letzten Sturm an. So kurz vor der Niederlage blieb ihm nichts anderes mehr übrig, als alles auf eine Karte zu setzen, ungeachtet jedweder Konsequenzen. Er steckte all seine Kraft in einen einzigen Schlag und Cey zuckte hastig zurück, um nicht doch noch geköpft zu werden. Trotzdem spürte sie, wie das Schwert des Dämons ihre rechte Schulter streifte. Der unmittelbar einsetzende Schmerz war gerade noch erträglich. Weil Cey es sich einfach nicht leisten konnte, sich durch etwas so Profanes wie Schmerzen ablenken zu lassen, sorgte sie entsprechend vor.

Allerdings würde sie nie, wie manche ihrer Art, auf die Idee kommen einfach jegliches Empfinden abzuschalten. Das konnte unweigerlich dazu führen, dass man zwar mit einer abgetrennten Hand noch wunderbare Schwerthiebe verteilen konnte, anschließend aber auch leider aufhörte zu existieren.

Ceys Klinge entwaffnete den Dämon und hinterließ eine lange, blutige Spur quer über seiner Brust. Er sank keuchend zu Boden. »Gnade«, winselte er. »Ich ergebe mich.«

Ach, jetzt auf einmal. War ein bisschen spät für Reue.

»Xining«, stellte Cey ausdruckslos fest. »Du hast gegen eines unserer Gesetze verstoßen. Du wurdest vor dem Rat der Wächter angeklagt und zum endgültigen Tode verurteilt. Was ist dein letzter Wille?«

Xining sandte ihr ein Bild und Cey ergänzte in ihrem Geist einen Punkt für Nikaras nächste Aufgabenliste. Dann erhob sie ihr Schwert und durchstach ohne Bedauern das Herz des Dämons.

»Schwesterlein, alles okay bei dir?« Die besorgte Stimme des Grafen durchdrang ihre Gedanken. *»Dein hübscher Kopf sitzt doch noch auf deinen Schultern?«*

Cey sparte sich die Erwiderung, wie sie bitte ohne Kopf mit ihm in Verbindung stehen könnte, und wartete darauf, dass sich die Gestalt ihres Bruders aus der Finsternis schälte. Beinahe zeitgleich traf auch Sahim bei ihnen ein.

»Und?«, erkundigte Cey sich tonlos. »Wer hat gewonnen?«

»Na du.« Sahim gab ihr einen zärtlichen Kuss auf die Wange. »Du gewinnst doch immer.«

Fragt sich nur, was ...

Der Graf fixierte ihre Schulter und grinste breit. »Ich glaube, da hat dein Jay jede Menge Kratzer frei.«

»Du brauchst es ihm ja nicht zu verraten.« Cey fühlte sich gleich noch viel schlechter.

»Nö«, stimmte der Graf ihr feixend zu. »Ich schicke Jay einfach ein Foto.« Ihr Bruder ließ das Schwert fallen und zückte sein Handy. »Cey, bitte lächeln ...«

»Lass sie.« Sahim schubste den Grafen unfreundschaftlich zur Seite. Er riss ihren Mantel und ihr Shirt auf und kümmerte sich sorgfältig um die Wunde an ihrer Schulter. »Kein Wunder, dass Cey lieber mit ihren Seday-Freunden abhängt als mit uns, wenn du andauernd so fies zu ihr bist.«

»Ich bin total nett zu Cey. Immer.« Das Rot in den Augen des Grafen wurde eine Spur tiefer und er ging zu einer Reihe von wüsten Gegenanklagen über. Als Sahim mit ihrer Verarztung fertig war, hatten sich die beiden darauf geeinigt, sie wären sowieso Ceys Lieblingsbrüder und alle anderen wären weitaus schlimmer.

Cey war zu müde, um zu widersprechen, doch das Geplänkel der beiden hatte genau das erreicht, was es sollte. Sie erhob sich und konnte davongehen, ohne sich zu den Leichen umzudrehen, die ihre Brüder und sie hinterlassen hatten. Noch bevor Cey außer Reichweite war, ertönte die erste Explosion und ließ sie wissen, dass sich Sahim und der Graf gewissenhaft um den letzten Teil ihrer Pflicht kümmerten. Niemand würde je die Gelegenheit erhalten an den toten Körpern herumzupfuschen. Denn das hatte nicht einmal ein verurteilter Dämon verdient, egal was er auch angestellt hatte. Seine Existenz war schließlich abscheulich genug gewesen.

Kapitel 8

Cey verzichtete darauf an Eight auszutesten, wie gründlich dieser mit Jay und den anderen während ihrer Abwesenheit geübt hatte.

»Hey«, grüßte sie von weitem.

»Hey.« Eight lächelte und reichte ihr das metallene Identifikationsarmband. »Es gab etwas Stress, als du weg warst«, warnte er sie vor. »Hat sich aber größtenteils schon wieder gelegt.«

Na, das kann ja jetzt alles bedeuten. Und dabei sehnte Cey sich doch nur nach ihrem Kleiderschrank und einer ordentlichen Portion Schlaf.

Nathan wartete am Tor von Area XV4 auf sie und sein gereizter Gesichtsausdruck bewies, dass nicht einfach nur ein Teller aus dem Schrank gefallen war. Trotzdem zog der blonde Seday sie als Erstes in die Arme und gab ihr einen Kuss auf die Stirn. »Bist du verletzt?«, erkundigte er sich fürsorglich.

»Was ist denn bei euch losgewesen?«, probierte Cey es mit einer fadenscheinigen Gegenfrage und Nathan fiel tatsächlich darauf rein. Ungewöhnlich, schließlich kannten die Seday ihre Ausweichmanöver mittlerweile zu Genüge.

»Xyen wurde verhaftet.« Nathans empörter Tonfall verriet augenblicklich, was er von der ganzen Sache hielt.

»Was hat er gemacht? Falsch geparkt, oder was?« Etwas anderes konnte Cey sich bei ihrem Mentor keinesfalls vorstellen.

»Versuchte Vergewaltigung«, korrigierte Nathan sie knapp.

Na sicher, ausgerechnet Xyen. Das war so lächerlich, sie musste einfach losprusten.

»Cey, das ist nicht komisch.« Nathan sah sie vorwurfsvoll an, musste dann aber ebenfalls grinsen.

»'Tschuldigung.« Cey biss sich auf die Lippe. »Und was jetzt?«

Sie betraten Nathans Zimmer und Cey nahm sein Bett und sein Kopfkissen in Beschlag. Nathan selbst setzte sich ans andere Ende der Matratze und verschränkte die Arme hinter dem Kopf.

»Jetzt muss Xyen noch einige Stunden in der Polizeistation verbringen«, sagte er. »Der Vorwurf gegen ihn wurde bereits fallengelassen – dank eines gewissen Freundes beim FBI – es dauert allerdings etwas, bis der ganze Papierkram durch ist.«

»Und wie kam es überhaupt zu dieser Anschuldigung?«

»Keine Ahnung.« Nathan zuckte die Schultern. »Anscheinend wollte ihm jemand etwas anhängen. Einer von Jays Leuten kümmert sich gerade darum.«

Nun, wer immer dafür verantwortlich war, er hatte sich definitiv mit den Falschen angelegt. »Du sagst mir Bescheid, wenn ich irgendwie helfen kann, ja?«

Nathan versprach es und krabbelte zu ihr ans Kopfende. Cey lehnte sich erschöpft an Nathans Schulter und schnupperte an seinem Hals. »Neues Aftershave?«, erkundigte sie sich.

»Jep. Ist fast so exklusiv wie teuer.« Er zwinkerte ihr zu. »Magst du es?«

»Riecht ganz lecker.«

Für einen Moment herrschte Stille, dann stupste Nathan sie sachte an. »Du, Cey ...«, meinte er gedehnt. »Wie müde bist du denn?«

»Zu müde für Jays Stäbchenkampf.« Betont unschuldig fixierte Cey ihre Fingerspitzen. Dieses Mal konnte sie Nathan allerdings nicht so leicht täuschen und je länger sie seinen bohrenden Blick auf ihrem Gesicht spürte, desto schwerer fiel es ihr sich zu beherrschen. Schließlich sah sie auf, direkt in Nathans strahlend blaue Augen, und aus dem Zucken ihrer Mundwinkel wurde ein verheißungsvolles Lächeln. Ein Lächeln, das er sofort erwiderte.

»Sieht so aus, als würden wir beide an eine andere sportliche Betätigung denken …«

Nathan wickelte sich eine ihrer langen, dunklen Haarsträhnen um den Finger und sein Geist streifte den ihrigen. Beinahe zeitgleich öffneten sie ihr Bewusstsein füreinander und Cey stellte überrascht fest, wie leicht ihr dieser erneute Vertrauensbeweis fiel. Mit seiner unkomplizierten, direkten Art gelang es dem kalifornischen Sunny-Boy immer wieder ihre Sorgen in den Hintergrund zu drängen und Platz für das Wesentliche zu schaffen. *Für etwas Schönes wie das hier!*

»Schön? Einfach nur schön?« Nathan ließ ihre Haare los, schob sie sachte von seiner Schulter und beugte sich über sie. »Ich glaube, ich muss für eine andere Relation in deinem Bewusstsein sorgen. So etwas wie – atemberaubend. Unermesslich gut. Fantastisch. Weltklasse …«

Cey musste kichern. »Wenn du bloß quatschst, wird das aber nichts«, neckte sie den Seday und der kam ihrer Kritik umgehend nach. Und sein langandauernder Kuss war tatsächlich … *nett.*

Nathan schnaubte entrüstet auf, beschwerte sich jedoch nicht noch einmal über ihre Gedankenwahl. Stattdessen schlüpfte er innerhalb kürzester Zeit aus seinen Klamotten. Anschließend streifte der Seday ihr ungeduldig den Kapuzenpulli über den Kopf und seine Finger öffneten geschickt den Knopf ihrer Jeans. Cey seufzte leise auf, als der störende Stoff verschwand und sie Nathans warme Hände an ihren Hüften spürte. Ihr Sweatshirt und BH folgten nur Sekunden später, und Cey wurde erst jetzt der große Nachteil am Ausziehen bewusst.

»Du bist ja doch verletzt! Warum hast du das denn nicht gesagt?« Vorsichtig strich Nathan über ihre bandagierte Schulter, dann bedachte er sie mit einem geradezu grimmigen Blick.

»Ist nicht so schlimm«, verteidigte Cey sich und hastig versuchte sie sich unter der Bettdecke zu verstecken. »Wenn du allerdings meinst, ich müsse ausgerechnet jetzt zu Lee gehen …«

»Das ist unfair.« Nathans wechselndes Mienenspiel zeigte ihr nur zu deutlich, wie sehr sich der Seday zwischen Vergnügen und Pflichtbewusstsein hin- und hergerissen fühlte.

Cey befreite ihn davon. »Ich gehe später zu Lee. Versprochen.«

»Und wenn du bis dahin schon gestorben bist?« Nathan musterte sie so besorgt, dass Cey innerlich aufstöhnen musste.

»Dann musst du mich eben stark genug ablenken, damit ich nicht zum Sterben komme«, erklärte sie.

Diesen Vorschlag konnte Nathan offenbar akzeptieren und unter der drängenden Berührung seiner Lippen und dem immer stärker werdenden Druck seiner Finger verschwammen Ceys Gedanken daran, welch falsche Bezeichnungen die Wörter Leben und Tod in Bezug auf die Existenz waren, die Astan ihr einst verschafft hatte. In ihrem Bewusstsein gab es nur noch Platz für ihr unbändiges Verlangen und Nathan sorgte dafür, dass das eine geraume Weile genau so blieb.

***

Nathans Shampoo duftete nicht nach Kokosnuss, trotzdem hielt Cey still, als seine Fingerspitzen sorgsam ihre Kopfhaut massierten.

»Gut so?«, wollte der Seday von ihr wissen und Cey sandte ihm das Bild einer schnurrenden Katze. Nathan lachte. »Wenn schon, dann bist du eine Wildkatze und kein zahmes Haustierchen.«

»Muss an meinen Krallen liegen.« Cey hob ihre Hand in den warmen Wasserstrahl der Dusche und erlaubte ihren J'ajal-Krallen für einen flüchtigen Moment unter ihren Fingernägeln hervorzublitzen.

»Nun, *diese* Krallen haben wir alle, wenn wir sie auch nicht sonderlich häufig benutzen.« Nathan strich ihre Haare zur Seite und knabberte spielerisch an ihrem Nacken. »Du besitzt aber noch ganz andere Krallen ...«

Cey strafte den Seday in ihrem Rücken mit einem halbherzig ausgeführten Stoß ihres Ellenbogens, Nathans durchtrainierte Bauchmuskulatur fing die Wucht allerdings komplett ab und somit zuckte der respektlose Kerl nicht mal das kleinste bisschen zusammen.

»Oh, was war denn das?«, erkundigte er sich kichernd und wirbelte sie zu sich herum. »Habe ich mich geirrt? Bist du doch nur eine kleine, harmlose Schmusekatze?«

Ceys Augen färbten sich in ein bedrohliches Rot. »Harmlos?«, wiederholte sie mit eisiger Stimme.

»Vollkommen.« Nathan zog sie mittig unter das prasselnde Wasser und streifte mit den Lippen über ihre Schläfe. »Mir würdest du nie etwas tun«, behauptete er und damit hatte er tatsächlich Recht.

»Blödmann«, murmelte Cey. Sie blinzelte und das Rot ihrer Augen verblasste.

Nathan grinste, dann berührten seine Lippen wieder ihr Gesicht, nur dieses Mal tastete er sich zu ihrem Mund vor und die zusätzliche streichelnde Hand in ihrem Rücken sorgte dafür, dass Cey trotz des warmen Wassers ein Schauer über den Körper rann. Mit einer einzigen fließenden Bewegung presste Nathan sie an die gemauerte Rückwand der Dusche und Cey bejahte augenblicklich die lautlose Frage, die er in ihr Bewusstsein sandte. Zum Glück waren die Seday reich genug, um exorbitant hohe Wasserrechnungen zu begleichen ...

***

Nathan hatte ihr Versprechen nicht vergessen und nach der ausgesprochen heißen Dusche bestand er darauf, dass sie sich bei Lee zeigte.

»Cey, ich muss sowieso noch in die Stadt und einige Dinge erledigen«, versuchte er sie zu motivieren sein Zimmer zu verlassen. Mit der Aussicht auf Lees Schimpftirade war das allerdings kein sehr gutes Argument.

»Och, ich kann ja hier auf dich warten.« Cey schenkte ihrem Gegenüber einen lasziven Augenaufschlag.

»Nichts gibt's.« Nathan schob sie kurzerhand aus der Tür. »Selbst wenn *du* nicht stirbst – Xyen kommt bald zurück und der killt *mich* unter Garantie, wenn er erfährt, dass ich dich nicht zu Lee geschickt habe. Und das wäre echt schade, oder?« Nathan sah sie treuherzig an und Cey musste wohl oder übel zustimmen.

Seufzend huschte sie über den Gang und betrat Lees Reich. Der Arzt musterte sie finster, ihre malträtierte Schulter untersuchte er jedoch mit der gewohnten Behutsamkeit und Sorgfalt.

»Wenigstens kann ich mir die Frage sparen, warum du nicht gleich vorbeigekommen bist«, brummte Lee und bewies damit, dass er die Werte ihres Ayaros ganz genau im Auge behielt. So viel zu *Es wird nie kommentiert.*

Cey riss sich wütend los, aber noch bevor sie Lee klarmachen konnte, was sie von den Seday-Vorgaben im Allgemeinen und seinen eigenen Überwachungen im Besonderen hielt, entschuldigte Lee sich bereits bei ihr.

»Verzeih mir«, sagte er. »Das war mehr als unpassend. Du kannst machen, was du möchtest, und musst darüber niemandem Rechenschaft ablegen. Also zumindest, was dieses Thema anbelangt. Tut mir leid, vergiss einfach, was ich gesagt habe.«

So schnell konnte Cey es allerdings nicht vergessen und sie sandte Lee einen Blick aus provozierend gelben Augen.

»Deine andauernden Verletzungen treiben mich noch in den Wahnsinn«, gestand Lee ihr zerknirscht und Cey musste zugeben, für einen Arzt war das ein durchaus passabler Grund ungehalten zu werden. Sie gab wohl keine sonderlich gute Patientin ab.

Also nahm Cey die Entschuldigung an und wies den Chinesen darauf hin, sie würde sich bestimmt nicht deshalb verletzten, nur um ihn ärgern zu können.

»Das weiß ich doch.« Lee sah sie liebevoll an. Er verteilte eine seiner geheimnisvollen Tinkturen auf ihrer Schulter und legte ihr eine neue Bandage an. »Du kannst aber nicht zufällig einen dicken Schutzanzug – oder vielleicht eher ein Kettenhemd – oder so tragen?«

Lee wusste wohl sehr genau, von welcher Art Waffe die meisten ihrer Wunden stammten.

»Ich muss mich ja noch bewegen können«, erklärte Cey. »Und zwar schnell. Sehr schnell.«

»Und du kannst auch kein Stellenangebot schreiben und jemand anderem deine Aufgaben überlassen?«

Na, die Anzeige würde sie gerne sehen:

Dämonischer Schlächter mit Überwachungsfunktion gesucht. Voraussetzungen: Höllische Ausbildung inklusive Sterbezertifikat, bevorzugt mit Auszeichnung. Aufstiegsmöglichkeiten: Eingang in die Nichtexistenz nach durchschnittlich einem Jahr, bei besonderer Dämlichkeit auch gerne früher. Entlohnung: Unendliche Schmerzen, Barauszahlung wahlweise Monatsanfang/-ende. Senden Sie uns Ihre aussagekräftigen Unterlagen noch heute zu!

»Hm«, meinte Cey laut. »Ich glaube, da würde sich keiner melden.«

Lee grummelte irgendetwas und geleitete sie auf den Gang hinaus. Bevor sie sich von ihm verabschieden konnte, bog Landon um die Ecke. Mit einem siegessicheren Ausdruck im Gesicht. Cey wich vorsichtshalber einen Schritt zurück und suchte sich eine schützende Wand im Rücken.

»Cey, wie schön dich zu sehen.« Landons Lächeln wirkte in keiner Weise echt. »Jetzt erhalten wir also die Gelegenheit uns endlich etwas besser kennen zu lernen.«

Landon wollte auf sie zugehen, doch Lee vertrat dem Seday bereits den Weg, als dieser noch mehrere Meter von ihr entfernt war. Trotzdem, für Ceys Geschmack war es entschieden zu nah.

»Landon.« Lees Stimme klang ausgesprochen unfreundlich. »Was willst du hier?«

»Ach, du hast es gar nicht gehört?« Landon heuchelte Verwunderung. »Da Xyen derzeit unerreichbar ist und damit seine Mentorenfunktion sträflich vernachlässigt, werde ich kurzfristig für ihn einspringen.«

»Das wird nicht nötig sein«, beschied Lee ihm knapp. »Xyen wird in wenigen Stunden wieder in der Academy sein. Eine temporäre Unterstützung der Polizei bei einer Untersuchung kann wohl kaum als Vernachlässigung interpretiert werden.«

»Nun, normalerweise hättest du da sicherlich Recht.« Landons Miene verzog sich zu einer unglaubwürdigen Grimasse, die wohl sein Bedauern ausdrücken sollte. »Allerdings ist dieser Fall ja doch etwas verzwickter. Schließlich geht es hier um eine Schülerin, die einer intensiven Förderung bedarf, und daher ist die dauerhafte Anwesenheit eines Mentors geradezu unabdingbar. Und bestimmt weißt du ja, wie sich polizeiliche Ermittlungen hin und wieder völlig unbegründet in die Länge ziehen können, deshalb ...« Landon hielt Lee triumphierend ein Papier unter die Nase.

»... wurde entschieden, Xyen einen vorübergehenden Stellvertreter zuzuweisen.«

Lee nahm das Schriftstück entgegen und las es aufmerksam durch. »Wie seltsam, ich sehe deinen Namen nicht«, stellte der Seday-Arzt fest. »Wenn die Academy-Leitung es tatsächlich für notwendig erachtet, dass Cey jederzeit einen Mentor an ihrer Seite hat, dann gibt es näherliegende Kandidaten.«

»Natürlich werden die Mitglieder eines Teams immer bevorzugt«, stimmte Landon ihm zu. »Damit wäre die Verantwortung wohl auf Nathan gefallen, denn schließlich darf weder ein Arzt noch ein Schatten oder Schattenmeister die Position eines Mentors übernehmen. Aber leider, leider liegt Nathans Seday-Abschluss nicht lange genug zurück, als dass er dafür in Frage kommen würde. Deshalb wurde ich als vorübergehender Ersatz vorgeschlagen.«

Lee schien etwas nachzurechnen und verkündete das Ergebnis laut schnaufend. »Drei Monate? Du machst so einen Aufstand wegen drei Monaten?«

»Ich doch nicht.« Das gehässige Leuchten in Landons Augen verhieß nichts Gutes. »Aber so sind nun mal die Vorschriften. Und jetzt lass mich bitte durch zu meiner neuen Schülerin. Cey, wir müssen uns beeilen, der Arzt in meinem Team freut sich schon so wahnsinnig auf deinen Besuch. Anschließend können wir einen für dich angemessenen

Trainingsplan entwickeln. Wäre doch gelacht, wenn sich deine Leistungen nicht noch weiter steigern ließen.«

Cey hatte das Gefühl, als ob sie gleich ersticken würde. *»Lee, eure Vorschriften sind mir scheißegal und selbst wenn ich von der Academy fliege oder nie wieder einen Fuß auf einen eurer bescheuerten Stützpunkte setzten darf, ich werde Landon auf keinen Fall begleiten. Und erst recht werde ich mich nicht von seinem gestörten Arzt untersuchen lassen. Ich ... ich kann nicht.«*

»Ich weiß«, sandte Lee ihr umgehend zurück. Fast ein bisschen zu schnell – Was genau wusste Lee denn ...?

»Mach dir keine Sorgen, ich werde es nicht zulassen.«

Landon versuchte sich an Lee vorbeizudrängen, aber dieser wich keinen Zentimeter zur Seite. »Ich werde mit Zidaz sprechen«, meinte Lee und verschränkte die Arme. »Bestimmt kann in diesem ... wie hast du es genannt? In diesem *verzwickten* Fall eine Ausnahmegenehmigung für Nathan erteilt werden.«

»Zidaz ist gerade nicht in Area XV4, du kannst allerdings gerne mit Chen sprechen.« Landon grinste hinterhältig. »Chen vertritt die Interessen des Direktors immer ganz ausgezeichnet, nicht wahr?«

Chen vertrat vor allem Landons Interessen ganz ausgezeichnet, das wusste in der Academy jeder. Ceys Panik schnürte ihr langsam, aber sicher die Kehle zu und sie sah sich bereits auf Landons Seziertisch liegen, als Jay um die Ecke bog und sich schützend an ihre Seite stellte.

»Was soll denn das bedeuten?« Landon musterte Lee kalt. »Wirst du dich der Anordnung der Academy-Leitung widersetzen?«

»Landon, wo denkst du hin?« Lee blieb völlig gelassen. »Ich werde mich mit Chen unterhalten, genau wie du es vorgeschlagen hast. Und zwar so lange und ausgiebig, bis ich restlos davon überzeugt bin, dass du der perfekte Stellvertreter für Xyen bist. Schließlich wollen wir alle nur das Beste für Cey, nicht wahr? Daher wirst du mich auch gewiss begleiten.«

Landons Augen versprühten puren Hass, doch dann fuhr er auf dem Absatz herum und stürmte auf die Treppe zu. Lee folgte ihm gemächlich, aber nicht ohne ihr ein letztes Mal zuzuzwinkern.

Jay stupste sie liebevoll in die Seite. »Atmen nicht vergessen«, ermahnte er sie und erst jetzt bemerkte Cey, dass sie tatsächlich seit geraumer Zeit die Luft angehalten hatte. Sie schnaufte auf.

»Wir würden dich Landon nie ausliefern«, versicherte Jay ihr und so langsam beruhigte sich Ceys Herzschlag wieder. »Etwas mehr Geduld von deiner Seite würde allerdings vieles einfacher gestalten.«

Bevor Cey sich beschweren konnte, sie wäre nicht aus dem Fenster gesprungen und damit ja wohl so was von geduldig gewesen, ergänzte Jay völlig ausdruckslos: »Keine Sorge, Cey. Sobald deine Schulter wieder einigermaßen okay ist, wirst du die Möglichkeit erhalten das *intensivst* zu trainieren.«

Wer auch immer gepetzt hatte, er hatte dafür gesorgt, dass Cey zum ersten Mal das Gefühl beschlich eine schnelle Wundheilung könnte nicht nur Vorteile mit sich bringen.

***

Jay hatte ihr auf den Schock von Landons versuchter Machtergreifung hin einen freien Nachmittag in der Stadt erlaubt. Natürlich unter seiner Aufsicht, aber Cey freute sich trotzdem. So konnte sie die Gelegenheit nutzen eine menschliche Freundin zu besuchen, die vor wenigen Wochen ausgerechnet nach Fallton gezogen war.

Mit schnellen Schritten durchquerte Cey das Vergnügungsviertel im Norden der Stadt und hielt vor einem modernen Szeneclub an. Der musste es sein. Sie war erst bei der Hälfte der Treppe angelangt, als sich die gläserne Eingangstür öffnete. Gutes Timing, schließlich hatte Cey damit gerechnet klopfen zu müssen, denn um eine solche Uhrzeit hatte der Laden natürlich geschlossen.

»Cey.« Jerzy, der Barkeeper ihrer Freundin, begrüßte sie erfreut und manövrierte eine leere Getränkekiste die Stufen hinunter. »Das ist ja mal eine Überraschung.«

Jerzy platzierte die Flaschen am unteren Ende der Treppe und eilte zu ihr zurück. Cey fühlte sich an eine breite Männerbrust gedrückt und musste lachen, als ihr seine unzähligen Dreadlocks ins Gesicht fielen.

»Schön, dich zu sehen, Jerzy. Du hältst offenbar immer noch nichts von Haargummis oder Bändern, richtig?«

»Hat sich nichts geändert.« Ihr alter Bekannter grinste ihr zu und ließ sie eintreten. Jays Anwesenheit überging er gekonnt – Jerzy war es schließlich gewöhnt, dass sie sich mit schrägen Typen umgab.

Cey hatte den dunkel gehaltenen Innenraum des Clubs kaum betreten, als Vala bereits von der Bühne sprang und ihr kreischend um den Hals fiel. »Boa, Cey, wie lange ist das jetzt her? Fast zwei Jahre, oder?«

»Könnte stimmen.« Entschuldigend strich Cey ihrer Freundin über den Rücken. »Tut mir leid, ich wollte dich schon längst mal besuchen, ist nur immer was dazwischen gekommen ...«

»Egal«, winkte die hübsche Isländerin ab. »Jetzt hat es ja geklappt.«

Mit einem Grinsen im Gesicht musterte sie Jay, der sich nach einem kurzen Rundgang durch den Club in der Nähe des Ausgangs positioniert hatte. »Und wen schleppst du da wieder mit?«

»Ignorier ihn«, bat Cey ihre Freundin.

»Ich habe gewusst, du würdest das sagen.« Vala lachte und ohne die Stimme zu senken, bemerkte sie: »Sieht gut aus, dein neuer Begleiter. Vor allem im Vergleich zu diesem fahlen Kerl mit den roten Kontaktlinsen, mit dem du das letzte Mal aufgekreuzt bist.« Vala schüttelte sich. »Der war echt unheimlich!«

Cey merkte sich das Kompliment für den Grafen vor und nachdem Vala ihren Schatten eine weitere Minute lang ungeniert begutachtet hatte, setzten sie sich an die Bartheke. Jerzy unterbrach die Sortiererei seiner Flaschen und schob ihnen grinsend zwei Cocktailgläser zu. Anscheinend hatte er nicht vergessen, was ihr Lieblingsgeschmack war, und sehnsüchtig musterte Cey das Glas. Weil sie jedoch Jays mahnenden Blick in ihrem Rücken spürte, hielt sie sich tapfer zurück. Vala fiel es zum Glück nicht weiter auf und sie quatschten ausgiebig über längst vergangene Zeiten und die Probleme von heute.

»Und, wie läuft das Geschäft?«, wollte Cey wissen und deutete auf eine der Stangen.

»Ach, geht so. Die ersten Wochen nach der Eröffnung waren deutlich schlechter, der Umsatz könnte sich aber durchaus noch steigern. Es fehlt uns gerade die Inspiration.« Vala sah sie nachdenklich an. »Du, Cey, meine Mädels kommen gleich zum Training. Hast du vielleicht Lust dabei zubleiben? Du hattest immer so gute Tipps parat.«

Schien wohl ihre Tanzwoche zu werden, nur dass es dieses Mal keineswegs um anmutige Pirouetten ging. Cey sagte trotzdem zu, zumal das bedeutete noch etwas mehr Zeit mit Vala verbringen zu können.

Die Frauen trafen nach und nach ein und schlüpften in ihre knappen Outfits, dann startete die Show.

»Und, Coach, was meinst du?«, erkundigte Vala sich nach einigen Minuten und zwinkerte ihr kokett zu.

Cey musste lachen und hüpfte zu den Mädels auf die Bühne. »Ich hab da schon so 'ne Idee«, erklärte sie ihnen. »Probiert doch mal Folgendes …«

Cey führte einige Bewegungen vor und Vala brauchte nicht lange, um daraus eine stimmige Choreographie zu zaubern. In so etwas war ihre Freundin einfach unschlagbar.

»Wow, das ist echt heiß!«, meinte eine Rothaarige mit beeindruckenden Kurven. »Das muss ich unbedingt lernen.«

»Zeig uns noch mal alles, Cey«, bat Vala sie. »Und dann erklärst du uns, warum du nicht spätestens bei der zweiten Figur von der Stange rutschst und auf deinem süßen Hintern landest.«

»Ist gar nicht so schwer, wie es aussieht.«

Cey nickte aufmunternd in die Runde und begann von vorne. Jerzy unterbrach die Reinigung seiner Theke und bewarf sie mit einer gigantischen Ladung von Kunststoffchips, die normalerweise für die komplette Nachtvorstellung ausgereicht hätte. Cey musste sich krampfhaft bemühen nicht loszukichern und damit aus ihrer Rolle als aufreizende Sexgöttin zu fallen. So entging ihr zunächst auch, dass sich mittlerweile ein zusätzlicher Besucher im Raum eingefunden hatte. Erst bei der letzten Drehung erhaschte sie einen Blick auf sein Gesicht. Als der J'ajal bemerkte, dass sie ihn gesehen hatte, wandte er sich abrupt ab und eilte auf den Ausgang zu.

»Oh, Cey.« Vala verdrehte verzückt die Augen. »Wenn ich ein Kerl wäre, würde ich dir glatt meine ewige Liebe schwören und dir anschließend die Klamotten vom Leib reißen.« Sie runzelte die Stirn. »Okay, wahrscheinlich eher umgekehrt, aber –«

»Warte mal kurz«, unterbrach Cey ihre Freundin und rannte demjenigen hinterher, der das offensichtlich ganz anders sah. Erst auf der Treppe gelang es ihr, ihn einzuholen.

»Nathan, hey, bleib doch mal stehen. Was ist denn los? Was machst du überhaupt hier?«

»Was ich hier mache?« Nathan starrte sie vernichtend an. »Die Frage ist wohl eher, was du hier machst, in diesem ... diesem ... Etablissement.«

Nathans Ton passte ihr kein bisschen, trotzdem versuchte Cey ruhig zu bleiben. »Ich besuche hier eine Freundin.«

»Du meinst eine Nutte.«

Ceys Augen verdunkelten sich. »Selbst wenn. Ich wähle meine Freunde nicht nach ihrem Beruf aus.«

»Wie nobel von dir«, erwiderte Nathan zynisch. »Dann musst du mir ja nur noch erklären, warum du deine Freizeit neuerdings gerne damit verbringst dich von Männern mit Chips bewerfen zu lassen.«

Nicht Männer – ein Mann. Und Jerzy war nicht nur ein Freund, sondern obendrein schwul. Nicht, dass das Nathan irgendetwas angehen würde.

»Ich bin dir überhaupt keine Erklärungen schuldig!« Cey verschränkte demonstrativ die Arme vor der Brust. »Aber zu deiner Info: Ich mach das hier freiwillig und deswegen habe ich auch kein Problem damit.«

»Ich aber.«

»Zwingt dich ja keiner zuzusehen.« Ceys Stimme wurde nun ebenfalls lauter, irgendwann war es schließlich genug.

»Lass es einfach.« Nathan wies auf das Ende der Treppe. »Wir gehen jetzt.«

»Nein! Ich bin nicht dein Eigentum, Nathan. Ich kann selbst entscheiden, wann ich gehen möchte und wann nicht.«

»Du wirst auf mich hören.«

Obwohl Cey wusste, wie fies es war, konnte sie sich nicht mehr länger beherrschen. »Probier's doch in drei Monaten noch mal.«

Nathan zuckte zusammen, offenbar hatte er bereits von Landons Auftritt gehört und davon, dass er als zu jung eingestuft worden war, um Xyen angemessen zu vertreten.

»Du bist wohl sehr froh darüber, dass ich nicht dein vorübergehender Mentor geworden bin«, meinte er leise.

»Momentan schon.«

Nathan schwieg, dann bemühte er sich um einen sachlichen Tonfall. »Cey, mir gefällt es einfach nicht, was du da machst.«

Das mochte seine ehrliche Meinung sein, mittlerweile war Cey allerdings zu verärgert, um sich darauf einlassen zu können. »Ich komme trotzdem nicht mit. Auch wenn es dir nicht gefällt.«

»Dann geh doch wieder zurück«, knurrte Nathan sie an. »Ich wette ja *ihm* hätte es gefallen.«

Ohne zu überlegen holte Cey aus und scheuerte dem Seday eine. Vielleicht hätte sie sogar weitaus mehr getan, wenn Jays Handgriff sie nicht gestoppt hätte.

»Es reicht.« Jay schob sie kurzerhand ein Stück zurück. »Nathan, du verschwindest jetzt auf der Stelle.«

Nathan gehorchte und ging davon, ohne sich ein einziges Mal zu ihr umzudrehen. Jays Aufforderung an sie erfolgte lautlos. *»Cey, deine Freundin sieht zu. Also beruhige dich wieder und erinnere dich daran, dass deine Augen vor kurzem noch blau waren.«*

Cey brauchte eine geschlagene Minute, bis sie Jays Anweisung befolgen und die Stufen wieder hinaufsteigen konnte.

»Wow.« Vala lehnte in der Tür und versuchte erst gar nicht so zu tun, als wenn sie ihren Streit nicht mit angehört hätte.

»Er ist ein Idiot«, murmelte Cey und schlängelte sich an ihrer Freundin vorbei.

»Schätzchen, natürlich ist er ein Idiot.« Vala grinste sie an. »Er ist ein Kerl, da muss das so sein. Ich habe aber noch nie erlebt, dass du wegen irgendjemandem so einen Aufstand gemacht hast. Der Typ muss dir ja echt wichtig sein.«

Cey sparte sich eine Antwort und konzentrierte sich darauf den jungen Frauen zu zeigen, wie sie ihre Körper einsetzen mussten, um möglichst viele Chips zu ernten. Damit kannte sie sich eindeutig besser aus als mit irgendwelchen vermurksten Seday-Beziehungen.

***

Die Sonne war längst aufgegangen, doch Cey verspürte keine Lust sich auf den Rückweg zu Area XV4 zu machen. Also blieb sie einfach an ihrem Platz am See und lauschte dem brausenden Wasserfall. Das Rauschen war allerdings nicht laut genug, um Nathans Gesicht aus ihren Gedanken zu vertreiben. Oder um seinen letzten Satz auszulöschen. Wie hatte Nathan es nur wagen können auf Astan anzuspielen, selbst wenn er wütend darüber gewesen war, dass sie ihm nicht folgen wollte?

Cey verstand es einfach nicht und je mehr sie über Nathans Verhalten nachgrübelte, desto bohrender wurden ihre Kopfschmerzen. Stöhnend ließ sie sich über die Felskante des Sees rollen und das kühle Wasser schaffte es tatsächlich sie wieder etwas zu besänftigen. Ein vorwitziger Fisch entlockte ihr sogar ein kleines Lächeln.

»*Cey?*« Jays Ruf wirkte aufrichtig besorgt und es gab einen zweiten Grund, warum sie bereits nach so kurzer Zeit an die Wasseroberfläche zurückkehrte. Sie kletterte in Jays Nähe an Land und ehe der Seday etwas sagen konnte, hielt sie ausdruckslos fest: »Gute Gelegenheit jemanden zu suchen.«

Jay fuhr herum und spähte aufmerksam zwischen die Bäume. »Einen Freund oder …?«

»Einigen wir uns auf durchgeknallt«, schlug Cey vor. Lautlos sandte sie ihm allerdings die Bestätigung, dass es sich tatsächlich um einen Freund von ihr handelte. Einen Feind hätte sie Jay auch niemals suchen lassen.

Während Cey ihre nassen Haare auswrang, bemühte Jay sich aufrichtig darum jemanden zu entdecken. Oder viel eher etwas zu entdecken, das fehlte. Schließlich deutete er auf eine Baumgruppe zu ihrer Rechten. *Nicht schlecht*, urteilte Cey. Hatte zwar etwas lange gedauert, doch es war der richtige Ort.

»Tariel«, rief sie leise, aber befehlend. Der angesprochene Dämon hüpfte hinter seinem Stamm hervor und jagte in einem irren Tempo auf sie zu.

»Nicht vernichten, nicht vernichten«, sprudelte er los. »Ich weiß, ich habe hier nichts verloren, aber sie haben mich doch geschickt. Nicht vernichten, ich bin nur der Bote, bin nur der Bote. Ich schau auch gar nicht hin, ich sehe deinen Seday gar nicht, sehe ihn nicht, sehe ihn nicht.«

Tariel kniff die Augen zusammen und presste sich zusätzlich die Fäuste davor. Seine hüftlangen, dunkelgrünen Haare peitschten aufgeregt hin und her und die Sonnenstrahlen ließen seine Haut wie ein Meer aus Diamanten blitzen. Ja, Tariel war unleugbar einer der exotischeren Sorte und wenig menschlich. Eine fehlerhafte Züchtung, wie Astan es genannt hatte, aber brauchbar genug, um nicht sofort beseitigt zu werden …

»Tariel, was möchtest du von mir?« Ceys Stimme verkündete nur zu deutlich, was sie von der Anwesenheit des Dämons so nahe an der Seday Academy hielt.

Tariel zog ein Tablet aus seiner Manteltasche und versuchte es ihr ohne zu blinzeln in die Hand zu drücken. Es endete damit, dass der

Dämon mit dem Knie gegen einen der Felsen knallte und dann fluchend auf dem anderen Bein durch die Gegend sprang. Beinahe wäre er dabei mit Jay zusammengestoßen. Der starrte Tariel an, als wenn er noch nie eine solche Gestalt gesehen hätte. *Okay, hat er wahrscheinlich auch nicht.*

Cey befahl Tariel die Augen zu öffnen und dadurch gelang es dem Dämon tatsächlich ihr das Tablet zu überreichen. »Kann nichts dafür, ich bin nur der Bote, bin nur der Bote«, sprudelte er erneut los. »Wollten sofort eine Antwort von dir, kann nicht warten, unmöglich warten. War allerdings zu lang für eine normale Nachricht, also haben sie mich geschickt. Schlechte Neuigkeiten, ja, wirklich schlechte. Aber nicht den Boten vernichten, bitte nicht den Boten vernichten ...«

Cey hörte Tariels Geplapper schon längst nicht mehr zu. Sie überflog die Botschaft und blieb an der Zeile hängen, die ihre Entscheidung forderte. Für einen Moment zögerte sie, doch der Fall war mehr als eindeutig. So tippte sie schließlich ohne großes Bedauern eine der Tasten an. Wie einfach es war ein Todesurteil zu unterzeichnen.

Sie reichte Tariel das Tablet zurück und er ließ es sofort verschwinden.

»Noch eine persönliche Nachricht, persönlich. Nicht vernichten, ja?« Stumm übermittelte Tariel ihr die Worte und Cey musste zwangsläufig lachen.

»Du kannst gehen«, erlaubte sie dem Dämon. »Und, Tariel, wenn hier noch einmal einer der Deinigen unaufgefordert auftauchen sollte, dann werde ich mir das mit dem *Nicht vernichten* vielleicht anders überlegen. Hast du das verstanden?«

»Verstanden, hab's verstanden.« Tariel nickte eifrig. »Werde es ausrichten, allen werde ich es ausrichten. Kommt bestimmt nicht wieder vor ...« Der Dämon hastete an Jay vorbei und kniff dabei wieder die Augen zusammen. »Nichts gesehen, habe gar nichts gesehen. Bis bald, Cey, wir sehen uns, wir sehen uns.«

Cey schlenderte auf Jay zu und stupste ihn in die Seite. »Atmen nicht vergessen!«

»Sehr witzig.« Jay schüttelte immer noch fassungslos den Kopf. »Soll ich mir die Mühe machen und fragen, wer oder was zur Hölle …?«

»Nö«, erwiderte Cey grinsend. Aber mit Hölle hatte Jay ja ganz gut geraten.

***

Keine halbe Stunde später rief Xyen sie zum Frühstück, er war endlich wieder zurück. Cey freute sich über die Rückkehr ihres Mentors, doch seine Aufforderung bedeutete auch, sie musste sich gleich neben Nathan setzen und diesem Seday wäre sie lieber aus dem Weg gegangen.

Auf den steinernen Stufen der Academy kam ihnen Tajyno entgegen.

»Jay. Cey.« Der Anführer der Seday nickte ihnen zu und Jay erwiderte seine Begrüßung wie immer respektvoll. Da Tajyno wohlweislich nicht davon ausging, dass sie es Jay gleichtun würde, wandte er sich wieder zum Gehen. Dieses Mal hatte Cey ihm allerdings tatsächlich etwas zu sagen.

»Tajyno. Ich soll dich *nicht* zufälligerweise von Keon grüßen.« Sie hatte keine Ahnung, wer das überhaupt war, Tariels Mitteilung war jedoch eindeutig gewesen.

Zuerst verengten sich Tajynos dunkelblaue Augen, doch dann wirkte er belustigt. »Und? Hast du erfahren, was du wissen wolltest?«

»Nein, nicht wirklich.« Cey zuckte die Schultern. »Aber du scheinst einige erstaunliche Fürsprecher zu haben.«

»Es gibt viel mehr Stimmen, die gegen mich sind«, erwiderte Tajyno lächelnd.

»Ja. Die Anzahl alleine ist aber nicht das, was entscheidet.«

Glückskeks-Spruch zurückbezahlt … Cey musste kichern. Sie verabschiedete sich von dem Seday-Anführer – und zwar ausgesprochen höflich – und betrat zusammen mit Jay das steinerne Gebäude.

Ihr Mentor wartete bereits vor der Tür ihres Gemeinschaftsraumes auf sie und Jay atmete hörbar auf. Als wenn es jetzt so schlimm mit ihr gewesen wäre. Cey funkelte ihren Trainer gekränkt an, doch der hob nur die Hände und murmelte etwas von einer dringend benötigten Pause.

Xyen geduldete sich, bis Jay um die Ecke verschwunden war. »Willst du es mir erklären?«, fragte er mit sanfter Stimme.

»Nein.« Cey schüttelte energisch den Kopf. »Aber ich bin froh, dass du wieder da bist.«

Xyen quittierte dieses Geständnis mit einem Lächeln und ließ ihr den Vortritt durch die Tür. Ceys Blick fiel auf Nathan, der gerade eine Tasse in den Kaffeeautomaten schob. Zu sagen, er hätte schlecht ausgesehen, wäre eine Untertreibung gewesen. Nathans Augen wirkten seltsam verquollen – *Hat er etwa geheult ...?*

Cey war jedoch nicht bereit so schnell zu verzeihen und als Nathan zu sprechen ansetzte, zischte sie ihm leise zu: »Kostet fünf Plastikchips.«

Daraufhin schwieg Nathan und meldete sich während des gesamten Essens nicht einmal mehr zu Wort, was dadurch, dass er normalerweise den Hauptunterhalter darstellte, nur umso mehr auffiel.

Xyen tauschte einen langen Blick mit Lee, dann setzte er klirrend seine Tasse ab. »Okay«, meinte er. »Ich glaube, wir brauchen dringend eine Auszeit. Nach dem Frühstück könnt ihr eure Sachen packen, wir fliegen für ein paar Tage nach West Whiard.«

Cey seufzte. *Das dürfte wohl kaum auf eine harmlose Runde Skateboarden mit Andy hinauslaufen ...*

***

Wie richtig sie mit ihrer Befürchtung gelegen hatte, bewiesen Cey die schweren Schritte, die sich dem Springbrunnen und damit auch ihr näherten. Bisher hatte Xyen ihre abweisende Haltung akzeptiert, aber damit war jetzt anscheinend Schluss.

Als sich der dunkelhäutige Seday neben sie setzte, wäre Cey am liebsten aufgesprungen und davongerannt.

»Cey, ich hier bin, um mit dir zu reden, nicht um dich zu foltern«, bemerkte Xyen, teils amüsiert, teils ernst.

Weil sie sowieso keine Chance hatte zu entkommen, erkundigte Cey sich mürrisch: »Und worüber willst du mit mir reden?«

»Ich gebe dir einen Tipp – vorerst nicht über Landon, nicht über Jays Faszination an mystischen Wesen und auch nicht über deine versäumte Stippvisite bei Lee.«

Na prima. Blieb ihr absolutes Lieblingsthema übrig. Weil sie beharrlich schwieg, sprach Xyen es schließlich selbst aus.

»Nathan. Wir werden uns über Nathan unterhalten. Denn ich erwarte von euch, dass ihr euch wieder vertragt.«

Cey schnaubte verächtlich auf. »Ganz sicher nicht.«

»O doch. Und wir werden gar nicht erst darüber diskutieren, wie absolut unmöglich das war, was Nathan zu dir gesagt hat. Das wissen wir alle, er am allermeisten. Ich möchte aber, dass du dein falsches Verhalten ebenfalls einsiehst und damit meine ich nicht nur, dass du die Hand gegen Nathan erhoben hast.«

Der Blick aus Xyens gold-braunen Augen war streng und seine Miene ließ keinen Zweifel daran, wie ernst er dieses Thema nahm. Wie schön, jetzt war also sie an allem schuld. »Was hab ich denn gemacht?«, entrüstete Cey sich. *So langsam wird es echt absurd.*

»Du hast eine direkte Aufforderung von Nathan ignoriert.«

»Weil sie schwachsinnig war.«

»Das ist völlig egal.« Xyen blieb hart. »Du hättest schon die Gelegenheit bekommen dich darüber zu beschweren. Zukünftig wirst du dich an Nathans Anordnungen halten. Hast du mich verstanden?«

Cey wandte den Kopf ab und unterdrückte vorsichtshalber jegliche Widerworte.

Die Stimme ihres Mentors wurde immer eindringlicher. »Außerdem weißt du ganz genau, warum Nathan dich zum Gehen aufgefordert hat – weil er dich mag und er es nicht ertragen hat dich so zu sehen.«

Ja, das war ja das Schlimme daran. Nathan ertrug es noch nicht einmal ihr bei einem harmlosen Tanz unter Freunden zuzusehen. Was mochte er wohl ansonsten über sie denken?

»Okay, das reicht jetzt wirklich.« Xyen sprang verärgert auf. »Wage es ja nicht dich von der Stelle zu rühren.«

Cey überlegte fieberhaft, was ihre Emotionen ihrem Mentor wohl verraten hatten. Bevor sie zu einem Ergebnis gelangt war, kehrte Xyen bereits mit einem protestierenden Nathan im Schlepptau zurück.

Xyen drückte den jüngeren Seday auf den Boden. »Hinsetzen!«, bestimmte er. »Und ihr werdet euch erst wieder hier wegbewegen, wenn ihr das zwischen euch geklärt habt. Lernt gefälligst endlich miteinander zu reden!«

Xyen verschwand und es herrschte wieder Stille. Und obwohl Cey wusste, dass Nathan sie ansah, konnte sie sich nicht überwinden seinen Blick zu erwidern oder ihm auf sonst eine Weise entgegenzukommen.

»Cey, bitte«, sagte Nathan schließlich. »Es tut mir unendlich leid.« Seine Stimme zitterte und Cey musste nun doch in seine Richtung blinzeln. Eine einzelne Träne rann Nathans Wange hinab und tropfte von ihm scheinbar unbemerkt ins Gras. Cey wandte sich schnell wieder ab, mit heulenden Jungs war sie noch nie klargekommen.

»Ich würde alles geben diesen Satz ungeschehen zu machen«, erklärte Nathan ihr. »Aber ... bitte verzeih mir. Ich habe alles kaputtgemacht.«

»Geht doch nicht nur um diesen blöden Satz.« Cey spürte, wie ihre Augen nun ebenfalls feucht wurden.

»Dann sag mir, worum es noch geht, damit ich mich auch dafür entschuldigen kann.«

Sie schwieg und Nathan begann eine schier endlose Liste seiner vermeintlichen Fehler aufzuzählen. Es wurde immer lächerlicher und irgendwann hielt Cey es einfach nicht mehr aus.

»Du bist nicht einmal nah dran.« Als wenn Nathans mangelnde Haushaltskenntnisse hier das Problem gewesen wären.

Der Siebenundzwanzigjährige brach ab. »Warum hast du es Xyen gesagt, aber mir verrätst du es nicht?«

»Ich habe Xyen überhaupt nichts gesagt.« Sie funkelte Nathan wütend an.

»Xyen ist doch sicherlich nicht grundlos so ausgerastet. Ich durfte mir ja nicht einmal meine Schuhe anziehen.«

Tatsächlich, das war ihr bisher gar nicht aufgefallen. Anscheinend hatte ihr Mentor Nathan direkt aus dem Badezimmer hierher gezerrt, denn Nathans sonst so sorgfältig frisierte Haare bildeten nun wirre Strähnen. Freiwillig hätte er das Haus bestimmt nicht in diesem Zustand verlassen.

»Du hast etwas gedacht«, überlegte Nathan laut. »Wenn du nichts gesagt hast, dann hast du etwas gedacht und Xyen hat deine Gefühle dazu gelesen.«

Tja, sieht ganz so aus.

»Was hast du denn gedacht?« Nathan rutschte ein Stückchen näher. »Bitte, erzähle es mir.«

Aber sie wollte es nicht erwähnen und nach etlichen erfolglosen Versuchen sie zum Sprechen zu bewegen, verstummte schlussendlich auch Nathan. *Dürfte eine lange Nacht werden.*

Um die Zeit zu überbrücken, fing Cey an die Grashalme in ihrer Umgebung zu zählen. Bei etwa zehn Millionen waren Nathans Haare vollständig getrocknet, der Mond war ein gutes Stück weitergewandert und der Wind hatte merklich aufgefrischt.

»Abstoßend«, murmelte sie leise.

»Was?« Nathan sah sie irritiert an und Cey holte tief Luft. »Ich habe gedacht, du hast dich vielleicht nur so verhalten, weil dir endlich klargeworden ist, wie abstoßend ich in Wirklichkeit bin.«

»Warum sollte ich denn ...?« Nathan unterbrach sich selbst und starrte sie fassungslos an. Dann griff er energisch nach ihren Händen. »Cey, du wirst es dir ansehen«, verlangte er. »Du wirst dir ganz genau ansehen, dass ich niemals, in keiner einzigen Sekunde, gedacht habe, du könntest für mich aufgrund deiner Vergangenheit abstoßend sein.«

Und bevor Cey etwas erwidern konnte, senkte der Seday all seine geistigen Barrieren, jede einzelne, und breitete sein komplettes Sein offen vor ihr aus. Als wenn sie nicht sowieso in Nathans Verstand hätte eindringen können, wenn sie es denn wirklich gewollt hätte. Doch diese unschuldige Geste war so rührend, Cey musste unweigerlich heulen. Sie hatte tausende – wenn nicht sogar mehr – Schwierigkeiten am Hals und ihre einzigen freien und unermesslich kostbaren Minuten verschwendete sie damit sich über irgendwelche Kleinigkeiten zu streiten.

Demonstrativ zog sie sich von der Schwelle zu Nathans Geist zurück und schüttelte schniefend den Kopf. »Ich glaube es dir ohne nachzusehen.«

Nathan legte seine Arme um sie und flüsterte leise: »Cey, es tut mir so leid.«

»Mir auch.« Wie hatte sie nur so dämlich sein können? Cey presste ihr Gesicht an Nathans warme Brust und ließ sich sachte hin und her wiegen. Dann war der kostbare Moment vorüber – ihr Handy klingelte.

***

Cey stürmte in Xyens Zimmer und durchwühlte hektisch die Akten. Dabei hinterließ sie ein heilloses Chaos und mehr als nur ein Papier segelte verknittert zu Boden.

»Suchst du etwas?«, erkundigte Xyen sich trocken. Mit einer dampfenden Kaffeetasse in der Hand durchquerte er den Raum und lehnte sich neben Nathan an den Kleiderschrank. Nathans Lippen formten ein einziges Wort und anscheinend verstand Xyen es, denn Cey konnte spüren, wie sich die Gefühle ihres Mentors schlagartig veränderten. Endlich hatte sie den passenden Bericht gefunden.

»Farbig«, stellte sie entsetzt fest. »Diese scheiß Schlingen eures Serienkillers waren aus Stoff und hatten unterschiedliche Farben.«

Xyen stellte seine Tasse auf dem Schreibtisch ab und nahm ihr behutsam die Unterlagen aus der Hand. »Cey, was ist los?«

»Diese Schlingen ...« Cey versuchte sich so weit zu fangen, um einen halbwegs vernünftigen Satz von sich geben zu können. »Kannst du mir sagen, wie lang diese Schlingen waren?«

Wahrscheinlich hätte jeder andere nach einer sofortigen Erklärung verlangt, aber Xyen tippte einfach etwas in seinen Computer und drehte den Bildschirm in ihre Richtung. Die Farben der Schlingen reichten von Blau und Rot bis hin zu Grün und Schwarz. Die kürzeste von ihnen maß zweiundvierzig Zentimeter, die längste siebenundachtzig. *Wie nett – es wird sogar ein Treffpunkt genannt.*

Mit versteinerter Miene zog Cey ihr Handy hervor und wählte eine Nummer. In der Sprache, die nur die Ihrigen verstanden, bat sie um den nächsten Namen auf der Liste. Sie erhielt die entsprechende Information und legte wieder auf. *Um den Kerl wäre es zwar nicht schade, aber …*

»Agent T. Mires.« Sie wandte sich zu Xyen und Nathan um. »Wenn er noch lebt, dann nicht mehr lange.« Mit einem Ruck entfernte sie ihr Ayaro und legte es auf den Schreibtisch. »Ich muss weg.«

»Cey.« Xyen musterte sie besorgt. »Was besagt diese Schlingen-Nachricht?«

Anscheinend hatte ihr Mentor mittlerweile verstanden, wie gezielt ihr gesuchter Serienkiller seine Mordwerkzeuge ausgewählt hatte.

Cey verharrte in der Tür und ein kaltes Lächeln umspielte ihre Lippen. »Die Nachricht lautet: *Komm und vernichte mich.*«

Und genau das hatte sie jetzt vor.

***

Dass irgendetwas nicht stimmen konnte, war Xyen sofort klar. Schließlich hatte er erst vor wenigen Minuten mit Ferreira telefoniert und der FBI-Agent hatte zugestimmt sich vor Mires Haus mit ihnen zu treffen. Ferreiras Wagen parkte bereits in der Straße, doch von ihm selbst fehlte jede Spur.

Xyen sandte Jay und Nine zum Hintereingang, während er selbst zusammen mit Two durch die nur angelehnte Vordertür ins Innere schlich.

»Ich hatte befürchtet, ihr würdet kommen«, begrüßte sie eine tiefe Stimme, kaum dass sie das Haus betreten hatten.

In einem Sessel saß ein junger J'ajal, vielleicht Anfang, Mitte zwanzig. Alles an dem Kerl wirkte durchschnittlich für ein Wesen wie ihn –

Statur, Größe, Attraktivität – nur die geschlitzten Pupillen seiner Augen waren ganz und gar nicht durchschnittlich. Xyen musterte das Bewusstsein des jungen Mannes, um zu identifizieren, welcher J'ajal-Organisation er angehörte. Augenblicklich breitete sich ein starkes Schwindelgefühl in Xyens Kopf aus und er musste seinen Geist wieder zurückziehen. *Wie merkwürdig ...* Xyen runzelte die Stirn. So etwas hatte er noch nie erlebt.

»Einmal ist immer das erste Mal, nicht wahr?« Der seltsame J'ajal schwenkte ein mit Wein gefülltes Kristallglas und Xyen sah sich rasch im Wohnzimmer um. Gleichzeitig versuchte er mentalen Kontakt zu seinen Leuten aufzunehmen, allerdings ohne Erfolg. Selbst Two war plötzlich wie vom Erdboden verschluckt. Dafür erblickte Xyen einen bewusstlosen und gefesselten Ferreira und zwei weitere FBI-Agents. Immerhin schienen sie so weit unverletzt zu sein, was man von Agent T. Mires wohl eher nicht behaupten konnte.

»Also bitte«, meinte der J'ajal vorwurfsvoll. »An so einer kleinen Kopfwunde ist noch kein Mensch gestorben.« Er wies mit der Hand auf einen der Sessel.

Xyen kam der Aufforderung nach und verdichtete seine geistigen Barrieren. Doch der Mittzwanziger konnte seine Gedanken offenbar immer noch lesen.

»Nein, ich habe Mires nicht deswegen am Leben gelassen, damit ich ihm nun eine hübsche, bunte Schlinge um den Hals legen kann«, erklärte er ihm ungerührt. »Warum denn auch? Ich bin mit meiner Liste längst durch. Ich wollte lediglich etwas testen.«

Etwas testen ...?

»Richtig. Und leider ist genau das eingetreten, was ich befürchtet habe.« Ein tiefer Seufzer erklang. »Cey. Sie ist einfach immer so nett, nicht wahr? Zu nett.«

Xyen bemühte sich kein einziges Bild seiner Schülerin in seinem Verstand aufblitzen zu lassen, aber sein unheimlicher Gesprächspartner winkte gelangweilt ab.

»Ach, ich kenne Cey viel besser als du, du brauchst dich also gar nicht so zu quälen.«

Der J'ajal nahm einen Schluck aus seinem Glas und schloss für einen Moment genießerisch die Augen. Xyen griff instinktiv nach der Waffe an seinem Bein, aber seine Finger konnten den vertrauten Umriss nicht ertasten.

»Nun, ich war so zuvorkommend, sie dir abzunehmen.« Der Mann blickte ihn spöttisch an. »Wir wollen doch kein Unglück riskieren, oder? Außerdem, hattest du nicht sowieso schon eine Waffe in der Hand, als du das Haus betreten hast?«

Jetzt, wo Xyen daran erinnert wurde – natürlich. Er wäre niemals so sorglos gewesen, ohne ...

»Eben«, bekräftigte der J'ajal ihn. »Man weiß ja nie, womit man es zu tun bekommt. Da kann man nicht vorsichtig genug sein.«

Xyen konnte es nicht länger leugnen, die Angst grub sich immer tiefer in seine Gefühle. *Was ist hier nur los?*

»Nimm es nicht persönlich.« Das klang beinahe bedauernd. »Es geht hier nicht um dich, es geht ausschließlich um sie. Und ich finde, ich habe Cey eine faire Chance gegeben. Ich meine, dieser Agent, der hatte nicht den geringsten Skrupel ihr süßes Gesicht zu demolieren und du willst gar nicht wissen, was er noch alles geplant hatte. Echt dreckige Gedanken, tz tz tz. Und was macht sie? Sie will ihn retten. Echt abartig.«

Nicht abartig, typisch Cey.

»Eben«, stöhnte der J'ajal. »Eben. Ich meine, am Ende wird sie noch auf die Idee kommen mich zu begnadigen oder so. Dabei habe ich sie doch einfach nur höflich darum gebeten mich zu vernichten.«

Zugegeben, damit hatte Xyen so gar nicht gerechnet. Aber wenn sein Gegenüber denn unbedingt wollte ...

»O ja, ich setze auch ganz auf deine Hilfe.« Das Gesicht des J'ajals verzog sich zu einer teuflischen Maske. »Und auf die Hilfe von Jay, Two und Nine. Deine anderen Freunde in eurem Anwesen in der 17th Street nicht zu vergessen, um die kümmert sich auch gerade jemand. Was meinst du, wenn ich ihr hübsches, neues Spielzeug kaputtmache, wird Cey sich bestimmt davon überzeugen lassen mich zu vernichten, oder?«

Xyen dachte nichts, er dachte nichts, er dachte ...

»Siehst du.« Die geschlitzten Augen des J'ajals leuchteten triumphierend auf. »Ich habe es doch gewusst.«

Und dann löste sich der J'ajal einfach auf und mit ihm der Raum und das Haus und schließlich die gesamte Welt und Xyen versank im Nichts.

***

Dieses Gesicht. Es gab wahrscheinlich keinen Anblick auf dieser Erde, der es geschafft hätte Xyen schneller in eine unkontrollierbare Wut zu versetzen. Es war das Gesicht jenes Mannes, der vor seinen Augen seinen hilflosen Schüler ermordet hatte. Einfach so, aus purer Gleichgültigkeit. Jetzt endlich, nach viel zu langer Zeit, hatte er ihn gefunden und konnte sich an ihm rächen.

Der Hawaiianer kämpfte gut, viel besser, als Xyen gedacht hatte, aber schließlich gelang es ihm doch den Mann zu Boden zu werfen und ihm seine Waffe an die Stirn zu drücken. Xyen legte seinen Finger um den Abzug, bereit, dieses Kapitel seines Lebens hier und heute für immer zu beenden. Im letzten Sekundenbruchteil riss ihn ein heftiger Stoß zur Seite und der Schuss peitschte in den aufgeweichten Boden.

Für einen Moment konnte Xyen sich nicht entscheiden, ob er sich zuerst diesem Angreifer zuwenden oder erneut auf seinen schlimmsten Feind feuern sollte.

»Xyen, aufhören!«, schrie eine Stimme, von einer unbeschreiblichen Panik erfüllt. Es war ihre Stimme, es war Cey.

Der Hawaiianer wollte sie ebenfalls töten, wollte die junge Frau töten, die alles für ihn bedeutete. Das würde er nicht zulassen. Xyen sah, wie Cey mit ihrem Mörder um die Waffe rang, wie sie versuchte den Kerl davon abzuhalten auf ihn zu schießen. Diese Ablenkung bot die ideale Gelegenheit. Doch auch der zweite Schuss traf nicht das gewünschte Ziel, denn Cey ließ sich einfach fallen und zog ihren Gegner mit sich zu

Boden. Anscheinend war sie verwirrt und wusste nicht mehr was sie tat, sie –

»Xyen«, erklang die Stimme der J'ajal in seinem Kopf. *»Vertraue mir.«*

Das tat er. Er hatte nie an dem gezweifelt, was er vor einer schieren Ewigkeit in Cey erblickt hatte. Xyen spürte die Berührung eines Geistes und eine hellblaue Flammenwand flackerte am Rande seines Bewusstseins auf. Es schmerzte. Weil er aber wusste, dass es Cey war, ließ er die Berührung zu und blinzelte nur heftig.

»Cey!«, brüllte jemand aus dem Hintergrund, doch seine Schülerin reagierte nicht. Sie rang immer noch mit Jay. *Mit Jay ...? Wo ist der Hawaianer geblieben? Wo ist ...*

»Egal, wen du gesehen hast, egal was du gesehen hast, es war nicht real«, übermittelte Cey ihm lautlos. *»Nichts davon war real. Xyen, das ist Jay.«*

Natürlich ist es Jay, wer auch sonst? Xyen verstand nicht, warum sein Freund gerade versuchte seine Schülerin zu töten, die auf einmal einen seltsamen Umhang und ein kostbar verziertes Schwert trug. Dann kam er auf die Idee, dass er das vielleicht später klären sollte, und hastete auf die beiden zu. Mit vereinten Kräften gelang es ihnen schließlich den tobenden Jay auf den Boden zu drücken.

»Mörder!«, schrie dieser mit rotglühenden Augen und seine Aura war verfärbt von einem tiefen Hass. »Du hast sie umgebracht, du dreckiges, hinterlistiges –«

Jay kam nicht dazu seinen Satz zu beenden, denn Cey legte ihre Hand auf seine Stirn und tat irgendetwas. Von einer Sekunde auf die nächste sahen Jays Augen wieder ganz normal aus.

»Cey!« Der Schrei klang schmerzverzerrt und dieses Mal sprang Cey sofort auf und stürzte davon.

»Was ...?« Jay blickte sich verwirrt um. »Wo ist er hin? Xyen, was machst du hier?«

Xyen bekam zwar so langsam eine Ahnung davon, was passiert sein musste, von einem wirklichen Begreifen konnte jedoch keine Rede sein. Stumm wies er auf Two und Nine, die reglos in ihrer Nähe lagen. Jay robbte hastig auf sie zu und gab dann Entwarnung, die beiden Seday waren noch am Leben.

Xyen drehte sich in der Dunkelheit und versuchte zu erkennen, wohin Cey verschwunden war. Er sah allerdings gleich drei Gestalten in schwarzen Kapuzenmänteln durch die Gegend schwirren und konnte nicht feststellen, welches Cape seine Schülerin verbarg. Was er aber sehr wohl registrierte, war, wie heftig die drei miteinander kämpften. Mit Schwertern, so schnell, dass sein Auge die Bewegungen kaum verfolgen konnte. Eine der Gestalten wirkte angeschlagen und humpelte stark, die anderen beiden trugen den Kampf zusehends unter sich aus.

Die blaue Barrikade am Rande seines Bewusstseins wackelte und sofort schien sich Xyens Blickfeld zu verändern. Hektisch wandte er sich Jay zu, nur – dort stand nicht mehr Jay, sondern ... das blaue Strahlen verstärkte sich wieder und es war doch wieder nur Jay.

»Was?«, murmelte dieser verwirrt. »Ich verstehe nicht ...«

Aber Xyen verstand. Verstand, dass irgendjemand es schaffte ihr Bewusstsein zu manipulieren, dass er es schaffte sie aufeinanderzuhetzen, weil sie sich für sonst wen hielten. Und er verstand, dass Cey sie zu schützen versuchte.

Er blickte zurück zu den Kämpfern und wusste jetzt sehr genau, wer sie war. Die Kapuze verdeckte nicht länger Ceys Gesicht und ihre langen, dunklen Haare peitschten durch die Luft. Die blaue Flammenwand wankte erneut, was bei den Angriffen, die auf Cey einprasselten, wohl wahrlich kein Wunder war. Xyen konnte sich nicht einmal vorstellen, was für Anstrengungen es die junge J'ajal kosten musste sich gleichzeitig auf das Schwert ihres Gegners und auf ihren mentalen Schutz zu konzentrieren. Der verletzte Krieger zog sich nun endgültig aus dem Kampf zurück und kam stattdessen auf Jay und ihn zu gehumpelt.

»Vertrau ihm«, vernahm Xyen die lautlose Stimme seiner Schülerin. Er tat es und die blaue Flammenwand wurde durch einen roten Kristall ersetzt. Der eintretende Schmerz entlockte ihm ein ungewolltes Stöhnen. Seine Augen streiften Jay und er war immer noch

er. Anscheinend hatte sich sein Freund mittlerweile ebenfalls das ein oder andere zusammengereimt, denn er nickte ihm grimmig zu.

Xyen vernahm einen erstickten Laut und wollte automatisch auf Cey zu eilen, aber eine Schwertklinge versperrte ihm den Weg. Knurrend senkte der Mann im Kapuzenumhang seine Waffe und hinterließ eine lange Furche im Boden. Okay, der Hinweis war unmissverständlich, er sollte sich raushalten – aus was auch immer – und die Linie nicht überschreiten.

Cey war in der Zwischenzeit auf die Knie gestürzt und vermutlich hätte Xyen doch noch versucht sie zu erreichen, wenn ihn nicht erneut das kehlige Grollen seines Bewachers gestoppt hätte.

Ceys Gegner hob sein Schwert mit beiden Händen und es gelang der J'ajal im allerletzten Augenblick sich auf die Seite zu werfen und außer Reichweite zu rollen. Hastig sprang sie zurück auf die Füße und hob ihren Arm, um den nächsten Hieb abzublocken. Es gelang ihr und mit gekreuzten Klingen standen sich jetzt beide Kämpfer von Angesicht zu Angesicht gegenüber. Ihre Bewegungen erstarrten, nur der Wind spielte noch mit dem Saum ihrer Mäntel.

Minutenlang geschah rein gar nichts, dann ließ Ceys Gegner scheinbar grundlos das Schwert fallen. Seine Schülerin hingegen versenkte ihre Klinge tief in der Brust ihres Gegenübers und sank neben ihm zu Boden.

Der rote Kristall verschwand aus Xyens Bewusstsein und knurrender, schwertschwingender J'ajal hin oder her, er würde sich jetzt nicht länger aufhalten lassen.

»Lass mich durch«, blaffte Xyen den J'ajal an, mit einer Stimme, die hoffentlich bedrohlich genug klang.

Tatsächlich neigte der Mann seinen Kopf und streifte die Kapuze zurück. Sein Gesicht war unglaublich bleich und Xyen glaubte nicht, dass er schon einmal solch rot verfärbte Augen gesehen hatte. Und das Rot wurde tiefer und immer tiefer und ...

***

»Hör sofort auf mit dem Quatsch«, mahnte Cey ihn leise. Sie ließ das Schwert aus ihren tauben Fingern gleiten.

»Sorry, Schwesterlein.« Der Graf blickte sie betreten an. »Das war keine Absicht.«

Ihr Bruder wandte sich ab und ging auf Mindaran zu, oder besser gesagt auf das, was von ihm übriggeblieben war. Xyen setzte dazu an etwas zu sagen, aber sie schüttelte den Kopf. »Später«, meinte sie erschöpft. »Wir müssen sofort zu Nathan und Lee und den anderen.«

Sie machte einen vorsichtigen Schritt, trotzdem stolperte sie und wäre vermutlich gestürzt, wenn Xyen sie nicht aufgefangen hätte. Weil Cey ihrer Stimme nicht mehr traute, wies sie mit dem Kinn auf einen Wagen, der nur wenige Meter von ihnen entfernt parkte.

Ihr Mentor wechselte einige Worte mit Jay, doch sie war zu müde, um der Unterhaltung folgen zu können. Dann spürte sie, wie Xyen sie tatsächlich auf das Fahrzeug zu schob und auf den Beifahrersitz verfrachtete.

»Ignorier es«, bat sie ihn matt.

Eine Explosion ertönte und Xyen zuckte zusammen. Er kam ihrem Wunsch aber nach und startete den Motor. Cey ließ ihren schmerzenden Kopf gegen das kühle Fensterglas sinken, besser wurde es dadurch allerdings nicht. Der dreieckige Anhänger der Kette schnitt sich tief in ihre Handfläche ein, doch Cey konnte sich nicht überwinden ihren Griff um einen einzigen Deut zu lockern. Häuser rasten an ihnen vorüber, Autos, Laternen, ein Mann mit einem Hund. Die Straßen sahen aus wie immer, als wenn nichts geschehen wäre. Als wenn sie nicht gerade einen ihrer eigenen Art, einen Wächter – einen Freund vernichtet hätte.

Die Szene spielte sich immer und immer wieder vor ihr ab. Wie Mindaran sein Schwert auf sie richtete und sie aufforderte zu kämpfen, wie er seinen Druck auf ihre mentalen Barrieren verstärkte und gleichzeitig versuchte Jay und Xyen davon zu überzeugen sich gegenseitig zu töten. Und das alles nur, weil Mindaran gedacht hatte, es wäre nichts mehr übrig, nichts, für das es sich lohnen würde weiter zu existieren.

Vielleicht sollte sie sich schuldig fühlen oder auch traurig oder zumindest wütend, weil Mindaran geglaubt hatte, sie würde es schon irgendwie verkraften. Aber sie empfand nichts, da war einfach nur eine große, alles ausfüllende Leere. Möglicherweise war es ja gar nicht Mindaran, der falsch gelegen hatte, sondern sie war es. *Wozu dieses Martyrium immer und immer wieder verlängern?* War sie nicht selbst schon der Verlockung erlegen, hatte sie nicht selbst schon versucht ...?

»Hey.« Xyen strich ihr behutsam über den Arm und erst jetzt bemerkte Cey, dass sie bereits vor dem Seday'schen Anwesen angekommen waren. Mechanisch stand sie auf und wollte auf das Tor zugehen, doch obwohl Xyen krank sein musste vor Sorge um seine Leute, obwohl er nichts von alledem verstehen konnte, trat er ihr einfach in den Weg, zog sie an seine Brust und umhüllte sie mit seiner schützenden Wärme.

Als wenn sie jetzt Zeit dafür hätten. Eine Träne löste sich aus Ceys Augen und die betäubende Kälte in ihrem Inneren begann Xyens Macht zu weichen. Und noch enger schlossen sich seine Arme um ihren Körper. Nach einigen Sekunden wusste Cey wieder, dass sie sich nicht geirrt hatte. Etwas war geblieben.

Sie befreite sich von Xyen, steckte die blutverschmierte Kette in eine ihrer Taschen und hastete auf Lee zu. Der Seday-Arzt wartete auf der anderen Straßenseite auf sie. Seine Augen glänzten fiebrig und Schweißperlen standen ihm auf der Stirn. Lee sah aus, als wenn er sehr, sehr krank wäre.

»Wo ist es?«, fragte er fahrig und streckte die Hand aus. »Wo ist dieses verdammte Gegenmittel?«

»Mir ist nichts anderes eingefallen«, entschuldigte sich Sahim lautlos bei ihr. Auf die Schnelle wäre Cey auch keine bessere Idee gekommen, also nickte sie ihrem Bruder nur dankbar zu und schickte ihn anschließend fort.

»Gegenmittel?«, erkundigte Xyen sich bestürzt. »Wogegen denn? Was ist hier los?«

»Dieser verdammte Bastard hat uns alle vergiftet«, knurrte Lee. »Er hat …«

Den Rest hörte Cey sich gar nicht erst an. Sie fuhr mit einem Finger über Lees Stirn und bat ihn lautlos, ihr zu vertrauen. *»Schließe die Augen.«*

»Ich verstehe nicht …«, erwiderte Lee ihr verwirrt.

»Ich weiß. Ich versuche es dir später zu erklären, okay? Und es wird wehtun.«

Lee zögerte für einen Moment, doch dann erlaubte er ihr in sein Bewusstsein einzudringen und das Netz zu zerreißen, das Mindaran um seinen Verstand gewoben hatte. Cey spürte Lees Schmerzen, als wenn es ihre eigenen wären. In Lees Geist tauchten diverse Bilder auf, Bilder, die nicht für sie bestimmt waren. Also verdrängte sie das Gesehene wieder und fügte es stattdessen einer ihrer tiefsten und streng bewachtesten Zonen ihres Seins hinzu. Die Schmerzen ebbten ab und Cey zog sich augenblicklich aus Lees Bewusstsein zurück.

Der Chinese blinzelte, dann sah er sie verblüfft an. »Eine Einbildung? Ich habe mir das alles nur eingebildet?« Tatsächlich sah Lees Gesichtsfarbe bereits viel besser aus und der ungesunde Glanz war ebenfalls wieder aus seinen Augen gewichen. »Die anderen auch?« Lee wirkte immer noch vollkommen fassungslos.

Cey nickte. »Ja.«

»Aber ich habe sie alle untersucht und das Fieber und die Werte ihrer Vitalfunktionen und –«

»Ja, ich weiß.« Cey rieb sich über die schmerzende Stirn.

»Aber –«

»Später, Lee. Wenn die anderen es nicht schaffen die Täuschung zu erkennen, dann werden sie sterben. Richtig sterben, meine ich, nicht nur eingebildet.«

Das brachte Lee umgehend zum Verstummen. Cey schlüpfte ins Haus und betrat Nathans Zimmer. Der junge Seday lag ausgestreckt auf seinem Bett, hatte die Arme hinter dem Kopf verschränkt und starrte mutlos an die Decke. Beinahe wäre Cey in einen Heulkrampf ausgebrochen, nichts war mehr übrig von Nathans überschäumender Lebensfreude. *Was hat Mindaran da nur angerichtet?*

Sie setzte sich auf die Bettkante und strich Nathan über die Stirn. Sogar ihre behutsame Berührung schien zu viel für den einstigen Sunny-Boy zu sein, bevor er sich jedoch von ihr abwenden konnte, stupste sie bereits seinen Geist an. *»Nathan, du hast mir vor kurzem ein Angebot am Springbrunnen gemacht. Würdest du es noch einmal wiederholen?«*

Nathan zögerte nicht, trotzdem dauerte es im Vergleich zu Lee erheblich länger ihn von den klebrigen Fäden zu befreien. Der Boden schwankte plötzlich unter ihren Füßen und Cey musste sich an Nathans Arm festklammern. Als das Flimmern vor ihren Augen endlich wieder verblasste, stellte sie fest, dass Lee ebenfalls Nathans Zimmer betreten hatte. Er hatte sich sogar schon wieder so weit erholt, um ihr einen seiner düsteren Blicke schicken zu können, mit denen der Seday-Arzt ihr immer signalisierte, was er von ihren Verletzungen hielt. Und davon gab es dieses Mal so viele, dass Cey befürchtete, Lee könnte sie einfach packen und in sein Ärztezimmer schleppen.

»Lee«, beschwor sie ihn. »Du kannst nicht zulassen, dass sie weiterhin glauben sterben zu müssen. Ich kriege das schon hin.«

Zugegeben, der letzte Teil ihres Satzes klang keineswegs überzeugend. Lee gab die Tür trotzdem frei und sie konnte sich auf den Weg zu One machen. Auch dieser Seday schenkte ihr sein bedingungsloses Vertrauen, genau wie Ten und Seven.

Mittlerweile schwankte die Welt nicht nur, sie stand kurz davor auseinanderzubersten. Cey hatte es längst aufgegeben mehr als nur verschwommene Umrisse erkennen zu wollen.

»Es reicht«, befahl Xyen ihr streng. »Du hörst jetzt sofort auf damit.«

Keine Ahnung, wie dieser nervige Mann an ihre Seite geraten war. Mit einem heftigen Protest auf den Lippen wollte sie sich zu ihm umdrehen, konnte allerdings rechts und links nicht mehr voneinander unterscheiden und spürte nur noch, wie Xyens Arme sie auffingen.

Ihr Mentor schien sie irgendwohin zu tragen und schließlich legte er sie vorsichtig wieder ab. Cey wollte sich sofort wieder aufrichten, Xyen drückte sie jedoch einfach zurück.

»Cey, ich werde dich persönlich fesseln, wenn du nicht alles machst, was Lee von dir verlangt.« Xyens Stimme ließ keinen Zweifel daran zu, wie ernst er es meinte.

»Aber sie sterben.«

»Du auch.«

Xyens verwaschene Gestalt löste sich auf und Lee fing an sie aus ihren blutverkrusteten Klamotten zu pellen. Hastig griff Cey nach der Kette in ihrer Tasche und es gelang ihr bereits beim vierten Versuch, allerdings nur, weil Lee ihr den Dreiecks-Anhänger kommentarlos in die Hand drückte.

Cey betete innerlich darum, dass Lee sich mit ihren Wunden beeilen möge, und wahrscheinlich tat er das sogar. Doch er ließ auch keine einzige Verletzung aus und deswegen reihte sich Minute an Minute. Selbst die alte Schnittwunde an ihrer Schulter wurde von Lee akribisch versorgt und mit einer neuen Bandage versehen. Vielleicht hätte er das nicht getan, wenn sie zur letzten Untersuchung erschienen wäre. Die, zu der sie sich nicht mehr getraut hatte, weil sie nicht wusste, was Lee wusste und …

Der Arzt setzte ihr ein Glas an die Lippen und forderte sie auf zu trinken. Cey gehorchte, verteilte dabei aber mehr von der Flüssigkeit um und auf sich, als tatsächlich in ihrem Mund landete. Ein metallener Armreif umschloss ihr linkes Handgelenk und sie hörte, wie Lee scharf einatmete. Ihr waren die Werte ihres Ayaros aber gerade so etwas von egal.

»Ich muss …«

»… liegen bleiben.« Lees Stimme klang so unnachgiebig, dass Cey es nun wirklich nicht mehr schaffte ihre Tränen zurückzuhalten. Das beeindruckte den Seday allerdings nicht im Geringsten. Er holte eine Decke aus dem Schrank und packte sie sorgfältig ein. Anschließend drehte Lee den Monitor an der Wand in ihre Richtung und zeigte auf einige Zahlen.

»Du stehst nicht eher auf, bis deine Vitalwerte diese Grenze unterschritten haben«, sagte er. »Und das ist das absolute Minimum.«

»Vielleicht ist es dann schon zu spät …«

Lee schüttelte den Kopf. »Cey, dir geht es momentan deutlich schlechter als den anderen.«

Ja, das Leben der anderen war ihr aber auch viel wichtiger als ihre eigene Existenz. Cey überschlug ihre Chancen einfach aufzuspringen und zur Tür zu rennen.

»Probiere es doch.« Lee musterte sie finster. Er hatte ihre Gedanken wohl ganz genau erraten. »Xyen und Nathan warten draußen und haben bereits die Fesseln gezückt.«

Drei Seday zur gleichen Zeit stellten selbst für Cey eine Herausforderung dar und in ihrem jetzigen Zustand glaubte sie nicht an einen Sieg. Mit einem letzten Schluchzer zog Cey sich die Decke über den Kopf. So musste sie wenigstens den Anblick ihrer katastrophalen Vitalwerte nicht mehr ertragen.

***

Scheinbar hatte die Erschöpfung dann doch die Oberhand gewonnen, denn als ein lautes Geschrei den Schleier vor ihren Augen zerriss, war die Bettdecke verschwunden und Cey war wieder in einige ihrer eigenen Kleidungsstücke gehüllt.

»Was …?«, fragte sie verwirrt und automatisch wollte sie sich aufrichten.

»Immer noch nicht«, kommandierte Lee von seinem Schreibtisch aus und Cey ließ sich frustriert in die Kissen zurücksinken.

Nach einer Minute hielt sie es allerdings nicht mehr aus. »Leben sie noch?«

»Ja.«

»Und sind sie …«

»Du sollst dich ausruhen«, unterbrach Lee sie seufzend. Er setzte sich zu ihr ans Bett und fuhr ihr liebevoll über den Arm. »Cey, denk doch mal für einen Moment an etwas anderes.«

Weil Cey es nicht riskieren wollte ihren Aufenthalt im Krankenzimmer unnötig zu verlängern, versuchte sie sich an Lees Anweisung zu halten.

»Danke«, murmelte sie leise. »Ich hab mich noch gar nicht bei dir bedankt, weil du mich vor Landon gerettet hast.«

Lees Augen funkelten belustigt auf. »O ja, und ich kann dir jetzt den Lebenslauf jedes einzelnen Mentors der gesamten Academy vorbeten. Inklusive Kindergartenzeit.«

Lee schwieg für einen Augenblick, dann erkundigte er sich behutsam: »Cey, diese andere Sache, weswegen du auf keinen Fall mit Landon mitgehen wolltest … Hast du gedacht, ich würde das als Arzt nicht bemerken?«

»Hm.« Natürlich hatte sie das nicht wirklich geglaubt, aber vielleicht irgendwie gehofft. *Ob Lee wohl …?* »Hast … hast du es Xyen erzählt?«

»Weißt du das nicht sowieso schon?« Lee sah sie fragend an.

»Woher denn?«

Lees Geist stupste gegen ihr Bewusstsein und Cey schüttelte sofort den Kopf. »Ich habe mir so wenig wie nur irgendwie möglich angesehen«, erklärte sie. »Ich will das alles gar nicht wissen. Also, ich meine, das mit Xyen jetzt schon und einige andere Sachen vielleicht auch, aber …«

»… aber nicht so«, vollendete Lee ihren Satz und sie nickte. »Ich habe Xyen nichts gesagt.« Der Arzt runzelte die Stirn. »Ich denke allerdings, es wäre ganz gut, wenn du mit ihm darüber sprechen würdest.«

»Passt nicht so ganz zu eurer Seday-Politik.«

»Das ist unfair«, tadelte Lee sie. »Cey, du weißt genau, wie Xyen sich entscheiden würde.«

Vorsichtshalber verwies Cey darauf, dass anstrengende Diskussionen nicht zu Lees eigener Erholungs-Aufforderung passten, und tatsächlich ließ er das Thema erst einmal ruhen.

Die übermittelten Werte ihres Ayaros sanken kaum wahrnehmbar, doch gefühlte zwanzig Jahre später durfte Cey tatsächlich wieder aufstehen. Eilig machte sie sich auf den Weg zu Jays restlichen Männern, Männer, die nicht nur ihre Schatten, sondern auch ihre Freunde geworden waren.

Jeder Einzelne von ihnen gab ihr die notwendige Erlaubnis und Cey konnte alle davon überzeugen, dass sie nicht an einem qualvollen Gifttod sterben würden.

Sie selbst war schon wieder völlig erschöpft und stand kurz davor im Stehen einzuschlafen. Unter Lees missmutigen Blicken schleppte Cey sich dennoch ins Wohnzimmer, in dem gerade ein heftiger Streit tobte.

»... macht so ein Theater wegen jedem kleinen Kratzer, hält es aber nicht für notwendig uns zu informieren, dass es da draußen einen Verrückten gibt, der in unseren Köpfen herumpfuschen kann!«

Xyen versuchte den aufgebrachten Jay zu beruhigen, doch dieser wurde eher noch wütender. »Hör auf, Cey andauernd zu verteidigen. Wir hätten uns beinahe gegenseitig erschossen. Sie hätte es uns sagen müssen.«

»Das hast du nicht zu entscheiden«, erwiderte Xyen ruhig. Jay sah das wohl anders und hätte das bestimmt entsprechend zum Ausdruck gebracht, wenn ihn nicht ein demonstratives Hüsteln von Lee unterbrochen hätte. So drehte Jay sich einfach um und verließ das Haus, ohne sie auch nur eines Blickes zu würdigen.

»Jay hat Recht«, meinte Cey leise und versuchte einen der hüpfenden Sessel zu erwischen. Xyen beobachtete ihre erfolglosen Bemühungen nicht lange, sondern schob sie kurzerhand zum Sofa. Das war wenigstens groß genug, damit sie es nicht verfehlen konnte. Nur Sekunden später schlossen sich Ceys Augen und in ihren Träumen sah sie blitzende Klingen, Ströme aus Blut und ein kleines, weinendes Mädchen mit einer grünen Haarschleife.

»*Sie*«, flüsterte Mindarans Stimme in ihrem Kopf. »*Ich wollte sie zu meiner Seele machen. Aber als er endlich verschwand und ich in meine Heimat nach Japan zurückkehren konnte, war sie nicht mehr da.*«

»*Du hättest jemand anderen wählen können, einen neuen Freund, einen von uns. Kein Mädchen aus deinem einstigen Leben …*«

»*Nein. Chimo oder niemand. Und jetzt tue es endlich. Vernichte mich. Hast du es vergessen? Lieber keine Seele als seine Seele …*«

»*… und lieber tot als keine Seele.*«

Mindaran ließ sein Schwert fallen und Cey zögerte nicht länger.

»*Mindaran*«, erklärte sie scheinbar gefasst. »*Du hast gegen eines unserer Gesetze verstoßen. Da du selbst ein Wächter bist, wirst du nicht vor dem Rat, sondern nur von mir angeklagt und ich verurteile dich zum endgültigen Tode. Was ist dein letzter Wille?*«

Mindaran sagte es ihr und Cey versenkte ihr Schwert tief in seiner Brust. Und dann sah sie Jay, wie er seine Waffe hob und Xyen erschoss. Sah, wie Two Nine erschlug. Sah, wie Nathan sich erhängte, weil er es einfach nicht ertrug langsam dahinzusiechen. Sie sah, wie die Welt verlosch und alle, die ihr jemals etwas bedeutetet hatten, mit ihr versanken …

Kapitel 9

»Cey.« Die Stimme war fast nicht zu hören, weil irgendjemand so furchtbar laut schrie. Xyen schien das nicht weiter zu stören, denn er zog sie noch enger an seine Brust und gab ihr einen sanften Kuss auf die Stirn. So langsam wurde das Gebrülle echt nervig, aber noch bevor Cey sich danach erkundigen konnte, spürte sie Xyens Wärme in ihrem Bewusstsein.

»Sch…«, flüsterte der Seday. *»Ich bin ja da.«*

Hatte sie ihn denn gerufen? Cey wusste es nicht mehr, dafür erkannte sie endlich, dass sie es selbst war, die da schrie und augenblicklich verstummte sie.

Nathan betrat ihr Zimmer und verkündete leise: »Wir kriegen Besuch.« Einen Namen erwähnte er nicht oder jedenfalls nicht laut, Cey spürte allerdings, wie sich die Emotionen ihres Mentors veränderten. Ja, bei der Seday-Präsenz, die sich ihnen näherte, war es vermutlich ganz angebracht sich Sorgen zu machen.

»Ich komme gleich runter.« Xyen wartete, bis Nathan wieder verschwunden war. »Soll ich Lee rufen?«, erkundigte er sich fürsorglich.

Sehr verlockend sich hier im Bett zu verstecken. Cey schüttelte trotzdem den Kopf und stand langsam auf.

»Du brauchst nicht …«

»Er ist aber wegen mir hier.«

Xyen seufzte und geleitete sie ins Wohnzimmer, wo sich bereits Nathan, Lee und Jay eingefunden hatten. Kurz darauf klappte die Tür und Tajyno, der Anführer der Seday, erschien im Raum.

»Ich will alles wissen«, befahl er ausdruckslos und setzte sich. »Jedes Detail, jeden einzelnen Satz, jedes Wort.«

Er unterbrach Jays Bericht kein einziges Mal, sondern hörte aufmerksam zu. Wer davon ausgegangen war, dass der Mann mit dem mysteriösen Runen-Tattoo an der Schläfe in irgendeiner Weise auf die Geschehnisse der letzten Nacht reagieren würde, der hatte sich gründlich geirrt. Als Jay am Ende angelangt war, herrschte für einen langen Moment Stille.

»Ich möchte mit Cey sprechen«, meinte Tajyno schließlich. »Alleine.«

Damit hatte Cey gerechnet, trotzdem behagte ihr der Gedanke an das bevorstehende Gespräch ganz und gar nicht. Xyen sandte Nathan, Lee und Jay nach draußen, blieb selbst jedoch im Zimmer und sah sie fragend an. *»Cey?«*

Tja, was machte ihr jetzt mehr Angst? Wenn Xyen ging oder wenn er blieb und einige Dinge erfahren konnte, die sie lieber unausgesprochen gelassen hätte? Allerdings war sie ihm wohl endlich mal ein paar Antworten schuldig und eigentlich sogar viel mehr als nur das. Und wenn Cey ehrlich zu sich selbst war, so musste sie sich eingestehen, dass sie ihren Mentor wirklich in ihrer Nähe haben wollte.

»Bleib«, bat sie stumm und Xyen nahm im hinteren Teil des Wohnzimmers Platz, ohne sie jedoch aus den Augen zu lassen.

Tajyno ließ dieses Verhalten unkommentiert. Stattdessen bedachte er sie mit einem durchdringenden Blick. Cey hielt seiner Musterung stand und wartete darauf, dass Tajyno endlich begann.

»Auch wenn ich die Meinung deines Mentors sehr schätze, so teile ich keineswegs sein bedenkenloses Vertrauen in dich«, stellte Tajyno unumwunden fest. »Und vielleicht würde Xyen seine Meinung ebenfalls ändern, wenn er wüsste, wer du in Wahrheit bist.«

Ja, vielleicht. Das war einer der Punkte, den sie gerne übersprungen hätte. Sie sah Tajyno herausfordernd an. »Wer bin ich denn?«

»Das ist genau die Frage, die du mir beantworten sollst.«

»Da muss ich dich wohl leider enttäuschen.«

»Das glaube ich nicht.« Tajynos Stimme klang so, als wenn er sich seiner Sache sehr sicher wäre. Cey schwieg vorsichtshalber, doch ihre Augen verdunkelten sich zu einer gefährlichen Schwärze.

»Weißt du, Cey, ein paar Vorteile bringt es tatsächlich mit sich der Anführer zu sein«, erklärte Tajyno ihr. »Zum Beispiel entscheide alleine ich darüber, wer unter den Seday leben darf und wer nicht. Du denkst, du hast das Recht zu gehen, wann immer du willst, um Dinge zu erledigen, die du niemandem anvertraust, die aber offensichtlich beinahe eine ganze Seday-Einheit ausgelöscht hätten. Warum bitte sollte ich dir meine Erlaubnis geben unter uns zu leben?«

»Dann werde ich eben gehen.« Cey stand tonlos auf.

»Verrate mir, wer du bist, und du kannst bleiben.«

»Du erpresst mich?«

Tajyno erhob sich nun ebenfalls. »Nenne es, wie du es möchtest, es ist mir egal. Wenn du mir nicht sagen kannst, wer du bist, wenn du uns noch nicht einmal so weit vertrauen kannst, dann werde ich dich verbannen. Vielleicht passt du ja zu einer anderen J'ajal-Organisation besser als zu uns.«

Ceys Gefühle führten einen widerstreitenden Tanz auf und sie wusste nicht, was sie antworten sollte. Wie sollte sie eine Entscheidung treffen, wenn doch jede Wahl die falsche wäre? Ihre Kopfschmerzen wurden wieder stärker und sie drohte sich immer mehr in dem verwirrenden Chaos zu verstricken. Ihre Augen begannen zu brennen und fixierten unweigerlich die Tür. Cey fragte sich, warum sie sich das alles antat und nicht wirklich einfach verschwand.

Eine sanfte Wärme erreichte ihr Bewusstsein und sofort klangen die Schmerzen ein wenig ab. Selbst ihre erhitzten Emotionen beruhigten sich wieder. Genau das war es, was sie jedes Mal dazu bewogen hatte zu den Seday zurückzukehren. Diese unerklärliche, tiefe Zuneigung. Cey drehte sich zu Xyen um und erhielt ein aufmunterndes Lächeln von ihm.

»Selbst wenn ich es dir sage«, sie wandte sich wieder Tajyno zu und ließ sich in ihren Sessel zurücksinken, »dann ist es doch nur ein Wort und das ist nicht viel wert, wenn die Interpretation nicht stimmt.«

»Lass das mal meine Sorge sein.« Tajyno kehrte ebenfalls auf seinen ursprünglichen Platz zurück.

»Ein Wächter«, sagte Cey mit fester Stimme. »Ich bin ein Wächter.«

Tajyno sah sie unverwandt an und sie wusste, dass er den Wahrheitsgehalt ihrer Worte überprüfte.

»Das hatte ich vermutet«, meinte Tajyno nachdenklich und lockerte endlich seinen intensiven Blick. »Ich muss gestehen, meine Kenntnisse über euch sind beschränkt, aber ich weiß genug, um zu erkennen, dass Xyen sich nicht in dir geirrt hat.«

»Dann weißt du in der Tat nicht sehr viel.« *Wer will schon freiwillig etwas mit einem Wächter zu tun haben?*

Tajyno lächelte. »Nun, es gab einen Augenblick, da hatte ich die Befürchtung, du könntest einer derjenigen sein, über die du wachst. Jene, die sich selbst Dämonen nennen. Dass du weit mehr als ein einfacher J'ajal bist, war ja nicht schwer zu erkennen.«

»Und warum hast du die Dämonen-Theorie wieder verworfen?« Das machte sie jetzt doch neugierig.

Tajyno lachte. »Weil ich einige Sekunden, nachdem ich diesen Gedanken hatte, immer noch am Leben war.«

Das ist in der Tat ein gutes Argument ... Der Seday-Chef wusste offenbar mehr, als Cey vermutete hatte.

»Ich muss jetzt wieder los.« Tajyno stand auf und ging einen Schritt auf die Tür zu. »Und, Cey, ich wäre sehr froh, wenn du uns auch weiterhin die Ehre deiner Anwesenheit schenken würdest. Danke, dass du für uns sogar bereit bist, gegen deinesgleichen zu kämpfen.«

Mit dieser Feststellung verblüffte Tajyno sie nun endgültig. »Woher willst du das wissen?«, fragte sie ihn.

Tajyno schmunzelte. »Du hast die Stirn gerunzelt, als Jay uns das mentale Bild des J'ajals aus Agent Mires Haus übermittelt hat. Was nichts anderes bedeutet, dass das ganz sicherlich nicht der Mann war, der euch angegriffen hat. Und wir beide wissen doch, Dämonen sind viel zu arrogant, um ihre eigene Erscheinung zu verändern.«

So viel zu Tajynos beschränkten Kenntnissen ... Da war es wohl auch egal, wenn sie seinem Wissen noch etwas hinzufügte. »Tajyno?«

Der Anführer der Seday blieb stehen und sah zu ihr zurück. »Ja?«

»Dir ist klar, wie gering der Unterschied zwischen uns und jenen ist, die wir bewachen?«

Tajyno nickte. »Es reicht mir, dass es einen Unterschied gibt. Manche Seday unterscheiden sich auch nicht sonderlich von einem Dämon.«

Und damit hatte der Seday-Anführer leider Recht.

***

Xyen verstand immer noch nicht, was genau letzte Nacht passiert war, und noch sehr viel weniger, worüber Tajyno und Cey gesprochen hatten. *Dämonen? Wächter?* Scheinbar war ihm bisher so einiges entgangen.

»Und, was Hilfreiches erfahren?« Nathan ließ sich in einen Sessel plumpsen und sah ihn gespannt an.

Xyen zuckte bedauernd mit den Schultern. »Überhaupt nicht.«

Cey verzog das Gesicht und sandte ihm einen eindeutig entschuldigenden Blick zu. »Also ...«, startete sie einen ersten Erklärungsversuch.

»Ja?«, gaben Nathan, Jay und Lee im Chor zurück.

»Es ist kompliziert«, verteidigte Cey sich und erntete dafür drei resignierte Seufzer.

»Den Teil hatten wir bereits«, meinte Nathan vorlaut. »Erzähl uns lieber etwas über diesen verrückten J'ajal oder warum ich mich beinahe erhängt hätte.«

Seine Schülerin zuckte zusammen, bevor Xyen Nathan allerdings ermahnen konnte, entschuldigte sich dieser bereits selbst. »Sorry, war ein blöder Scherz.«

»Schon okay«, murmelte Cey, obwohl ihre Gefühle etwas ganz anderes verrieten. Sie holte tief Luft. »Fangen wir doch damit an, dass es kein verrückter J'ajal war, sondern jemand, der keinen anderen Ausweg mehr gewusst hat. Sein Name war Mindaran und –«

Ein Handyklingeln unterbrach sie. Es piepste zweimal kurz, einmal lang und dann wieder kurz. *So klingelt kein Seday-Smartphone.*

»Sag es nicht«, bat Xyen seine Schülerin, aber sie tat es trotzdem.

»Ich muss weg.«

Jay sprang auf und stellte sich mit verschränkten Armen in die Tür. »Ich will erst wissen, ob es noch weitere J'ajals gibt, die eine solche Gehirnwäsche betreiben können.«

Cey erhob sich und nahm ihr Ayaro ab. »Ja«, meinte sie ehrlich.

»Hier in der Nähe?«

»Du brauchst es nicht zu sagen«, verfügte Xyen, doch Cey ignorierte seinen lautlosen Einwand. »Es gibt sogar jemanden in diesem Zimmer.«

Schockiert starrte Jay sie an. »Du kannst das auch? Du könntest meinen Verstand manipulieren, wenn du es wolltest?«

»Ja.« Cey trat einen weiteren Schritt auf die Tür zu. »Jay, lass mich bitte durch.«

Jay bewegte sich nicht von der Stelle. »Warum bringst du mich nicht einfach dazu?«

Xyen spürte, wie sehr diese Frage Cey verletzte, und griff ein. »Weil Cey das nie tun würde. Jay, lass sie gehen.«

Sein Tonfall machte unmissverständlich klar, dass es sich bei dem letzten Satz um einen ausdrücklichen Befehl handelte. Jay wich grollend zur Seite, doch Cey verschwand nicht. Seine Schülerin streifte ihn mit einem kurzen Blick und wandte sich dann Lee zu. Sein Freund nickte und Xyen sah die beiden nachdenklich an. Offenbar hatte er auch innerhalb seines eigenen Teams das ein oder andere verpasst.

»Möchtest du mitkommen?«, fragte Cey ihn stumm. *»Selbst wenn das bedeuten könnte, dass du dich zwischen mir und deinen Seday-Grundsätzen entscheiden müsstest?«*

Xyen brauchte nicht zu überlegen. *»Cey, ich würde mich immer für dich entscheiden.«*

Die junge J'ajal lächelte. *»Na, dann los. Wir haben eine anstrengende Reise vor uns.«*

Eine Reise, die wohl sein ganzes Leben verändern würde. Trotzdem zögerte Xyen nicht an Ceys Seite zu treten. Er war bereit sich seinen neuen Herausforderungen zu stellen.

***

Cey führte ihn in einen kleinen, gepflegten Innenhof. Einige Bäume spendeten Schatten vor der brennenden Sonne und ein Wasserspiel plätscherte leise vor sich hin.

»Wie sagst du das doch immer so schön?« Cey bedachte ihn mit einem schiefen Grinsen. »Versuche keinen allzu großen Ärger zu produzieren, ja?«

Xyen musste schmunzeln. »Ich werde mich bemühen.«

»Am besten du ignorierst einfach alles.« Cey sah ihn ein letztes Mal mahnend an und verschwand in einem der angrenzenden Gebäude. Die nächsten Minuten spazierte Xyen einfach nur auf und ab, um seine vom langen Flug verspannten Muskeln wieder etwas zu lockern.

Japan also. Das war zugegebenermaßen mal direkt einleuchtend, schließlich hatten sich Mindarans Opfer vor etwas mehr als zehn Jahren in genau diesem Land aufgehalten.

Bis auf Ceys Ankündigung, er würde am Ende ihrer Reise den Auslöser für Mindarans Rachefeldzug kennen, hatte Xyen leider nicht mehr erfahren. Das Flugzeug hatte kaum abgehoben, da war seine Schülerin an seinen Arm gekuschelt eingeschlafen und er hatte es nicht übers Herz gebracht sie zu wecken.

Lees Meinung nach gehörte Cey sowieso für mindestens eine komplette Woche ins Bett und alleine die oberflächlichen Verletzungen, die er an der J'ajal entdeckt hatte, bestätigten diese Einschätzung mehr als genug. Wie es ansonsten um Ceys Zustand bestellt war, konnte er allenfalls erahnen. Nathan hatte ihm von den grausamen Kopfschmerzen erzählt, die mit der Befreiung aus der eingeflüsterten tödlichen Suggestion von Mindaran einhergegangen waren, und Xyen wollte lieber nicht zu genau ausrechnen, was herauskam, wenn man diese Schmerzen noch mit einem Vielfachen multiplizierte.

Nach einer weiteren Runde durch den Innenhof stoppte Xyen in der Nähe des Wasserspiels. Er musterte das Gebäude, in dem Cey verschwunden war. Aufgrund seines beharrlichen Nachhakens während der Taxifahrt vom Flughafen wusste er nun zwar, dass dies hier Mindarans ehemaliges Zuhause gewesen war. Was genau seine Schülerin hier erledigen wollte, hatte sie ihm allerdings nicht verraten. Ein ausweichendes »Du wirst es schon sehen« war die einzige Antwort gewesen, die er aus ihr herausbekommen hatte.

Fragt sich jetzt nur noch, wann ...

Xyen bemerkte eine huschende Bewegung zu seiner Seite, aber wie versprochen ignorierte er sie. Er selbst wurde jedoch keineswegs ignoriert, im Gegenteil. Das kleine Mädchen traute sich hinter dem Pfeiler hervor und ihre großen, dunklen Augen schienen ihn abschätzend zu mustern, verrieten jedoch nicht, zu welchem Ergebnis sie gelangte.

»Surani?«

Das Kind legte beschwörend den Zeigefinger auf die Lippen und hastete zurück in sein Versteck.

»Surani?« Eine menschliche Frau betrat den Hof durch einen der Durchgänge und sah sich suchend um. Nach einem Moment verließ sie den Platz wieder, ohne das Mädchen entdeckt zu haben.

»Sie ist weg«, meinte Xyen belustigt. »Du kannst wieder herauskommen.«

»Super«, freute sich die kleine Surani. »Ich wollte dich nämlich so gerne kennen lernen.«

Das Mädchen kam einen Schritt auf ihn zu und Xyen erstarrte. Hellgrüne Augen. Surani besaß auf einmal hellgrüne Augen. Und ihr Blick grub sich tief in sein Bewusstsein ein, tiefer und immer tiefer und ...

Eine blaue Flammenwand loderte am Rande seines Bewusstseins auf und Xyen spürte, wie sich der Geist des fremden Mädchens augenblicklich zurückzog.

»Entschuldige.« Surani sah ihn niedergeschlagen an. »Ich bin noch nicht so gut darin die Grenzen zu erkennen. Habe ich dir wehgetan?«

Xyen schüttelte automatisch den Kopf, obwohl es alles andere als angenehm gewesen war. Aber er war zu sehr damit beschäftigt dieses Kind anzustarren. Eindeutig ein Kind und eindeutig ein J'ajal. Das widersprach allem, was er jemals gelernt oder gehört hatte. Schließlich wusste jeder, dass J'ajals unfruchtbar waren und keine Kinder bekommen konnten, auch dann nicht, wenn sie sich für eine gemischte Beziehung mit einem Menschen entschieden.

Und doch stand Xyen nun ein vielleicht vier, fünf Jahre altes Mädchen gegenüber, das ihn gerade aus großen, silbergrauen Augen fixierte und anschließend schüchtern anlächelte. *Zu wem gehört dieses Kind? Hat Mindaran allen Naturgesetzen zum Trotz eine Tochter gezeugt?*

»Okay, jetzt weiß ich es.« Surani strahlte ihn an und neigte den Kopf. »Ich weiß, warum Cey dich so arg liebt. Du bist –«

Surani kam nicht dazu ihren Satz zu beenden. Ein Mann mit einem langen, geflochtenen Zopf und einem ärmellosen Shirt betrat den Hof und packte das Mädchen am Arm. Dieses Mal fiel es Xyen nicht schwer zu erkennen, dass es sich um einen J'ajal handelte. Ein äußerst wütender J'ajal, um genau zu sein. Surani schrie unter dem harten Griff auf und Xyen wollte instinktiv einen Schritt auf das Kind zu machen. Er wurde allerdings von einem zweiten J'ajal in seinem Rücken gestoppt oder besser gesagt von der Messerklinge, die sich gegen seinen Hals richtete. Also tat Xyen das einzig Vernünftige und verharrte auf der Stelle, auch wenn es ihm zutiefst widerstrebte.

Surani schrie noch immer und strampelte heftig, beeindruckte ihren Häscher damit aber nicht im Geringsten.

»Du solltest auf deinem Zimmer bleiben«, zischte er das Mädchen an. »Jetzt kannst du dir mit ansehen, was passiert, wenn du meinen Befehlen nicht gehorchst. Du weißt ganz genau, dass du dich von anderen J'ajals fernzuhalten hast. Es ist deine Schuld, was mit ihm passiert.«

Die Klinge drückte stärker auf Xyens Kehle und ein erster Blutstropfen löste sich und rann seinen Hals hinunter. Surani blickte ihn mit aufgerissenen Augen an und Xyen konnte das Grauen spüren, das in ihr erwachte.

»Assadar.« Ceys Stimme klang nur mühsam beherrscht. Sie schritt auf den Mann zu, der Surani immer noch fest umklammert hielt. »Lass sie los. Sofort.«

Der J'ajal kam Ceys Aufforderung umgehend nach und das kleine Mädchen warf sich schluchzend in die Arme der menschlichen Frau, die zuvor nach dem Kind gesucht hatte. Cey wartete stumm, bis die beiden den Hof verlassen hatten, dann war ihre Geduld erschöpft. Drohend baute sie sich vor demjenigen auf, den sie Assadar genannt hatte.

»Hast du auch nur einen einzigen Gedanken daran verschwendet, was du Surani damit angetan hast?«, knurrte sie. »Hast du nur eine einzige Sekunde damit verbracht zu überlegen, woran sie das erinnert?«

Anscheinend nicht, denn der Ärger in Assadars Aura verwandelte sich augenblicklich in eine tiefe Schuld. »Ich wollte nicht –«, begann er reuevoll, doch Cey war nicht gewillt ihm zu zuhören.

»Ist mir völlig egal«, sagte sie kalt. »Geh, und wage es ja nicht mir so schnell wieder vor die Augen zu treten.«

Der J'ajal ergriff blitzartig die Flucht.

»Und du«, fauchte seine Schülerin und kam auf ihn zu, starrte dabei allerdings die Gestalt in seinem Rücken an. »Kurtoko, was ist deine einzige verdammte Aufgabe? Antworte gefälligst!«

Das Messer fiel klappernd zu Boden und Xyen trat einen schnellen Schritt zur Seite. Der Mann, der ihn bedroht hatte, glich Assadar wie ein Spiegelbild und er trug sogar das identische ärmellose Shirt. Eineiige Zwillingsbrüder, eindeutig. »Die Sicherheit von Surani zu gewährleisten«, meinte Ceys Gegenüber nun leise.

»Und, hast du das gemacht? Hast du sie beschützt?«

Kurtoko versuchte sich zu verteidigen und zeigte vorwurfsvoll auf Xyen. »Er hat –«

»Deine Aufgabe ist Surani und sonst nichts.« Ceys Augen blitzen zornig auf. »Was war hier also das Problem? Ich gebe dir sogar einen Tipp: Der Seday war es nicht.«

Kurtoko straffte die Schultern. »Assadar«, bekannte er. »Assadar war hier das Problem und ich bin meiner Aufgabe nicht gerecht geworden.« Er neigte den Kopf und sein Zopf berührte beinahe den Boden. »Ich werde die Konsequenzen für meinen Fehler auf mich nehmen.«

Ceys Stimme war völlig ausdruckslos, als sie erwiderte: »Sicher wirst du das.«

Vielleicht hätte Cey noch etwas ergänzt, aber die Menschenfrau trat auf den Hof und sagte verzweifelt: »Cey, ich kann Surani nicht beruhigen.«

Sofort schlich sich ein Gefühl der Sorge in Ceys Aura. »Komm mit«, forderte seine Schülerin ihn auf. »Bevor du doch noch ein Messer im Hals stecken hast.«

Schweigend folgte Xyen der J'ajal in einen dunklen Flur, misstrauisch beäugt von der Menschenfrau.

»Akisa, das ist Xyen«, wandte Cey sich an sie. »Ich vertraue ihm und verbürge mich für ihn.« Seine Schülerin betrat eines der angrenzenden Zimmer, aus dem ein heftiges Schluchzen erklang.

Akisa sah ihn entschuldigend an. »Bitte verzeihe mir, Xyen.« Sie seufzte. »Es gab mal eine Zeit, da war ich eine ganz gute Gastgeberin. Würdest du mir die Ehre erweisen und eine Tasse Tee mit mir trinken?«

Xyen sagte freudig zu und folgte der Japanerin in ein gemütliches Wohnzimmer. Sie setzten sich an einen flachen Tisch. Tee trinken kam hoffentlich Ceys Ermahnung keinen Ärger zu produzieren etwas näher als die Geschehnisse eben im Hof. Xyens Blick fiel auf ein Porträt an der Wand, das eine hübsche junge Frau zeigte und mit Blumen geschmückt war.

»Meine Schwester Chimo.« Akisa lächelte wehmütig. »Sie ist leider früh verstorben. Das Foto zeigt Chimo am ersten Tag ihrer Ausbildung zur Kinderkrankenschwester. Sie hat Kinder über alles geliebt, besonders diejenigen, die sonst niemanden hatten. Wenn sie jemand danach gefragt hat, warum sie sich so für sie aufopferte, hat sie immer nur gelacht und gesagt, sie wäre doch total egoistisch. Schließlich bedeute ihr Engagement gleichzeitig, dass sie sich um ihre eigene Zukunft sorge, denn nichts anderes seien diese Kinder doch: unsere Zukunft ...«

Akisa brach ab und Xyen versuchte seine Wut zu unterdrücken. Genau diese Worte hatte der Drecksack Doika bei der Ordensverleihung für sein soziales Engagement benutzt, um sich wie ein Held feiern zu lassen. Dabei hatte der Familienminister zu einer der übelsten Sorte Mensch gehört, die es überhaupt gab.

Ein Zeitungsausschnitt blitzte in Xyens Erinnerung auf – Chimo war mit Sicherheit die junge Krankenschwester gewesen, die das Verhältnis von Doika zu einigen Waisenkindern als unangemessen bezeichnet hatte und kurz darauf verschwunden war. Vermutlich war der Tod dieser jungen Frau der Auslöser für Mindarans Mordserie, auf den Cey angespielt hatte. Zehn Jahre hatte es offenbar gedauert, bis der J'ajal Doika und seine perversen Politikerfreunde hatte aufspüren können und eine Journalistin, die ... was? Weggesehen hatte, wo sie es nicht hätte dürfen? Die den Familienminister und die anderen womöglich sogar bei ihren Untaten gedeckt hatte?

Nachdenklich trank Xyen einen Schluck seines Tees. Seine Schülerin betrat den Raum und kam auf Akisa und ihn zu, während Surani sich ängstlich hinter Ceys Beinen versteckte. Die Augen des kleinen Mädchens wirkten immer noch verquollen, aber sie schien sich wieder etwas beruhigt zu haben.

»Komm schon.« Cey gab der Kleinen einen aufmunternden Schubs. »Du wolltest ihn doch unbedingt kennen lernen.«

Zuerst sträubte Surani sich, dann erblickte sie allerdings das Gebäckstück in seinen Fingern und wieselte auf den Platz neben ihn. »Schokokekse.« Surani lächelte glücklich. »Das ist auch meine Lieblingssorte.«

Das Mädchen wandte sich an Cey, die sich nun ebenfalls gesetzt hatte. »Xyen hat einen guten Geschmack«, meinte sie altklug. »Ich mag ihn.«

Ein lauter Knall ertönte und Xyen zuckte überrascht zusammen. *War das nicht ein Schuss ...?* Surani starrte ihn an und wieder flammte Ceys Schutz um sein Bewusstsein auf.

»Xyen denkt gerade –«, setzte Surani zum Sprechen an, wurde jedoch von Cey unterbrochen. »Du wirst es nicht sagen«, mahnte sie das Mädchen streng.

Surani wandte sich hilfesuchend an Akisa. »Aber Xyen denkt –«

»Nein«, wurde Surani auch hier strikt beschieden.

Missmutig stopfte sich die Kleine einen Keks in den Mund. Dann sprudelte sie einfach los, so schnell, dass niemand es mehr verhindern konnte. »Ich will ja nur sagen, Kurtoko und Assadar rennen gerade hunderte Male ums Haus. Und mit einer Kugel im Kopf geht das doch gar nicht …«

»Surani!«, schimpften Cey und Akisa im Chor.

»Was denn?« Das Mädchen blickte murrend auf. Und überraschenderweise setzte sie sich sogar für die Zwillinge ein. »Cey, sei nicht so sauer auf Assadar und Kurtoko. Ich glaube, ich bin etwas anstrengend.«

»Dann solltest du vielleicht mal anfangen auf die beiden zu hören«, bemerkte Cey trocken.

»Hm.« Surani zerbröselte nachdenklich einen Keks in ihrer Hand und wandte sich mit gekrauster Nase an Xyen. »Xyen, hört Cey denn auf dich, wenn du ihr etwas sagst?« Das Mädchen sah ihn wissbegierig an und Akisa versuchte hastig ihr Grinsen hinter ihrer Teetasse zu verbergen.

»Nun, Cey bemüht sich auf jeden Fall«, versuchte Xyen sich in einer diplomatischen Antwort.

»Ich bemühe mich auch.« Surani nickte zufrieden und mümmelte einen weiteren Keks. »Ihr dürft also nicht mit mir schimpfen.«

Cey zog eine Grimasse und zuckte anschließend resigniert mit den Schultern. Xyens Augen streiften erneut das Porträt von Akisas Schwester Chimo und Surani seufzte herzerweichend auf.

»Daddy wollte sie heiraten«, meinte sie leise. »Er hat mir so viel von ihr erzählt und hat immer gesagt, wenn Chimo keinen anderen Mann findet, würde er sie eines Tages heiraten. Sobald wir endlich weg von *ihm* … ich meine, sobald wir …«

Das Mädchen brach ab und sah Cey hilfesuchend an. »Sobald ihr wieder zu Hause wärt«, ergänzte diese liebevoll.

Xyens Nackenhaare richteten sich instinktiv auf. Was war denn das für eine Formulierung gewesen? Weg von *ihm* …?

»Ja.« Suranis Gesicht verdüsterte sich. »Doch dann sind wir nach Hause gekommen und Chimo war nicht mehr da. Und jetzt ist mein Daddy auch nicht mehr da und ...«

Die Augen des Mädchens füllten sich mit Tränen, aber tapfer schluckte sie sie wieder hinunter. »Gibst du sie mir jetzt?«, fragte sie Cey.

Cey zog etwas aus ihrer Tasche, legte es in Suranis Hand und schloss die Finger des Kindes darum. Eine Kette. Mindarans Kette, die seine Schülerin nach ihrem Kampf mit dem J'ajal an sich genommen und für Stunden fest umklammert gehalten hatte. *Das hat Cey hier also erledigen wollen.* Surani legte ihre zweite Hand auf die mit der Kette und presste sie sich eng an die Brust. Für Xyen stand nun zweifelsfrei fest, dass Surani tatsächlich Mindarans Tochter war, so unmöglich das auch klang.

»Ich ... ich hole noch etwas Tee«, murmelte Akisa und eilte davon, obwohl die Kanne noch halb voll gewesen war.

»Hat Daddy etwas Böses getan?« Surani sah ängstlich zu Cey auf. »Er war so seltsam die letzten Male, als er mich besucht hat.«

»Also mir hat dein Vater davon erzählt, wie sehr er dich geliebt hat.« Cey zog das kleine Mädchen auf ihren Schoss. »Das passt doch überhaupt nicht zu böse.«

»Aber warum ist Daddy weggegangen, wenn er mich doch so arg geliebt hat?«

Cey strich dem Kind über die Haare. »Er hat Chimo vermisst. Dein Vater hat sie so furchtbar vermisst, dass er einfach zu ihr musste. Und er wusste, du bist schon groß genug, damit du zukünftig auf Akisa, Assadar, Kurtoko und die anderen aufpassen kannst.«

»Und wer erzählt mir jetzt die ganzen Geschichten über Chimo?«

»Na ich«, erwiderte Cey. »Willst du die Geschichte über den Heiratsantrag hören?«

Surani schniefte und nickte.

»Deinem Vater ist Chimo sofort aufgefallen«, begann Cey zu erzählen. »Sie war noch ein kleines Mädchen, als sie in das Haus nebenan einzog, und es hat nicht lange gedauert, bis dein Vater ihr nicht mehr von der Seite wich. Chimo war nämlich mit Abstand das interessanteste Mädchen, das es gab. Sie konnte sich so wundervoll darüber aufregen, wenn man sie an den Haarschleifen zog.«

»Grün«, warf Surani ein und kuschelte sich enger an Cey. »Die Haarschleifen waren grün.«

»Ja«, stimmte die J'ajal zu. »Denn Grün war Chimos Lieblingsfarbe. An einem sehr windigen Tag hat dein Vater wieder an Chimos Schleife gezogen, aber sie hat sich vollständig gelöst und flog einfach davon. Da ist Chimo sehr traurig geworden, weil es ihr liebstes Haarband war, und eine große Träne ist ihr über die Wange gekullert. Und so schön es auch war Chimo zu ärgern, das konnte dein Vater überhaupt nicht ertragen. Also ist er der Schleife hinterhergerannt, weiter und immer weiter, bis er sie schließlich gefangen hatte und zu Chimo zurückbringen konnte.«

»Und dann hat er ihr gesagt, er würde sie eines Tages heiraten, damit sie nie wieder weinen muss«, erzählte Surani weiter. »Doch dann ist ein Mann gekommen, ein ganz, ganz böser Mann. Er hat Daddy mitgenommen und –«

Xyen hielt es nicht mehr länger auf seinem Sitz aus und sprang auf. Das war jetzt schon die zweite Formulierung, die ihm einen Schauer über den Rücken jagte. *Weg von ihm? Ein ganz, ganz böser Mann?* Der war doch nicht etwa …?

»Ja«, murmelte Cey, ohne überhaupt in seine Richtung zu blicken. Und mit äußerster Hartnäckigkeit in der Stimme gebot sie ihm: »Keinen Kommentar dazu!«, während sie gleichzeitig beruhigend über den Rücken der kleinen Surani strich.

Xyen ließ sich wortlos zurück auf seinen Platz fallen. Das also war der Grund, warum Mindaran erst nach so langer Zeit auf Chimos Tod reagiert hatte. Nicht weil er zehn Jahre gebraucht hatte Doika und die anderen aufzustöbern, sondern weil er erst viel später davon erfahren hatte. Nachdem er mit seiner Tochter demjenigen grausamen Mann entkommen war, dem auch Cey all ihre Albträume und die Verletzungen ihrer Seele zu verdanken hatte ...

Xyen hörte einen erstickten Laut und sah Akisa im Türrahmen lehnen. Sie fuhr sich rasch über die Augen, straffte sich und setzte sich anschließend zu Cey und Surani.

»Ich kenne noch eine andere Geschichte«, meinte sie. »Und die handelt von Schokokeksen. Also pass gut auf ...«

Cey drückte Akisa das Mädchen in den Arm und erhob sich, um in den angrenzenden Flur zurückzuweichen. Xyen folgte seiner Schülerin und eine Weile lauschten sie stumm Akisas Erzählungen und Suranis Anmerkungen.

»Was ist mit Suranis Mutter?«, erkundigte er sich schließlich leise.

»Tot.« Cey wandte sich in Richtung Wohnzimmer und fixierte das blumengeschmückte Portrait an der hinteren Wand. »Die Erkenntnis von Chimos Tod hat Mindaran allerdings viel schlimmer getroffen. Er hat sich so oft ausgemalt, was aus ihnen geworden wäre, wenn nicht ...«

Cey brach ab und biss sich auf die Lippe. Nach all dem, was Mindaran seiner Schülerin angetan hatte, dürfte es nicht so sein und trotzdem war Xyen sich sicher richtigzuliegen. »Er war dein Freund, nicht wahr?«, fragte er behutsam. »Mindaran war dein Freund.«

»Ja«, stimmte sie zu und er sah die tiefe Trauer in Ceys Emotionen. »Wir sind doch zusammen aufgewachsen.«

Cey und er zogen sich unter einen Baum in den Hof zurück und nach einigen Minuten erschien Akisa, um sich von ihnen zu verabschieden.

»Surani ist eingeschlafen.« Akisa lächelte und Xyen konnte die Liebe spüren, die sie für das kleine J'ajal-Mädchen empfand. »Cey, komm uns doch bald wieder besuchen.«

Cey versprach es ihr und Akisa sah nun Xyen an. »Xyen, schön dich kennen gelernt zu haben.«

»Das kann ich nur erwidern«, sagte er.

»Ach, und bevor ich es vergesse …« Akisa wandte sich wieder an Cey. »Cey, grüß auch deinen Sohn ganz lieb von mir. Surani freut sich schon wahnsinnig auf den nächsten Ausflug mit ihm.«

Sohn? Cey hat selbst ein Kind? Xyen versuchte seinen Schock zu verbergen, er bestand allerdings noch nicht einmal vor den Augen der Menschenfrau.

»Cey.« Akisa sah seine Schülerin vorwurfsvoll an. »Du vertraust Xyen und bürgst für ihn mit all deiner Macht und erzählst ihm noch nicht einmal etwas von Nyim?«

»Das ist kompliziert«, wehrte Cey den Vorwurf ab, doch Akisa schnaufte nur verächtlich auf. Sie schüttelte den Kopf und richtete ihre nächsten Worte wieder an ihn.

»Xyen, das Mädchen in meiner Obhut ist bestimmt nicht ganz einfach«, meinte sie. »Aber du hast es eindeutig schwerer getroffen.«

Akisa verschwand in einem der Durchgänge, nicht ohne Cey mit einem letzten tadelnden Blick zu bestrafen. Ceys Gefühle schwankten zwischen Betroffenheit und Ärger und Schuld und Angst und …

»Ich würde trotzdem nicht tauschen«, sagte Xyen mit fester Stimme und gab Cey einen Kuss auf die Schläfe. Wenn er auch offensichtlich nicht allzu viel wusste, das wusste er ganz bestimmt.

***

»Am besten fangen wir damit an, dass nicht mehr jeder deine Gedanken lesen kann«, schlug Cey ihrem Mentor vor, sobald ihr Flugzeug abgehoben hatte. »Das andere Thema würde ich lieber erst einmal schieben …«

Xyens gold-braune Augen musterten sie lange und eindringlich, er wusste offenbar genau, auf welches Thema sie sich bezog. Schließlich nickte der Seday. *Sehr gut.* Eine Sache musste sie allerdings klären, daran führte kein Weg vorbei.

»Die Academy ist kein besonders geeigneter Ort für Kinder«, bemerkte Cey nachdrücklich. »Oder siehst du das anders?«

Wenn Xyen sich an die Seday-Gesetze halten würde, die er zu schützen geschworen hatte, dann müsste er das J'ajal-Mädchen Surani und alles, was er auf dieser Reise gesehen und gehört hatte, seinen Vorgesetzten melden. Er müsste nachforschen, wem sie Nyim überlassen hatte, müsste Sahim den Jungen entreißen und ihm einen Ayaro-Reif ums Handgelenk ketten. *Würde Xyen …?*

»Ich bin ganz deiner Meinung.« Xyens Finger schlossen sich fest um ihre Hand. »Versprochen!«

Cey bedachte ihren Mentor mit einem unsicheren Blick. »Bereust du es, dass du mich begleitet hast?« Sie selbst wäre wohl ziemlich bestürzt, wenn sie erkennen müsste, wie falsch viele der Dinge gewesen waren, an die sie bislang geglaubt hatte.

Doch Xyen antwortete ihr ohne zu zögern. »Nein.«

Cey lächelte ihr Gegenüber erleichtert an und Xyen erwiderte ihr Lächeln. »Okay«, bestimmte sie. »Dann lass uns jetzt ein Kartenspiel spielen.«

Xyen machte sich gar nicht erst die Mühe etwas zu fragen. Geduldig wartete er ab, bis sie die Karten gemischt und in einem Stapel vor ihm abgelegt hatte.

»Und?«, erkundigte er sich interessiert. »Wie sind die Regeln?«

»Ganz einfach«, erklärte Cey. »Du siehst dir verdeckt eine Karte an und ich versuche sie zu erraten. Natürlich nur, wenn du damit einverstanden bist.« Sie berührte Xyens Bewusstsein und der Seday gab ihr die Erlaubnis.

Mit jeder Karte, die sie erkannte, bemühte Xyen sich nur umso mehr.

»Herzass, Karo Zehn, Pik Sieben, Pik Junge …«, ratterte sie herunter.

Nach der Hälfte des Stapels gab Xyen auf. »Cey, ich merke noch nicht einmal, wie du meinen mentalen Schutz durchbrichst«, gestand er ihr offen.

»Tue ich auch gar nicht.« Sie grinste Xyen an. »Das wäre mir viel zu anstrengend.«

»Aber wie …?«

Für eine anschauliche Erklärung schnappte Cey sich einen Apfel und legte ihn auf den Tisch. »Nehmen wir mal an, das ist dein Verstand.« Sie griff nach den Karten und baute damit eine Mauer um den Apfel. »Und das ist jetzt deine geistige Barrikade.«

Cey warf einen kritischen Blick auf die Karten. »Okay«, genehmigte sie ihrem Mentor. »Weil du dich so brav angestrengt hast ...« Sie verstärkte die Mauer mit weiteren Karten.

»Und?« Herausfordernd sah sie Xyen an. »Warum genau sollte ich jetzt versuchen durch diese Mauer zu gelangen?«

Xyen betrachtete aufmerksam ihre Konstruktion und den Apfel, der von oben immer noch gut zu erkennen war. »Du umgehst meinen Schutz einfach, richtig?«

Genau so war es. »Jep«, bestätigte sie. Und dann versuchte Cey ihrem Mentor zu zeigen, wo genau seine Kartenmauer endete und wie einfach es war sie zu überwinden.

»So viele Stellen kann man doch gar nicht mit einer mentalen Sperre versehen«, beschwerte Xyen sich bei ihr.

»Aber sicher.« Cey grinste. »Und du wirst es lernen müssen. Ich kann dich schließlich nicht immer vor kleinen, gruseligen Mädchen retten.«

»Große, gruselige Mädchen sind aber auch nicht viel besser«, gab Xyen zu bedenken und da musste Cey ihm sogar Recht geben.

***

»Hey, Nathan.« Cey nickte dem blonden Seday zu und ließ sich auf einen Stuhl fallen. Sie war schon wieder total erschöpft. Wie lange es wohl noch dauern würde, bis sie sich wieder einigermaßen fit fühlen würde?

»Und?«, fragte Nathan mit einem verdächtigen Funkeln in den Augen. »Wie war es?« Er sah eher Xyen an als sie selbst, also fühlte Cey sich auch nicht verpflichtet zu antworten.

»Interessant.« Xyen schenkte sich gemächlich ein Glas Wasser ein. »Es war wirklich interessant.« Er sprach nicht weiter, trotzdem gab Nathan nicht auf.

»Irgendeinen verrückten J'ajal getroffen?«, erkundigte er sich neugierig.

Cey spürte einen schmerzhaften Stich in ihrer Brust und wandte sich schnell in eine andere Richtung.

»Nur Freunde«, erwiderte Xyen ruhig. Gleichzeitig zu seinen Worten sandte er seinen Geist zu ihr aus und tröstete sie stumm.

»Ach so.« Nathan verzog enttäuscht das Gesicht. »Klingt ja voll langweilig.«

Der Dämonen-Gemetzel-Part ihres Jobs würde Nathan wohl eher begeistern, momentan fehlte Cey allerdings die notwendige Energie, um darüber zu sprechen. Xyen übermittelte ihr eine mentale Frage und sie stimmte zu, vielleicht würde das ja Nathans Wissensdurst ein wenig stillen.

»Cey hat mir ein faszinierendes Kartenspiel beigebracht«, sagte Xyen zu Nathan. »Das solltest du unbedingt auch lernen.«

»Für Spiele bin ich immer zu haben.« Nathan sprang sofort auf und holte einen Stapel Karten aus dem Schrank.

Xyens Handy klingelte. Ihr Mentor meldete sich und verließ nach wenigen knappen Sätzen das Zimmer.

Klingt stark nach Agent Ferreira – was Xyen dem wohl erzählen will? War aber ausnahmsweise nicht ihr Problem und statt sich im Kreative-Ausreden-Erfinden zu üben, bemühte sich Cey darum Nathan die Regeln des mentalen Kartenspiels zu erläutern. Nathan nickte andächtig und begann eine Karte nach der anderen zu ziehen. Bereits nach einem Viertel des Stapels gab er auf.

»Das ist ein total bescheuertes Spiel«, stellte er missmutig fest. »Und es macht überhaupt keinen Spaß.«

Cey verdrehte die Augen. »Der Sinn dahinter ist ja nicht Spaß zu haben.« Sie nahm einen Apfel aus der Obstschale und ratterte ihre üblichen Erklärungen herunter.

»Der Apfel«, meinte Nathan nachdenklich und musterte ihr Gebilde aus Frucht und Karten.

»Ja?«

»War Xyens Verstands-Apfel größer oder kleiner?«

Irritiert sah Cey ihr Gegenüber an. »Das ist doch völlig egal.«

»Überhaupt nicht«, beklagte Nathan sich. »Ich muss das wissen, sonst kann ich mich unmöglich konzentrieren.«

»Schön«, resignierte Cey. »Der Apfel war in etwa gleich groß. Können wir jetzt weitermachen?«

Nathan sprang umgehend auf. »Siehst du, das hatte ich befürchtet.« Er stürmte in die Küche. Nach einigen Sekunden kehrte er mit einer überdimensionalen Wassermelone zurück, einen belustigten Xyen im Schlepptau.

»Nathan, bist du übergeschnappt?«

»Ich sorge nur für die richtige Relation«, verteidigte sich der Kindskopf und schob die Wassermelone in die Mitte des Tisches.

»Okay.« Cey atmete tief durch. »Kannst du mir dann jetzt meine Frage beantworten?«

»Welche Frage denn?« Nathan sah sie treuherzig an. »Cey, kannst du vielleicht noch mal von vorne anfangen? Ich habe nicht so richtig zugehört. Das mit dem Apfel hat mich echt fertiggemacht.«

Cey führte gleich zwei von Jays Beruhigungstechniken durch, dann wiederholte sie ihre Erklärungen. Sehr langsam und sehr deutlich. »Wenn diese Kartenmauer deinen mentalen Schutzschild darstellt und diese *Wassermelone* deinen Verstand, dann ...«

»Hast Recht.« Nathan nickte eifrig und griff zu seinem Handy. »Ich rufe Lee an. Er ist gerade in der Stadt und soll mir auf dem Rückweg einen Kürbis mitbringen. Den größten Kürbis, den sie gerade auf dem Markt haben.«

»Ich gebe es auf.« Stöhnend senkte Cey ihre Stirn auf die Tischplatte.

»Cey, was hast du denn?« Nathan wandte sich vorwurfsvoll an Xyen, der offenbar nur mit Mühe ein Lachen unterdrücken konnte. »Du hast Cey doch nicht zu sehr genervt, oder? Schließlich soll sie sich ja schonen.«

Statt dem Seday gemeinsam mit der Melone an den Kopf zu werfen, was genau sie von seiner Schonungs-Vorstellung hielt, flüchtete Cey sich lieber in den Garten. Hier wollte sie sowieso noch etwas erledigen.

»Hey«, grüßte sie Jay vorsichtig, nachdem sie ihn gefunden hatte. »Hättest du einen Moment Zeit für mich?«

Jay nickte und wies auf eine Bank.

Cey überlegte, wie sie überhaupt anfangen sollte, aber im Prinzip war es ja ganz einfach. »Jay, ich will mich bei dir entschuldigen.« Sie sah den hünenhaften Seday bittend an. »Du hattest vollkommen Recht, ich hätte euch mehr erzählen müssen. Ich dachte, es wäre sicherer, wenn ihr nicht so viel wisst, damit sich niemand näher für euch interessiert. Hat ja nicht wirklich funktioniert. Und weil alleine meine Anwesenheit eine Gefahr für euch darstellt und du doch dafür verantwortlich bist sie alle zu beschützen ... ich meine ...« Cey verhedderte sich, sprach es dann aber trotzdem aus. »Jay, soll ich lieber von hier verschwinden?«

Jay bedachte sie mit einem sanften Blick aus seinen jadegrünen Augen. »Das hast du gut erkannt«, erwiderte er ihr. »Meine Aufgabe ist es alle zu beschützen. Dazu zählst du ebenfalls, Cey. Und wenn du mir nichts sagst, dann habe ich keine Möglichkeit meine Aufgabe zu erfüllen und auf dich aufzupassen.« Jay musterte ihr Ayaro – ein äußerst leicht zu entfernendes Ayaro.

»Und, Cey, wage es ja nicht mich herauszufordern dich auf der ganzen Welt suchen zu müssen. Wir beide wissen, wie unterirdisch schlecht ich darin bin.«

Cey musste grinsen, Jays Versuche, versteckte Präsenzen zu entdecken, hatten bisher wirklich überaus drollig gewirkt.

»Außerdem schuldest du mir für mindestens dreihundert Jahre meckerfreies Training«, ergänzte Jay mit unbewegter Miene. »Und da habe ich bestimmt noch den einen oder anderen Kratzer an dir übersehen.«

Tja, das könnte sogar in etwa passen. Cey widersprach ihrem Gegenüber lieber nicht, sondern erzählte ihm, was sich so für Gestalten auf diesem Planeten tummelten. Dazu gehörte auch das Geständnis, dass es einige Wesen gab, die stärker waren als sie selbst. Mindaran zum Beispiel. Ja, sie hatte ihn vernichtet. Aber besiegt? Das hatte sie nicht. Der Wächter war ihr im mentalen Kampf schließlich immer überlegen gewesen.

Und ausgerechnet sie hatte Mindaran dazu auserwählt ihm die Ehre des endgültigen Todes zu erweisen. Ihre krampfhaften Bemühungen genau dies zu vermeiden hatte er schon beinahe als Beleidigung aufgefasst und Mindaran hatte ihr unmissverständlich erklärt, er würde ihre Seday-Freunde im Falle einer Weigerung nicht verschonen. Ausschließlich ihr würde er verraten, wie sie die Gespinste in den Köpfen der Seday vernichten konnte.

Außerdem hatte Mindaran sie immer und immer wieder auf ihre Pflicht hingewiesen, schließlich musste sie jeden vernichten, der gegen das Gesetz verstoßen hatte unerlaubt ein anderes Bewusstsein zu manipulieren. Doch Cey wollte ihren Freund nicht vernichten, denn sie verstand, warum Mindaran so gehandelt hatte. Und schließlich hatte sie selbst bereits weitaus mehr Menschen getötet als Mindaran auf seinem Rachefeldzug.

Letzten Endes gab Mindarans Ermahnung an das Versprechen, das sich alle ihrer Art gegeben hatten, den Ausschlag. Es war das Versprechen lieber den endgültigen Tod zu wählen, als keine Seele mehr zu besitzen. Und ohne die idealisierte Vorstellung seiner Chimo besaß Mindaran keine Seele mehr, ihm hatte die Kraft gefehlt jemand anderen zu wählen, eine andere Person, die er genauso zu lieben vermochte.

Cey schluckte bei der Erinnerung an ihren Freund. Sie beendete ihren kleinen Exkurs, verabschiedete sich von Jay und machte sich gähnend auf den Rückweg zum Haus.

»In fünf Minuten gibt es Essen«, rief Nathan ihr zu, während er versuchte einen Kürbis im Format eines Kleinlasters durch die Eingangstür zu bugsieren. *Völlig übergeschnappt,* sie hatte es ja gewusst.

Cey ließ sich auf das Sofa plumpsen und schloss die Augen.

***

Eine Berührung ihres Armes weckte sie wieder. »Ich komme gleich«, murmelte sie verschlafen.

»Alles okay.« Xyen trug sie vorsichtig die Treppen hinauf und verfrachtete sie in ihr Bett. Selbst in ihrem komatösen Dämmerzustand wollte Cey protestieren, doch da war Xyen bereits neben sie geschlüpft und zog sie eng an sich.

»Schlaf weiter«, befahl er ihr mit sanfter Stimme. »Wir passen solange auf dich auf. Und morgen kümmern wir uns als Erstes um deinen Stundenplan und deine verpassten Hausaufgaben. Die Seday-Academy freut sich nämlich schon auf deine Rückkehr.«

»Jedes Mal, wenn du mir fast sympathisch wirst, fängst du mit dieser bescheuerten Ausbildung an.« Cey blinzelte ihren Mentor vorwurfsvoll an.

»Genau deswegen ja«, neckte Xyen sie. »Schon vergessen? Du wolltest es doch immer vermeiden, dass wir Freunde werden.«

Nun, das hatte sie wohl gründlich vermasselt. Und irgendwie machte Cey das sehr, sehr glücklich. Sie lächelte und es dauerte nur wenige Sekunden, bis sie in das Reich der Träume zurückkehrte. Und dank der vertrauten Wärme ihres Mentors waren es dieses Mal tatsächlich nur Träume. Verrückte, wunderschöne Träume. Von Jay und seinen Männern, Lee, Nathan, Xyen, einem riesigen Kürbis und einem Schuh aus Glas ...?!

Epilog

Es war so weit, die Woche der Trimester-Prüfungen hatte begonnen und gleich der erste Tag hatte es mehr als nur in sich. Die Stimmung unter den Schülern reichte von nervös angespannt bis absolut hoffnungslos.

Für Cey sah der Plan als Erstes einen eher harmlosen Ausdauertest vor und nachdem sie sich von Jay die Zeit hatte geben lassen, die es zu unterbieten galt, fand sie sich an der gewünschten Startlinie der fünfundzwanzig Kilometer langen Rennstrecke ein.

Nur zu schnell musste Cey feststellen, dass entweder ihre Kondition spürbar nachgelassen hatte oder die Ansprüche der Prüfer deutlich höher waren, als das in ihrem bisherigen Training der Fall gewesen war. Zwar erreichte sie eine knappe Minute vor Ablauf der Frist das Ziel, aber ein gemütlicher Dauerlauf war das bestimmt nicht gewesen.

»Wow«, meinte einer der Prüfer beeindruckt. »Fast zehn Minuten unter der Zeit, das ist echt rekordverdächtig.«

Cey starrte ihren Trainer finster an, doch Jay sah genauso finster zurück. »Du hast mir eine falsche Vorgabe genannt«, warf sie dem braunhaarigen Seday vor, sobald sie außer Hörweite gelangt waren.

»Ja«, knurrte Jay. »Und ich hätte noch mehr Minuten abziehen sollen. Cey, du sollst dich gefälligst anstrengen und nicht nur gerade eben so viel machen, wie du musst. Dafür habe ich mir nicht nächtelang dein Geheule angehört.«

Zuerst wollte Cey protestieren, aber Jay hatte ja Recht. »Sorry«, entschuldigte sie sich. »Ist eine alte Angewohnheit von mir. Nicht zu viel von mir zu verraten, meine ich.«

Jays Stimme wurde augenblicklich sanfter. »Du brauchst dich hier nicht zu verstecken, Cey. Hier gibt es keine Feinde.«

Ceys Blick blieb an Tajyno, dem geheimnisvollen Anführer der Seday, hängen. Über irgendetwas schien Tajyno sich köstlich zu amüsieren. Er zwinkerte ihr einmal kurz zu und verschwand wieder im angrenzenden Wald. Vielleicht hätte Jay lieber die Formulierung »Hier gibt es *hoffentlich* keine Feinde« wählen sollen. Oder »hoffentlich keine allzu feindlichen Feinde«. Oder ...

Jay blieb stehen und betrachtete irritiert eine Baumreihe, über der ein kreischender Vogel schwebte. »War da jemand?«

Cey grinste, der Mann wurde echt immer besser. Sie sollte sich ein Beispiel an ihm nehmen. »Ich werde mich bei den anderen Prüfungen mehr anstrengen«, versicherte sie ihrem Trainer und das tat sie dann auch.

In Sprengstoffkunde erlitt Cey allerdings einen kleinen Rückfall. Als sie den aufgebauten Mechanismus erblickte und die Prüfer zusätzlich festhielten, diese Attrappe wäre die Nachbildung einer echten Bombe aus einem New Yorker Einkaufszentrum, die ein Sonderkommando gerade noch rechtzeitig entdeckt hatte, da überlegte Cey ernsthaft, ob sie umdrehen und aus der Tür stürmen sollte.

Xyen konnte ihre Reaktionen mittlerweile allerdings ganz gut einschätzen und hatte sich dementsprechend im Türrahmen platziert. Er sandte ihr ein beruhigendes Lächeln, verdeutlichte aber auch, dass er sie nicht aus dem Raum lassen würde. Also wandte Cey sich seufzend um und hörte der Aufgabenstellung weiter zu. Fünf Minuten Zeit für die Entschärfung – das waren immerhin drei Minuten mehr, als sie damals auf der Zeichnung für ihren Mentor angegeben hatte. Würde der Glasbehälter mit der roten Flüssigkeit nach Ablauf der Frist explodieren oder würde sie durch ein fehlerhaftes Verhalten in den Genuss der Farbdusche kommen, so wäre das Ziel der Prüfung verfehlt. Der rot gesprenkelte Boden bewies nur allzu deutlich, wie oft das heute wohl schon vorgekommen war.

Cey benötigte ganze dreißig Sekunden, um zu erkennen, dass die Skizze ihrer Vision über den Terroranschlag doch die korrekte Variante dargestellt hatte, und sie begab sich hastig außer Reichweite.

»Bedeutet das, du möchtest nicht weiter versuchen den Sprengsatz zu entschärfen?« Einer der Prüfer hob seinen Stift, um sich eine Notiz zu machen.

»Also, rote Klamotten verstoßen doch eindeutig gegen den hier herrschenden Schwarz-Weiß-Look«, gab Cey pampig zurück. Schließlich war es völlig egal, was sie versuchen würde, die Farbe würde sie so oder so abbekommen. *Tolle Prüfung.*

Xyen sah sie mahnend an. »Probiere es trotzdem«, verlangte er von ihr und der Stift des Prüfers verharrte erwartungsvoll in der Luft.

Cey verdrehte genervt die Augen, ging aber wieder auf die Apparatur zu. Sie ignorierte sämtliche Kabel, die ja doch keine Funktion hatten, riss den Glasbehälter aus dem Mechanismus und zerschellte ihn auf dem Fußboden. Dann fischte sie den kleinen Fernzünder aus der Lache und kappte ein einzelnes dünnes Drähtchen. Mit finsterer Miene legte Cey den Zünder zurück auf den Tisch. Ein Blick auf ihre Hände und Klamotten bewies, dass sie eine gründliche Dusche jetzt mehr als nur nötig hatte. Wehe, wenn die Farbe nicht wasserlöslich war.

Einer der Prüfer hob ein kleines Gerät und drückte einen Knopf, haargenau drei Minuten vor Ablauf der Frist und analog zu der Zeitspanne aus ihrer Vision. Nichts passierte und zustimmendes Gemurmel ertönte. »Nun, eigentlich war die Idee dich dabei zu beobachten, wie du dich generell mit so einem Sprengsatz beschäftigst«, sagte einer der Seday zu ihr. »Da du es aber sogar geschafft hast, die doppelte Funktionsweise zu durchschauen, erhältst du die Bestnote. Herzlichen Glückwunsch zur bestandenen Prüfung.«

Vor der Tür traf Cey auf ihren Freund Jari, der nervös auf- und abtrippelte. »Schlecht gelaufen?«, erkundigte Jari sich mitfühlend und beäugte die beachtliche Anzahl an roten Farbklecksen auf ihren Klamotten und Händen.

Cey zuckte die Schultern. »Ich habe den Sinn nicht kapiert.« Sie konnte die Belustigung in den Emotionen ihres Mentors spüren und bedachte ihn mit einem vernichtenden Blick, bevor sie sich mit einem aufmunternden Lächeln zurück an Jari wandte. »Du verstehst es bestimmt. Ich warte dann hier auf dich, okay?«

Jari nickte ihr dankbar zu und verschwand ins Innere des Prüfungsraums. Dafür bog nun Dragon um die Ecke und die nächsten Minuten musste Cey seine Lästereien ertragen. Als Jari das Prüfungszimmer wieder verließ – rot verschmiert, versteht sich – da steigerte sich Dragons Feixen ins Unermessliche.

»Ich gebe dir einen Tipp.« Cey beugte sich verschwörerisch zu dem Zwanzigjährigen mit der Igelfrisur vor und das brachte ihn immerhin für einen Moment zum Verstummen. »Nimm ja nicht den grünen Draht!«

Jari grinste breit und zusammen machten sie sich auf den Weg zu den Gemeinschaftsduschen. Kurz darauf stürmte auch Dragon in den Raum und versuchte sich von den blamierenden Farbspuren zu befreien. »Was war denn das für ein scheiß Tipp?«, fuhr er sie an und seine Augen blieben wohl einen Moment zu lange an ihrem nackten Körper hängen.

»Dragon«, erklang Xyens scharfe Stimme und der Schüler wandte sich hastig wieder von ihr ab.

»Die Drähte waren doch alle weiß«, maulte Dragon trotzdem weiter.

»Na und?«, gab Cey gelassen zurück. »Der Tipp war genauso hilfreich, wie es dein Gerede immer ist.«

Sie trocknete sich schnell ab, denn nun stand ihr die wohl am meist verhasste Prüfung bevor – Landons Lügentest.

Dabei hatte Cey sich selbst geschworen niemals aus einem nichtigen Grund die Unwahrheit zu sagen, die ideale Voraussetzung also, um mit Pauken und Trompeten durch die Prüfung zu rasseln.

Seufzend holte sie ein letztes Mal tief Luft, dann betrat Cey das Prüfungszimmer. Tajyno hatte sich ebenfalls im Raum eingefunden, anscheinend waren ihm seine Spionageversuche zu langweilig geworden oder er war einfach nur neugierig auf ihren Untergang. Immerhin war Tajynos Lächeln im Gegensatz zu Landons echt.

»Liebe Cey«, sagte Landon und der Spott in seinem Gesicht wurde nur noch größer. »Du siehst hinter dir eine Kiste mit bunten Kugeln. Deine Aufgabe wird es sein, verdeckt einige Kugeln auszuwählen, egal wie viele, egal welche Farbe. Danach musst du drei Minuten lang Fragen zu deiner Auswahl beantworten, entweder mit der Wahrheit oder mit einer Lüge. Am Ende der Zeit darf jeder Prüfer eine Einschätzung über die von dir gezogene Anzahl und die Farbe der Kugeln abgeben und dann musst du deine Hände offen vorzeigen. Dein Ziel ist es uns alle zu täuschen, niemand soll mit seiner Vermutung richtigliegen. Tajyno hat sich angeboten, als Überwacher zu fungieren, damit wir sicher sein können, dass du die Regeln einhältst.«

Nun, das dürfte interessant werden. Cey ging auf die Kiste zu und traf ihre Wahl. Sie stellte sich mit dem Rücken an eine Wand und verbarg die Hände hinter sich. Nur Tajyno konnte noch erkennen, was sie tat, und Cey war gespannt, wie er sich entscheiden würde.

Die Fragen der Prüfer prasselten nur so auf sie nieder. Ob sie rote, grüne, blaue, eine, zwei oder mehr Kugeln in den Händen hielt, alle in der gleichen Farbe, alle unterschiedlich. Cey antwortete ergeben und schielte immer wieder auf die verbleibende Zeit. Landon war durchaus eine Manipulation der Uhr zuzutrauen, nur um sie länger quälen zu können. Endlich kam die Anzeige bei null an und die Prüfer gaben ihre Vermutungen ab. Als Landon an der Reihe war, sah er sie triumphierend an. »Du hast gar keine Kugel gezogen.«

Keine schlechte Idee, so einfach hatte sie es ihm allerdings nicht gemacht. Cey zog ihre Hände hinter dem Rücken hervor und legte eine einzelne gelbe Kugel auf Landons Prüfbogen ab.

»Es gab eine Frage nach einer gelben Kugel in deiner Hand«, meinte Landon misstrauisch. »Und du hast die Frage verneint.«

»Cey hat sich an alle deine Vorgaben gehalten«, mischte Tajyno sich ein. »Und sie hat es geschafft mich zu beeindrucken.«

Damit stand das Ergebnis der Prüfung fest und Cey verließ erleichtert den Raum.

»Wie hast du ...?«, setzte Xyen zu einer Frage an, wurde aber von Tajyno unterbrochen. Der Seday-Anführer streckte auffordernd die Hand aus und Cey reichte ihm die beiden blauen Kugeln, die sie in ihrer linken Hosentasche versteckt hatte, und eine weitere grüne aus ihrem rechten Ärmel.

»Wirklich beeindruckende Fingerfertigkeiten.« Tajyno zwinkerte ihr zu und kehrte in den Prüfungsraum zurück.

Xyen schmunzelte. »Nun, dann ist dir ja rechtzeitig genug eine deiner kreativen Lösungen eingefallen.«

»War aber ziemlich riskant«, erwiderte Cey ihrem Mentor. »Einige Fragen hätte ich nicht wahrheitsgemäß beantworten können.« Sie sah Xyen besorgt an. »Es gibt doch nächstes Trimester keinen Kurs *Lügen II – Jetzt erst recht*, oder?«

Xyen lachte. »Darüber machen wir uns Gedanken, wenn es so weit ist.«

Tatsächlich hatte Cey bald ganz andere Sorgen, denn der waffenlose Nahkampf stand ihr bevor. Das Ziel war es eine bestimmte Anzahl verschiedener Angriffstechniken und Verteidigungsmöglichkeiten zu demonstrieren, natürlich ohne den Gegner ernsthaft zu verletzen. Oder zu töten.

»Wir haben das hunderte Male geübt«, versuchte Jay sie zu beruhigen.

Cey sandte ihrem Trainer einen finsteren Blick. »Nicht oft genug.«

»Ich werde schon aufpassen, damit nichts passiert.«

Jay war zwar schnell, das stimmte, aber so schnell war er dann auch wieder nicht. Ceys Miene verfinsterte sich weiter.

»Können wir?«, fragte Delam, der Sportlehrer ihrer Klasse und nun ihr bedauernswerter Sparring-Partner.

»Ich hoffe, er hat eine hohe Lebensversicherung abgeschlossen«, murmelte Cey leise und betrat den Ring.

Nach fünf verpatzten Angriffen und zwei ausgelassenen Verteidigungsmöglichkeiten musste sie sich jede Menge Kritik von den Prüfern anhören und galt als gerade so nicht durchgefallen. Jays überschwängliches Lob verursachte irritierte Blicke bei allen Anwesenden, der muskelbepackte Seday ignorierte es jedoch gekonnt und legte ihr die Hand auf die Schulter. »Ich habe gewusst, du schaffst es!«, bemerkte er stolz. »Eine gute Leistung.«

Die nächste Stunde hatte Cey frei, um sich von einem verrückten französischen Stylisten auf den menschlichen Abendball vorbereiten zu lassen. Sie hatte das schlichteste Kleid gewählt, das im Angebot gewesen war, ohne Rüschen, Volants oder sonstigen Verzierungen und mit einem in etwa angemessenen Dekolleté. Dafür war der Rückenausschnitt geradezu verwegen und ihre Frisur und ihr Make-up führten dazu, dass Cey kurz davorstand, den gigantischen Spiegel ihres Badezimmers zu zertrümmern.

»Mon Dieu!«, rief ihr Stylist entrückt. »Du siehst einfach ...«

»... unterirdisch passabel aus.« Nathan trat durch die Verbindungstür von Xyens Zimmer in ihr eigenes und schüttelte scheinbar bekümmert den Kopf.

Cey musste beinahe lächeln. Passabel war genau das Wort, das sie einmal benutzt hatte, um Nathans Aussehen zu beschreiben, und es war ihr eine Milliarde Mal lieber als ...

»Non, non, ich wollte sagen perfekt.« Der Stylist sprang empört auf und Cey schloss schnell die Augen, um eine von Jays Atemtechniken durchzuspielen. Viel beruhigender empfand sie allerdings die Berührung von Nathans Hand auf ihrem Arm.

»Unterirdisch passabel«, bekräftigte er in Richtung des Stylisten. »Mittelmäßig passabel wären ihre normalen Klamotten und sehr passabel ... hm, das geht dich nichts an.«

Nathan ließ ihr galant den Vortritt und als Cey den Flur erreicht hatte und damit in Sicherheit vor dem durchgeknallten Franzosen war, kam sie endlich dazu auch Nathans Outfit zu begutachten. Schwarzer Smoking, ein weißes Hemd mit einer edlen Krawatte, teuer aussehende Manschettenknöpfe – Nathan stand so etwas einfach.

»Und?«, fragte er sie grinsend. »Nimmst du mich so mit?«

Cey war wirklich froh, dass Nathan ihre Begleitung für den heutigen Abend darstellte, also dankte sie es ihm mit einer ehrlichen Antwort. »Nathan, du siehst jetzt schon mittelmäßig passabel aus.«

Nathan freute sich und revanchierte sich auf dem Ball damit sie bestmöglich abzulenken. Jeder Typ, der es wagte sie auch nur eine Sekunde lang anzustarren, fand prompt Eintritt in Nathans Galerie der Karikaturen. Über mehr als eines seiner mental übermittelten Bilder musste Cey herzhaft lachen und so gelang es ihr sogar sich anmutig im Kreis zu drehen, höflichen Small Talk abzuhalten und beim Suppe schlürfen vornehm den kleinen Finger abzuspreizen. Eben all das, was sich die Academy-Leitung unter einem sicheren Auftritt in der gehobenen Gesellschaft vorstellte.

Selbst ihre Ballettdarbietung, die ebenfalls Teil der Prüfung war, brachte Cey unbeschadet hinter sich.

»Wundervoll, so eine moderne Interpretation«, lobte eine alte Lady mit einem beeindruckenden Collier. »Jeans und T-Shirt sind doch mal was ganz anderes als die gewöhnlichen rosa Tutus. Also mir hat es gefallen.«

Cey bedankte sich mit einem höflichen Knicks, schlüpfte zurück in ihr Abendkleid und mischte sich wieder unter die Menge.

»Findest du nicht, Jay hat etwas übertrieben, indem er gleich alle zehn Schatten mit hierhergebracht hat?«, fragte sie Nathan beim nächsten Tanz und deutete auf den gerade an ihnen vorbeihuschenden Five.

»Die sind ja nicht alle nur wegen dir hier«, gab Nathan belustigt zurück. »Jay hat die Aufgabe bekommen für die Sicherheit aller Schülerinnen zu sorgen. Wenn etwas ist, solltest du dich also lieber an mich wenden.« Er grinste. »Sonst wird am Ende jemand anderes zuerst gerettet.«

Ceys Blick streifte ihre Mitschülerin Sky. Die Neunzehnjährige schwebte glücklich über die Tanzfläche und sah in ihrem pinkfarbenen Dress und dem glitzernden Haarschmuck aus wie eine richtige Prinzessin. Die musste definitiv nicht gerettet werden.

Nathan wurde von einigen lokalen Politikern in Beschlag genommen und einer der Männer wandte sich entschuldigend zu Cey um. »Unser Gespräch muss so langweilig für Sie sein«, sagte er. »Leisten Sie doch meiner Frau und ihren Freundinnen etwas Gesellschaft, bis wir unsere Diskussion beendet haben. Ich bin mir sicher, die Damen wären ganz entzückt davon eine so reizende junge Lady in ihrer Mitte begrüßen zu dürfen.«

»Wie nett von Ihnen an meine Unterhaltung zu denken«, flötete Cey zuckersüß zurück. »Da kann ich Ihre Frau ja gleich danach fragen, wo sie ihre wundervollen silbernen Pumps gekauft hat.«

»Übertreibe es nicht!«, mahnte Nathan sie lautlos, schenkte ihr aber ein verschmitztes Lächeln.

Cey gab sich betont unschuldig. *»Ich dachte, ich soll höflich sein?«*

»Du weißt genau, was ich meine.«

Das wusste sie in der Tat, also seufzte sie nur leise auf. Die nächsten Minuten beherrschte Cey sich wirklich, doch dann hielt sie es einfach nicht mehr aus. *»Nathan, so viele Beruhigungstechniken kann Jay mir gar nicht beibringen.«*

Nathan war umgehend an ihrer Seite und hielt einen widerlichen alten Typen davon ab mit einer Serviette an ihrem Ausschnitt herumzufingern, weil er ganz aus Versehen ihre Brüste mit seinem Krabbencocktail begossen hatte. Dass sich Cey, wann immer es ihr möglich war, vegetarisch ernährte, machte das Ganze nur noch ekelhafter für sie.

»Guten Abend, Senator Truin«, grüßte Nathan ausgesprochen freundlich. »Sie wollen mir doch meine Freundin nicht abspenstig machen, oder?«

Truin bekam einen hochroten Kopf und gleich mehrere Gäste wandten die Blicke in ihre Richtung.

Nathan fischte ungeniert eine Krabbe von Ceys Dekolleté. »Ein Tick zu viel Knoblauch«, erklärte er kauend. »Ist also tatsächlich nur zum Ausschütten geeignet.«

Die Leute lachten und die Spannung im Raum löste sich wieder auf. Nathan geleitete Cey zu einer der luxuriösen Toiletten, in denen wahrscheinlich eine vierköpfige Familie mitsamt Hund Platz gefunden hätte. Sie trat ein, drehte den Wasserhahn im Vorraum auf und ließ sich erschöpft zu Boden sinken. Kaum eine Minute später öffnete Nathan die Tür. Er schlüpfte zu ihr in den Raum und bemerkte ausdruckslos: »Beeil dich gefälligst.«

Cey setzte zu einer wüsten Beschimpfung an – und in den letzten Stunden hatte sich da so einiges angesammelt –, doch dann entdeckte sie das verräterische Glitzern in Nathans blauen Augen.

»Was?«, erkundigte sie sich misstrauisch.

Nathan grinste. »Der Ball ist zwar noch nicht vorüber, aber die Prüfer sind gerade abgezogen und Xyen hat mir erlaubt dich für den restlichen Part zu entführen – vorausgesetzt ich bringe dich rechtzeitig zur Besprechung in die Academy zurück. Wenn du hier allerdings noch mehr Zeit verbringen willst, brauchst du nur weiterhin so zu trödeln und –«

Cey benötigte keine drei Sekunden, um aufzuspringen und nach draußen zu stürzen. Sie war so schnell, dass Nathan Probleme hatte ihr zu folgen. Da er sich aber die Mühe gemacht hatte Xyen von ihrem verfrühten Aufbruch zu überzeugen, ging sie nicht weiter als bis zum Parkplatz. Nathan öffnete ihr galant die Wagentür und setzte sich selbst ans Steuer.

Eine knappe Stunde später schlenderte Cey barfuß durch den Wald. Nathan war mit einem Spaziergang zum See und dem kleinen Wasserfall einverstanden gewesen und stupste sie nun liebevoll in die Seite. »War der Abend denn wirklich so furchtbar?«

»Hätte schlimmer kommen können«, gab Cey zu und tauchte ihre Füße in das kühle Nass. »Muss man auf der Besprechung eigentlich mit einer ordentlichen Frisur auftauchen?«

»Ich glaube nicht«, meinte Nathan amüsiert. »Wieso …?«

Den restlichen Satz hörte Cey schon gar nicht mehr. Sie war bereits aus ihrem Ballkleid geschlüpft und in die Dunkelheit des Sees abgetaucht. Es dauerte eine geraume Weile, bis sie die ganzen Spangen aus ihren Haaren gelöst hatte, aber schließlich fühlte sie sich endlich wieder wie sie selbst. In Nathans Nähe kam sie wieder an die Oberfläche und klammerte sie sich an einen der Felsen.

»Besser?« Der Siebenundzwanzigjährige lächelte sie an und sein Blick fiel ausschließlich auf ihr Gesicht und sonst nirgendwohin. Vielleicht gab das den Ausschlag, dass Cey ihm endgültig und vollkommen verzieh, egal was er einmal im Streit zu ihr gesagt hatte.

»Viel besser«, meinte sie. »Es ist allerdings schade, dass du immer noch nur mittelmäßig passabel aussiehst ...« Cey verschwand wieder unter Wasser und hatte sich fest vorgenommen bis fünfzehn zu zählen, aber bei zwölf hielt sie es einfach nicht mehr aus.

Für Nathan hatte die Zeit trotzdem gereicht. »Schicke Krawatte«, kicherte Cey und ließ sich von dem ansonsten nackten Seday an Land ziehen.

»Ich habe gewusst, es gefällt dir.« Nathan zwinkerte ihr zu und zog sie eng an sich.

Die Wasserspuren auf ihrer Haut fühlten sich auf einmal gar nicht mehr so kühl an, als Nathan sie mit seinen Fingern ausgiebig erkundete, und mit einem leisen Seufzen hob Cey den Kopf. Nathans Geist und seine Lippen berührten sie zugleich und die mehr als eindeutigen Bilder, die sie in dem Bewusstsein des Seday aufblitzen sah, ließen eine unglaubliche Hitze in ihr emporsteigen. Cey schlang ihre Finger um seinen Nacken und gewährte ihm nun ebenfalls einen Zugang zu einem kleinen Bereich ihres Verstands.

So musste Nathan sie gar nicht erst fragen, was sie sich wünschte, und wie es seiner ungestümen Art entsprach, ließ er sie nur wenige Augenblicke warten, bis er sie sanft zu Boden drängte. Kein einziges Mal unterbrach er dabei seinen langanhaltenden, intensiven Kuss und je fordernder Nathans Bewegungen wurden, desto stärker wurde das Gefühl in Cey, sie könnte womöglich verbrennen ...

***

Anscheinend sah Nathan das genauso, denn für die zweite Runde schubste er sie grinsend zurück ins Wasser. Er selbst kam mit einem angeberischen Hechtsprung hinterher, aber ausnahmsweise ließ Cey das unkommentiert. Wahrscheinlich nur deshalb, weil Nathan seine ganz eigenen Methoden hatte sie vom Sprechen abzuhalten. Einem zärtlichen Kuss folgte ein weitaus hungrigerer und die typische J'ajal-Leidenschaft entfachte sich erneut zwischen ihnen. Ceys Atmung beschleunigte sich, ihr Herzschlag ebenfalls und der harte Fels in ihrem Rücken störte sie kein bisschen.

Für einen flüchtigen Moment wich Nathan von ihr zurück, um ihr unendlich sanft eine lange, dunkle Haarsträhne aus dem Gesicht zu streichen, dann war jegliche Beherrschung passé.

***

»Ich sage es ja wirklich nur ungern ...«, meinte Nathan irgendwann.

»Dann lass es!«, unterbrach Cey ihn und bewegte ihren Kopf keinen einzigen Millimeter von seiner Schulter weg.

»Okay.« Nathan streichelte langsam über ihren unteren Rücken. »Kommen wir also zu den Wünschen für meine Beerdigung, denn Xyen wird mich garantiert killen. Hör gut zu ...«

Als Nathan schließlich bei den Details der Blumenarrangements angekommen war, gab Cey frustriert auf. Von solch exotischen Pflanzen hatte sie noch nie etwas gehört. »Ich habe es verstanden«, murrte sie. »Gehen wir eben zurück.«

Xyen wartete tatsächlich schon auf sie, bevor er jedoch etwas sagen konnte, verteidigte Nathan sich bereits. »Gerade so pünktlich zählt auch als pünktlich.«

Resigniert schüttelte Xyen den Kopf. Er musterte sie von oben bis unten und bemerkte trocken: »Cey, ich dachte ja zu deinem Abendkleid hätten auch mal Schuhe gehört.«

Ups. Die fürchterlichen Dinger hatte sie wohl im Helikopter vergessen. Zum Glück war das Kleid lang genug und nachdem Cey einige Probeschritte auf den Zehenspitzen vollführt hatte, gab ihr Mentor nach und scheuchte sie in den Besprechungsraum der Academy.

Ceys Laune sank synchron zu der Länge der Ansprachen und besonders bei ihr schienen die Prüfer so gar kein Ende zu finden. Immer wieder lobten sie ihre Eleganz und ihre vornehme Etikette. Der absolute Tiefpunkt war erreicht, als Cey schließlich als Siegerin der Abendveranstaltung ausgerufen wurde und ihr einer der Prüfer einen Sonderpreis überreichte. Ein Kleid. Ein Traum aus türkisener Seide, über und über mit Pailletten und glitzernden Steinen bestickt und direkt vom Runway einer Pariser Modenschau importiert. Ein Preis, mit dem Cey ungefähr so viel anfangen konnte wie mit einer verkohlten Glühbirne. *Okay, der Vergleich hinkt etwas, schließlich kann man die Glühbirne für alles Mögliche gebrauchen, das Kleid jedoch ...*

Cey warf Nathan einen verzweifelten Blick zu und der Seday funkelte sie verschwörerisch an. Er spielte so lange mit seiner ruinierten Krawatte herum, bis er einen mahnenden Stoß von Xyen erhielt. Das tröstete Cey immerhin weit genug, um sich artig bedanken zu können.

»Gratulation, das Kleid ist echt der Hammer«, stellte ihre Mitschülerin Sky mit neidvollen Blicken fest. Und sie musste es schließlich wissen, denn Blondchen las jedes einzelne Modemagazin, das auf den Markt kam. War wahrscheinlich auch der einzige Grund dafür, dass sie sich so viel Mühe in den Sprachkursen gegeben hatte.

»Ja«, erwiderte Cey. »Leider passt das Kleid so gar nicht zu meinen Haaren, echt schade. Wenn nur jemand ausnahmsweise so nett wäre es mir abzunehmen ...«

Skys Clique sah gespannt zu ihnen hinüber. Zweifellos hofften sie auf einen der üblichen Sprüche ihrer Anführerin, so etwas wie »Gnädigerweise und weil heute Montag und Vollmond ist und es Schokokuchen in der Kantine gab, aber das ist wirklich nur einmalig ...«, doch Sky straffte die Schultern und sagte etwas ganz anderes.

»Nein, ich bin überhaupt nicht nett. Aber du bist es, Cey, und wenn du mir das Kleid schenken möchtest, dann würde ich mich wirklich sehr darüber freuen.«

Wow, das war ja mal direkt unkompliziert gewesen und die Academy hatte gleich zwei zufriedene Schülerinnen mehr.

Als Cey schließlich in ihren Kleiderschrank kroch, machte sie sich dennoch eine gedankliche Notiz sich für die nächsten Trimesterprüfungen rechtzeitig eine glaubwürdige Ausrede zu besorgen. Vielleicht konnte sie ja Lee davon überzeugen ihr einen Krankenschein auszustellen. Bei ihren andauernden Verletzungen dürfte das nicht allzu kompliziert werden. Okay, es war natürlich ebenfalls möglich, dass es gar keine nächsten Trimesterprüfungen für sie geben würde, weil sie zu diesem Zeitpunkt längst tot wäre – und zwar endgültig tot. *Vernichtet von einem Dämon oder einem Wächter oder einem Seday oder einem anderen J'ajal oder einem Menschen oder ...*

Xyen unterbrach ihre lautlose Aufzählung, indem er die Schranktür einen Spalt weit öffnete. »Das war der schlimmste Tag«, hielt er beruhigend fest.

»Ja«, erwiderte Cey ironisch. »Wer das wohl genau so geplant hatte?« Die Antwort ihres Mentors bekam sie allerdings schon gar nicht mehr mit. In der Geborgenheit von Xyens mentaler Wärme war sie eingeschlafen.

***

Die restlichen Prüfungen waren dann tatsächlich ein Kinderspiel für Cey und am Ende der Woche gehörte sie zu den Schülern, die alles bestanden hatten und damit offiziell ins nächste Trimester versetzt wurden. Cey freute sich, dass es Jari und Sky ebenfalls geschafft hatten, bei Dragon hielt sich ihre Begeisterung in Grenzen.

In einer feierlichen Zeremonie wurden die schwarzen Steine ihrer Identifikationsarmbänder gegen dunkelgraue ausgetauscht. Ein sehr, sehr dunkles Grau, aber immerhin ein erster Hinweis darauf dem lang ersehnten Ziel eines weißen Ayaro-Steines und damit dem Abschluss an der Seday Academy ein Stückchen nähergekommen zu sein.

Ceys Armreif bildete natürlich nach wie vor eine Ausnahme, schließlich besaß sie bereits einen kleinen, weißen Stein. Doch die ehemaligen schwarzen Ringe, die diesen Stein rechts und links umrahmt hatten, leuchteten nun ebenfalls in einem dunkelgrauen Ton.

»Herzlichen Glückwunsch«, gratulierte ihr Zidaz, der Leiter der Academy. »Und weiterhin viel Erfolg bei deiner Ausbildung.«

Zidaz wandte sich an den nächsten Schüler und Cey schlenderte langsam auf ihre Gruppe zu. Xyen, Nathan, Lee, Jay und alle strahlten ihr so glücklich entgegen, dass sie selbst ebenfalls lächeln musste.

Dann trat Xyen einen Schritt zur Seite und gab den Blick auf einen weiteren Seday frei. Einen weisen, alten Seday mit silbrig-blauen Augen, der ihr beigebracht hatte, dass es auf dieser Welt immer noch etwas gab, für das es sich zu kämpfen lohnte.

»Jisuho.« Cey konnte sich nicht mehr bremsen und warf sich in seine Arme.

»Hallo, mein Kind.« Jisuho strich ihr liebevoll über die Haare. »Du hast hoffentlich nicht gedacht, ich würde deinen ersten Schulabschluss verpassen, oder?«

Wohl kaum, schließlich hatte dieser Mann sie überhaupt erst an die Academy geschickt. Gegen ihren erbitternden Widerstand war sie tatsächlich eine gewöhnliche Seday-Schülerin geworden.

Oder zumindest beinahe. Vier eindringliche Klingelzeichen erinnerten Cey daran, dass sie dann doch etwas anders war. Seufzend zog sie das Handy aus ihrer Jackentasche.

Die Farbe des Displays?

Lila.

Ende von Band 2

Glossar

Akisa – menschliche Beschützerin von Surani, einem J'ajal-Mädchen, das es gar nicht geben dürfte

Andy – Student der Medienwissenschaften an der Universität von West Whiard, menschlicher Freund von Cey. Besondere Fähigkeit: Skateboarden de luxe

Area XV4 – Stützpunkt der Seday, auf dem sich die Seday-Academy befindet, nächstgelegene Stadt: Fallton

Assadar – Dämonenwächter, Zwillingsbruder von Kurtoko

Ayaro – metallisches Identifikationsarmband der Seday, dient unter anderem zur Ortung, Überwachung von Vitalfunktionen und zur Aktivierung von technischen Geräten; ein integrierter Stein zeigt die Ausbildungsstufe des Trägers an

Ceros – Sprach- und Geschichtslehrer an der Seday Academy

Ceytlyn, genannt Cey – hauptberuflich Dämonenwächterin, in ihrer Freizeit eine mehr oder weniger fleißige Schülerin der Seday Academy, Schützling von Xyen. Besondere Fähigkeiten: für ihren Geschmack entschieden zu viele

Chen – stellvertretender Direktor und Befürworter von Landons militärischem Drill

Delam – Sportlehrer an der Seday Academy

Der Graf – Dämonenwächter und Ceys Ziehbruder, besondere Fähigkeit: Furcht verbreiten

Dragon – Schützling von Landon und verhasster Mitschüler von Cey. Besondere Fähigkeit: zu seinem Bedauern noch keine

Ferreira – FBI Agent und menschlicher Kollege von Xyen

Jari – Mitschüler und Freund von Cey, hoffnungslos verliebt in Sky. Besondere Fähigkeit: ganz sicher nicht im Ausdauer- und Konditionstraining

Jay – Schattenmeister, Mitglied in Xyens Truppe, ist mit seinen Männern One, Two, Three, Four, Five, Six, Seven, Eight, Nine und Ten für alle Sicherheitsaspekte innerhalb des Teams verantwortlich, zum Beispiel dafür, dass Cey nicht versehentlich andere J'ajals oder Menschen massakriert

Jisuho – Truppenanführer innerhalb der USF a. D., ehemaliger Mentor von Xyen, väterlicher Freund von Cey, lebt in Venmore Hills. Besondere Fähigkeit: ist nicht so invalide, wie er alle glauben lässt

Kurtoko – Dämonenwächter, Zwillingsbruder von Assadar

Landon – Gegenspieler von Xyen, Mitglied im Rate der Seday, Truppenanführer innerhalb der USF. Besondere Fähigkeit: Verhörspezialist

Lee – Arzt in Xyens Truppe. Besondere Fähigkeit: außergewöhnliche Begabung im psychologischen und medizinischen Bereich

Lortisol – Medikament zur Behandlung von mentalen Aussetzern, die den Tod verursachen können

Mason Kibera – Mensch, Vorsitzender des Committee of Global Security, besitzt die alleinige Entscheidungsgewalt bei internationalen Sicherheitsbelangen. Besondere Fähigkeit: weiß nicht alles, aber doch einiges über die J'ajal und ist der Einzige, vor dem Tajyno, der Anführer der Seday, jederzeit Rechenschaft ablegen muss

Mel – menschliche Freundin von Cey, lebt zusammen mit ihren jüngeren Brüdern Ian und Tommy und ihrem Vater Robert in Area XV4

Mihai – Lehrer für Mathematik und Naturwissenschaften an der Seday Academy

Mindaran – Dämonenwächter, ist zusammen mit Cey aufgewachsen, für alle Ewigkeit verliebt in Chimo (Akisas Schwester), Vater von Surani. Besondere Fähigkeit: mentale Suggestionen

Nathan – ehemaliger Schützling von Xyen und nun Mitglied in dessen Truppe. Besondere Fähigkeit: mit seinem Charisma andere Personen für sich gewinnen

Nikara – Anführer der Dämonen und Freund von Cey, jedenfalls, wenn er sie nicht gerade mit seinen planlosen Aktionen in den Wahnsinn treibt

Okadias – Gruppenanführer bei den Hayran, ein J'ajal-Syndikat, das die weltweit größten Schmugglerrouten unterhält und sowohl geschätzt wie auch gefürchtet ist, wenn es um die illegale Beschaffung von Gegenständen oder Informationen geht

Resic – Dämonenwächter, der sich für die Legalisierung von Bewusstseinsmanipulationen starkmacht

Sahim – Dämonenwächter und Ceys Ziehbruder, Vater von Nyim. Besondere Fähigkeit: alles, was mit technischen Spielereien zu tun hat

Sanigton – Leiter des FBI und menschlicher Freund von Cey

Sky – Mitschülerin von Cey und Freundin von Dragon, vorübergehend ebenfalls Schützling von Landon. Besondere Fähigkeit: kennt jeden Modetrend aus den letzten 3000 Jahren

Surani – Tochter von Mindaran, besondere Fähigkeit: Schokokekse vernichten

Tajyno – Anführer der Seday und der USF. Besondere Fähigkeit: ist ein nahezu perfekter Spion, verfügt über ein unglaubliches Wissen und kann erkennen, wenn ein J'ajal lügt

Tanoud – Minisender, der ins Handgelenk implantiert wird und bei Aktivierung vierundzwanzig Stunden lang ein einfaches Ortungssignal ausstößt

Tariel – Dämon der exotischen Art und unfreiwilliger Überbringer schlechter Botschaften

USF – United Secret Forces, Militäreinheit der Seday mit dem Ziel die menschlichen Auslands- und Inlandsgeheimdienste wie z. B. das FBI zu unterstützen

Vala – menschliche Freundin von Cey. Besondere Fähigkeit: entwirft die heißesten Tanzchoreographien der Welt

Xyen – Mentor und Freund von Cey, Mitglied im Rate der Seday, Truppenanführer innerhalb der USF. Besondere Fähigkeit: Emotionen spüren und rebellische junge J'ajal zu einem verantwortungsbewussteren Dasein erziehen

Zidaz – Direktor der Seday Academy, Unterstützer und Freund von Xyen

DARK
DIAMONDS
Jeder Roman
ein Juwel
fantastisch
romantisch
faszinierend
sinnlich
dramatisch
Das Imprint für New Adult Fantasy
www.darkdiamonds.de

Blutgefährten
Sabine Schulter
MELODY
OF EDEN
DIAMONDS

www.darkdiamonds.de
Jeder Roman ein Juwel

Dark Diamonds
Ein Imprint der CARLSEN Verlag GmbH
Januar 2018

Lektorat: Marion Lembke
Umschlagbild: shutterstock.com / @ coka / © Galina Savina / © Anelina
Umschlaggestaltung: formlabor
Satz und Umsetzung: readbox publishing, Dortmund
Druck und Bindung: CPI Books GmbH, Birkach
ISBN 978-3-551-30108-6
Printed in Germany
www.carlsen.de/darkdiamonds

Alle Bücher im Internet: www.carlsen.de